国家社科基金
后期资助项目
GUOJIA SHEKE JIJIN HOUQI ZIZHU XIANGMU

明代文人游幕与文学研究

Research on Literati "Youmu" and
Literature in the Ming Dynasty

吕靖波　著

中国社会科学出版社

图书在版编目（CIP）数据

明代文人游幕与文学研究／吕靖波著．—北京：中国社会科学
出版社，2015.12
ISBN 978 – 7 – 5161 – 7363 – 3

Ⅰ．①明…　Ⅱ．①吕…　Ⅲ．①文学史 – 研究 – 中国 – 明代
Ⅳ．①I209.48

中国版本图书馆 CIP 数据核字（2015）第 313165 号

出 版 人	赵剑英
责任编辑	曲弘梅
责任校对	闫　萃
责任印制	李寡寡

出　　版	中国社会科学出版社
社　　址	北京鼓楼西大街甲 158 号
邮　　编	100720
网　　址	http：//www.csspw.cn
发 行 部	010 – 84083685
门 市 部	010 – 84029450
经　　销	新华书店及其他书店

印　　刷	北京君升印刷有限公司
装　　订	廊坊市广阳区广增装订厂
版　　次	2015 年 12 月第 1 版
印　　次	2015 年 12 月第 1 次印刷

开　　本	710×1000　1/16
印　　张	19.5
插　　页	2
字　　数	349 千字
定　　价	69.00 元

国家社科基金后期资助项目

出版说明

　　后期资助项目是国家社科基金设立的一类重要项目，旨在鼓励广大社科研究者潜心治学，支持基础研究多出优秀成果。它是经过严格评审，从接近完成的科研成果中遴选立项的。为扩大后期资助项目的影响，更好地推动学术发展，促进成果转化，全国哲学社会科学规划办公室按照"统一设计、统一标识、统一版式、形成系列"的总体要求，组织出版国家社科基金后期资助项目成果。

全国哲学社会科学规划办公室

序

陈书录

　　文学研究，一方面应该重视文学本体的研究，另一面也要重视对文学的文化观照。对文学的文化观照，既是贴近历史真实，又是开阔研究视野，可以从儒学、道家、玄学、道教、佛教、艺术、民俗、教育与科举制度、官制以及思维方式等多层面来观照文学，分别从哲学、经学、宗教学、历史学、美学、心理学、语言学、民俗学和文献学等多学科入手，攻克文学研究中的重点与难点，开拓文学研究的新领域，在求实中创新。

　　其实，文学与文化的结合，可以追溯到先秦时期，例如关于"文学"的界说，先秦时期是最为广义的文学概念，"文学"兼有"文章"与"博学"的两重意义。两汉时期，"文"与"学"分开，"文学"与"文章"分开，属于词章一类的作品称之"文"或"文章"；含有学术意义的作品称之为"学"或"学术"。南朝宋文帝元嘉十六年（439），何尚之奉命立玄学馆，首次将玄学以单科性质与儒学、史学、文学并立，文学等具有更为独立的性质，并有所谓的文、笔之分，"文"指情感文学，美感文学，所谓"事出于沉思，义归于翰藻"（萧统《文选序》）；"笔"指理知文学、应用文学。但是，魏晋南北朝时期仍然有坚持文学与文化融为一体的观点，例如南朝梁时的刘勰《文心雕龙·原道》中指出："观天文以极变，察人文以成化；然后能经纬区宇，弥纶彝宪，发挥事业，彪炳辞义。故知道沿圣以垂文，圣因文而明道，……辞之所以能鼓天下者，乃道之文也。"这种"文道合一"的观念，在中国文坛上相当长的时期都占主导地位，这势必影响着中国一代又一代的文学创作。显然，"文道合一"乃至文学与文化的结合是中国古代文学创作与理论批评中的一个重要的史实。因而，中国古代文学的研究，必然有文学与文化的结合，而对中国古代文学进行文化观照，既是贴近历史，又是更新视角的多方位观照。

　　多年来，我与弟子们一直致力于明清文学与文化的交叉研究。靖波于2006随我攻读博士学位，我们在不断的学习交流中，深感到明代文学与文化的交叉研究中一个新颖的角度是文学与幕府制度的结合。"幕客交游多意气，因将长剑镵丰碑。"（胡宗宪《季秋同幕客徐天池、沈勾章秀才翠光岩看渡兵》）幕府文人不仅协助统帅运筹帷幄，以长剑"镵"出军事斗争的丰碑，而且诗词唱和，以彩笔谱写文学创作的华章。明朝是中国古代幕府制度发展史上一个重要的转折期，这个时期的文人游幕与文学之间的关系十分密切，但从游幕与文学交叉、互动关系的角度进行研究还有许多缺憾乃至空白。靖波博士的学术专著《明代文人游幕与文学研究》选题视角新颖，颇为独到，知难而进，志在攻坚克难，颇有学术勇气，颇具学术价值和社会影响。

靖波的这部专著是在他博士论文的基础上修改而成的，从当初选题的确立到今日付梓，中间历经了近十年之久，倾注了作者大量的心血，也寄托了他孜孜以求的学术理想，真可谓"十年磨一剑"！靖波博士的著作在完善过程中，曾先后获得教育部人文社科基金项目和国家社科基金后期项目的资助，这本身就证明了其学术价值已经得到学界众多专家的认可与看好。

《明代文人游幕与文学研究》分别从明代的幕府制度、明代游幕的历史分期、文人游幕与诗歌创作、文人游幕与骈文散文创作等多方面，对明代游幕与文学进行较为系统、深入地研究。视野开阔，将文学与幕府制度、社会政治、民风民俗、边防海疆的军事斗争相结合，颇有开拓。学风踏实，颇有史识，在考察历史事实的基础上，将明代文人游幕与文学之间的关系呈现出不同的特征。洪武初至弘治末是明代文人游幕的低潮期。明初政治制度的恶劣、开府制度的废止和政府对人口流动的严格限制等因素，直接影响到文人对游幕的热情。正德至嘉靖末是文人游幕的复兴期。文人游幕经过漫长的沉寂之后复兴，尤其是嘉靖中期以后，由于东南抗倭斗争的需要，使胡宗宪幕府等军事幕府成为东南文人云集的中心，徐渭、沈明臣等文人留下了数量可观的游幕文学。隆庆初至崇祯末为明代文人游幕的发展期。这个时期的趋向，除了京师之外，主要是西北和东北的边塞幕府，边塞诗文最能代表这个时期的文学成就。弘光、隆武、永历等是历史上的南明时期，也是文人游幕的高潮期，侯方域、邢昉等人的诗文寄托着重兴之望与覆灭之痛。全书较好地把握了明代游幕文学发展历程和特征，脉络清楚，特征鲜明。

靖波博士的这部专著为游幕与文学交叉研究，又立足文学研究。着重考察了明人游幕与北地边塞诗、南疆海防诗、宴饮诗、唱和诗、相逢诗、赠别诗等的关系，观点新颖，例如考察明代文人游幕与北地边塞诗时指出："明代边塞游幕文人的这些诗作有助于改变人们对传统边塞诗只反映酷烈征战的刻板印象，也表明战争从来也不能阻断在长期历史中形成的多民族的交往与融合，也从未真正造成民族间的心理隔阂，普通民众总是在内心期盼着和平相处与友好往来。"在考察明代游幕文人与南疆海防诗时指出：明代游幕文人"亲历了抗倭战争的进程，对旷日持久、举国骚动的倭患有着更为直接的感受，这使得此类海防诗歌比之那些在书斋里完成的边塞诗显得格外真切动人，也为中国边塞诗史谱写了新的篇章"。这多有创见，新人耳目。书中紧紧扣住游幕文学的特点，专门考察幕府代笔之文、劝谏幕主的上书、刻画幕主的行纪、传记、哀祭文、小品文、寿辞、贺序、别序文等，充分展示了游幕文学的风貌。

全书将整体考察与个案分析相结合，一方面将明代游幕文学分为低谷期、复兴期、发展期、高潮期，另一方面又分别考察侯方域、韩绎祖、邢昉、彭士望、应廷吉、阎尔梅等作家，有分有合，点面结合，富于立体感，血肉丰满。

"余论"部分，分别就明代"游幕文学"的定义边界问题、游幕文人与明代主流诗歌发展进程的关系、明代游幕文人群体的地域构成和成因以及这一群体人格的时代特征等方面对本课题予以进一步阐释和理论提升，既有必要，也在学理上更加周延，并且在研究层次上更加深入。

书末附有《明代文人游幕表》，颇为详细，条理清晰，此表是在严格考证史传、墓志、年谱、诗文、方志、笔记等相关文献史料的基础上制成的，清楚地列出了三百余位游幕文人的姓名、生卒年、籍贯、功名、游幕经历等，全景式地展示了明代文人游幕的整体规模和变化趋势。既是整部著作有力的史料支撑，也为学界同仁提供了了解明代社会文化的另一扇方便之门，显示出作者颇为扎实的文献功底和严谨的学风。

时光流转，从而立到不惑，这部三十余万字学术专著既记载了靖波博士生命的年轮，也呈现了他不断突破的学术修为，愿他在学术大道上越走越开阔！

乙未年"腊月榴花带雪红"之时

目　录

绪　　论

一　研究的目的和意义

　　文人游幕是中国古代重要的社会文化现象。从文学角度考察，与游幕始终相伴的是各种形式的文学活动，二者之间有着密切的联系。由于幕府制度在唐代达到了比较完善的程度，使得游幕成为科举盛行下文人入仕方式的一种重要的补充，而许多诗家文豪们的游幕经历便成为他们创作生涯中不可或缺的组成部分。宋、元两朝，著名的幕府也大量存在，而杰出的游幕之士更是代不乏人。

　　时至明代，由于政治体制与幕府制度的变化，文人的游幕行为与前代相比有了很大的不同，如游幕文人以诸生、布衣为多，其游幕的经济动机要远大于政治动机，游幕的地域性流动更加明显，等等。就文学活动而言，明代文人的游幕行为与文学之间的关系结合得更趋紧密。事实上，在明代，文人能否入幕继而能否得到幕主的器重，很大程度上是取决于此人的文学才华与声望而非其他。

　　明代文人的游幕风气出现在正德、嘉靖以后，当时许多文人在未获功名前或弃官失职以后往往都有游幕之行，或者受邀入幕，或者主动出游，其游幕的对象也各不相同，如总兵幕、督抚幕、大学士幕、藩王幕等。大规模的游幕之风也使得跨地域、跨阶层的文人交往与文学交流变得更加频繁。明代各种形式的幕府为各阶层的文人提供了广阔的交流空间，众多布衣出身的中下层文人由此获得了与当时"精英阶层"、封疆大吏及台阁重臣们情感接触与文学切磋的机会。他们之间的诗文唱酬、诗旨讨论及诗社活动在增进彼此情谊的同时也有效地促进了文学理论的进步和各种文学作品的传播，进而推动了明代文学发展的进程，特别是晚明文学的繁荣。

明清之际，著名的游幕文人陆元辅即深有体会地指出："诗必游而后工"①。赵翼曾将明代文人分为四类，其中"不由科目而才名倾动一时者，王绂、沈度、沈粲、刘溥、文徵明、蔡羽、王宠、陈淳、周天球、钱穀、谢榛、卢柟、徐渭、沈明臣、余寅、王稚登、俞允文、王叔承、沈周、陈继儒、娄坚、程嘉燧，或诸生，或布衣山人，各以诗文书画表见于时，并传及后世。回视词馆诸公，或转不及焉"②。这些人在政治地位上基本属于下层文人群体，他们中有不少便是当时颇具影响力的游幕之士。此外，明代有游幕经历的著名文人并不仅限于此类，举人或进士出身的也大有人在，像唐寅、黄省曾、茅坤、张天复、李贽、袁中道、林章、侯方域等。可以说，明代中后期文学的兴盛在一定程度上是游幕文人所造就的，而这种状况又直接影响到清代文人的行为方式与文学生态。

因此，对于明代文人的游幕行为与文学之间的联系实有研究之必要，首先，有助于我们更好地解读明代文学作品的内容指向、艺术特征与时代特点，尽可能地还原明代文学史的原貌，避免意识形态化的肢解与误读。其次，本书所要研究的游幕背景下文学作品的创作特点与传播机制，有利于我们进一步把握古代文学史运动的内在规律。最后，本书所涉及的明代文人的游幕动机与心态研究，可以使我们对明代文人的生存状态与人格特点能有更深的体悟，从而更深刻地理解中国古代知识分子在近代化进程中的人格转型。总之，对文人游幕现象与文学关系的深入探讨可以为明代文学研究拓展一个新的领域，对于新世纪文学史的重新书写与建构，本书的研究也将有着较为重要的理论意义与实践价值。

二　研究的历史及现状

从学术研究的角度看，对古代文人游幕现象进行探讨和分析，是从20世纪30年代开始的，一直延续至今。总体来看，学界所关注的重心主要集中在两个方面。

首先，幕府制度的沿革尤其是唐代与清代幕府制度的研究，由此而产生的重要研究成果有：全增佑的《清代幕僚制度论》（《思想与时代》

---

① 陆元辅：《燕游草序》，《陆菊隐先生文集》卷6，清刻本。
② 赵翼：《廿二史札记校证》卷34《明代文人不必皆翰林》，王树民校证，中华书局1984年版，第783页。

1944 年第 31、32 期)、张纯明的《清代的幕制》(《岭南学报》1949 年第
9 卷第 2 期)、郑天挺的《清代的幕府》(载《明清史国际学术讨论会论
文集》,天津人民出版社 1982 年版)、李晚成的《中国幕府制度考论》
(《上海师范大学学报》1988 年第 1 期)、戴伟华的《唐代方镇文职僚佐
考》(天津古籍出版社 1994 年版)、郭润涛的《官府、幕友与书生——
"绍兴师爷"研究》(中国社会科学出版社 1996 年版)和《中国幕府制度
的特征、形态和变迁》(《中国史研究》1997 年第 1 期)、尚小明的《学
人游幕与清代学术》(中国社会科学出版社 1999 年版)和《清代士人游
幕表》(中华书局 2005 年版)、石云涛的《唐代幕府制度研究》(中国社
会科学出版社 2003 年版)等等。这些成果有力地推动了与古代文人游幕
一些相关问题的解答,但对于明代的幕府制度与文人游幕的专门研究则少
得可怜,除了何龄修的《史可法扬州督师期间的幕府人物》(《燕京学报》
新 3 期、新 4 期,北京大学出版社 1997 年版)和陈宝良的《明代幕宾初
探》(《中国史研究》2001 年第 2 期)之外,几乎无人问津。

　　其次,文人游幕与文学关系研究也受到不少研究者的关注。最早涉猎
的是戴伟华的《唐代幕府与文学》(现代出版社 1990 年版)和《唐代使
府与文学研究》(广西师范大学出版社 1998 年版),这两部著作对当时的
游幕文人与文学之关系进行了可贵的探索。杨国宜、陈慧群的《唐代文
人入幕成风的原因》(《安徽师范大学学报》1991 年第 3 期)与《唐代幕
府文人的境遇》(《天府新论》1991 年第 5 期)也对唐代文人入幕现象作
了较为深入的探讨。此外,陕西师范大学刘磊的硕士论文《北宋洛阳钱
幕文人集团与诗文革新》(2000 年,指导教授:张学忠),暨南大学陆婵
娣的硕士论文《李商隐幕府诗研究》(2007 年,指导教授:张海沙),浙
江大学咸晓婷的硕士论文《元稹浙东幕府文学研究》(2007 年,指导教
授:胡可先),马茂军、谢资娅的《西京幕府作家群的散文创作》(《辽宁
教育行政学院学报》2006 年第 1 期),杨萌芽的《张之洞幕府与清末民初
的宋诗运动》(《齐鲁学刊》2007 年第 2 期),李瑞豪的《乾嘉时期幕主
的欧、苏情结与幕府文学》(《北方论丛》2008 年第 5 期),吴春彦的
《幕僚文士的市井情怀论——嵇永仁〈扬州梦〉传奇》(《南京师范大学
学报》2011 年第 6 期),刁美林的《乾嘉学术幕府中的文人宴集现象》
(《宁夏大学学报》2011 年第 5 期)和张兵、侯冬的《卢见曾幕府与清代
中期扬州诗坛》(《甘肃社会科学》2012 年第 2 期)等都属于这方面的研
究成果。我们不难看到,对文人游幕与文学关系的研究大有方兴未艾之
势,但从论文数量上看,其重视程度还有待提高。

自 20 世纪 70 年代以来，明代文学的研究日益引起人们的重视，产生了一大批富有成就的研究成果。虽然专门对明代文人游幕与文学之关联进行整体性研究的论文与论著迄今尚未见到，不过，进入 21 世纪之后，这一问题逐渐得到了研究者们的关注，涉及此课题的研究成果也开始问世。赵园的《明清之际士人游幕及有关的经验表述》（《黄河科技大学学报》2004 年第 2 期）一文对处于明清之际的游幕士人的生存境遇与心态进行了独到而深刻的剖析。张德建的《明代山人文学研究》（湖南人民文学出版社 2005 年版）一书的部分章节特别论述了山人的入幕活动，并考察了许多山人在游幕过程中的文学创作，内容较为丰富且不乏新见。朱丽霞的《明清之交文人游幕与文学生态——以徐渭、方文、朱彝尊为个案》（上海古籍出版社 2008 年版）一书则是明清文人游幕与文学研究方面的较新成果，在明代游幕文人中，作者择取了徐渭为个案研究的主要对象，着重探讨了其游幕经历与明代骈文复兴的关系。

至于研究明代有游幕经历的单个作家（如黄省曾、徐渭、沈明臣、王稚登等）的论文论著，也会对此有所涉及，但一般仅限于其游幕经历的介绍和个体评价，并未将其置于整个明代文人游幕的大背景下进行观照。

由此看来，关于明代文人游幕与文学这方面的整体性研究目前基本上还是古代文学研究的一个空白，有待于进一步的关注与发掘。

三　研究的范围

本书的研究对象是明代游幕文人群体及其文学创作，力求准确深入地把握游幕者文学创作的思想内蕴及创作心态，并将其置于广阔的社会—文化背景之下，充分理解这一群体的生存境遇与行为特征。傅璇琮先生在《唐代科举与文学·序》中说："我在研究唐朝文学时，每每有一种意趣，很想从不同的角度，探讨有唐一代知识分子的状况，并由此研究唐代社会特有的文化面貌。"① 而在明代文学研究日益深入的今天，我们同样应该对包括文人游幕在内的明代文化进行整体性观照。

本书的基本内容将主要从以下几个方面展开：

（一）对明代幕府制度的时代特点和相关概念进行必要的阐释。这实

---

①　傅璇琮：《唐代科举与文学》，陕西人民出版社 1986 年版，第 6 页。

际上也是对"游幕文人群体"作一厘定，由于"幕府"一词在不同的朝代有着不同的内涵，到了明代，政治体制的变化，特别是对辟署制的废止导致各级幕府在用人方式上发生了根本改变，也使得文人游幕有了新的行为方式与动机诉求。我们所指称的游幕文人群体不再是以前的幕僚阶层，而主要是接受幕主私人礼聘，以"友"或"客"的身份参与幕中活动的这类人物。另外，明代继承了自宋以后泛化的幕府观，在明人观念中的"幕府"类型，包括总兵幕、三司幕、督抚幕、府（州）县幕、大学士幕、藩王幕、督师幕、宦官幕等。文人在这些幕中所从事的活动也是多种多样，大致可以分为参预军务、佐理政务和文学活动三类。就文学活动而言，明代游幕文人除了将幕中的所见所感形诸诗文外，还往往因幕主之命而赋诗作文。与此同时，幕客与幕客之间、幕客与幕主之间的文学交流和诗文集的编纂与梓行也颇为常见。

（二）根据明代文人游幕的演进轨迹以及社会政治、经济文化等方面的阶段性特征，本书将洪武初至弘治末（1368—1505）定为文人游幕的低潮期；正德初至嘉靖末（1506—1566）为复兴期；隆庆初至崇祯末（1567—1644）为发展期；明亡后的弘光、隆武、永历等南明政权（1644—1662）为高潮期。

经过上述四个历史阶段的发展，明代文人游幕从低潮逐渐形成一股前所未有的游幕之风，直接影响了当时及后世文人的生存选择。本文将结合这一历史进程，立足于现存文献的实际情况，对当时文人游幕与文学创作之关系进行分期性考察。如在明代文人游幕的低潮期，由于文献的缺乏，只能选择刘彦昺、王行、唐愚士、周鼎、王训这五位有游幕作品传世的文人作为论述对象。而在复兴期和发展期，游幕文人数量较多，现存的游幕作品也较为可观，故以群体分析为主，但侧重各有不同。在复兴期，尤其是嘉靖中期以后，由于东南抗倭的战时需要，使得以胡宗宪幕府为代表的军事幕府一下成为东南文人云集的中心，包括茅坤、徐渭、沈明臣、王寅等在内的众多文人栖身于胡幕之中，主文代笔，诗酒唱酬，成为明代文学史上特别的景观；同时，明世宗对青词的异常热衷，使得大臣们纷纷延纳文人入幕，这些来到京师的幕客们不仅代撰青词及应制诗文，也积极参与京师的各种文学活动，因为这不仅仅是个人的兴趣问题，有时还是他们的生存之本。在发展期，京师的游幕文人则因对政治介入的加深而往往陷入朝廷斗争的旋涡，与文学之间出现某种疏离的倾向。这一期间，西北和东北的边塞幕府却因为地方军政长官的热情延请等原因而成为游幕者所向往的新的理想场所，而游幕文人的积极移入，对当时边塞地区的文学发展起到了重要的推动作用，其中的边塞诗文可以说最能代表这些游幕之士的文学成就。至明清之际，尽管文人游幕空前壮观，但因为连年的战乱，加上清初文网的酷密，大量南明政权下的幕客之作毁佚的现象非常严重，故仍以个案研究的形式，分别探讨侯方域、韩绎祖、邢昉、彭士望、应廷吉、阎尔梅、谈迁等人的游幕之作。这些曾经在南明史可法、高弘图、高杰、杨文骢、杨廷麟等幕下生活过的文人，他们创作的主旨多与时局紧密相连，有的将自己幕府亲身经历与见闻记录成文，有的则在诗歌中寄予中兴之望，慨叹时局之艰，其感慨寄托远比一般文人来得更为真切深沉。

（三）探讨明代文人游幕对诗歌创作的影响。主要从三个角度进行论述：首先是边塞诗，描写的对象包括西北、东北边塞地域的自然景观与人文风情，同时由于嘉靖倭患的巨大冲击，游幕文人笔下的边塞诗还应包括富有时代特征的海防诗；其次是宴饮与唱和之作，本书对一些文人在游幕背景下所写的宴饮诗歌作品进行了一定统计与梳理，从中既能反映出布衣之士与各层次官员与藩王的交游，又可以感受到当时丰富的宴饮文化。游幕文人的唱和诗也可依照不同的交游对象分作三种类型：一是与藩王、内阁大臣、封疆大吏的唱和；二是与普通官员的唱和；三是与其他布衣文人的唱和。因为身份的差异，这些作品在创作心态、气势格局上都有着很大的不同。最后是表现相逢与别离的诗作，包括入幕前献给幕主的干谒诗，离幕时与幕主、幕友所赋的赠别诗，还有和幕主、幕友的重逢之作。

（四）讨论明代文人的游幕生活与骈文、散文创作之间的关系。作为幕客，文人需要代幕主起草各种书启、章奏之文，而且由于嘉靖朝特殊的政治文化环境，不少游幕文人还要代笔青词，有时文人在幕中也会为其他官员、幕友代笔。这些作品和幕主的朝廷交际、官场应酬及宦海沉浮有着较为密切的关联，因此具有趋于实用的功利性倾向。文人在与幕主的短期或长期的交往中，往往会以上书的方式阐释自己对某一问题的看法，提出建设性意见，尤其是明代幕府宾主关系更加凸显，故会出现前代少有的劝谏幕主的上书，从而留下一些见解独到、言辞犀利的名篇佳作，这是明代游幕文学引人注目的一个方面。与此同时，考虑到许多幕主与幕客间相互信任、彼此了解的亲密关系，幕客刻画幕主的行纪、传记、哀祭文不仅有文学意义，而且具有较高的史学价值，故多为史家所采，本书通过一些典型的文本个案来分析这一现象。此外，小品文至明代特别是晚明而发展极盛，而不少小品文的名家，如徐渭、袁中道、屠隆、陈继儒等都曾有过游幕经历，故从这一角度切入去解读小品文的内容取向可以获知更为丰富的意蕴。最后，给幕府助兴的寿词、贺序、别序文一般也由幕客完成，此类作品虽然初始目的是为了取悦幕主、增加气氛，但有些文人也常常借题发挥。

（五）本书还在严格考证史传、墓志、年谱、诗文、方志、笔记等相关文献史料的基础上制成《明代文人游幕表》，它分作两部分：一是洪武元年至崇祯十七年（1368—1644）间文人游幕情况；二是南明（1644—1662）时期文人游幕情况。此表将清晰地列出明代游幕文人的姓名、生卒年、籍贯、功名、游幕经历等，以求能够全景式地展示明代文人游幕的规模和变化趋势。

四　研究的方法

本书将在借鉴前贤和时彦的研究成果的基础上，开展研究。具体做法是：

（一）全面收集、整理明代文人的游幕资料，主要分成游幕文人与幕主两大部分进行。对所积累的材料予以必要的考证与归纳，尤其是结合游幕文人的生平研究，对其游幕期间创作的文学作品以及与游幕经历明显相关的创作，正误存真，给予系统化的分类与研究。

（二）宏观研究与微观研究相结合，群体研究与个案研究相结合。欲对有明一代文人游幕现象与文学之间的关联作出深入探析和合理阐述，就需要在尽可能地解读每一游幕文人经历与创作的前提下于宏观上把握其整体的发展脉络，并通过群体研究分析明代游幕文人的题材取向和思想倾向，而为了彰显游幕文人的文学个性，个案研究同样是不可或缺的。

（三）在紧密联系作品实际的前提下，运用现代传播学和文化—心理学等学科的理论与方法对明代游幕文人文学作品的交流与传播机制以及他们的行为动机与幕中心态进行现象描述与深入发掘，以揭示游幕文学的创作规律和这一文人群体的心理特征与人格特点。

第一章　明代的幕府制度

作为中国古代一项重要的政治制度，幕府制度对官员选拔、社会结构、人才流动乃至政治格局都有着不同程度的影响。明代是幕府制度发展史上的一个特殊的转折时期，延续一千余年的辟署制被废止，代之而行的是私人的聘幕方式，人们的幕府观念也发生了种种变化。自明代开始，文人游幕从一种入仕行为逐渐变成了以经济驱动为主的谋生手段，这些都影响着文人的生存状态，并在整个文人游幕史上有着重要的承上启下的意义。本章主要在宏观上对明代幕府制度做初步的探讨，大致从三个方面着手：一是对辟署制的废止及所导致的幕府用人方式上的根本变化进行论述；二是分析幕府观的泛化进程并列举明代主要的幕府类型；三是考察明代文人的入幕方式和幕中活动。

第一节　"用人之权悉由吏部"[①] 与辟署制的废止

辟署制（也称"辟除"、"辟召"和"辟举"）是指由长官自主配置僚属的制度，它是明代以前幕府制度最为重要的体制特征。如果说幕府制度归根结底是一种用人行政制度的话，辟署制就是其核心的标志。辟署制形成于秦汉，以后不断发展，它的具体形态因历朝历代政治体制的不同而有所区别，但从唐宋至元，这种辟署制一直对高度集权的吏部铨选起到重要的补充作用，它也为文人提供了科举之外的另一条富有吸引力的入仕和迁转途径。[②] 不过，明朝的统治者却摒弃了这一用人方式，从而在根本上

---

① 赵翼：《廿二史札记校证》卷33《明吏部权重》，王树民校证，中华书局1984年版，第771页。

② 关于辟署制的形成与发展，可参见郭润涛《中国幕府制度的特征、形态和变迁》，《中国史研究》1997年第1期。

改变了传统意义上的幕府制度。

从元代至明初，辟署制经历了一个由盛而衰的过程。

元朝在容许地方长吏辟置下属方面限制较少，给予了很多的自主权，《续文献通考》卷四五"选举考"之"辟举"条云：

> 元世祖初，凡诸王分地与所受汤沐邑，得自举其人，以名闻于朝而后授其职。
>
> 其后，至元二十三年，制：诸王、驸马并百官保送人员，若曾仕者，验资历于州县内，相间用；如无历仕，从本投下自用。成宗大德元年，诏诸投下达鲁噶齐从七以下依例类选。仁宗皇庆四年，令凡投下郡邑自置达鲁噶齐，其为副者罢之，各投下有阙，用人自于其投下选用，不许冒用常选人。延佑四年六月，敕诸王驸马功臣分地仍旧制，自辟达鲁噶齐。
>
> 至元十九年十月，诏两广福建五品以下官从行省就便铨注。
>
> 二十六年六月，诏云南行省地远州县官多阙，六品以下许本省选辟以闻。
>
> ……
>
> 是时不独诸投下及两广诸行省许自选辟，其他幕僚亦多自辟。如东平严实辟孟祺掌书记，姚枢辟王恽为详议官，董士选辟元明善为省掾，严忠济辟商挺为经历。又，姚天福以才辟怀仁丞，张孔孙以文学辟万户议事官，皆是。①

据上所云，元朝五品或六品以下官吏均可由诸王、地方长吏自行辟举，只需要在形式上上报朝廷。因此，元代士人被辟为幕府僚佐的情况相当普遍，其例不胜枚举，除了引文中提到的孟祺、王恽、元明善、商挺、姚天福、张孔孙诸人外，尚有：宛平士人曹鉴，"（大德）十一年，南行台中丞廉恒辟为掾史"②；真定士人王思廉，"幼师太原元好问，既冠，张德耀宣抚河东，辟掌书记"③；陈州士人徐世隆，"严实招致东平幕府，俾掌书记"④；保定士人尚文，"幼颖悟，负奇志。张文谦宣抚河东，参政王

---

① 《续文献通考》，浙江古籍出版社1988年版，第3197—3198页。

② 《元史》卷186《曹鉴传》，中华书局1976年版，第4282页。

③ 《元史》卷160《王思廉传》，中华书局1976年版，第3765页。

④ 《元史》卷160《徐世隆传》，中华书局1976年版，第3768页。

椅荐其才，遂辟掌书记"①，等等。

但是，出身草莽的朱元璋自起事之初便有意识地限制这种用人方式，他曾屡次下令禁止部下擅自任用儒士文人。《国初事迹》记云："太祖于国初所克城池，令将官守之，勿容儒者在左右议论古今。"② 吴元年（1367）十二月，都督同知张兴祖连下山东诸郡，得士马万计，朱元璋即遣使谕兴祖："今得一降将及官吏、儒生，才有可用者悉送以来，勿自留也。"③ 同时还遣使谕徐达、常遇春曰："闻大军下山东，所过郡县，元之省院官降者甚多，二将军皆留于军中。吾虑其杂处，或昼遇敌，或夜遇盗，将变生不测，非我之利。盖此辈初绌于势力，未必尽得其心，不如遣之使来，处我宦属之间，日相亲近，然后用之，方可无患。"④ 对于一些重要幕府的僚佐，朱元璋有时干脆亲自委派，如朱文正开大都督府于南昌，"太祖命（郭）奎辅佐参谋"⑤。有的士人虽然名义上是被将领"辟置幕下"，但其人往往先为朱元璋所用。例如，金华士人刘辰，"浙江左丞李文忠开省于严，辟公置幕下，以资赞画"，而刘辰早在朱元璋下婺州时，便被署为典签，并曾奉命出使过方国珍处。⑥ 对于违抗自己命令的用人行为，朱元璋会进行严厉的惩处，毫不手软：

> 在金华时，朱文忠用儒士屠性、孙履、许元、王天锡、王祎干预公事，闻于太祖。差人提取屠性等五人到京，命王祎、许元、王天锡发书充写，惟屠性、孙履诛之。⑦

朱文忠使用儒士"干预公事"，这在辟署制下实在是一种普遍的方式，但由于没有得到朱元璋的准许，两位文士竟因此人头落地。上述情形与元朝官员辟署幕僚的自由与宽松形成了鲜明的对比，这与朱元璋生性猜忌自然不无关系，其主要目的则在于防范文士与武将的结合。

---

① 《元史》卷170《尚文传》，中华书局1976年版，第3985页。

② 刘辰：《国初事迹》，《国朝典故》卷4，北京大学出版社1993年点校本，第83页。

③ 《明太祖实录》卷28上，吴元年十二月戊申，台湾"中研院"历史语言研究所1962年影印本，第427页。《明史纪事本末》作"汪兴祖"，误。

④ 《明史纪事本末》卷8《北伐中原》，中华书局1977年版，第105页。

⑤ 朱彝尊：《静志居诗话》卷4《郭奎》，人民文学出版社1990年版，第93页。

⑥ 胡俨：《嘉议大夫北京行部左侍郎刘公墓志铭》，《明文衡》卷88，《文渊阁四库全书》，台湾商务印书馆1983年影印本，集部，第1374册，第671页。

⑦ 刘辰：《国初事迹》，《国朝典故》卷4，北京大学出版社1993年点校本，第88—89页。

不过，由于当时政治、军事形势的实际需要，朱元璋尚无法完全取消辟署制。《金陵琐事》记孙炎事："太祖渡江，即奇其才，及取括苍，遂以为总制。钱谷兵马之籍，悉以委之，不取中报。且以敕牒未署者付之，听其辟任。"① 洪武十二年（1379），曹国公李文忠出征回京，受命提督大都督府事。朱元璋在《命曹国公李文忠提调都督府事敕》中说："大都督府掌天下兵马，其迁选、调遣，辨强弱，知险易，发放有节，进退信期，非止一端，于斯职也甚贵，朕以贵赏功，其于机也甚密。……特以尔曹国公李文忠，专行提调府事。都府一应迁选、调遣，务从尔议，然后一同来奏。"② 这说明，在明初最重要的军事幕府——大都督府中仍然部分保留了长官辟署制。除上述两条材料之外，现存文献中，我们基本上无法找到诸将自行辟置僚佐的事例，而随着战局的日益稳定，朱元璋必然要对辟署制采取进一步的废止举措。

洪武十三年（1380）初，胡惟庸案爆发，朱元璋借机将大都督府改为五军都督府，从此地位尽失。同时，罢中书省而升六部，其中吏部"总掌天下官吏铨选、勋封、考课之政令"③。没有了宰相，包括吏部在内的六部均直接听命于皇帝，官员品秩也随之提高，如各部尚书由过去的正三品提升至正二品。而六部之中，"铨部尤要"。显然，朱元璋意在通过吏部将全国各级官员的人事任免权完全收归中央，赵翼所谓"有明一代，用人之权悉由吏部"④ 的说法是基本符合实情的。这种变化也是封建社会后期专制主义进一步发展的结果，而像过去由幕府长官自行辟置佐僚的做法自然为此趋势所不容，也便理所当然地在摒弃之列，"明制：凡内外大小官除授迁转皆吏部主之，间有抚按官以地方多事奏请改调升擢者，亦下吏部覆议，再奏允行，无辟举之例"⑤。

至此，从秦汉延续至宋元的辟署制在洪武间就被逐步终结了。明代的知识阶层在提及这一改变时往往难掩惋惜之情，多有"厚古薄今"的议

① 周晖：《金陵琐事》卷3"致刘"，《南京稀见文献丛刊》，南京出版社2007年版，第128页。
② 朱元璋：《命曹国公李文忠提调都督府事敕》，《明太祖御制文集》卷9，《中国史学丛书》，台湾学生书局1965年影印本，第803—804页。
③ 《明太祖实录》卷130，洪武十三年三月戊申，台湾"中研院"历史语言研究所1962年影印本，第2067页。
④ 赵翼：《廿二史札记校证》卷33《明吏部权重》，王树民校证，中华书局1984年版，第771页。
⑤ 《续文献通考》卷45"选举考·辟举"，浙江古籍出版社1988年版，第3198页，着重号为笔者所加。

论倾向。洪武间，昆山士人殷奎便感慨道：

> 古者州郡属吏由曹史而上，皆其长所自辟署。苟其长之贤，则一
> 府之中，左右前后无不皆贤，故其官易以治。今也则不然，官天下之
> 士于铨曹，虽州县属吏亦用舍于中书。由是一郡一邑之间，官与吏往
> 往不相能。何则？非其所自辟署，贤、不肖殊致，亦其理然也。①

正德间，曾做过南京吏部右侍郎的林文俊也指出：

> 夫幕，所以赞政也。今内之府部、南监外，而藩臬、郡邑皆置
> 幕，古也。然古之幕，自方镇而下得自辟者，而今则命于朝，此其所
> 以异也。惟其自辟署也，不惟士得择所从，而在上者亦得自择其士，
> 故其所得多一时之良，如董晋之幕则有韩愈，严武之幕则有杜甫是
> 已。惟其命于朝也，则选用之权必委之吏部，吏部岁所铨注，动至数
> 千人，岂暇一一详择。故居幕职者，贤、不肖尝参半焉，亦其势
> 然也。②

林文俊从"双向选择"的角度充分肯定了辟署制的优越性，又从官
员铨选的难度谈及今政之弊端，也正表明了历史上辟署制的作用。

嘉靖时，南京右都御史王樵则云：

> 宋刘贡父③尝言：唐有天下，诸侯自辟幕府之士，唯其才能，不
> 问所从来，而朝廷常收其俊伟以补王官之缺，则诸侯幕职为升朝之
> 阶，其来尚矣。④

---

① 殷奎：《送童彦恒之无锡诗序》，《强斋集》卷1，《文渊阁四库全书》，台湾商务印书馆1983
年影印本，集部，第1232册，第391—392页。
② 林文俊：《送顾正甫赴遂安邑幕序》，《方斋存稿》卷6，《文渊阁四库全书》，台湾商务印书
馆1983年影印本，集部，第1271册，第784页。
③ 按：误，应为刘敞（字原父），非其弟刘攽（字贡父），所引文见于刘敞《定武军节度推官
卫观可大理寺丞常州团练推官沈扳可卫尉寺丞》，《公是集》卷30，《文渊阁四库全书》，台
湾商务印书馆1983年影印本，集部，第1095册，第652页。
④ 王樵：《赠袁二尹序》，《方麓集》卷3，《文渊阁四库全书》，台湾商务印书馆1983年影印
本，第1285册，第171页。

"唯其才能，不问所从来"只是古人的一种入仕理想，即使在辟署制最为发达的唐代也不可能真正做到这一点，王樵引用此语更多的是表达对"我朝幕僚皆天子命"、"吏又异于唐世诸侯之所自辟者"之现状的不满，自然还是在肯定辟署制。

徐学谟《赠金都事之任闽藩序》一文举唐代河阳军节度使乌重裔礼聘处士石洪为世所称的故事，慨叹明代幕府制度的缺失：

> 古者藩翰之使得自辟其幕，若唐石洪之从事于河阳军是也。当是时，御史大夫乌公重裔为节度使，而洪于东都为处士之秀，乌公罗而致之，人以是贤乌公能得士；而又贤洪之得礼乌公也，盖两相推重云。今天下诸行省，其权得专制于方之□，其部若府若州邑之吏，群然趋走以听约束。岁计其土之入而敛之，以输诸大司农，大都与唐之节度使埒体，而其下亦有幕职，以代书记之劳。若都事者，其一人也，然制不得自辟，其废置悉诏于朝，而一时士之充于幕下者，皆无所别择而来，以故幽栖僻处之贤，多不得自致于宾客之选，而为之使者，亦无所藉以托心膂焉。①

王慎中在谈及唐、明两代江湖诗人的遭遇时，亦感叹道：

> 予观唐世诗人不偶者，顾不以谒显者为戒，……其时公卿得以荐士，节镇得以辟官，故不偶之诗人虽失意于场屋，而多侥幸于荐辟。斯人也，之与显者游，因其词艺秽美相为标致，而藉援恃力之图为不浅矣。……近世风骚将绝江湖之上，有能为诗歌视唐世难得，何啻千百而一二也，而士大夫取高资、都盛位，盖有不能为诗。若以显者所少在此，而江湖之士难得，又如彼相求之迹固当在此，而不当在彼矣。且此之与彼游也，无荐引之门，无辟用之途，彼亦无所藉恃于此，而倡和往反之间，果相矜于艺，而非有皇皇之冀矣。②

唐代的诗人即使失意于场屋，仍可能靠"荐辟"而得官，而现在的诗人却没有了这个条件，科举失败后，就只能一直落魄于江湖。显然，前

---

① 徐学谟：《徐氏海隅集》文集卷3，《四库全书存目丛书》，齐鲁书社1997年影印本，集部，第124册，第416页。

② 王慎中：《送沈青门序》，《明文海》卷293，中华书局1987年版，第3034—3035页。

者的生存境遇要远远好于后者。王氏虽然谈的只是诗人这一群体，但推而广之，明代文人莫不如此。

嘉、隆之际，南京吏科给事中王烨献"制虏"议，曾提出重开"古幕府"之建议："拟议贵精，咨访贵广。以礼敦辟名臣俊士，足为主帅之师友，以赞军机，如古幕府之开，可乎？"① 曾有过多年游幕经历的徐渭对于今古之不同有着更切身的体会，他说：

> 自西汉至赵宋，凡文武大臣简镇中边，职将帅或暂领虎符，得专征者，皆得自辟士，以补所不及。毋论已仕与不仕，虽贱至隶厮养，亦得辟，往往有入相天子，侍帷幄。……明兴，始犹循之，尤称得人，然不专以幕僚目。自科举之制定，而举者颇多得人，毋事辟请；至于今，即有辟者，亦非古所辟之主与宾矣。②

徐渭的这番话，字里行间透着对过去入幕之士的艳羡之情，也是在美化辟署制。一样有入幕经历的袁中道称：

> 顾自汉、唐、宋之时有荐举，有辟召，经明行修者，不见用于朝，不获已，赘青油幕下一士，犹得以禄为养。故古之禄逮亲也易。近日仕进之路甚狭，刀笔不屑为，科第多徼天幸。其廪于上庠者，积日累月，或至华颠，乃得一班一级。其为亲者必上寿，乃得沾一日之养。故今之禄逮亲也难。③

过去的士人即使"不见用于朝"，也能被幕府辟召，从而获得基本的俸禄以养亲。如今不屑为刀笔之吏者，就只剩下科第一途，仕路狭窄，即使侥幸成功，却可能落了个"子欲养而亲不在"的结局。

上述林、王、徐、袁四人都是生活在正、嘉以后的人物，从他们的叙述中，我们可以真切地感觉到，曾经兴盛一时的幕府辟署制在明代确实已成为了遥远的历史。

到了明清之际，身经亡国惨痛的知识分子在反思之余，也把本朝废止

---

① 王烨：《陈肤见以赞修攘疏》，《明经世文编》卷263，中华书局1987年影印本，第2787页。

② 徐渭：《代赠金卫镇序》，《徐文长逸稿》卷14，《徐渭集》，中华书局1983年版，第934—935页。

③ 袁中道：《寿桃源张母序》，《珂雪斋集》卷9，上海古籍出版社1989年版，第433页。

辟署制的做法当作批评的对象，像张煌言便有着与徐渭类似的感慨，他称：

> 自战国封君以盛宾客、高名誉相夸尚，而从衡之士，莫不奔走侯门，取一时富贵。然其间亦有奇策秘计，为诸公子排难解纷，是足称矣。汉、晋以来，公卿俱得辟除僚属，幕府弘开，名流之飘缨、曳裾者，亦复不乏；一代之人才，往往由之而出。
>
> ……
>
> 我明选举既行，荐辟遂废；一命必由铨衡，三事莫敢幕置。士之磊磊落落者，不得志而遨游公卿间，仅堪媲于西园之宾，而不敢跻于东阁之吏；亦功令然也。①

辟署制取消后，幕府制度在用人方式上便发生了根本的变化。唐至宋元的士人入幕为幕职，首先接受的是幕主的"礼聘"，在幕中处于"宾友"的地位，同时还有"辞幕"的自由，故可称为"游幕"②。明代所谓的幕职、幕官则与其他各级官吏一道，同属于中央官僚系统，基本上由吏部统一选派。这样一来，幕主与僚佐之间只是纯粹的上下级关系，不存在过去那种宾主之谊，正如林文俊所云："古者于幕，礼如宾客，每事谘焉，而幕亦常出其意见，与之相可否；今名虽幕宾，上下之际，直以分相临耳。"③ 谢肇淛亦云："古人长官之待僚幕，真如父子兄弟，绝无崖岸之隔。……今太守二千石下，视丞判司理已如雕之挟兔，而琐屑脂韦之辈，趋承唯诺，惟恐不及，虽云同僚，已隔若殿陛矣。况上而藩臬，又上而部使者乎？上下相临，俨若木偶，鱼贯而进，蒲伏而退，其有赐清坐，假颜色者，即诧以为国士之遇矣，敢与之抗是非，争可否哉？"④ 在此情形下，明之所谓"幕官"、"幕职"、"幕属"已丧失了过去的职权，甚至成为一种"无所事事"的"虚设"，如嘉靖间张岳《赠张世尊之庐陵幕序》所

---

① 张煌言：《徐允岩诗集序》，《张苍水诗文集》，《台湾文献丛刊》，台湾银行经济研究室 1972 年标点本，第 142 种，第 23—24 页。

② "游幕"一词较早见于唐代诗人李频的作品《送崔侍御书记赴山北座主尚书招辟》，诗云："书记向丘门，旌幢夹谷尊。从来游幕意，此去并酬恩。雁叫嫌冰合，骢嘶喜雪繁。同为入室士，不觉别销魂。"从内容上看，诗中"游幕"指的正是应召入幕为书记，名实相符。

③ 林文俊：《送顾正甫赴遂安邑幕序》，《方斋存稿》卷 6，《文渊阁四库全书》，台湾商务印书馆 1983 年影印本，集部，第 1271 册，第 784 页。

④ 《五杂俎》卷 14 "事部二"，中华书局上海编辑所 1959 年版，第 401 页。

论："幕属于其长吏，职簿领出纳，稽其功绪，有善则达之，有未善者亦得执宪令之式，纠而弼之。盖以职业相联立政，非徒取其唯诺恭顺、备使令而已。自幕属既失其官，为之长者，兼职事以治之。方欲咨求民瘼，称宜导抚绥之意，而簿领繁委，又每以分其日力，虽有精强之才，明敏之智，莫能尽究虚实之变。于是敝端滋于巨胥，而天下幕职遂至虚设，无所事事。"① 反映的正是明代幕官职权遭弃的事实。

因此，自明代以后，只有那些受幕主私人礼聘，以"友"或"客"的身份参与幕中活动的一类人物才被人们看成是游幕之士，即真正意义上的"幕宾"。至于通常任幕职者，反而成了名义上的"幕宾"，实际上并不具备"宾"或"客"的身份与地位，研究者一般也都将之排除于幕客群体之外。②

第二节　幕府观的泛化与幕府类型

"幕府"一词的含义有广义与狭义之分，狭义的"幕府"一般就是指出征将帅的衙署，广义的"幕府"则要复杂得多，各类大小不一的军政机构都曾被人们称作"幕府"③。对"幕府"一词不同的理解也就构成了不同的"幕府"观念，北宋是古代"幕府"观念发生重大转变的历史时期。成书于宋真宗大中祥符六年（1013）的《册府元龟》，其卷七一六"幕府部"云：

　　《周礼》：六官六军并有吏属，大则命于朝廷，次则皆自辟除。

---

① 《小山类稿》卷12，福建人民出版社2000年点校本，第225页。

② 张纯明：《清代的幕制》一文指出："在性质上明清幕宾与汉唐幕制为截然两事。后者姓名达于台阁，禄秩注于铨部；前者不过私人而已。"（《岭南学报》1949年第9卷第2期）郭润涛《中国幕府制度的特征、形态和变迁》也认为：到了明代，"在招聘制下，主官自主辟士，则纯粹是官员的私人行为；由于无权署为佐僚，官员与幕客之间也就只能停留在'主与宾'的初始关系状态，即二者之间是一种单纯的'主人'与'宾客'的关系。"（《中国史研究》1997年第1期）陈宝良《明代幕宾制度初探》一样强调了明代幕宾"私人聘请"的特点。（《中国史研究》2001年第2期）上述研究均不把由吏部铨选的明代幕僚视作"幕宾"。

③ 关于"幕府"一词含义的解释，参见郭润涛《中国幕府制度的特征、形态和变迁》，《中国史研究》1997年第1期；石云涛《唐代幕府制度研究》，中国社会科学出版社2003年版。

春秋诸国有军司马、尉侯之职，而未有幕府之名。战国之际，始谓将帅所治为幕府。秦分天下为郡，属官有丞，边郡有长史，主兵。汉丞相、三公开府置掾史、司隶，刺史有从事、史佐，京尹、守相有掾史、曹属，皆幕府之职也。①

文中列举了包括郡丞、长史在内的形形色色的"幕府之职"，与之相应的各级官员所在的衙署自然也就成了"幕府"。需要指出的是，类似郡一级的机构在宋以前的文献中并没有被称为"幕府"，因此，它所反映的其实是宋人新的幕府观。宋以州代郡，人们在观念中便开始以知州衙署为幕府，如宋神宗熙宁十年（1077），苏轼任徐州知州，黄庭坚在写给他的书信中即称"阁下开幕府在彭门"②。又，欧阳修有《送王尚恭隰州幕》，③ 梅尧臣有《闻尹师鲁赴泾州幕》，④ 徐玑有《送赵灵秀赴筠州幕，予亦将之湖外》，⑤ 可见"州幕"之说在宋代已是相当普遍。此外，"州幕"还常常与"县幕"并举，"州县幕职"的提法也屡见于宋人文集中。⑥ 这样一来，"幕府"概念所涵盖的范围便有了很大的拓展，除了军事幕府外，各个层级的行政部门也可以被视作"幕府"。

宋以后的元、明、清三代基本上都继承了这种泛化的幕府观，呈现出"幕府"的多样性特征，但由于各朝政治环境与职官制度的不同，"幕府"的指向有着各自的具体内容。明代形形色色的"幕府"种类既有沿袭的一面，更有许多新创，并为后世所继承。

首先，军事长官的衙署照例被称为"幕府"，像明初的大都督府，及后来的五军都督府等，而总兵幕则是明代最具代表性的军事幕府：

总兵幕　总兵是明代武臣中最高的职务，《明史》卷七六《职官志

---

① 《册府元龟》卷716"幕府部"，中华书局1960年版，第9册，第8511页。

② 黄庭坚：《上苏子瞻书》，《黄庭坚全集》第2册，四川大学出版社2001年版，第457页。

③ 《欧阳修全集》卷10，中华书局2001年版，第164页。

④ 梅尧臣：《宛陵集》卷7，《文渊阁四库全书》，台湾商务印书馆1983年影印本，集部，第1099册，第53页。

⑤ 徐玑：《二薇亭诗集》不分卷，《文渊阁四库全书》，台湾商务印书馆1983年影印本，集部，第1171册，第161页。

⑥ 刘敞：《上仁宗论详定官制》，《宋名臣奏议》卷69，《文渊阁四库全书》，台湾商务印书馆1983年影印本，集部，第431册，第830页；陈靖：《上太宗乞天下宫属三年替移一年一考》，《宋名臣奏议》卷72，《文渊阁四库全书》，台湾商务印书馆1983年影印本，集部，第431册，第864页。

五》："凡总兵、副总兵，率以公、侯、伯、都督充之。"总兵官最初是为了边境防御而派出的，事毕即归，后因边境多事，遂留镇守，逐渐成了固定之职。明代凡天下要害处所，俱设总兵镇守，"至崇祯时，益纷不可纪，而位权亦非复当日"①。

明人称总兵衙署为"幕府"的，如胡应麟《赠黄山人说仲二首（时居王新建幕中）》云："幕府翩翩旧孟嘉，居然长揖傍高牙。"②"王新建"指王阳明之孙王承勋，袭新建侯，时任漕运总兵。又如王世贞《送殷无美聘郭将军记室作》："总为幕中多贵客，古今唯有郭汾阳。"③诗题中的"郭将军"为郭成，先后为广东、贵州总兵官。

除了纯粹意义上的军事幕府外，明人所谓的"幕"和"幕府"还包括：

三司幕 明代的都指挥使司、布政使司和按察使司并称为"三司"，其中都指挥使司仍为军事机构，以"幕府"称之可以说符合其本义，如江以达《十四夜都司席上饯光禄屠公分赋》："幕府侈高会，长筵列朱缨。"④布政使司和按察使司则分掌一省的行政与司法大权，位高权重，称它们为"幕府"，亦不为过。

明人以布政使司和按察使司为"幕府"，它们的幕职习惯上则被称为"藩幕"，如程敏政《赠陈君伯谦赴湖广布政司理问序》云："吾郡太学生陈君伯谦第在优等，注湖广布政司理问，理问在藩幕为上佐。"⑤明布政司下设经历、理问、都事、副理问等幕职，经历、理问为从六品，而都事、副理问为从七品，因此称理问为"上佐"。又如莫如忠《故浙江按察司知事王屋张公墓志铭》称士人张之象"稍从禄仕，为浙之藩幕"⑥，明按察司下设检校、经历、知事等职，故称。此外，因按察使又称"臬司"，所以其幕职有时也被称作"臬幕"。

---

① 《明史》卷76《职官五》，中华书局1974年版，第1866页。

② 胡应麟：《少室山房集》卷60，《文渊阁四库全书》，台湾商务印书馆1983年影印本，集部，第1290册，第432页。

③ 王世贞：《弇州四部稿》卷37，《文渊阁四库全书》，台湾商务印书馆1983年影印本，集部，第1279册，第474页。

④ 《御选明诗》卷26，《文渊阁四库全书》，台湾商务印书馆1983年影印本，集部，第1442册，第652页。

⑤ 《篁墩文集》卷33，《文渊阁四库全书》，台湾商务印书馆1983年影印本，集部，第1252册，第568页。

⑥ 《明文海》卷434，中华书局1987年版，第4560页。

另外，明代自洪熙年间便开始让布政司参政、按察司副使协助总兵官署理文书，商量机密。弘治十二年（1499），因地方军事长官为武臣，权任较轻，因而派宪臣整饬兵务，始正式设江西九江兵备，总辖江防及鄱阳湖防，以后又陆续添设。因此，明人也常常把兵备道副使、佥事（俗称"兵宪"）的衙署叫作"幕府"。如茅坤《过沈兵宪幕府》："幕府不闻摇白羽，高牙初建卧轻裘。"① 又，方文曾授经于庐州兵备副使蔡如蘅所，其《送马倩若令阳江》："老我传经依幕府，淮南春水正漫漫。"诗下注："时在淮西署中"。②

督抚幕　明代都、布、按三司之制，虽能防止地方权力之扩大，又不免酿成运掉不灵之弊。于是中期以后，纷纷以部院大臣出任总督、巡抚，以驾于三司之上。虽然明代督抚还不像清代为一省定制的最高长官，但常设的也不少。③

明代的总督、巡抚尽管不能自辟僚佐，但总揽地方军、政大权，地位近于唐代的藩镇幕府。以巡抚衙门为"幕府"的，如王世贞《寄甘肃侯中丞儒宗》："幕中明月堪相共，镜里秋霜奈我何。"④ 李攀龙《送谢中丞还蜀》："元戎幕府檄书成，枹鼓春风遂不鸣。"⑤ 其《送杨玉伯序》称杨玉伯"以掾史，辟原州刘中丞幕府"⑥。胡应麟《送中丞曾公之成都》："幕府夜谈宾满坐，山邮朝发吏成行。"⑦ 董份《赠李中丞》："边庭草檄惊酋长，幕府谈经引后生。"⑧ 与巡抚相比，总督更偏重于统军之权，加以"幕府"之称，自然也是很贴切的。如徐渭曾应浙直总督胡宗宪之聘，其《自为墓志铭》即称己"一旦为少保胡公罗致幕府，典文章，数赴而

---

① 茅坤：《白华楼吟稿》卷7，《茅坤集》，浙江古籍出版社1993年版，第138页。
② 方文：《嵞山集》卷6，《续修四库全书》，上海古籍出版社2002年影印本，集部，第1400册，第73页。
③ 参见吴廷燮《明督抚年表》，中华书局1982年版；靳润成《明朝总督巡抚辖区研究》，天津古籍出版社1996年版；瞿蜕园《历代官制概述》，见《历代职官表》卷首，上海古籍出版社1980年版。
④ 王世贞：《弇州四部稿》卷43，《文渊阁四库全书》，台湾商务印书馆1983年影印本，集部，第1279册，第542页。
⑤ 李攀龙：《李攀龙集》卷9，齐鲁书社1993年版，第212页。
⑥ 同上书，卷17，第418页。
⑦ 胡应麟：《少室山房集》卷50，《文渊阁四库全书》，台湾商务印书馆1983年影印本，集部，第1290册，第325页。
⑧ 董份：《董学士泌园集》卷5，《四库全书存目丛书》，齐鲁书社1997年影印本，集部，第107册，第80页。

数辞，投笔出门。"① 同在府中的沈明臣亦有诗云："自笑无才趋幕府，也从车骑得乘闲。"② 袁中道曾客于蓟辽总督塞达所，其《寿塞令公（期为八月十七日）》："衡门幕府何分别，元老功成即是仙。"③ 又，钱谦益《赠云间顾观生秀才》："东南建置画封疆，幕府推君借箸长。"④ 时华亭士人顾在观（字观生）在凤阳总督马士英府，等等。

　　府（州）县幕　明改诸路为府，府下设县。"州"有二种，即属州和直隶州。属州的待遇与县同，直隶州的待遇与府同。与督抚幕相比，府（州）县的衙门自然偏小，但自宋以来便有以"幕"相称的传统，明代也是如此。府一级的衙门及其幕职可径呼"府幕"，如袁中道《送张收之赴铜仁府幕，兼寄郡贰张昭余》，⑤ 亦往往冠以"郡幕"之称，县一级的则称为"县幕"。至于"州幕"，要看具体情况而定。王世贞《广东南雄府照磨封登仕佐郎刑部司务旌表孝子何公墓表》："公乃强之选，得南雄府照磨之任，……会始兴阙令，檄公摄之，邑人以公自郡幕往，颇见易。"⑥ 知府下属有知事、经历、照磨、检校等幕职，故文中称照磨为"郡幕"。又，张治《送南城李知事宪之惠州》："幕府官闲诗兴好，定须饱饭对罗浮。"此处"幕府"为州幕。王世贞另有《送州幕成君迁乌蒙郡幕序》，⑦ 既云"迁"，则此州幕多为属州幕。另外，属州与县往往可以并举为"州县幕"，如王祎《送孙实夫序》云："为郡府吏者，积劳累考，仅出为州县幕职。"⑧ 至于"县幕"之称在明人文集中亦颇为常见，王直《送赵县丞归南城序》："时朝廷方修《永乐大典》，凡有文学者皆得荐举，（赵）志时在星子县幕，被荐入馆阁。"⑨ 王燧《送人复任》："年深拜官趋县

① 徐渭：《徐文长三集》，卷26，《徐渭集》，中华书局1983年版，第639页。
② 沈明臣：《从大司马胡公过睦州道中，即事呈徐文长记室》，《丰对楼诗选》卷31，《四库全书存目丛书》，齐鲁书社1997年影印本，集部，第144册，第518页。
③ 袁中道：《珂雪斋集》卷5，上海古籍出版社1989年版，第216页。
④ 《钱牧斋全集》第4册，上海古籍出版社2003年版，第346页。
⑤ 袁中道：《珂雪斋集》卷8，上海古籍出版社1989年版，第357页。
⑥ 王世贞：《弇州续稿》卷128，《文渊阁四库全书》，台湾商务印书馆1983年影印本，集部，第1283册，第785页。
⑦ 同上书，卷26，《文渊阁四库全书》，台湾商务印书馆1983年影印本，集部，第1282册，第350页。
⑧ 王祎：《王忠文集》卷7，《文渊阁四库全书》，台湾商务印书馆1983年影印本，集部，第1226册，第138页。
⑨ 王直：《抑庵文集》后集卷8，《文渊阁四库全书》，台湾商务印书馆1983年影印本，集部，第1241册，第496页。

幕，北阙拜谢衣襜襜。"①

上述幕府中，三司幕与督抚幕的衙门较大，特别是总督、巡抚往往可以广开幕府，成为士人游幕重要的去所之一，有些著名幕府的规模并不逊色于后来清代的督抚幕。而府（州）县幕还未能像清代那样成为幕友非常活跃的场所，主要原因在于明代的知府，尤其是知县的官俸很低，无力延请幕宾，这自然在相当程度上限制了士人在这一层次的游幕。②

此外，在明代的政治背景下，还有两种特殊的"幕府"，一是"大学士幕"；二是"藩王幕"，它们都没有正式的衙署和幕职，但依然被人们视作"幕府"。下面分别述之：

大学士幕　明代自洪武十三年（1380）永废丞相之职后，不得不调用内阁于宫廷，以大学士担任顾问兼秘书的职务。大学士本身品秩只是五品，但其所迁任的官职则显至尚书、侍郎，或有加衔至于"三公"者。之后，内阁的地位逐渐提高。到世宗嘉靖年间，大学士的朝班次列已在六部尚书之上，内阁成员中之有力者担任首辅后，往往成为实际的宰相。不过，即使是首辅，其真正的权力仍无法与过去的宰相相比，而是受到多方面的制约，内受制于宦官，外则用人之权集中于吏、兵两部。③

明代大学士办公的正式场所主要为文渊阁（明仁宗曾于文渊阁之外，另建弘文阁，由杨溥负责，宣宗即位后罢），因建于皇宫之内，故称内阁。不过，明人所言大学士之"幕"并非内阁，而多指其私第。《万历野获编》记吕光"晚年游徐华亭门，为入幕客"④。《南吴旧话录》记陆应阳（字伯生）"久游吴门相公幕，除翰墨外，不谭一事，吴门最重之"⑤。李维桢《徐文长诗选题辞》："文长曾居李文定先生幕下，不合而去。"⑥

---

① 王燧：《青城山人集》卷3，《文渊阁四库全书》，台湾商务印书馆1983年影印本，集部，第1237册，第730页。

② 明官俸之低是一个不争的事实。宣德初，曾做过双流县知县的孔友谅上书朝廷曰："禄以养廉，禄入过薄，则生事不给。国朝制禄之典，视前代为薄。"（《明史》卷164《孔友谅传》）天顺间，吏部尚书李贤《达官支俸疏》亦云："今在朝官员，皆实关俸未一石，以一身计之，其日用之资不过十日，况其父母妻子乎？"（《明经世文编》卷36）顾炎武则感叹道："自古官俸之薄，未有如此者。"（《日知录》卷12《俸禄》）相对而言，清朝自雍正初实施"养廉银"制度后，包括知府知县在内的各级官员的实际收入要比明朝时高出不少。

③ 关于明代大学士地位及权力的演变，可参见王其榘《明代内阁制度史》，中华书局1989年版；瞿蜕园《历代官制概述》，《历代职官表》卷首，上海古籍出版社1980年版，第51页。

④ 沈德符：《吕光》，《万历野获编》卷8《内阁》，中华书局1997年版，第216页。

⑤ 李延昰：《南吴旧话录》卷上，上海古籍出版社1985年版，第116页。

⑥ 《明文海》卷269，中华书局1987年版，第2808页。

又，《明儒学案》记黄陂诸生方与时（字湛一）事云："胡庐山督楚学，以其昔尝诳念庵也，檄有司捕治，湛一乃逃而入新郑之幕。"[1] 同书记崇祯间吴执御弹劾当时首辅周延儒之疏云："李元功、蒋福昌等夙夜入幕，私人如市，此岂大臣壁立千仞，不迩群小之所为哉？"[2] 上述大学士之"幕"，均为其私第，故能"夙夜而入"。这种情况的出现，自然与内阁深处宫禁之中，私人幕客无法轻易出入有关。此外，这也是宋元以来"幕府"一词泛化倾向进一步发展的结果，"幕"和"幕府"越来越成为一种地位与权力的象征。

藩王幕 明代的宗藩之制，始于洪武年间。朱元璋先后将皇太子朱标以外的其他诸子均封为亲王，并封从孙朱守谦为靖江王。初封的藩王有较大的人事行政权力，"凡王府文武官属，文官首领官从王于境内选用，武官千户、百户等，于所部军职内选用"[3]。此外，当时的军事形势也使得诸王，尤其是封地在北方的燕、宁、秦、辽等藩王拥有很强的军事实力，有时还奉命率大军征伐。可见，明初的王府与传统的幕府并无二致，且在一定程度上保留了辟署制。不过，这种情形并未维持多久，洪武二十八年（1395）颁行的《皇明祖训》就对诸王的各种权力作了不少的限制，亲王自辟文职官员的做法遭禁止。[4] 靠藩王起家的朱棣登上皇位后，更是大力削减诸王势力。永乐之后，朝廷对宗藩的管制日趋严格，逐渐使其成为一个有位无权的寄生群体。

作为特权阶层，一方面，明代诸王基本上没有多少政治上的权力，另一方面，则享有尊崇的社会地位与优厚的经济条件，特别是亲王、郡王，除了朝廷供给的禄米之外，还往往利用权势大肆兼并土地，发展王府庄田，过着骄奢淫逸的生活。对于这些亲王、郡王而言，聘请幕宾所需要的花费根本不在话下。除了有着充足的财力为后盾外，明代藩王也有不少人具有较高的文化修养，如叶德辉所称赞的那样："大抵诸藩优游文史，黼黻太平。修学好古，则河间比肩；巾箱写经，则衡阳接席。"[5] 其中不乏能诗善文者，《百川书志》、《千顷堂书目》、《明诗纪事》所记录的诸王

---

[1] 黄宗羲：《明儒学案》卷32"泰州学案一"，中华书局1985年版，第707页。

[2] 黄宗羲：《明儒学案》卷55"诸儒学案下三"，中华书局1985年版，第1329页。

[3] 朱元璋：《祖训录·职制》，《明朝开国文献》第3册，台湾学生书局1966年版，第1745页。

[4] 《皇明祖训·职制》将《祖训录》原文改成："凡王府武官千户、百户等从王于所部军职内选用。"已不再包含文职官员在内，《明朝开国文献》第3册，台湾学生书局1966年版，第1650页。

[5] 《书林清话》卷5"明时诸藩府刻书之盛"，台北世界书局1988年版，第120页。

诗文集就达上百种之多。如此一来，藩王府邸也就成了众多游幕文士的理想去处，并且在彼此间建立起良好的宾主关系。如谢榛"入邺下赵王幕，甚宾礼之"①；宋登春忆乐陵郡王待己："昔者令先王待鄙人不薄，列之于宾客之中，揖之于广庭之上，言听计用，自幸有国士之知。"② 而这些藩王们也往往由此获得了礼贤下士的美名，如郑若庸《赠张子顺斋序》称赵康王："时国君方崇尚儒术，喜延礼艺士，……宇内称赵国君贤，多宾客，如平原邸。"③ 另外，对于游幕文士而言，随着对"幕府"一词理解的宽泛化和动机的经济化，游于诸王府第与游于督抚幕、州县幕其实并没有什么太大区别。

　　除了上面常见的几种"幕府"之外，明代还存在某些特殊条件下产生的幕府类型。天启、崇祯年间，因战争形势日益严峻，朝廷开始派遣内阁大学士或兵部尚书出任督师，位在总督之上。先后担任督师的有孙承宗、张凤翼、杨嗣昌、丁启睿、周延儒、李建泰等人，这样就产生了督师幕府。此外，明代宦官势力之大是人所共知的，其专权擅政的程度也是前所未有的，涉及行政、司法、军事等各个方面。明朝内廷由宦官掌管的司礼监甚至有内阁之实，"本章之批答，先有口传，后有票拟，天下之财富，先内库而后太仓。天下之刑狱，先东厂而后法司。其他无不皆然。则是宰相六部，为奄宦奉行之员而已"④。可见，明代掌司礼监者在一定程度上掌握着实际的相权，其代表人物王振、刘瑾、魏忠贤等均权倾一时，因此还存在着"宦官幕"。由于宦官的文化水平一般较低，所以在涉及文书方面常常需要有人协助，如刘瑾幕下有张文冕，"瑾传旨意，多出其手"⑤；万历间太监冯保幕下有徐爵，"其人善笔札，又习城旦家言，凡上手敕，优奖江陵公者，皆出其手"⑥。当然，一般注重名节的士人是不愿游于此类幕府的。

---

① 田雯：《谢四溟故宅记》，《古欢堂集》卷29，《文渊阁四库全书》，台湾商务印书馆1983年影印本，第1324册，第305页。

② 宋登春：《答乐陵王凤冈书》，《宋布衣集》卷1，《文渊阁四库全书》，台湾商务印书馆1983年影印本，集部，第1296册，第547页。

③ 郑若庸：《北游漫稿·文》卷上，《四库全书存目丛书》，齐鲁书社1997年影印本，集部，第144册，第75页。

④ 黄宗羲：《明夷待访录·奄宦上》，《黄宗羲全集》第1册，浙江古籍出版社2005年版，第44页。

⑤ 王世贞：《弇山堂别集》卷95"中官考六"，中华书局1985年版，第1816页。

⑥ 沈德符：《儒臣校尉》，《万历野获编》卷21《禁卫》，中华书局1959年版，第539页。

这些都足以看出明代幕府的多样性，不过，幕府观的泛化并不意味着"幕府"界定的模糊化。事实上，历朝历代，无论新增了怎样的幕府类型，其幕主始终是指在职的官员或在位的藩王，唯有如此，他们的衙署或府第，方能形成"幕府"。一旦去职，即便有再大的政治影响力或财力，附之门下均不称为"入幕"。

第三节　入幕方式与幕中活动

明代幕府制度的特殊性决定了明人的游幕与仕途之间并无直接的关系，因此对入幕人员的阶层、出身并没有严格的要求，各类人物皆可入幕。在这些形形色色的幕客中，有武人，如崇祯间首辅周延儒的幕客李元功即为武弁出身。① 有各类艺人，如苏州刻工章文，正德间被宁王朱宸濠延致邸中，后又应严嵩之聘，留相邸四年；② 又如著名说书艺人柳敬亭，明末入左良玉幕，"宁南以为相见之晚，使参机密，军中亦不敢以说书目敬亭"③。还有医士，如徐渭所记"宣镇刘君者"，"始弃儒而医，……巡抚吴公以君术高，抑有助于柔远，为请于总督开府，得冠带参谋"④。甚至包括戴罪之人，如戚祚国《戚少保年谱耆编》记云："时有郡吏陈文治，系嘉禾人，以舞文弄法为问，谪充戍军前。家严阅其人非行伍也，因试其书移，遂留之幕下。比问其所长，则善策《周易》，乃收为记室。"⑤ 可谓鱼龙混杂。⑥ 不过，明代幕客中的主流仍然是普通文人，其入幕方式通常有以下两种：

第一种是接受幕主延聘。

---

① 《明史》卷308《周延儒传》，中华书局1974年版，第7927页。

② 王世贞：《章笔谷墓志铭》，《弇州续稿》卷91，《文渊阁四库全书》，台湾商务印书馆1983年影印本，集部，第1283册，第313页。

③ 黄宗羲：《柳敬亭传》，《黄宗羲全集》第10册，浙江古籍出版社2005年版，第588页。

④ 徐渭：《赠刘君序》，《徐文长三集》卷19，《徐渭集》，中华书局1983年版，第542页。

⑤ 戚祚国：《戚少保年谱耆编》卷1，中华书局2003年版，第26页。

⑥ 这种人员庞杂的情形对清代游幕者的构成有着直接的影响，乾隆年间著名幕客万维翰在告老还乡后所撰的《幕学举要》中称："幕中流品，最为错杂。有宦辙覆车，借人酒杯，自浇块垒。有贵胄飘零，掷挡纨绔，入幕效颦。又有以铁砚难磨，青毡冷淡，变业谋生。又有骨钞谙练，借栖一枝，更有学剑不成，铅刀小试。其中优劣不一，力能赞扬，识者未尝不加敬礼。乃有委蛇进退，碌碌无所短长者，滥厕吹竽，于是莲花幕客，侪于佣伍矣。"

　　这种入幕方式在明代最为普遍，大多数文人都是由此而成为幕客的。延聘最重要的是礼数的周全，无论所聘之人身份与地位如何，都不应失礼。延聘一般都需要幕主以私人的名义下聘书，送上聘金或礼物。聘书往往要语词谦逊，尽表仰慕之意。嘉靖间，新河文士宋登春游至兖州，乐陵王朱泰壄久闻其名，欲延入王府，便派人送上聘书，书云：

　　　　不肖孤某再拜稽首，奉书先生有道：孤不德，获罪于天，遭此闵凶苫块之余。僻陋无闻，恐不能承守宗祧，有负先王付托之意，日夜寒心，寝食不忘，思得贤者以辅之，此孤之至愿也。孤行年四十，阅人多矣，孤乃今而后知先生为天下士也。窃尝闻先生高卧一丘，而信义重于诸侯，礼让施及萌隶。非道义之与，虽馈之千金，却而弗受，先生其贤乎哉！孤之所谓天下士。今先生自楚不远数千里而至敝邑，此天之所以不弃先王而有意于孤也。先生独不念昔日一面之识，而忘孤之凉德乎？意先生必不如此慭然也。孤粪除先人之敝庐，拥篲以待先生，先生肯举玉趾以临，北面请益，幸而教焉？密迩举大事于先王，得讲于长者，使无失丧纪，不亦幸乎！孤犹当致力以奉左右而不辞也。敬赍锦绣四纯、宝璧二双、先于文马二驷，请致于先生，幸勿谈笑而挥之。即后遣使奉迎，青山之馆、翠芝之幄，辞猨鸟、谢松筠，出烟霞、渡洙泗，孤东向跂足而望先生如岳降也。礼仪深愧不腆，另具一通。①

　　朱泰壄贵为宗室郡王，而宋登春不过一介布衣，虽然地位悬殊，但在延聘礼节上并不能马虎。据此文内容，乐陵王不仅送上了丰厚的礼物："锦绣四、纯宝璧二双"，连坐骑都准备好了，而且一旦宋登春同意，还要另外专门"遣使奉迎"。又如赵康王朱厚煜欲邀昆山文人郑若庸入府，多次致意，均未成功，直至嘉靖三十年（1551），郑若庸方应聘北上，周思兼《赠虚舟先生序》纪其事云："赵王闻吴人虚舟贤，使使奉币具车马召君，且致命曰：'闻之国人博闻强识、能文词者无若吴人郑君，诚私心悦慕，愿得侍左右，不敢以请，敬以遣一介之使，谒诸从者'。……使者三反，卒辞不行。后五年，王又使寺人秀乘传往迎君，君尚未行也。或谓君曰：'……今使者待门下五年于兹矣，而卒未有行，意轻绝好贤之王，

————————

① 朱泰壄：《乐陵王书》，《宋布衣集》卷1，《文渊阁四库全书》，台湾商务印书馆1983年影印本，集部，第1296册，第549页。

简弃不朽之功，愿君更虑之。'郑君曰：'敬诺。'遂行。"① 朱厚煜《与郑虚舟》可印证这一"礼遇"："久慕颜范，如仰山斗。屡接手教，无任开浣。恭闻文旌南来，面觐在即。予甚欢忭，特遣从官代迎途次，万惟玉趾惠肯为幸。"② 天启初，辽东经略袁应泰聘布衣士人张思任入幕，专门"撰书词，具马币，再拜遣使者以请"③。蓟州总兵戚继光邀请福建文人郭造卿入幕游边，一样对之"礼甚恭，行李相望于道"④。即使在大厦将倾、形势紧迫的南明弘光朝，大学士史可法欲招贵池诸生刘城参幕事，也不忘"撰书辞、具马币"⑤。

因此，若是礼数不周，受召之士即可以此为由拒绝入幕。万历二十二年（1594），时任大同巡抚的梅国桢邀请袁中道入幕，"数以字见召"，袁中道则回书道："明公厩马万匹，不以一骑逆予，而欲坐召国士，胡倨也？"⑥ 后来梅国桢改变礼数，袁中道才成行。

不过，在某些特殊情况下，长官也可以用行牌檄委的方式将文士延请入幕。正德间朱宸濠起兵反叛，时任江西巡抚的王阳明因变起仓促，幕下缺少可供调度的僚属，不得不广召当地士绅入幕，其《牌行吉安府敦请乡士夫共守城池》写道："照得宁府反叛，……为此案行吉安府官吏，通行各县署印官员，径自以礼敦请老成乡宦，众所推服者一二员，在城以备紧急，协同行事。该府城池，关系尤重。查得致仕按察使刘逊素有才望，忠义奋激，就仰该府请至公馆，仍仰署印官待以宾师之礼，托以咨决之事，一应军机事宜，咨禀计议而行，以安人心，以济大事。"⑦ 牌是官府发出的政令，带有强制性，此牌的一个主要内容便是邀请致仕按察使刘逊入幕。虽然刘逊社会地位较高，但局势紧急，王阳明无法亲自致意，只得命令下属以这种方式代己礼聘。又如隆庆三年（1569），泰州学派的代表

① 郑若庸：《北游漫稿·文》附录，《四库全书存目丛书》，齐鲁书社 1997 年影印本，集部，第144 册，第 137 页。
② 《居敬堂集》卷 8，嘉靖四十四年（1565）赵府刻本。
③ 钱谦益：《送张处士思任赴辽东参谋序》，《钱牧斋全集》第 2 册，上海古籍出版社 2003 年版，第 990 页。
④ 叶向高：《海岳郭先生墓志铭》，《苍霞草》卷 17，《四库禁毁书丛刊》，北京出版社 1997 年影印本，集部，第 124 册，第 450 页。
⑤ 刘城：《汪思诚传》，《峄桐文集》卷 10，《四库禁毁书丛刊》，北京出版社 1997 年影印本，集部，第 121 册，第 501—502 页。
⑥ 袁中道：《塞游记》，《珂雪斋集》卷 12，上海古籍出版社 1989 年版，第 528 页。
⑦ 《王阳明全集》卷 17，上海古籍出版社 1997 年版，第 578—579 页。

人物颜钧因遭人诬陷，被遣戍福建邵武，两广总兵俞大猷向来仰慕其学问，决定聘之入幕，便行牌至邵武卫所："钦差镇守广西协理广东地方总兵征蛮将军前军都督署都督同知俞为军务事：近因闽广奉旨夹剿海寇，欠乏谋士，查得邵武军人颜钧即颜山农先生，讲学不杂于佛老，论兵必本于仁义，盖古黄石老人之俦匹，足为今人之师表。为此牌仰本卫即将此老先生送至军前，为参谋之用。毋违。"① 颜钧此时为戴罪之身，俞大猷用这种方式延聘，算不上失礼，又不致惹人非议。

第二种则是经由幕主奏调。

如本章第一节所述，明初辟署制取消后，各级官员即不具备自辟僚佐的权力，但仍有例外的情况发生。《明史纪事本末》载：

> （嘉靖）三十三年三月，……以南京兵部尚书张经总督浙、福南畿军务。时朝议方征狼、土兵剿倭，以经尝总督两广有威惠，为狼、土所戴服，故用之。敕令节制天下之半，便宜从事，开府置幕，自辟参佐。②

倪谦《送李教授赴广州府学序》记儒士李道远事迹云：

> 去年春，麓川陆梁大司马总师南征，耳其名，奏置幕下。数与计事，乃画平蛮八策上之，悉悬中事几，甚见器重。……比班师，上其功，天子嘉之，擢拜广州府学教授。③

《明史》卷二五〇《孙承宗传》记载：

> （王）在晋既去，承宗自请督师。诏给关防敕书，以原官督山海关及蓟、辽、天津、登、莱诸处军务，便宜行事，不从中制，而以鸣泰为辽东巡抚。承宗乃辟职方主事鹿善继、王则古为赞画，请帑金八十万以行。④

① 《颜山农先生遗集凡例》，《颜钧集》卷9，中国社会科学出版社1996年版，第92页。
② 《明史纪事本末》卷55《沿海倭乱》，中华书局1977年版，第850—851页。
③ 倪谦：《送李教授赴广州府学序》，《倪文僖集》卷16，《文渊阁四库全书》，台湾商务印书馆1983年影印本，集部，第1245册，第382页。
④ 《明史》卷250《孙承宗传》，中华书局1974年版，第6468页。

《明史》卷二五二《杨嗣昌传》记载：

> 嗣昌劾逮孔焰，奏辟永州推官万元吉为军前监纪。①

据以上所引事例，我们可以看到，当出现大规模的战事时，朝廷会仿效辟署制，破例赋予个别高级文官统帅以自辟僚属的特权。不过，这种特权只是作为一种临时性举措，属权宜之策，因而始终没有成为明代制度中的常态。此外，这类幕主辟置幕僚一般是通过表奏疏请的方式来进行，而且是先奏后辟，不能像宋元以前可以先辟后奏，真正自主的空间十分有限。事实上，奏请失败的例子是很多的，如嘉靖年间，宣大总督翁万达欲征辟闲居在家的程霆与罢职为民的唐顺之，作《举所知以裨不逮疏》，文章开头即陈述因缺少合格幕僚而导致的种种不便："臣统四镇治三军，使专持挈纲领，筹度便宜，不以琐尾之事并责之，臣精神心思尚有所及。乃今一切细务如寸楮尺椟、竹头木屑之类，非臣位分所宜孳孳者，亦旁午煎迫，所居无藩臬守巡郡县贤者，独候人介胄，但可备使令，而不可以预画谋，一二吏胥，仅可以供抄誊，而不可以校书计……"② 接着用大量篇幅充分肯定了程、唐二人的才华与能力，可以说列举了充足的幕府用人的理由，此疏写好之后，却"会有旨不用，遂弗果上"。

直至明末风雨飘摇之际，各种救急之法层出不穷，也始终没有给辟署制"网开一面"。崇祯末，吴伟业曾上书建议："特令大臣典护一省卫所，许其征辟幕僚，收召义勇，互相唇齿，以壮干畺"，结果"时不能用"③。

由奏调而入幕的文人，在入幕前一般都具有某种职衔，如李道远原为秦府教授，鹿善继、王则古本为兵部主事。入幕之后，他们与幕主之间则超越了上下级关系而兼有宾主之谊，有的还在仕途上出现了同进共退的现象。鹿继善与孙承宗即是如此，《明儒学案》卷五四《忠节鹿乾岳先生善继》载："高阳以阁臣督师，先生转员外、郎中，皆在幕府。高阳解兵柄，先生亦罢归。"④

在明代，文人入幕之后，虽然因"客"的身份而享有较大的自主性，

---

① 《明史》卷252《杨嗣昌传》，中华书局1974年版，第6516页。
② 翁万达：《翁万达集·文集》卷13，上海古籍出版社1992年版，第414页。
③ 《春明梦余录》卷36，《文渊阁四库全书》，台湾商务印书馆1983年影印本，子部，第868册，第517页。
④ 黄宗羲：《明儒学案》卷54"诸儒学案下二"，中华书局1985年版，第1305页。

但其主要活动仍然得以幕主为轴心，根据幕主的要求和实际的需要从事相应的活动，若是执意坚持自己的个性与行为方式，那就只剩下辞幕一途了。归纳起来，明代文人的幕中活动可以分为以下几类：

一　参预军务

这本是传统幕僚所担负的基本职责之一，明代游幕文人因多数不具备正式的僚属职衔，故介入戎务的现象不如过去那么普遍。不过，他们若处战时或边塞幕府之中，则同样有机会参与军事事务的决策谋划，其中不乏以谋略见长的人才。钱谦益《列朝诗集》乙集卷五"周沐阳鼎"条云："鼎，字伯器，嘉善人。博极经史，为弟子师。例当以掾曹得官，谢病归。正统中，大征闽寇，沐阳伯金忠①参赞军务，辟置幕下，议进取方略，多见用。"冯皋谟《桐林二祖墓记》叙其曾祖冯璩事迹云："适王威宁西征，疏公参随，公赞画机务，大见隆贵。出入帷幄，万户侯曳金执鞭绁马焉。"②翁万达《赠胡思岩山人序》云："会有交州之役，……山人时时读军志说法，朗然相助，余有构画，间以诘山人，山人能甲乙其说。"③屠隆《明河南按察司副使奉敕备兵大名道鹿门茅公行状》叙茅坤入胡宗宪幕事："胡公雅知公将略，虚怀咨访。公计切桑梓，稍稍陈其智略，胡公采之辄效，遂荡巨寇，靖东方。公谋为多。"④郑应曾《何丹邱先生传》亦记云："时大中丞缙云昆岩郑公，以重望出镇榆关，敦请先生（何白）入幕，……间议兵谋边计，动中机宜。"⑤

明清之际，由于时局剧烈动荡，大小战事频繁，参预军务成为文人游幕的重要内容。如《明季南略》记长洲文人顾所受事云："崇祯十五年，流贼破袁州，犯吉安。时龙泉令刘汝谔请公为幕宾，画战守具甚备，贼因

① 案：应为沐（沭）阳伯金濂。王世贞《弇山堂别集》卷6"皇明异典述一"载："赠伯者：……太子太保、沐阳伯金濂。"《明史》卷160《金濂传》亦载："金濂，字宗瀚，山阳人。永乐十六年进士，授御史。……福建贼邓茂七等为乱，都督刘聚、都御史张楷征之，不克。（正统）十三年十一月大发兵，命宁阳侯陈懋等为将军往讨，以濂参军务。……（景泰）五年卒官，以军功封沐阳伯，谥荣襄。"

② 冯皋谟：《丰阳先生集》卷8，《四库全书存目丛书》，齐鲁书社1997年影印本，集部，第122册，第267页。

③ 翁万达：《翁万达集·文集》卷1，上海古籍出版社1992年版，第40页。

④ 《茅坤集·附录一》，浙江古籍出版社1993年版，第1354页。

⑤ 《何白集·附录二》，上海社会科学院出版社2006年版，第771页。

去。"① 王士禛《汪光翰传》记云："明崇祯末，景陵胡恒，官川南道。光翰为幕客，恒驻节邛州。逆献陷成都，分兵狗邛，恒命光翰出调兵，并檄宁越守备杨起泰，将兵援邛，未至而城陷。"② 至于扬州督师史可法幕下近百位文士中，与军务有关者亦居多数。③

明代游幕文人参预军务还有一种较为特殊的方式，便是亲自上沙场建功立业。这样的例子虽然不多，但还是有的，典型的如陈第与宋尧明。陈第原为连江诸生，嘉靖末，俞大猷招致幕下，教以古今兵法、南北战守方略，尽得其指要。后弃笔从戎，为谭纶、戚继光部将，万历间升游击将军。宋尧明原为举人，曾任江西德化县教谕。其后历任福建归化、浙江松阳、江西安远知县。于安远知县任上，因有乡人冯完挟辅相徐阶长子书信至安远逼债，暴死。宋尧明"坐擅用库钱被劾，谪戍铁岭。久之，获交大将军李如松。因从出塞，斩十七级以归。格于例，不得复官，仅释伍归"④。

二　佐理政务

在明代，入幕文人可以参与各类政务之中，有的是帮助幕主襄阅试卷，如张岱记其高祖张天复事迹云：

> 高祖讳天复，姓张氏，号内山，生正德癸酉。……及冠，补县诸生。华亭徐文贞行学，得高祖牍，置第一。明年复按越。一夕叩户急，举火视之，则文贞也。谓高祖曰："若往助我。"拉之去。各县牍出，颇得人。阅山阴，高祖以嫌辞。文贞曰："以若首，第二以下，若自定之。"⑤

有的则是协助地方官鞫狱断讼，黄宗羲《蒋氏三世传》记载：

> （蒋）之骥，字龙友，生而颖异。……尝客龙溪徐令，民王九如

---

① 计六奇：《明季南略》卷4"苏州顾所受投泮池"，中华书局1984年版，第254页。

② 王士禛：《带经堂集》卷79，清康熙五十年程哲七略书堂刻本。

③ 参见何龄修《史可法扬州督师期间的幕府人物》，《燕京学报》新3期、新4期，北京大学出版社1997年版。

④ 《（嘉庆）松江府志》卷53《宋尧明传》。

⑤ 张岱：《家传》，《琅嬛文集》卷4，岳麓出版社1985年版，第155页。

晨出不返，其子疑一怨家，投牒，尸不得，无以成狱。令问于君，君曰……讯而伏。海贼刘香之奸细投宿妓馆，事觉，并捕主人，瘐死者数人。君曰："此滥刑也！妓馆利客之来，奚暇诘所从来乎？"令然之，乃释其余。①

不少游幕文人还参与方志的编写。明代是方志的迅速发展期，许多地方为政者都把修地方志视作自己的重要职责，他们的幕客也常常加入其中，如何白客郑汝璧幕，修《榆林志》；② 郭造卿客戚继光幕，修《燕志》；③ 车任远应上虞县令之聘，修《上虞县志》，④ 等等。

至于章表启奏等各种公私文书的撰写，则更离不开游幕文人的参与。徐渭久居胡宗宪幕下，自称："予从少保胡公典文章，凡五载，记文可百篇，今存者半耳。"⑤ 袁宏道《徐文长传》则称"一切疏记，皆出其手"⑥，指的大都是此类文章。有时候，幕宾为幕主所写的一些敏感性奏疏还会给自己带来政治风险，南明弘光朝，新建文人欧阳斌元客吏部左侍郎吕大器幕，"为吕公草《二十四罪疏》，特纠马士英，士英探知出斌元手，衔刺骨。……斌元惧祸不敢归，就督师史公可法于淮阳幕府"⑦。

入幕之士帮助幕主佐理政务在明代中期以后日益成为一种风气，据张岱所记，其三叔张炳芳"少有机颖，与人交辄洞肺腑，谈言微中，无不倾心向之。云间何士抑、金斗许芳谷官于越，三叔居幕下，不咨询不敢理郡事"⑧。不过，这些幕客与清代充分职业化了的"刑名师爷"、"钱谷师爷"等相比仍有较大的区别，当时还没有"幕业"一说，更没有专门的幕业技能培训，大量基础性的具体事务仍是由吏员承担的。

此外，有些明代幕客在参与政务的时候，往往还利用自己与幕主的私

① 《黄宗羲全集》第 10 册，浙江古籍出版社 2005 年版，第 597 页。
② 光绪《乐清县志》卷 8《人物》，《中国方志丛书·华中地方·浙江省》，台湾成文出版社 1983 年影印本，第 87 册，第 1495 页。
③ 戚祚国：《戚少保年谱耆编》卷 12，中华书局 2003 年版，第 397 页。
④ 光绪《上虞县志校续》卷 9《人物》，《中国方志丛书·华中地方·浙江省》，台湾成文出版社 1983 年影印本，第 17 册，第 767 页。
⑤ 徐渭：《幕抄小序》，《徐文长三集》卷 19，《徐渭集》，中华书局 1983 年版，第 536 页。
⑥ 袁宏道：《徐文长传》，《袁宏道集笺注》卷 19，上海古籍出版社 1981 年版，第 716 页。
⑦ 彭士望：《书欧阳子十交赞后》，《耻躬堂文钞》卷 9，《四库禁毁书丛刊》，北京出版社 1997 年影印本，集部，第 52 册，第 160 页。
⑧ 张岱：《家传·附传》，《琅嬛文集》卷 4，岳麓出版社 1985 年版，第 171 页。

密关系从事一种不登大雅之堂的活动——"为人居间"。"为人居间"主要是指代人说事，从中获得经济上的好处，这种情况在游幕文人中普遍存在。幕主的地位越高，这样的机会也就越多，获得的经济利益也就越大。丁元荐《西山日记》记载："公（胡宗宪）方酣饮，徐生（渭）辄先醉，公度其有所请，格于酒，索其袖中，有讼牒，即手批阴纳其袖。夜半酒醒……出其牒，已批且印矣。其人直馈数百金，为生客舍资。"① 徐渭此时充当的便是"居间者"。不过，也有一些幕客洁身自好，不屑此类行径，如朱察卿（字邦宪）曾客于总督赵文华幕，"有梁将军者，为邦宪尚书重客，故夜赍三百金为寿，邦宪大惊曰：'客为三百金来耶？促麾去，毋污我。'"② 又如陈子龙记宋懋澄游边事："蓟门刘中丞与最善，一日微谓先生曰：'某帅将以千金求公居间，公其有意乎？'先生拂衣起，中丞曰：'聊试公耳。'先生意始解。"③

三 文学活动

从历史上看，文学活动普遍存在于各朝幕府之中，明代幕府内的文学活动同样非常丰富。游幕文人除了将幕中的所见所感形诸诗文外，还往往因幕主之命而赋诗作文。谢榛是赵康王门下著名的幕客之一，他曾自述云："嘉靖甲寅春，予之京，游好馐于郭北申幼川园亭。赵王枕易遣中使留予曰：'适徐左史致政归楚，欲命诸王缙绅辈赋诗志别，急不能就，子盍代作诸体二十篇，以见邺下有建安风，何如？'予曰：'诺。明午应教毕，北首路矣。'"④ 这显然就是一次典型的奉命代笔的经历。沈明臣曾居胡宗宪幕下，屠隆《沈嘉则先生传》记载：

> 胡公行部太末及七闽，先生皆从行。一日公燕将士烂柯山上，酒酣乐作，命先生作铙歌鼓吹十章。先生援笔立就，至"狭巷短兵相接处，杀人如草不闻声"，胡公矍然起，捋先生须曰："何物沈郎，

---

① 《西山日记》卷上"延揽"，清康熙二十八年先醒斋刻本。

② 王世贞：《朱邦宪传》，《弇州四部稿》卷84，《文渊阁四库全书》，台湾商务印书馆1983年影印本，集部，第1280册，第381页。

③ 《安雅堂稿》卷10，《陈子龙文集》，华东师范大学出版社1988年影印本，下册，第298页。

④ 谢榛：《诗家直说》，《谢榛全集校笺》卷24，李庆立校笺，江苏古籍出版社2003年版，第1232页。

雄快若是！"①

《静志居诗话》卷一四"吕时臣"条记载：

> 吕时臣，字中甫，……既转客青州，衡庄王邸起高楼东向眺远，楼成，王于望后四日，置酒召客。时日景既尽，疏星尚微，王未肃客，坐凭栏语笑，已而月上，王欢甚因命曰待月楼。请客赋诗，中甫诗云："川原夕气交，暝色自相向。月犹藏海底，人已坐楼上。"王赏击，谓："得待字义。"手觞奉之，俾居客右。②

此类即兴性质的"命题"作诗，要想有佳作产生，往往需要诗人敏捷的才思，方能走笔立成。需要指出的是，像胡宗宪、衡庄王这样对幕客作品所持的褒奖态度，在明代幕府中不乏其例。王稚登游大学士袁炜幕，"赋《禁中牡丹》，有'色借相公袍上紫，香分太液殿中烟'之句，（袁）击节赏之，遍赞于馆间诸公，一日名动长安矣。"③ 林章"游塞上为戚大将军上客，作《滦阳宴别序》，挥毫立就，语惊四筵，庄重并驾《滕王》而俊逸过之。将军欣服下拜，以千金紫貂为先生赠，视阎公之遇王子安抑又过之。"④ 由此而形成的良好氛围对于幕府文学活动的发展自然具有正面的促进作用。当然，幕主是否具有"慧眼"还要取决于本人的文学素养，只有幕主具备一定的诗文创作水平，才能形成良好的互动。

在明代幕府中，幕客与幕客之间的诗歌唱和也是频频发生，亦属幕府文学活动之常态。我们以胡宗宪幕府为例，胡幕之中，文士济济，彼此间唱酬往还的诗作自然不少，如茅坤作有《胡少保携师入闽，幕中逢王十岳、沈勾章、徐天池，赋诗送之》等，徐渭作有《严江茅大夫见赠，赋答为别》、《从少保公视师福建，抵严，宴眺北高峰，同茅大夫、沈嘉则》等，沈明臣作有《从大司马胡公过睦州道中即事呈徐文长记室》、《出猎篇为徐记室与王将军作》等。幕客一起游宴唱酬，其诗歌内容或道相见

① 屠隆：《由拳集》卷19，《四库全书存目丛书》，齐鲁书社1997年影印本，集部，第180册，第650页。

② 朱彝尊：《静志居诗话》，人民文学出版社1990年版，第417页。

③ 李维桢：《征君王百谷先生墓志铭》，《大泌山房集》卷88，《四库全书存目丛书》，齐鲁书社1997年影印本，集部，第152册，第543页。

④ 林国炳：《林初文先生全集叙》，《林初文诗文全集》卷首，《续修四库全书》，上海古籍出版社2002年影印本，集部，第1358册，第572页。

恨晚之情，或倾诉怀抱，共抒客愁，许多人因此而结下深厚的情谊。此外，由于明代幕府中有大量的文官幕府存在，许多幕主本身就是文人或以文人自居者，所以幕主与幕客之间的诗文交流也颇为常见。胡宗宪与幕客徐渭、沈明臣，袁炜与幕客王稚登，李春芳与幕客潘纬，赵康王与幕客顾天臣、郑若庸、谢榛，袁宏道与幕客方文僎，杨龙友与幕客邢昉，等等，他们彼此间都有不少的答赠唱和之作，这些共同构成了游幕文学的重要组成部分。

除了上述活动之外，诗文集的编撰与梓行在明代幕府文学活动中同样具有较为突出的地位。它主要分两种情形，一种是幕主出资将幕宾的作品付梓，如宋登春客荆州知府徐学谟幕，徐"为之传，而梓其诗"①，赵康王助谢榛刻《四溟旅人集》，并为之作序。此外如胡宗宪助王寅刻《十岳山人诗集》，②戚继光助方元淇刻《蓟门稿》③，黄克缵助黄克晦汇刻《匡庐集》、《楚游集》、《北平稿》④，衡庄王朱厚燆助吕时臣刻《甬东野人稿》⑤。另一种是幕客帮助幕主整理作品，如王稚登客袁炜幕，为袁勘定诗稿，其《袁文荣公诗略序》记云："袁公独喜谈诗，时时召稚登谈，未尝不解颐也。……他日公以诗草授稚登曰：'一瑜一瑕，子为正矣。'稚登谢主：'臣不敢当。'公谓：'……'，既不获请，则携其草置广柳车中归。"⑥又如钱谦益《刘大将军诗集序》所记："曹南刘大将军，束发从戎，大小数百战，所至克捷。……而将军顾自喜为歌诗，据鞍倚马，笔腾墨飞，投壶雅歌，分题刻烛。幕中之士，传写其诗，镂版以行于世。"⑦其他如李杜校刻俞大猷的《正气堂集》，⑧方文僎检校袁宏道的《敝箧

---

① 《徐氏笔精》卷4《鹅池生》，《文渊阁四库全书》，台湾商务印书馆1983年影印本，子部，第856册，第510页。

② 胡宗宪：《十岳山人诗集序》，《十岳山人诗集》卷首，《四库全书存目丛书》，齐鲁书社1997年影印本，集部，第79册，第117页。

③ 戚继光：《蓟门稿序》，《止止堂集》，中华书局2001年版，第144页。

④ 陶元藻：《黄山人传》，《泊鸥山房集》卷4，清刻本。

⑤ 王兆云：《皇明词林人物考》卷11，《续修四库全书》，上海古籍出版社2002年影印本，史部，第532册，第737页。

⑥ 《袁文荣公诗略》卷首，《四库全书存目丛书》，齐鲁书社1997年影印本，集部，第104册，第349—350页。

⑦ 钱谦益：《钱牧斋全集》第2册，上海古籍出版社2003年版，第919—920页。

⑧ 李杜：《正气堂集序》，《正气堂集》卷首，《四库未收书辑刊》，北京出版社2000年影印本，第5辑，第20册，第49页。

集》，① 等等。当然，这两种情形在同一幕中也会同时出现，像郑汝璧助何白刻《榆中草》②，何白则为幕主检校其《由庚堂全集》③。此外，有时宾主二人的诗作会一起付刻，如高淳文人邢昉客杨文骢幕，两人同游东西洞庭山，互有诗作，合为《洞庭唱和集》一册。④ 诗文集的编撰与梓行对于文学作品的保存和传播无疑有着十分重要的意义，同时它对于幕府文学活动也起到了不容忽视的促进作用。

在明代，除文官幕府外，武官幕府文学活动之盛也是一个令人瞩目的现象。嘉靖、隆庆年间的戚继光幕便是最有代表性的例子，戚是历史上著名的"儒将"，而同样著名的是他对文士的延揽和对诗文创作活动的热衷，沈德符《万历野获编》专立"武臣好文"一目来记述之，这也反映此现象在当时社会上的广泛性。同为武将的俞大猷好士之名虽不及戚，但操觚论文的热情并不亚于前者，他在给幕客李杜的书信中写道："同野及守巡道羡公文章啧啧，以公不来一会为歉。又有一管粮魏正郎素善古作，云公之作真足追古人，此皆论文章也。生传述临难，寄托之情于诸公之前，又，谭二华、周梅崖与同野书，皆道其事，同野出以示诸公，咸谓人常道今世无古人，于今忽有之，又皆以公不来一会为歉也。公不来，竹山亦不果来，天涯索居，公知我乐否乎？"⑤ 俞大猷以李杜之文传示诸人，大有炫耀之意，反映的正是武官幕府文学活动的热闹场景。

流风所及，即使明亡以后，一些南明武官的幕府中也仍然可见到"武臣好文"的影子，徐鼒《小腆纪年》记载：

> （刘）泽清精解文义，貌如书生，而性残忍……泽清尝为诗示坐客，众交口誉之，（刘）孔和不语，强问之，则大言曰："国家举淮东千里付足下，不闻北向发一矢，诗即工，何益国事；况未必工邪？"泽清怒，罢酒，坐客皆震慑。孔和拂衣徐出，泽清呼壮士二十

---

① 江盈科：《敝箧集序》，《袁宏道集笺注》附录3，上海古籍出版社1981年版，第1685页。

② 郑汝璧：《榆中草序》，《由庚堂集》卷18，《续修四库全书》，上海古籍出版社2002年影印本，集部，第1356册，第558页。

③ 光绪《乐清县志》卷8《人物》，《中国方志丛书·华中地方·浙江省》，台湾成文出版社1983年影印本，第87册，第1495页。

④ 汤之孙：《邢孟贞先生年谱》，北图年谱丛刊本；陈子龙《杨、邢二子洞庭唱和集序》，《安雅堂稿》卷2，《陈子龙文集》，华东师范大学出版社1988年影印本，下册，第41页。

⑤ 俞大猷：《与云台山人书》，《正气堂集》卷12，《四库未收书辑刊》，北京出版社2000年影印本，第5辑20册，第263页。

人，追及舟中，拉杀之。①

　　文中刘泽清的残暴固然让人发指，明代武官好诗与重诗之风则可见一斑。当然，与文官幕府的规模相比，这样的武官幕府只能算是一种点缀。毕竟，在与文学的关系上，文官幕府始终是真正的主角。

　　明代许多制度上的改革，为汉以后所未有，在幕府制度上最显著的变化则是废止了延续一千余年的辟署之制。虽然在战事紧张的情况下，朝廷偶尔会采取过去辟署制的一些做法，但都属于应急性的举措，一旦战争过去，便会加以禁止。不过，由于各级官员普遍的实际需要②，又不得不容许私人聘幕的存在，最终催生了新型幕府制度，即幕客制（或称幕友制、幕宾制）。这便构成了明代以私聘为主、奏调为辅的幕府状态，它对清代幕制有着直接而深远的影响，后者更多的是对它进行成文制度上的规整。

---

①　《小腆纪年（附考）》卷8，中华书局1957年版，第273页。

②　明以八股取士，入仕者往往不谙实务，洪熙元年，郑府长史司审理所审理正俞廷辅称："近年宾兴之士，奉记诵虚文为出身之阶，求其实才，十无二三。盖有年才二十者，虽称聪敏，然未尝究心修己治人之道，一旦侥幸，挂名科目，而使之临政，往往束手无为，职事废隳，民受其弊。"（《明仁宗实录》卷9下，洪熙元年四月庚戌，台湾"中研院"历史语言研究所1962年影印本，第289—290页）此种情形一直延续至明末也未得到改观，对于那些只知"记诵虚文"而无实才的官员，幕客往往是得力的臂助。

第二章　明代文人游幕的历史分期

关于明代历史的分期，学界尚无统一的标准。本书根据文人游幕的演进轨迹以及社会政治、经济文化等方面的阶段性特征，确定洪武初至弘治末（1368—1505）为明代前期；正德初至嘉靖末（1506—1566）为明代中期；隆庆初至崇祯末（1567—1644）为明代后期；明亡后的弘光、隆武、永历等政权（1644—1662）为南明时期。从宏观上看，明代文人的游幕在这四个历史阶段有着较为清晰的发展进程。可以粗略地概括为：从明前期的低潮，到正德、嘉靖间风气的复兴，再到隆庆以后的进一步盛行，直至明清之际达到顶峰。这一过程始终交织着各种复杂的政治、军事及文化因素，随着游幕之风的由微而炽，文人幕客群体日渐兴盛。

第一节　文人游幕的低谷期

一　明前期的政治文化环境与文人游幕热情的消退

洪武初至弘治末（1368—1505）是明代文士游幕的低谷期，此一百余年间游幕文士数量异常稀少。① 洪武间的游幕者只有六人，且多为由元入明之士，而建文之后的永乐、洪熙、宣德三朝，文士游幕更是几乎到了销声匿迹的边缘。② 直至正统、景泰、天顺、成化、弘治五朝，这种情形

---

① 见于文献有姓名可考的游幕者共计约 15 人，参见本书附录《明代文人游幕表》。
② 田汝成《西湖游览志余》卷 8 载宣德间张珍入幕事云："张珍，后更张翱，字羽翱，仁和人。生而颖异，博涉经史，精推步占候。宣德间，潘中丞蕃将往南粤视师，雅闻翱有兵略，除室自迎之，翱感知己，强与行。……会潘欲疏荐翱，翱曰：'所以共事行间者，报知己也，岂慕名爵来耶？'竟逃去，易名晦迹，以终其身。"但据《明史》卷 186《潘蕃传》，潘蕃成化二年方举进士，弘治九年以右副都御史巡抚四川，十四年进右都御史，总督两广，其南粤视师当在此之后，"宣德"一语应系误书。

依然没有得到多少改观。考虑到文献的缺失和考证的疏漏，人数上的统计未必完全符合历史实情，但无论是与元末比较，还是参照明代其他时段文士游幕的情况，这种衰弱与不振仍是非常突出的。

天下大乱、群雄并起的元朝末年曾是文士入幕的高峰期。当时各地的割据势力出于自己的政治、军事目的纷纷延揽文士。浙东方国珍"颇敬礼文士，萨都剌等皆入其幕府"①。四川明玉珍"好贤礼士，蜀人称之"②。浙西张士诚"好士，筑景贤楼，士无贤不肖，舆马居室，多厌其心，亦往往趋焉"③。福建陈友定"数招致文学知名士，如闽县郑定、庐州王翰之属，留置幕下"④。其他如何真"据岭南，开府辟士，（孙蕡）与王佐、赵介、李德、黄哲并受礼遇，称五先生"⑤。李质"雅好儒学，衣冠之士多往从之。如江西伯颜子中、茶陵刘善、建安张智等，皆见宾礼"⑥。至于称帝前的朱元璋幕府，那更是文士云集的地方。赵翼有云：

> 明祖初不知书，而好亲近儒生，商略今古。徐达往取镇江，令访秦从龙，致愿见之意，即令侄文正、甥李文忠以币聘至应天，朝夕过从，以笔书漆简，问答甚密。从龙又荐陈遇，遇不受官，而尊宠之，逾于勋戚。后置江南行中书省，省中自李善长、陶安外，又有安思颜、李梦庚、郭景祥、侯元善、杨元杲、阮宏道、孔克仁、王恺、栾凤、夏煜、毛骐、王濂、汪河等，皆燕见无时，敷陈治道。又聘刘基、宋濂、章溢、叶琛至，曰"我为天下屈四先生"。下婺州后，又召吴沈、许元、叶瓒玉、胡翰、汪仲山、李公常、金信、徐孳、童冀、戴良、吴履、张起敬等，会食省中，日令三人进讲经史。……帝尝谓"听儒生议论，可以开发神智"。盖帝本不知书，而睿哲性成，骤闻经书奥旨，但觉闻所未闻，而以施之实政，遂成百余年清晏之治。⑦

---

① 《新元史》卷227《方国珍传》，开明书店1935年版，第434页。

② 《新元史》卷226《明玉珍传》，开明书店1935年版，第434页。

③ 《明史纪事本末》卷4《太祖平吴》，中华书局1977年版，第62页。

④ 《明史》卷124《陈友定传》，中华书局1974年版，第3715页。

⑤ 《明史》卷285《孙蕡传》，中华书局1974年版，第7331页。

⑥ 《新元史》卷227《李质传》，开明书店1935年版，第435页。

⑦ 赵翼：《廿二史札记校证》卷36《明祖重儒》，王树民校证，中华书局1984年版，第837—838页。

这些大致可以看到元末群雄对士人的搜求，所谓"得士者强，失士者亡"① 应是他们的共识，它在很大程度上促进了当时文士游幕行为的发生。

公元 1368 年 1 月，朱元璋于南京称帝，国号大明，建元洪武，又以近二十年的时间逐步平定天下，完成了大一统的事业。随着明政权的巩固和群雄割据时代的结束，形形色色的"幕府"相继消失，除了新朝体制下，士人基本上已经无"幕"可游了。纵观元至正迄明弘治间的历史，长达三十一年的洪武一朝正是文士游幕之风由盛而衰的转折点。另外，朱元璋开国之初的许多奠基之策的影响绝不仅在于洪武一朝，而是作为"祖宗之法"波及整个明代。有鉴于此，我们把洪武朝作为明前期文士游幕的政治文化背景考察的重点。

朱元璋在位三十一年，经济发展，生产恢复，据《明太祖实录》记载的垦荒数统计，洪武一朝增垦田地就达到 180647818 亩。② 粮食的产量相应地也大为增加，这从明政府税粮的增长上可以直接反映出来，如洪武十八年（1385），全国田租收入 20889617 石③；洪武二十三年（1390），岁入税粮为 31607600 余石④；二十四年为 32278983 石⑤；至洪武二十六年增加为 32789800 余石⑥，比元代全国岁入税粮 12114700 石增加了两倍。此外，朱元璋还下大气力整肃吏治，严惩贪官，"一时守令畏法，洁己爱民，以当上指，吏治焕然丕变矣"⑦。对于普通百姓而言，这是个太平之世，但对于与政治紧密相连的士人阶层而言，则是个生存境遇严重恶化的年代。

如前所引，朱元璋在草创之初，非常注意对士人的吸收和利用，他的成功在很大程度上得益于身边儒士们帮助制定的一系列正确的战略政策。

---

① 《史记》卷 126《滑稽列传》，中华书局 1982 年版，第 3206 页。

② 参见梁方仲《中国历代户口、田地、田赋统计》，上海人民出版社 1980 年版，第 331 页。

③ 《明太祖实录》卷 176，洪武十八年十二月丁巳，台湾"中研院"历史语言研究所 1962 年影印本，第 2673 页。

④ 《明太祖实录》卷 206，洪武二十三年十二月戊子，台湾"中研院"历史语言研究所 1962 年影印本，第 3078 页。

⑤ 《明太祖实录》卷 214，洪武二十四年十二月壬午，台湾"中研院"历史语言研究所 1962 年影印本，第 3166 页。

⑥ 《明太祖实录》卷 230，洪武二十六年十二月庚子，台湾"中研院"历史语言研究所 1962 年影印本，第 3370 页。

⑦ 《明史》卷 281《循吏》，中华书局 1974 年版，第 7185 页。

但生性忌刻的朱元璋却因此对士人与高级将领的交往活动抱着相当的警惕，我们在第一章中曾列举过这方面不少的事例。在做了皇帝，政权巩固之后，他仍然对文臣武将们充满了防范之心。曹国公李文忠是明初重要的开国功臣，"颇好学问，常师事金华范祖干、胡翰，通晓经义，为诗歌雄骏可观"，只因为喜欢和文人儒士交往，"家故多客"，"尝以客言劝帝少诛戮"，结果引起朱元璋的反感，遭到严词切责，"遂得疾，帝亲临视，使淮安侯华中护医药"①，不久即卒。②李文忠是朱元璋的亲甥义子，尚且如此，其他人可想而知。

朱元璋的猜忌与残忍在之后胡、蓝之狱等几次有计划的大规模屠杀中表现得尤为突出，先后有几万人死于刀下，赵翼论曰："（朱元璋）藉诸功臣以取天下，及天下既定，即尽举取天下之人而尽杀之。其残忍实千古所未有，盖雄猜好杀，本其天性。"③与这些功臣有交往的文士也因此而遭池鱼之殃，像赵孟頫之甥王蒙，"尝谒胡惟庸于私第，与会稽郭传、僧知聪观画。惟庸伏法，蒙坐事被逮，瘐死狱中"④。与杨基同列于北郭十子的王行，"凉国公蓝玉馆于家，数荐之太祖，得召见。后玉诛，行父子亦坐死"⑤。

另外，那些曾经游于朱元璋对手幕府的文士们，在新政权下的结局也大多不幸。曾客于张士诚幕的戴良，"变姓名，隐四明山。太祖物色得之。……欲官之，以老疾固辞，忤旨。明年四月暴卒，盖自裁也"⑥。做过张士诚记室的杨基，入明后，虽然官至按察使，最终还是"被谗夺官，谪输作，竟卒于工所"⑦。曾被张士诚辟置幕中的徐贲，洪武间一度以"政绩卓异，擢河南左布政使"，结果仍因"坐犒劳不时，下狱瘐死"⑧。客于何真幕府的赵介，"有司累荐，皆辞免。洪武二十二年坐累逮赴京，

---

① 《明史》卷126《李文忠传》，中华书局1974年版，第3745—3746页。

② 关于李文忠的死因，吴晗《朱元璋传》推断其为朱元璋毒死。另据王世贞《弇山堂别集》卷20"史乘考误一"所记："偶见一野史云：文忠多招纳士人门下，上闻而弗善也。一日劝上：'内臣太多，宜少裁省。'上大怒，谓：'若欲弱吾羽翼，何意？此必其门客教之。'因尽杀其客，文忠惊悸得疾，暴卒。上发悲，怒杀诸医及文忠侍者百人。余以为不根之论，及考嗣公景隆诰……切责及杀门客疑有之，史盖曲为讳也。"

③ 赵翼：《廿二史札记校证》卷32《胡蓝之狱》，王树民校证，中华书局1984年版，第742页。

④ 《明史》卷285《王蒙传》，中华书局1974年版，第7333页。

⑤ 《明史》卷285《王行传》，中华书局1974年版，第7330页。

⑥ 《明史》卷285《戴良传》，中华书局1974年版，第7312页。

⑦ 《明史》卷285《杨基传》，中华书局1974年版，第7329页。

⑧ 《明史》卷285《徐贲传》，中华书局1974年版，第7329页。

卒于南昌舟次"①。与他同处何真幕中的孙蕡，入明后，只因曾为蓝玉题画，"遂论死。临刑，作诗长讴而逝"②。

无端的猜忌，残酷的杀戮，造成了空前肃杀的政治氛围，人们甚至视京师为畏途，杜琼记王行事略云："（王行）生二子皆役于京，屡言疏省问，欲见亲以慰。半轩欲往，或尼以法网固密，非儒者泮奂之日。乃微笑曰：'虎穴尚可嬉，吾韦布士何窒哉！'"③ 王行最初不过是到南京省亲，人则以危言相告，当时的社会心理可见一斑，而王行终以入蓝玉幕而死。这些直接导致了"明初文人多不仕"（赵翼语）现象的出现，文人游幕数量的锐减正是在此背景下产生的。

不过，一种风气的消歇往往是多种因素共同作用的结果。在这些因素中，长官辟署制的废止应是对游幕之风由盛转衰最具决定意义的一种（关于明初辟署制的废止，详见本书第一章）。因为辟署制一旦废止，即意味着士人无法经由入幕获得任何仕途上的帮助，而幕府长官也无法以此来延揽士人。因此，即使在洪武朝之后，士人阶层重新恢复对仕进的热情，幕府也已经失去了它的吸引力。

此外，由于"游幕"在行为方式上往往要依赖于士人的"出游"来实现，因此它的频率高低还取决于人口自由流动的程度，自由程度愈高，则出游愈方便，游幕也就愈容易，反之则否。元末中央权力的瓦解与天下大乱的形势，使得人口的自由流动成为常态，游民与流民大量产生，士人游幕也不会受到任何的限制。但是，当大一统的明王朝逐步建立以后，情况就不同了。游方僧出身且又靠"流寇"起家的朱元璋深知游民及流民对社会稳定的潜在威胁，所以他不断加强人口流动方面的限制。洪武十九年（1386），朱元璋敕户部曰：

> 古先哲王之时，其民有四，曰士、农、工、商，皆专其业，所以
> 国无游民，人安物阜，而致治雍雍也。朕有天下，务俾农尽力畎亩，
> 士笃于仁义，商贾以通有无，工技专于艺业，所以然者，盖欲各安其
> 生也。然农或怠于耕作，士或骛于修行，工贾或流于游惰，岂朕不能
> 申明旧章，而致然欤？抑污染胡俗，尚未革欤？然则民食何由而足，

① 《明史》卷285《赵介传》，中华书局1974年版，第7333页。
② 《明史》卷285《孙蕡传》，中华书局1974年版，第7332页。
③ 杜琼：《王半轩传》，《半轩集》卷末，《文渊阁四库全书》，台湾商务印书馆1983年影印本，集部，第1231册，第469页。

教化何由而兴也？尔户部即榜谕天下，其令四民务在各守本业，医、卜者、土著不得远游，凡出入作息，乡邻必互知之，其有不事生业而游惰者，及舍匿他境游民者，皆迁之远方。①

同年，朱元璋在大诰中又强调"凡民邻里要互相知丁，互知务业"，其中对士人的要求是"进学之时，师友某氏，习有所在，非社学则入县学，非县必州府之学，此其所以知士丁之所在。已成之士为未成士之师，邻里必知生徒之所在"②。《明会典》也规定："凡军民人等往来，但出百里者，即验文引，……凡军民无文引……必须擒拿送官，仍许诸人首告，得实者赏，纵容者同罪。"③ 所以，黄仁宇在《十六世纪明代中国之财政与税收》中指出："很明显，明朝初期要求人户不得随意离开原籍。居民个人的旅行，虽没有直接禁止，但却不予鼓励，而且出行必须取得路引。那些滞留本籍之外时间长的人必须向当地官员报告。不诚实的商人和不提出申请的人要受到惩罚。"④ 凡此种种对人口流动的限制政策虽然并非专门针对士人，但就游幕者而言，特别是那些布衣之士，无疑在行动上变得更加不自由，也自然会进一步降低他们出游的兴趣。需要指出的是，在这些政策刚刚出台的明前期，它们往往会得到较为严格的执行，而中期之后，随着土地兼并的加剧，大量农民流离失所，从而出现了新的流民阶层，原先的政策便逐渐成为一纸空文。

毫无疑问，明初辟署制的取消和对人口流动的严格限制均直接影响到了文人阶层对游幕的热情，而朱元璋的猜忌与杀戮，则会使得他们对包括游幕在内的社会活动产生普遍的恐惧与畏缩心理，游幕之风的不振便成了必然之势。惠帝即位，曾对洪武间的许多体制和政策进行了大规模的调整，在辟署制方面或许有所变化（因资料所限，事实不详）。朱棣登基后，一意标榜"恢复祖制"，辟署制自然规复无望。洪、宣以降，明朝的基本制度进入了稳定发展期，虽然文人的境遇较之洪武、永乐间大为改观，但与文人游幕密切相关的辟署制早已淡出了人们的记忆，而新的游幕

---

① 《明太祖实录》卷177，洪武十九年夏四月壬寅，台湾"中研院"历史语言研究所1962年影印本，第2687—2688页。

② 朱元璋：《御制大诰续编》，《续修四库全书》，上海古籍出版社2002年影印本，史部，第862册，第270页。

③ 《明会典》卷139《兵部》，《续修四库全书》，上海古籍出版社2002年影印本，史部，第791册，第442—443页。

④ 黄仁宇：《十六世纪明代中国之财政与税收》，生活·读书·新知三联书店2001年版，第35页。

条件与外部环境尚未出现，文人游幕自然也就处于持续衰微的状态。

二　低谷期游幕文人考

这一期间，游幕文人数量稀少，可考者只有十余人，其中有与幕府生活相关的文学作品传世的文人有刘彦昺、王行、唐愚士、周鼎、王训等，下面分别述之：

刘彦昺

刘彦昺（1331—1399），[1] 名炳，以字行，号懒云翁，江西鄱阳义城人。刘氏为当地望族，父亲刘斗凤曾任集庆路句容校官，能诗，时人称其作品"磊落魁奇"。刘彦昺幼承家学，"复业儒，文声动缙绅间"[2]。他虽生逢乱世，但抱负不凡，"国士每自许"[3]，曾与弟刘煜一起组织民兵保卫乡里。后来，刘彦昺投奔安庆守将余阙，想要有所作为，但发现其孤军不振，便告辞回乡。不久，安庆城陷，余阙亦死于陈友谅之难。朱元璋起兵淮南，刘彦昺前去献书言事，被用为中书典签，这些都可以看出他的眼力与识见。之后，刘彦昺入大都督府，这是明初最重要的军事幕府。他先后做过曹国公李文忠、西平侯沐英的掌书记，特别是跟随沐英长达十年之久。洪武十三年（1380）前后，刘彦昺被朝廷任命为东阿知县，后以病告归，卒于家，年六十九。其生平简历，《明史·文苑传》附载《王冕传》后。所著有诗文集《春雨轩集》十卷（后更名为《刘彦昺集》），现有嘉靖刊本《春雨轩集》及文渊阁四库全书本《刘彦昺集》存世，部分诗作亦散见于曹学佺所编《石仓历代诗选》和史简所编的《鄱阳五家集》中。

刘彦昺胸怀大志且充满自信，一直有着很强的用世之心，他曾热切地表达过自己的努力与心愿："夜半闻鸡眠不着，草堂秋雨读阴符。"又云："倘得黄金三万两，肯将筹策让陈平？"[4] 即使当他入大都督府之初已年近四十，但依然渴望建功立业，其《和都督冯公韵》写道：

> 凤城宫阙倚苍山，虎卫旌旗拂画阑。辇路霜清梅破腊，御沟波暖

---

① 参见黄丽娟《明刘彦昺生卒年考略》，《古籍整理研究学刊》2007 年第 4 期。

② 余阙：《刘府君墓碣》，《刘彦昺集》卷 9，《文渊阁四库全书》，台湾商务印书馆 1983 年影印本，集部，第 1229 册，第 764—765 页。

③ 刘彦昺：《东武吟》，《刘彦昺集》卷 3，《文渊阁四库全书》，台湾商务印书馆 1983 年影印本，集部，第 1229 册，第 728 页。

④ 刘彦昺：《同周伯宁连榻剧谈悲歌有感》，《刘彦昺集》卷 7，《文渊阁四库全书》，台湾商务印书馆 1983 年影印本，集部，第 1229 册，第 752 页。

柳欺寒。青云每愧班超笔，华发应惭贡禹冠。未信壮怀浑寂寞，锦衣鞍马出长安。①

不过，仅仅做一个与文书打交道的幕僚并不能实现刘彦昺的雄心壮志，他在诗中反复吟唱："十年在幕府，徒将文墨持"②，"三年忝记府，龙钟侍文墨"③，"十年参幕府，深愧簪缨客"④，这与其说是自谦倒不如说是宣泄不满。

由于身为大都督府幕僚，刘彦昺的人生经历自然而然地与李文忠、沐英联系在一起，他曾随李文忠平定浙江、福建，又随沐英征战于关、陕、川、藏。但多年的幕府生涯并未在仕途上带给刘彦昺多大的帮助，临了只是授予东阿知县一职，从下面两首赴东阿的诗作中我们不难感受到他内心的失望与愤懑：

> 前年别乡间，今年出京邑。悠悠去江汉，杳杳事行役。所惧心志违，况此风波急。乌啼枫树烟，雁下芦洲夕。回首望长安，苍茫寸心失。⑤
> 行李萧条出凤城，乡间渐远不胜情。客舟今夜寒桥泊，肠断江流作雨声。⑥

此时的刘彦昺已经壮志消磨，不复有当年的神采，"所惧心志违"，他的失败与悲凉仿佛是明初游幕文人的一个缩影。

另外，与历代游幕文人一样，刘彦昺也有不少的幕府诗作是写给幕主的。在多年戎幕生涯中，刘彦昺与李、沐二人，尤其是与西平侯沐英结下了深厚

---

① 刘彦昺：《刘彦昺集》卷6，《文渊阁四库全书》，台湾商务印书馆1983年影印本，集部，第1229册，第745—746页。

② 刘彦昺：《东武吟》，《刘彦昺集》卷3，《文渊阁四库全书》，台湾商务印书馆1983年影印本，集部，第1229册，第728页。

③ 刘彦昺：《哀曹国公》，《鄱阳五家集》卷15，《文渊阁四库全书》，台湾商务印书馆1983年影印本，集部，第1476册，第477页。

④ 刘彦昺：《西平沐公挽诗》，《石仓历代诗选》卷306，《文渊阁四库全书》，台湾商务印书馆1983年影印本，集部，第1391册，第324页。

⑤ 刘彦昺：《别京邑之东阿》，《刘彦昺集》卷2，《文渊阁四库全书》，台湾商务印书馆1983年影印本，集部，第1229册，第722页。

⑥ 刘彦昺：《出龙湾之东阿》，《刘彦昺集》卷7，《文渊阁四库全书》，台湾商务印书馆1983年影印本，集部，第1229册，第752页。

的情谊。他曾多次向这位幕主呈上自己的诗作，其《呈西平侯沐公》写道：

> 股肱竭力定皇都，开国功成与众殊。玉带朱缨持虎节，翠支金钺护龙车。秦关柱石风云会，汉室山河日月扶。惭愧腐儒无补报，得从门下曳长裾。①

又如《呈西平侯沐都督西征》：

> 西域凭陵久不宾，诏书五道出将军。龙光烛剑销边祲，虎炁扬旌压阵云。周庙昔闻方叔颂，汉廷今见贰师勋。春风三月莺花禁，归骑笙歌奏凯闻。②

沐英于洪武十年（1377）随卫国公邓愈征讨吐蕃，功成封西平侯，上述二诗诗题中既称"西平侯"，当作于洪武十一年（1378）之后。沐英是明朝开国名将，朱元璋义子，南征北讨，东荡西除，功勋卓著，又"好贤礼士，抚卒伍有恩"③，与刘彦昺诗作中所刻画的雍容大气、治军有方的形象正相吻合。

后来刘彦昺除东阿知县，不得不告别生活多年的幕府，身为武人的沐英也特地赋诗相赠："大府多军务，频年案牍劳。趋廷宫漏转，簪笔殿香飘。柳外流莺语，花边立马骄。莫嫌州县职，汉业说萧曹。"④沐英对这位跟随自己多年的幕僚寄予了厚望，勉励他不要因官卑而丧志，要像汉代的萧何、曹参那样，虽出身小吏，却终成大业。

李文忠、沐英去世后，刘彦昺曾分别赋诗悼念，《哀曹国公》写道：

> 萧何兴汉邦，李靖佐唐室。惟公实英武，经济多密勿。紫微拱红云，黄道扶赤日。安邦称股肱，定国资柱石。三年忝记府，龙钟侍文墨。开运真元勋，百世期庙食。⑤

---

① 刘彦昺：《刘彦昺集》卷6，《文渊阁四库全书》，台湾商务印书馆1983年影印本，集部，第1229册，第747页。

② 同上书，第745页。

③ 《明史》卷126《沐英传》，中华书局1974年版，第3759页。

④ 沐英：《赠掌记刘彦昺之东阿》，《明诗纪事》甲签卷21，上海古籍出版社1993年版，第426页。

⑤ 刘彦昺：《哀曹国公》，《鄱阳五家集》卷15，《文渊阁四库全书》，台湾商务印书馆1983年影印本，集部，第1476册，第477页。

《西平沐公挽诗》写道：

> 桓桓西平公，虎臆如铁色。总戎领貔豽，破敌抚蛮貊。安边镇藩省，匡济立勋策。十年参幕府，深愧簪缨客。酹酒瞻南云，凄其寸心折。①

李文忠与沐英都是明初著名的开国功臣，作为他们的幕僚，刘彦昺得以目睹其征战沙场、平定天下的过程，对于他们的英年早逝感到无比悲伤。

刘彦昺的诗歌作品诸体兼长、风格多样，周象初称他"约数子之长，成一家言"②，危素、宋濂也都对此给予过高度的评价。危素云：

> 予观彦昺五言类韦苏州，律诗本少陵，乐歌骙骙乎汉魏晋宋齐梁矣，何其声之似古人也！盖若天姿卓荦，神思俊逸，喜游名山大川，有烟霞泉石之趣；闲居静室，奇花异卉，清流美竹，焚香鼓琴，危坐终日，视人间富贵澹如也，故其诗清新而流丽；及驰骋戎马，决胜筹帷，奇谋雄辩，有古烈士风，故其诗悲壮而沉郁。诗以言志，岂徒然哉！③

宋濂亦云：

> 予昔与刘君彦昺游，见其赋诗多俊逸，心独奇之。及其奉命佐戎幕于闽，别去且十年。重会秦淮上，亟问近什如何，彦昺解橐，中得数十篇。予读已，大惊，璞玉辉春，蟾珠浴月，温润清逸，何其似韦应物欤？胜军百万，鼓行沙漠，风酸霜苦，铁骑惊秋，雄浑悲壮，何其类岑嘉州欤？英英乎芙蓉濯太液之波，楚楚乎兰茝沐湘沅之雨，气韵秀丽，何其近谢康乐欤？④

危、宋二人的评论中均提及幕僚身份对于刘彦昺诗作的影响，他的很

---

① 刘彦昺：《西平沐公挽诗》，《石仓历代诗选》卷306，《文渊阁四库全书》，台湾商务印书馆1983年影印本，集部，第1391册，第324页。

② 周象初：《刘彦昺集后序》，《刘彦昺集》卷末，《文渊阁四库全书》，台湾商务印书馆1983年影印本，集部，第1229册，第769页。

③ 危素：《刘彦昺集序》，《刘彦昺集》卷首，《文渊阁四库全书》，台湾商务印书馆1983年影印本，集部，第1229册，第715页。

④ 宋濂：《刘彦昺集序》，《刘彦昺集》卷首，《文渊阁四库全书》，台湾商务印书馆1983年影印本，集部，第1229册，第715—716页。

多作品与元末纤浓缛丽的诗风确实大不一样，四库馆臣称其诗"伉爽挺拔"，这不能不说是得益于他多年戎马倥偬的幕府生涯。

王行

王行（？—1393），字止仲，号半轩、楮园、澹如居士。南直吴县人。幼时寄人篱下，"随父依卖药徐翁家"。王行自小聪颖，有着过人的记忆力，因徐媪好听稗官小说，他"日记数本，为媪诵之"，后徐翁授以《论语》，"明日悉成诵"，让主人大为惊异，便让其"尽读家所有书，遂淹贯经史百家言"①。

由元入明，王行均未参加过科举，而以授徒为业，曾一度被苏州富商沈万三聘作塾师。他在当地声望很高，"名士咸与交"，与高启、徐贲、张羽、杨基、唐肃、高逊志、吕敏、宋克、陈则等并称"北郭十友"。洪武初年，王行被官吏延为学校教师，不久谢去，隐居于石湖。后因赴金陵探望二子，遇凉国公蓝玉，蓝玉"延之西塾，诲其子若孙，并资问益，每怅相知之晚"②，而王行亦"数以兵法说玉，颇与密议"，可见其在蓝府，名为塾师，实则幕客。③蓝玉还屡屡向朱元璋举荐其人，受召见，当时因胡惟庸案，朝廷早已罢相多年，王行在御前却放言无忌，大谈"立

---

① 《明史》卷285《王行传》，中华书局1974年版，第7330页。

② 杜琼：《王半轩传》，《半轩集》卷末，《文渊阁四库全书》，台湾商务印书馆1983年影印本，集部，第1231册，第469页。

③ 据笔者所经眼的文献，像王行这样师、客兼具的情形在明代虽不能说是很普遍，但确实是客观存在的。由于二者均为私聘性质，两种身份便有转换之可能，绝大多数是由塾师兼为幕客，很少有幕客转为塾师，转换的关键在于其人本身的才华显现与知识结构，更在于家主的一念之间。这种现象的出现，究其原因，主要在于官僚权贵家的塾师因师道之尊，而获得与东家相对平等的话语权，当塾师从事超出授书本职之外的活动时，其功能往往与普通幕客有所重合。像有的塾师会应家主之请，代作一些应酬文字，也有的塾师会与家主诗酒唱和，如何良俊《四友斋丛说》记载："吴中旧事，其风流有致足乐咏者。朱野航乃荐门一老儒也，颇攻诗，在籧篨王氏教书，王亦吴中旧族。野航与主人晚酌罢，主人入内，适月上，野航得句云：'万事不如杯在手，一年几见月当头'，喜极发狂大叫，扣扉呼主人起，咏此二句。主人亦大加击节，取酒更酌，至兴尽而罢。明日遍请吴中善诗者赏之，大为张具征戏乐，留连数日，此亦一时盛事也。"（《四友斋丛说》卷26，中华书局1959年版，第236页。）朱野航，即朱性甫，字存理，有《野航集》。若其家主为在职官员，则与幕府中的诗酒往还几乎没有什么区别了。另外，塾师也有机会从事与幕客一样的"居间"活动。丁元荐《西山日记》记载诸生沈竹溪被"郡守石梁范公""延为子师"，"一日，守至生舍，投一刺，呼其苍头曰：'昨有赍书数百金请尔主居间，尔主坚不受，吾故来谢。'"（《西山日记》卷下"古道"）此事可见塾师的自律品德，亦可见官员家的西席实有"居间"之机。

相为首务"，自然惹皇帝不高兴，"以其迂阔于事，弗听"。蓝玉案爆发后，王行父子皆遭连坐而死。关于王行罹祸的缘由，一方面固然是因为受到幕主的牵累，但另一方面也因为其内心不甘平庸，想有所作为，"盖负其桀黠之才，有不肯槁死牖下者"，最终成为朝廷政治斗争的牺牲品。

王行诗文兼长，著述丰富，据杜琼《王半轩传》，其撰有《楮园集》十五卷、《半轩集》六卷、《学言稿》十二卷、《四六札子》二卷、《通意宜资》十卷和《宋系统图》二卷，今存《半轩集》十二卷、《半轩集补遗》一卷与《半轩集方外补遗》一卷，所录多为入明以前的作品。四库馆臣给予的评价是："其文往往踔厉风发，纵横排奡，极其意所驰骋，而不能悉归之醇正，颇肖其为人。诗格亦清刚肃爽，在'北郭十子'之中，与高启称为劲敌。就文论文，不能不推一代奇才也。"① 王行与后来成为燕王朱棣最重要的谋士、靖难之役的首位功臣道衍和尚关系密切，其不少作品即是为道衍而作。道衍虽入空门，然素有大志，王行知之甚深，并寄予厚望："上人年方壮，今天下乱已极，且必该治，治然后出于时，以发其所蕴，其上人之志欤？不幸世或不治，上人沙门以终其身，盖亦有其命焉。虽然，岂余之所望哉！所以聒聒道此者，非自喜，欲以发夫不知上人者也，上人岂以余言为戾其法也夫！"② 王行入明后，以衰朽之残年仍入蓝玉幕府，欲建言朝廷，一展宏图，其心志正与道衍同，只是幸与不幸之别罢了。

　　唐愚士

　　唐愚士（1350—1401），名之淳，以字行，号萍居道人，浙江山阴人。父亲唐肃为元末明初著名文人，与王行同属"北郭十友"。洪武三年（1370），因荐举修礼乐书，擢翰林应奉。同年，明王朝举行第一次科举，唐肃任分考官，不久免归，洪武六年（1373），谪死于临濠。唐愚士自幼嗜学，年轻时随父进京，其文辞曾得到当时文坛泰斗宋濂的称赏。愚士还是一位令人感动的孝子，二十四岁时唐肃死于贬所，他"辛勤跋履，奉丧归葬，追求父平生题咏篇什荒邮败壁、高崖断石之间，纂录收拾，如获金璧，时时伏读，声凄切动人，闻者为之掩泣"③。洪武间，许多人想要

① 《四库全书总目》卷169，中华书局1965年版，第1473页。

② 王行：《赠道衍上人序》，《半轩集》卷12，《文渊阁四库全书》，台湾商务印书馆1983年影印本，集部，第1231册，第431页。

③ 方孝孺：《侍读唐君墓志铭》，《逊志斋集》卷22，《文渊阁四库全书》，台湾商务印书馆1983年影印本，集部，第1235册，第638页。

举荐唐愚士入朝为官，但都被他拒绝。直到建文二年（1400），因方孝孺之荐，擢为翰林侍读，与孝孺共领修书之事，次年病卒于南京，年五十二。

据方孝孺所撰墓志铭，唐愚士的游幕经历是这样的："（愚士）博闻多识，练达世故，为文蔚赡有俊气，长于诗而善笔札，每一篇出人多传道之。……曹国李公好士，为勋戚第一，闻其名，走使者请至家，俾其子师焉。亦因与之讲切，待以宾友礼，征行四方皆与俱。历燕、蓟、秦、周，过前代废都旧邑、名贤杰士之遗迹，未尝不援笔有赋，词旨超绝，必惊压一时。"从记载上看，唐愚士与他的父执王行一样，原本都是馆师，因才华被赏识而成为幕客，师与客两种身份的兼具，在明清游幕之士中是比较普遍的。他的幕主即上文中的"曹国李公"，指的是李景隆。① 洪武十七年（1384），曹国公李文忠卒，李景隆于十九年（1386）袭爵，"屡出练军湖广、陕西、河南，市马西番"②，唐愚士的入幕时间大概在其袭爵前后。无论从时人的评价看，还是就实际创作而言，唐愚士的这段游幕生活正是他诗文创作的高峰期，而它们也大多完整地保存在其作品集《唐愚士诗》中。相比较明前期的其他游幕文人，唐愚士现存的游幕作品数量可谓首屈一指，又因为他的诗文在写作时间上一般都有明确的标识，这也使我们能够相对容易地对这些游幕之作进行集中研究。

唐愚士游幕活动中最重要的部分是洪武二十年（1387）随大军出征塞外。这一年，明朝出兵征讨蒙古纳克楚部，纳克楚原为元太尉，拥众数十万，是当时辽东最大的边患，朱元璋决心将其一举荡平。当时朝廷命宿将冯胜为大将军，颖国公傅友德、永昌侯蓝玉为左右副将军，"帅南雄侯赵庸等，以步骑二十万征之。郑国公常茂、曹国公李景隆、申国公邓镇等皆从"③。大部队浩浩荡荡，从金陵出发，一路北上，直抵塞外，是一次名副其实的"远征"。身为李景隆幕客的唐愚士恰逢其会，从而亲历了洪武年间的这次重要的大规模军事行动，他也以大量的诗歌记录了这次远征之役及沿途的所见所感。

明军的这次出征，是志在必得，不仅派出了身经百战的优秀将帅，而

① 陈宝良《明代幕宾制度初探》一文认为是李文忠，误。王世贞《弇山堂别集》卷20"史乘考误一"称："之淳洪武末馆曹公景隆家"，郑晓《吾学编·逊国臣纪》卷7亦载："愚士时寓金陵，为李景隆子师。"
② 《明史》卷126《李景隆传》，中华书局1974年版，第3746页。
③ 《明史》卷129《冯胜传》，中华书局1974年版，第3798页。

且军队数量也非常庞大。作为一介书生的唐愚士，深深地被大军的声威所震撼："旗旄耀日色，铙吹杂风声。饮马河流浑，磨刀山石腥。野有貔虎势，川无蛟鳄惊。"① "北望天兵四千里，貔貅万骑俨成行。"② "两河楼橹枕孤城，四野貔貅列万营。饮马直疑天汉落，挥戈可使塞云平。"③ 从中我们也可以感受到明初国势与军力的强盛。虽然如此，明军到达辽阳后还是作了充分的准备，"出松亭关，分筑大宁、宽河、会州、富裕四城。驻大宁逾两月，留兵五万守之，而以全师压金山"④。由于当时明军有着绝对的军事优势，纳克楚在昔日部将萧拉勒古的劝说下，不久便放弃抵抗，归顺了明朝。明军从出征到凯旋还京，只用了不到一年的时间。

关于这次征战，史书上只有简单的记载，而通过唐愚士的纪行诗，我们则可以清晰地"绘制"出当年明军完整的北征线路：二月十二日出师南京⑤，过滁州清流关⑥，至凤阳⑦，过盱眙⑧，二月十五日到达宿迁⑨。之后可能稍作休整，三月初入徐州境⑩，过山东郓城、寿昌驿，渡安山湖⑪，再经张秋镇⑫。三月十五日之后入河南境⑬，不久即入河北境⑭。三月二十二日抵达通州，并建立行营⑮，大军在通州一直驻扎至四月中下

---

① 唐愚士：《出京师述怀（丁卯二月十二日，以下皆道中作）》，《唐愚士诗》卷1，《文渊阁四库全书》，台湾商务印书馆1983年影印本，集部，第1236册，第521页。

② 唐愚士：《清流关晓望》，《唐愚士诗》卷1，《文渊阁四库全书》，台湾商务印书馆1983年影印本，集部，第1236册，第521页。

③ 唐愚士：《通州行营（三月二十二日到）》，《唐愚士诗》卷1，《文渊阁四库全书》，台湾商务印书馆1983年影印本，集部，第1236册，第527页。

④ 《明史》卷129《冯胜传》，中华书局1974年版，第3798页。

⑤ 唐愚士：《出京师述怀（丁卯二月十二日，以下皆道中作）》，《唐愚士诗》卷1，《文渊阁四库全书》，台湾商务印书馆1983年影印本，集部，第1236册，第521页。

⑥ 唐愚士：《清流关晓望》，《唐愚士诗》卷1，同上书，第521页。

⑦ 唐愚士：《到凤阳奉呈南涧公》，同上书，第521页。

⑧ 唐愚士：《过盱眙旧县怀南涧公》，同上书，第522页。

⑨ 唐愚士：《二月十五日抵宿迁》，同上书，第522页。

⑩ 唐愚士：《吕梁洪》、《徐州黄楼》、《沛县歌风台》，同上书，第523—524页。

⑪ 唐愚士：《郓城县》、《寿昌驿》、《安山湖阻风》、《次日过安山湖》，同上书，第524—525页。

⑫ 唐愚士：《过张秋伤河决都水监》，同上书，第525页。

⑬ 唐愚士：《三月十五日夜对月》、《夹马营》，同上书，第525—526页。

⑭ 唐愚士：《直沽见潮》，同上书，第526页。

⑮ 唐愚士：《通州行营（三月二十二日到）》，同上书，第527页。

旬①。四月二十一日挥师塞外②，出松亭关③，入辽阳境④。五月五日至大宁⑤，以上是明军北上路线。

此后，明军一分为二，一支驻大宁，另一支进剿纳克楚部。唐愚士暂时离开李景隆幕，留在了大宁，其《奉怀》写道："我蒙公所爱，缱绻鱼水如。所惭幕中士，局促辕下驹。遐征不能从，假此涂阳居。凌晨望朝鲜，夕梦辽城隅。"⑥直到七月十五日才得以离开大宁，⑦接着再过松亭关入蓟州，于八月十四日见到李景隆⑧。唐愚士在北平城逗留甚久，大概在十月中旬动身返京⑨，经直沽口、沧州、德州、东昌府、郓城、徐州、宿州、固镇，再过清流关，于十二月初回到南京，结束了这次游幕之旅⑩。

通过对《唐愚士诗》的统计，我们可以知道诗人在途中一共写了约236首诗歌，另有文、赋若干。在不到一年的时间内创作出如此之多的作品，一来可以看出唐愚士才思的敏捷，二来也不难发现这段游幕经历对诗人创作热情的激发。在这些游幕作品中，首先引人注目的是他的边塞诗，《四库全书总目》评云："其诗虽未经简汰，金砾并存，而气格质实，无元季纤秾之习。其塞外诸作，山川物产，尤足以资考。"⑪唐愚士的边塞诗，有不少内容是记录边塞风物。作为一个土生土长的江南文人，他平生第一次来到北部边陲，无论是在生活经验还是审美经验上，都会感受到前所未有的冲击。这方面最有代表性的作品是《塞上即事》，诗中写道：

---

① 唐愚士：《四月十五日夜潞阳看月》，《唐愚士诗》卷1，《文渊阁四库全书》，台湾商务印书馆1983年影印本，集部，第1236册，第533页。

② 唐愚士：《留别颐庵先生及李徐袁高四公子分韵得朝字（自四月二十一日出师，以下诗皆军中作）》，同上书，第533页。

③ 唐愚士：《松亭关（即喜峰口，峰亦作逢，近亦名狮子峪）》，同上书，第534页。

④ 唐愚士：《宽河》，同上书，第534页。

⑤ 唐愚士：《野营曲（自五月五日至大宁，以下皆大宁作）》，同上书，第536页。

⑥ 唐愚士：《奉怀》，同上书，第539页。

⑦ 唐愚士：《别大宁（七月十五日发大宁，以下皆道中作）》，《唐愚士诗》卷2，《文渊阁四库全书》，台湾商务印书馆1983年影印本，集部，第1236册，第547页。

⑧ 唐愚士：《八月二十四日遇国公入奏得星字》，同上书，第551页。

⑨ 唐愚士：《舟中生日（十月十三日，是日大风，以下并舟中作）》，同上书，第555页。

⑩ 唐愚士：《到京得毛鼎仁金齿书（十二月初一日）》，《唐愚士诗》卷3，《文渊阁四库全书》，台湾商务印书馆1983年影印本，集部，第1236册，第565页。

⑪ 《四库全书总目》卷170，中华书局1965年版，第1480页。

　　自为沙塞客，风物总能详。野望毡为帐，天寒毳作裳。雨稀山韭短，风热地椒香。泽蒜元夸汉（汉张骞始持蒜入中国，此名泽蒜），园桃或姓羌（胡桃亦名羌桃）。酒边歌白雀（白翎雀本鸟名，此处有之，因以名曲），马上射黄羊。处处宜榆柳（二木甚多），川川可稻粱。猬毛如爪利，麖角过人长（麖音庖，如鹿而长角）。崖石青于羽，戎盐白胜霜（海子中产盐，色白如霜）。酥调糇子面，酪卧鹿皮囊（以皮囊贮酪，激使之熟，曰酪卧）。沙燕形同鸽（沙燕大而黑，可食），河鱼尾类鲂。性谙□豆满（□音劳，野小豆也），味别苦蘸凉（蘸音藟，蘸菜也）。遍地皆红药，当门种白杨。上房围鼢鼠（鼢音奋，如鼠而圆，堆沙以为穴，开户知风，可取以食），秽壤转蜣蜋。蚊少宵眠着，蝇多昼坐妨。儿童能搏兽，妇女不知桑。戏作俳谐体，持归诧越乡。①

　　诗中详细描绘了边塞丰富的物产资源和独特的边疆风俗，俨然勾勒出一幅别具风情的"塞外风物图"，这对于后世考察明代边塞地区的动植物种类和人们的生活习惯有着某种实录的价值。

　　此外，由于诗人长处戎幕之中，"旗鼓朝朝见，笳箫夜夜闻"②，"出入行伍间，招邀相后先"③，"晓从骁将出，飞鞚越平原。晚逐偏校还，星火散云屯"④，对将士们的边地军旅生活也是日益熟悉，并常常形之于诗。其《野营曲》写道：

　　野营无城复无栅，掘水为濠倚沙碛。乌旗焰焰起中军，毡帐重重插戈戟。帐前健儿椎大鼓，旗下才官觳弓弩。烟飞炮火夺天星，风点柝声传夜雨。时将铁骑哨东西，沙草生香入马蹄。白狼河边狐豕尽，红螺山外雪云低。就中借问何官属，半是公侯半藩牧。圣人三殿授兵符，列校两边听约束。幕府深沉昼刻迟，烽堆寂静羽书稀。裹粮束甲行分垒，走狗呼鹰看打围。东飞金乌西走兔，九州四海皆王土。凯归

─────────

① 唐愚士：《塞上即事》，《唐愚士诗》卷1，《文渊阁四库全书》，台湾商务印书馆1983年影印本，集部，第1236册，第539—540页。
② 唐愚士：《纪行寄乡中诸友》，同上书，第540页。
③ 唐愚士：《松亭关》，同上书，第534页。
④ 唐愚士：《述怀》，同上书，第536页。

莫忘野营歌，归向朝中作歌舞。①

诗中描写将士们野营露宿、人马喧天的场景，真切如见，富有实感。另外，像《通州行营》、《营中口号》、《宽河》、《望辽阳》等，都是这方面的优秀之作。

由于明初真正有边塞经历的文人并不多见，留下相关诗歌作品的更是少之又少，唐愚士的边塞诗作可以说是对当时诗歌创作题材和内容的一个重要的补充。从这个意义上说，唐愚士亦堪称明代最早的边塞诗人之一。

不过，唐愚士游幕作品中数量最多的还是他的思乡之作。与刘彦昺汲汲于功名不同，唐愚士一直对做官不感兴趣，这大概是由于父亲之死使他对仕途的险恶产生了一种畏惧心理。因此，他的游幕作品很少表现对建功立业的渴望，而是反复咏唱浓浓的乡愁。事实上，当诗人刚离开南京不久，便开始思念故乡的山水和亲人了，其《泊五河县》写道：

> 夜泊淮堤近五河，恶风吹面叹蹉跎。青山更比吴中少，绿浪翻同汉水多。去国何须事弓剑，思亲有泪落烟波。三千里外江南客，却倚月明闻楚歌。②

五河县在今天的安徽境内，离唐愚士的出发地并不算遥远，但思乡之情已经让他无法自持了。而且自此之后越发不可收，每过一段时间（有时甚至只隔几天），每到一处陌生的地方，他都会写下满纸的乡愁，如下面的诗作：

> 自别乡关已月余，可堪裌日尚南徐。我家正在兰亭下，曾有流觞念我无？③
> 不觉离家月再圆，船头插柳记流年。短衣乌帽四千里，落花游丝三月天。梦里松楸隔吴越，眼前行李到幽燕。流光倏忽不相惜，几时

---

① 唐愚士：《野营曲》，《唐愚士诗》卷1，《文渊阁四库全书》，台湾商务印书馆1983年影印本，集部，第1236册，第536页。
② 同上书，第522页。
③ 唐愚士：《三月三日》，同上书，第529页。

归种山阴田。①

　　春来海月圆三度，一月一圆看一处。吴城雨落灯花稀，滁水风高花满树。那知今夜客东昌，蓬窗坐纳星斗光。月侣两人还对影，人看三月转思乡。乡路四千云汉外，后夜月圆何处在。安得月圆长不亏，我身在家无别离。②

　　年时忆友在吴山，只隔钱塘一水间。今日独看淮泗月，千山万水不知还。③

　　我家东海头，门前潮水鸣。朝昏自从江淮来，不闻潮声见潮痕。别淮入徐沛，日日对黄河。河流浑浑东到海，我不如何愁奈何。河中半月余，逆流千载折。南风喜人北风怨，忆着潮声梦吴越。下水复上水，行行抵直沽。我家门前旧潮水，忽复见之当海隅。忆我去家正月末，桃花水生洲渚阔。今我忆家春欲归，月缺半圆潮水落。潮落当更长，月缺当更满。月色潮声无尽时，天地久长人世短。明朝又北去，见月不见潮。潮头有鱼好寄信，欲持尺素托波涛。④

　　前月在鲁今在燕，两方对月非偶然。人怜明月有圆缺，月光却与人周旋。维南有箕北有斗，箕翕其舌斗张口。我从斗口望南箕，一身万里方思归。⑤

　　真可谓一路走，一路愁。乡愁本是每个远方的游子都会自然而然产生的情感，但实际上唐愚士这次远游历时并不算漫长，二月中旬离京北上，十二月初回到金陵，总共不到十个月的时间，那么作者何以会产生如此浓厚的乡愁呢？这一方面可能与他多愁善感的个性气质有关；另一方面，北方的气候与衣食住行都使得自小生活于江南的唐愚士感到很不适应，这一点从他游幕期间的不少南北对比式的诗作即可看出，此处举其一组《忆吴越风景》为例：

　　最忆吴中与越中，四时风物总相同。夏田苗麦云头绿，秋水荷花

① 唐愚士：《清明日》，《唐愚士诗》卷1，《文渊阁四库全书》，台湾商务印书馆1983年影印本，集部，第1236册，第524页。
② 唐愚士：《三月十五日夜对月》同上书，第525页。
③ 唐愚士：《泗州舟中怀乡友》，同上书，第527页。
④ 唐愚士：《直沽见潮》，同上书，第526页。
⑤ 唐愚士：《四月十五日夜潞阳看月》，同上书，第533页。

酒面红。调马冈前看夜月，呼猿洞口纳天风。于今忽作边城客，白草黄沙两鬓蓬。

最忆吴中与越中，千崖烟雨六桥风。歌传桃叶围红袖，酒熟松花注碧筒。山面城池高阁绕，水心亭院小船通。于今忽作边城客，辜负沧浪一钓翁。

最忆吴中与越中，一江潮水限西东。当垆村媪高头髻，出港菱船小样篷。鲙切银丝开腊酒，饭抄云子芼秋菘。于今忽作边城客，饱食黄羊断野葱。

最忆吴中与越中，黄梅时节雨蒙蒙。松间采术寻真侣，竹下分茶立小童。千顷白云丹井月，数行青缈酒楼风。于今忽作边城客，破帽戎衣逐塞鸿。

最忆吴中与越中，千年遗迹见高峰。山阴道士笼鹅帖，笠泽仙人射鸭弓。六寺烟花迷远近，五湖风浪错西东。于今忽作边城客，得失应期问塞翁。

最忆吴中与越中，好山相映翠溟蒙。桃花鳜鲥三春雨，莼菜鲈鱼九月风。李白酒船寻贺老，林逋鹤冢问苏公。于今忽作边城客，矫首南云叹转蓬。

最忆吴中与越中，山楼月色野亭风。江湖鱼菜时时有，村巷桑麻处处同。旋折藕花行酒令，细书蕉叶送诗筒。于今忽作边城客，归梦常飞东海东。①

每首诗歌都极写江南水乡风光的旖旎与生活的闲适，如果不是尾联，或许会被误会成是在夸赞家乡，而实际上诗人只是借此凸显边关气候的恶劣罢了。北地边塞生活无疑是异常艰苦的，初次游于军幕的唐愚士显然没有做好应对如此环境的心理准备。在他诸多的游幕作品中，抒情主人公的形象往往偏于羸弱了些，显得与大明王朝的开国气象格格不入。但无论如何，这毕竟是明代第一位深入边塞的江南文人，他的所见所感，无疑会留给后人许多的回味和怀想。

周鼎

周鼎（1401—1487），字伯器，号桐邨，别署疑舫，浙江嘉善人。周鼎自小聪颖，五六岁时有人拿其姓名开玩笑，戏称："周铸九鼎"，他随

① 唐愚士：《唐愚士诗》卷2，《文渊阁四库全书》，台湾商务印书馆1983年影印本，集部，第1236册，第542—543页。

口应声道："舜弹五弦。"长大后厌科举之习而博通经史，并善于讲学，声望日隆，"学者连州跨邑，交走道中，先生随其材之高下，诱掖摩厉，率多有成"。正统六年（1441），周鼎被官府聘为子弟师，由于没有功名，只能为吏员。三年后，当时的刑部尚书金濂将其调入该部奏议科，并使二子师之，"凡政之未允、狱之有疑，常与密议焉"。但同样是缺少功名的缘故，"例止得驿丞，先生固不乐，乃谢病归。"①

正统十三年（1448），江西人邓茂七在福建聚众起义，攻州占府，屡败官军。朝廷决定派大军镇压，金濂受命参赞军务，再次将周鼎聘置幕下，"凡筹策号令调度赏罚文檄，悉以委之。"他也深感知遇之恩，"殚竭心膂，弥缝匡赞，知无不言。"在行军途中，还发生了一件趣事，"师次杭州，四明章文仲来谒，曰：'闻幕下有周鼎奇才，愿与之角。'金公出《南征百韵诗》，朗诵一过，各书一通，上之不遗一字。鼎曰：'能从末句倒诵至前乎？'章谢曰：'服矣。'"②周鼎的博闻强志，一时传为美谈。此外，这位浙江文士的胆略也非常人所能及，《列朝诗集》记云："尝与千户龚遂奇，从数骑入尤溪山寨，降其众而还，幕府不知也。"关于此事，史鉴《桐村蘭室盖石文》言之最详："有老人言贼在尤溪山中欲降，宜遣人往可抚而有也。众疑惮之，莫敢往，惟先生与千户龚遂奇毅然请往。率数骑入深山中可五六十里，至老人家，或言老人亦贼也，遂奇恐，欲起去。先生不为动，徐呼老人谕以祸福，老人合家叩头谢无有，且设草，具先生饮食，意气扬扬如平时。食竟，徐起，就马抵巢穴，尽降其众而还。是日，遂奇食几不能正匕箸，道谢曰：'某生长行伍，身经战者亡虑十数，常自谓天下健儿，今日乃为儒者服矣。'"③另外，王锜《寓圃杂记》记周鼎在幕中相人之事④，虽语涉荒诞，但亦见后人对其才略的推崇。

景泰元年（1450），这次明朝开国后最大规模的农民起义失败，战事结束。还京时，金濂上书兵部为周鼎请功，但正逢土木之变，叙功先论保京师者，结果，"格其赏勿行"。直到后来，才被授予沐阳典史一职。景

---

① 史鉴：《桐村蘭室盖石文》，《西村集》卷7，《文渊阁四库全书》，台湾商务印书馆1983年影印本，集部，第1259册，第850页。

② 沈季友：《檇李诗系》卷9"桐郸老牧周鼎"，《文渊阁四库全书》，台湾商务印书馆1983年影印本，集部，第1475册，第217页。

③ 史鉴：《西村集》卷7，《文渊阁四库全书》，台湾商务印书馆1983年影印本，集部，第1259册，第851页。

④ 王锜：《寓圃杂记》卷8"邵宏誉失机"，中华书局1997年版，第65页。

泰四年（1453），周鼎因得罪金都御史王竑而被诬下狱，天顺元年（1457）事白复官，不久即致仕归里。

周鼎晚年曾旅居苏州，卖文为活，吴中墓志、谱牒多出其手，沈周赠诗云："山县军书前史迹，墓堂文字老生涯。"① 除沈周外，周鼎与当时众多吴越知名文人，如吴宽、都穆、史鉴等均有交往。周鼎生前著有《桐村集》、《疑舫集》和《土苴集》，现仅存《土苴集》上下卷。另有部分诗作散见于沈季友编的《檇李诗系》等中。

周鼎的诗歌很受后人称赏："绝句推江南独步"，"读之沉雄历落，有横槊磨盾之风"②。他的游幕之作存世的并不多，今举两首以见一斑：

> 戈有重英剑有房，马蹄南入荔枝乡。无端画角声中月，偏照征人鬓上霜。③
>
> 闽儿手拔闽山舞，醉着巫衫代神语。绛绡三尺首擎然，千里腥风啸红虎。但欲屠人饱红腹，不管飞花碎红雨。一红唱而百红和，南剑津头血漂杵。神兵十万自天来，扼红之喉剪红羽。暮枭红党徇军门，晨缚红魁献明主。尚书气与秋天杳，不忍歼红红可抚。红争悔祸指闽天，巫亦今为帐前房。毁红旗、卧红鼓，红姝纷纷弃如土，翠笠冲烟下南亩。我作铭诗勖尔红，愿闽无红千万古，呜呼！愿闽无红千万古。老去残红双鬓苍，休说干戈向儿女，只说尚书尔慈父。④

第一首诗是作者初到福建时所作，"戈有重英剑有房"一句以象征的手法表明了作者此行的军事性质。福建在古代以盛产荔枝而闻名，宋人蔡襄曾著有《荔枝谱》一文，称闽荔第一。然而，这时的诗人却是随军南下征伐而来，应该是无心品尝这美味吧？到了此次军事行动的目的地——福建，也就意味着这支部队经过长途跋涉后就要开始投入战斗，但诗中却见不到丝毫临战前的兴奋，反而笔锋一转，以"征人思乡"的情景作结。

---

① 沈周：《寄周桐邨先生》，《石田先生诗钞》卷5，《四库全书存目丛书》，齐鲁书社1997年影印本，集部，第37册，第93页。

② 沈季友：《檇李诗系》卷9"桐邨老牧周鼎"，《文渊阁四库全书》，台湾商务印书馆1983年影印本，集部，第1475册，第217页。

③ 周鼎：《闽中晓发》，《檇李诗系》卷9，《文渊阁四库全书》，台湾商务印书馆1983年影印本，集部，第1475册，第222页。

④ 周鼎：《闽无红》，《檇李诗系》卷9，《文渊阁四库全书》，台湾商务印书馆1983年影印本，集部，第1475册，第218页。

与明代前期许多夸耀武功的战争诗相比，这首诗显得蕴藉有致、婉约动人。第二首《闽无红》同样与这次征战有关，但侧重于风土民俗的角度。诗歌首句"闽儿手拔闽山舞，醉着巫衫代神语"表现的就是福建的巫风、巫舞，当地少数民族众多，信巫的人群不在少数。另外，中国古代的农民起义常常会利用秘密宗教的形式来鼓动民众，从这首诗的内容上判断，邓茂七起义也采取了类似的方式。"南剑津头血漂杵"一句则让我们看到，无论性质如何，战争总是极其残酷的。当时朝廷对起义采取的是剿抚并重的策略，而从周鼎的经历来看，他是主张怀柔安抚的，所以诗中对"不忍歼红红可抚"的幕主金濂持赞赏态度。诗歌末尾反复咏叹的"愿闽无红千万古"，则是作者对永世和平的渴望与祝福，当然这在有着残酷剥削现实的封建专制社会中只能是一种奢望。

王训

王训（约1417—1497），字继善，号寓庵，贵州卫人。王训年轻时就"博学知兵，诗文雄伟"，十八岁还曾向朝廷上《保边政要八策》，据说当时的明宣宗"嘉纳之"。宣德十年（1435），王训举云南乡试，成为明朝贵州最早的举人。他著有《寓庵文集》三十卷，《孙子注解》等，今佚。

正统初，因为都督吴亮的推荐，王训被授为贵州卫儒学训导。他不仅"教法严整，文化以兴，足以绵蕞后来，蓍龟多士"，而且还与当时的贵州按察司副使李睿合作，大力兴建学校，以至"与中州等"①。"黔人著述见于史者，别集始于王教授训《寓庵文集》"，由于王训在当地文化教育事业上的重要贡献，他被后人尊称为贵州"开草昧之功"的第一人。②

随后的"麓川之役"使得王训有了第一次入幕的机会。麓川思氏土司是元明时期云南傣族最强大的地方势力，统治着今云南省瑞丽、陇川等地，洪武间慑于当时明朝政府强大的军事实力，遂称降臣服，后又多次发动叛乱，皆被镇压。正统初，麓川土司再次发动了大规模的叛乱，持续时间长达十余年之久。正统十三年（1448），兵部尚书王骥第三次奉命率大军征讨麓川，并且集结了云、贵两省的大批部队与人员，王训也被王骥奏辟"佐赞军事"。麓川之役对明朝当时的西南政治地理甚至整个国势都产生了重大影响，虽然它一定程度上巩固了对边疆的统一，但是"以一隅

① 嘉靖《贵州通志》卷9，《中国地方志集成·贵州府县志辑》，江苏古籍出版社2002年影印本，第1辑，第415页。
② 莫友芝：《王教授训》，《黔诗纪略》卷1，贵州人民出版社1993年版，第6页。

骚动天下"① 的做法并不可取，高岱就称它是"轻病而重疗……举措何大谬邪"，"穷疥癣之疤搔而耗腹心之元气"②。另外，在这场战役中，明军高级统帅的腐败更是暴露无遗，当时同为贵州卫人的詹英（时任云南河西县教谕）在上奏朝廷的《陈言征麓川状略》中曾指斥道："何期总督等官不体朝廷之心，苟安贪利，行李二三百扛，用夫五六百人，声势喧哄，沿途劳扰。将带纻丝绢疋，密散富熟之家，下网垂钓，狼贪渔取。有司土官，行李成队，好马双牵，……丑行遍扬于南诏，名节大坏于边方。"③王训身处这样的幕府之中，才华与抱负自然难以施展。

王训的第二次入幕是在景泰初年，当时苗族首领韦同烈率众围攻贵州新添、平越、清平诸卫，朝廷命兵部侍郎侯琎总督贵州军务讨之，王训"复辟置幕府，多所谋划，论功升本卫教授"。

与周鼎一样，两度入幕并未能在仕途上给王训带来什么机遇，他一生只任过训导、教授之类清苦的教职。如果说幕府经历有所收获的话，那便是对现实有了更清醒的认识。在王训存世不多的诗歌作品中，《程番客夜》便集中表达了他的不满与愤慨之情。程番在今惠水县，明初置程番长官司，后于成化十二年（1476）置程番府，隆庆三年（1569）更名为贵阳府。从诗题与内容上判断，这组诗是诗人旅居程番途中对青年时期入幕从戎的回忆与感怀，诗云：

> 瘦马轻鞭控朔风，山如列戟路如弓。穷荒未必尧封到，绝域曾劳汉使通。暴客尚存愁逆旅，奸谀不死恨英雄。玉关牢落天门远，谁献平蛮第一功。
>
> 百战休题马上劳，烽尘久不到征袍。曾于丹徼提三尺，羞向青铜见二毛。壮志于今成潦倒，芳名自古属英豪。夜窗独坐谁知己，银汉无声北斗高。
>
> 野猿啼断夜沉沉，山馆挑灯只苦吟。填海已无精卫力，忧天空有杞人心。亡羊路险豺当道，倦鹊巢寒雪满林。和得阳春徒自尔，更阑无处觅知音。

---

① 《明史》卷 171《王骥传》，中华书局 1974 年版，第 4559 页。

② 高岱：《麓川之役》，《鸿猷录》卷 9，《续修四库全书》，上海古籍出版社 2002 年影印本，史部，第 389 册，第 333—334 页。

③ 《云南通志》卷 29，《文渊阁四库全书》，台湾商务印书馆 1983 年影印本，史部，第 570 册，第 329 页。

这三首诗描写上虽各有侧重，但紧密相连。第一首开篇即着力渲染云南山路的险峻："山如列戟路如弓"，在这样恶劣的自然环境下劳师远征，昔日的艰难可想而知。不过，真正险恶的尚不止于此，经过数次戡乱之役，路上依旧强盗横行，天下远不太平。而且，只要"奸谀不死"，将帅腐败，纵有英雄，只怕也无可奈何。第二首、第三首均是抚今追昔之作。想当年，诗人也曾提三尺长剑，效力于军中，欲立不世之功。如今镜中白发生，却知己难觅，壮志难酬，只能寒窗苦吟，独自伤怀。此组诗固然抒写了作者内心的愤懑与失落，但同时我们亦不难感受到诗人满腔的报国热情，可谓是"位卑未敢忘忧国"的生动写照，这也正是明代布衣游幕文士身上最可贵的精神所在。

第二节　文人游幕的复兴期

从明初至正德、嘉靖年间，文士游幕经过漫长的沉寂之后突然兴起，这背后有着较为特殊的时代因素。正德间的游幕文人主要集中于王阳明幕府，对其解读的关键在于王氏的用人思想，在王阳明研究中这一直为人所忽视，其实它对于明清幕府观的形成有着重要的影响。嘉靖中期以后，文人游幕的背景则要复杂得多，一方面，由于东南抗倭的战时需要，使得以胡宗宪幕府为代表的军事幕府一下成为东南文人云集的中心；另一方面，明世宗对青词异常热衷，大臣们纷纷延纳文士入幕代笔，从而吸引各地文士向京师流动。

一　王阳明的用人思想及其幕府

明前期的游幕之士寥寥无几，这一情形的改观最先出现在正德、嘉靖间的王阳明幕府。王阳明在正德十一年（1516），升任都察院左佥都御史，巡抚南、赣，先是平定"积年逋寇"，又在正德十四年（1519）一举荡平朱宸濠之乱。嘉靖六年（1527）五月，他被擢升总制两广、江西、湖广军事，兼都察院左都御史，第二年即以招抚的方式平息了广西思田之乱。王阳明确实堪称集儒术与事功于一身的一代名臣，史书赞曰："终明之世，文臣用兵制胜，未有如守仁者也。"[1] 在此过程中，王阳明的用人思想及其吸纳进来的幕府人才均发挥了至关重要的作用，并且对后世有着

---

① 《明史》卷 195《王守仁传》，中华书局 1974 年版，第 5170 页。

深远的影响。

早在步入仕途之初，王阳明于如何用人方面便有着非同一般的卓识。弘治十二年（1499），王阳明举进士，观政工部，时有星变，朝廷下诏求言，他便上疏条陈八事，其中有"舍短以用长"之论，他说：

> 何谓舍短以用长？臣惟人之才能，自非圣贤，有所长必有所短，有所明必有所蔽；而人之常情亦必有所惩于前，而后有所警于后。吴起杀妻，忍人也，而称名将；陈平受金，贪夫也，而称谋臣；管仲被囚而建霸，孟明三北而成功，顾上之所以驾驭而鼓动之者何如耳。故曰：用人之仁，去其贪；用人之智，去其诈；用人之勇，去其怒。夫求才于仓卒艰难之际，而必欲拘于规矩绳墨之中，吾知其必不克矣。臣尝闻诸道路之言，曩者边关将士以骁勇强悍称者，多以过失罪名摈弃于闲散之地。夫有过失罪名，其在平居无事，诚不可使处于人上；至于今日之多事，则彼之骁勇强悍，亦诚有足用也。且被摈弃之久，必且悔艾前非，以思奋励；今诚委以数千之众，使得立功自赎，彼又素熟于边事，加之以积惯之余，其与不习地利、志图保守者，功宜相远矣。古人有言："使功不如使过"，是所谓"使过"也。①

此番议论，重在强调不拘一格用人才，像历史上的吴起、陈平等都是人格上有污点的，但由于遇到善于用人的明主，终成大业。特别是在形势艰难之时，更不能"拘于规矩绳墨之中"，要大胆起用各类人才，哪怕是曾经有过失的人。嘉靖七年（1528），他在上奏朝廷的《边方缺官荐才赞理疏》中再次指出："今边方绝域，无可用之人，至取其庸劣陋下者而使之，以滋益地方之苦弊。其豪杰可用之才，乃为时例所拘，弃置而不用。夫所谓时例者，固朝廷为之也，可拘而拘，不可拘而不拘，无不可者。"②可见，这种开放式的用人观贯穿于王阳明的一生，他用人不看出身，不重资格，即使是一些德行有亏的人也能为其所用。

另外，王阳明又严格区分朝廷用人和自己用人的不同之处，他曾指出："夫朝廷用人，不贵其有过人之才，而贵其有事君之忠，苟无事君之忠，而徒有过人之才，则其所谓才者，仅足以济其一己之功利，全躯保妻

---

① 《陈言边务疏》，《王阳明全集》卷9，上海古籍出版社1992年版，第286—287页。
② 《王阳明全集》卷15，上海古籍出版社1992年版，第499页。

子而已耳。"① 此外，王阳明在给方献夫（字叔贤，曾为阳明门人）的一封信中也专门议论两者的区别：

> 昨见邸报，知西樵、兀崖皆有举贤之疏，此诚士君子立朝之盛节，若干年无此事矣，深用叹服！但与名其间，却有一二未晓者，此恐鄙人浅陋，未能知人之故。然此乃天下治乱盛衰所系，君子小人进退存亡之机，不可以不慎也。此事譬之养蚕，但杂一烂蚕于其中，则一筐好蚕尽为所坏矣。凡荐贤于朝，与自己用人又自不同，自己用人，权度在我，故虽小人而有才者，亦可以器使。若以贤才荐之于朝，则评品一定，便如白黑，其间舍短录长之意，若非明言，谁复知之？小人之才，岂无可用？如砒硫芒硝皆有攻毒破壅之功，但混于参苓耆术之间而进之，养生之人万一用之不精，鲜有不误者矣。仆非不乐二公有此盛举，正恐异日或为此举之累，故辄叨叨，当不以为罪也。②

此信纪年为"丁亥"，在信中，作者还提及了自己欲以招抚之法来平思、田之乱的军事策略，因此可以推定这封信写于嘉靖六年（1527）③，它是王阳明后期成熟的思想总结，对于我们理解明代幕宾制度有着重要的意义。郑天挺先生认为："这里说的自己用人，就指的是幕府人才。既属自己用人，自然不限资格，不分亲友，不问相识与否。"④ "自己用人"，其意义即在于自主地任用私人，"权度在我"，宾主双方合则处、不合则去，有着很大的灵活性。明代包括后来清代形形色色的幕府，正是"自己用人"的体现。

王阳明"立教皆经实践"⑤，其先进的用人思想使得他的幕府罗致了各类优秀的人才。正德十二年（1517），江西吉水人龙光入幕，成为王阳

---

① 《辞免重任乞恩养病疏》，《王阳明全集》卷14，上海古籍出版社1992年版，第461页。

② 《答方叔贤二》，《王阳明全集》卷21，上海古籍出版社1992年版，第828—829页，着重号为笔者所加。

③ 陈宝良：《明代幕宾制度初探》（《中国史研究》2001年第2期）一文及《明代儒学生员与地方社会》（中国社会科学出版社2005年版）一书认为此信写于弘治四年（1491），不知所据。

④ 郑天挺：《清代的幕府》，《明清史国际学术讨论会论文集》，天津人民出版社1982年版，第189页。

⑤ 《王阳明全集》卷33，上海古籍出版社1992年版，第1232页。

明幕中最早也是在幕时间最久的幕客。龙光（1470—1554），字冲虚，原为致仕县丞，其为人"跌宕慷慨，喜交游，大起庭宇，常歌舞饮燕为豪，绝不类吉水士人。然与之策事，丸转机发，莫能相难。貌清古，鼻昂多髯，颇似先生。先生悦之，以为军门参谋。"第二年王阳明出兵镇压浰头、大帽山等地所谓"诸寇"，在成功诱降之后，"令龙光潜入甲士，诘旦，尽歼之。"在平朱宸濠之叛和思田之乱中，龙光也分别立有大功，但是论功行赏时，朝廷只是"遥授直隶滁州判官"，并且令其家居闲住，"论者多以为屈"①。

正德间较早进入王阳明幕府的还有湖广武陵人冀元亨。冀元亨（？—1522），字惟乾，举正德十一年（1516）乡试。他在王阳明谪官贵州时便从讲学，王阳明巡抚南赣时延之教子，后又派其入朱宸濠府邸以讲经义为名探听虚实。宁王反迹日显，王阳明命他从间道潜回常德，以避其祸。朱宸濠被擒后，知道冀元亨是王阳明"所爱厚之人"，"辄肆诋诬，谓与同谋，将以泄其仇愤"，结果元亨下诏狱，受尽折磨。对此，幕主王阳明十分痛惜，他为冀元亨申冤道："本生笃事师之义，怀报国之忠，蹈不测之虎口，将以转化凶恶，潜消奸宄，论心原迹，尤当显蒙赏录；乃今身陷俘囚，妻子奴虏，家业荡尽，宗族遭殃。信奸人之口，为叛贼泄愤报仇，此本职之所为痛心刻骨，日夜冤愤不能自已者也。"②但直到嘉靖元年（1522），冀元亨方才沉冤得雪，出狱五日后卒。与龙光相比，冀元亨的遭遇更加不幸。

除龙光、冀元亨外，王阳明幕下著名之士还有广西上林人岑伯高，他是在嘉靖六年（1527），王阳明总督两广时进入幕府。王阳明称这位幕客"素行端介，立心忠直，积学待时，安贫养母。一毫无所苟取，而人皆服其廉；一言不肯轻发，而人皆服其信；游学横州、南宁之间，远近士夫，及各处土官土夷，莫不闻风向慕，仰其高节。"③也因此，王阳明一到广西，"即用此生"，并且"使之深入诸夷，仰布朝廷之德，下宣本院之诚，是以诸夷孚信之速，至于如此，本生实与有力焉。"④与冀元亨一样，岑伯高也是被王阳明引为"深谋秘计之士"，执行类似于间谍的任务。这一

---

① 罗洪先：《明故直隶滁州判官北山龙君墓志铭》，《念庵文集》卷16，《文渊阁四库全书》，台湾商务印书馆1983年影印本，集部，第1275册，第370页。

② 《咨六部申理冀元亨》，《王阳明全集》卷17，上海古籍出版社1992年版，第608页。

③ 《犒奖儒士岑伯高》，《王阳明全集》卷18，上海古籍出版社1992年版，第642—643页。

④ 同上书，第643页。

般要承担很大的风险，因为"其功隐而难见，此惟主将知之"①。思、田之乱最后能以和平的方式解决，岑伯高功不可没。

明人敖英《东谷赘言》记载了王阳明与幕客郭翊的相知事迹："清狂道人郭翊，画有天趣，诗有风刺。王阳明初以寻常画史待之，后见其画雪樵图题诗云：'两束樵薪仅十钱，雪深泥滑自堪怜。市城谁念青山瘦，尽日厨头不断烟。'又画牧牛晚归图，题诗云：'雨脚风声满树头，随身蓑笠胜羊裘。柴门尤道牛归晚，江上风波未泊舟。'阳明语人曰：'郭清狂画掩诗也。'乃以宾礼优之。"② 无独有偶，清人潘德舆《养一斋诗话》亦举郭翊"雨脚风声满树头"一诗，并评价道："此等诗看似浅薄，实有无穷之味，自王、李、锺、谭作，此等遂成《广陵散》矣。"③ 两者可谓异代同调、不谋而合。作为一位以文治武功著称于世的大儒，王阳明的文学素养亦可见一斑。

王阳明每到一处，往往会延致当地士人入幕，规模最大的一次是在平朱宸濠之乱中。朱宸濠之乱发生在正德十四年（1519）六月，当时王阳明是以右副都御史巡抚南赣。自洪武以来，但凡有较大的战事发生，朝廷都会事先给统帅配置好参赞军务的官员，再起大军征伐。宸濠之乱，变起仓促，王阳明本来奉敕南下去戡处福建叛军，才至丰城，即闻宸濠反，遂返吉安，而幕下几乎没有任何可供调度的僚属。当时的窘境，从他所上的《留用官员疏》即可看出："臣在吉安地方调兵讨贼，四路阻绝，并无堪用官员。"④ 这也是幕府辟署制取消后所带来的弊端之一。在此紧急的情况下，王阳明只得随机应变，一方面将路过吉安的官员，如准备回京复命的两广清军御史谢源，刷卷御史伍希儒留于帐下听用；另一方面广邀当地士绅入幕，应招而来的有"致仕都御史王懋中、养病痊可编修邹守益、丁忧御史张鳌山、养病郎中曾直、养病评事罗侨、调用佥事刘蓝、致仕按察使刘逊、致仕参政黄绣、闲住知府刘昭、依亲进士郭持平、参谋驿丞王思、参谋驿丞李中"⑤，共计一十二人。这两类人员入幕方式并不相同，前者因系当职官员，需要另行上疏奏请；后者多属闲居官员，可以札委、

① 《犒奖儒士岑伯高》，《王阳明全集》卷18，上海古籍出版社1992年版，第643页。

② 敖英：《东谷赘言》卷下，《四库全书存目丛书》，齐鲁书社1997年影印本，子部，第102册，第436页。

③ 郭绍虞、富寿荪编：《清诗话续编》，上海古籍出版社1983年版，第2091页。

④ 《王阳明全集》卷12，上海古籍出版社1992年版，第396页。

⑤ 《开报征藩功次赇仗咨》，《王阳明全集》卷31，上海古籍出版社1992年版，第1148页。

公移的形式召来，如幕中刘逊，原为福建按察使，致仕家居，王阳明便以公移的形式请其赴幕，文曰："照得宁府反叛……为此案行吉安府官吏，通行各县署印官员，径自以礼敦请老成乡宦，众所推服者一二员，在城以备紧急，协同行事。该府城池，关系尤重。查得致仕按察使刘逊素有才望，忠义奋激，就仰该府请至公馆，仍仰署印官待以宾师之礼，托以咨决之事，一应军机事宜，咨禀计议而行，以安人心，以济大事。"① 这些临时幕客们"或赞画谋议，监录经纪"，"或诈为兵檄以挠其进止，坏其事机，或伪书反间以离其心腹，散其党与。"② 在众人的齐心协力下，王阳明幕府顿时声威大振，"于是豪杰响应，人始思奋。区画旬日，官兵稍稍四集"③。

朱宸濠虽然久蓄异志，但毕竟不敢明目张胆地扩张、训练军队，因此军事上准备明显不足，所依仗的无非护卫、盗匪之流，基本上属于乌合之众。虚张声势可以，攻城略地则不行，一个安庆府尚且久攻不下，便可看出其真正实力。另外，朱宸濠志大而才疏，起兵之初就连中王阳明的缓兵、反间之计，王阳明先是假传檄文，诈称有十六万大军直捣南昌，"又为蜡书遗伪相李士实、刘养正，叙其归国之诚，令从臾早发兵东下，而纵谍泄之。宸濠果疑。与士实、养正谋，则皆劝之疾趋南京即大位，宸濠益大疑"④。从而造成战略上的迟缓与被动，六月起兵，七月便兵溃被执。从实力对比上看，王阳明平宸濠之乱，算不得奇功，但他能于突发之际从容应对，振臂一呼而聚者云集，终以迅雷不及掩耳之势取得完胜，则足可显现其镇定功夫与谋略机变。至于王阳明临时幕府所发挥的作用，一如他所概括的那样："定谋设策，收合涣散之心，作起忠义之气"⑤。

值得注意的是，王阳明这种大量延纳地方士绅入幕"为我所用"的做法，在明洪武之后实属首见，堪称明清幕府史上一项创举。虽然从表面上看，它似乎是"事急从权"的措施，实则与幕主"权度在我"、不拘于"规矩绳墨"的一贯用人思想相一致，这对后来的胡宗宪幕等战时幕府起到了重要的示范作用。

① 《牌行吉安府敦请乡士夫共守城池》，《王阳明全集》卷17，上海古籍出版社1992年版，第578—579页。

② 《辞封爵普恩赏以彰国典疏》，同上书，卷13，第453—454页。

③ 《江西捷音疏》，同上书，卷12，第397页。

④ 《明史》卷195《王守仁传》，中华书局1974年版，第5163页。

⑤ 《飞报宁王谋反疏》，《王阳明全集》卷12，上海古籍出版社1992年版，第392页。

二　胡宗宪幕府文人群

明中期抗倭幕府产生的时代背景

倭寇对明朝的危害原本由来已久，早在洪武初年，他们就"数掠海上，寇山东，直隶，浙东，福建沿海郡邑"①。但由于朱元璋措施得力，并未酿成大患。到了 16 世纪中叶，倭寇问题一下子严重了起来，东南沿海一带全面遭受其侵扰，甚至举国骚动，史称"嘉靖倭患"。嘉靖倭患，主要始于嘉靖三十一年（1552），持续至嘉靖四十五年（1566），前后长达十五年之久。

这次倭患爆发的主要原因有两个，首先是与明朝长期所奉行的海禁政策有关。明政府推行海禁的初衷本就是为了防止倭寇，但客观上却极大地阻碍了沿海居民与日本等国进行正常海外贸易的合理需求，所以结果适得其反。许多海商只能进行走私活动，甚至干脆组织武装对抗官军的搜捕。嘉靖二年（1523），在日本使团之间的"争贡"事件发生后，明政府进一步加强了原本就很严厉的海禁政策，连官方的朝贡贸易也被禁止，这就彻底断绝了中日两国进行合法贸易的空间。巨大的财富诱惑将日本倭寇与中国海商结成一体，并由走私发展为劫掠。其次是明朝自建国以后，由于对其统治的威胁大部分来自北方的蒙古，从而形成了重北轻南的国防观念。南方虽有卫所，但大多形同虚设，尤其是承平既久，战斗力更加薄弱，在与倭寇的交锋中，往往一触即溃。这使得明政府无法灭倭寇于萌芽之中，同时也让倭寇更加轻视明军，从而加大侵扰的密度与强度，最终酿成大患。

不过，与明朝此前倭患不同的是，嘉靖倭患并非是以日本人为主导的侵扰活动，而是"大抵真倭十之三，从倭者十之七"②。如时人所称："近日东南倭寇类多中国之人"③，茅坤《与李汲泉中丞议海寇事宜书》亦记云："近闻里中一男子，自昆山为海寇所获，凡没于贼五十日而出，归语海寇大约艘凡二百人，其诸酋长及从，并闽及吾温、台、宁波人，间亦有徽人。而闽所当者，十之六七；所谓倭而椎髻者，特十数人焉而已。此可见诸寇特挟倭以为号而已，而其实皆中州之人也。"④ 历史上我们所熟知

---

① 张瀚：《东倭纪》，《松窗梦语》卷 3，中华书局 1985 年版，第 57 页。

② 《明史》卷 322《外国》，中华书局 1974 年版，第 8353 页。

③ 郑晓：《今言》卷 3，中华书局 1984 年版，第 136 页。

④ 茅坤：《茅鹿门先生文集》卷 2，《茅坤集》，浙江古籍出版社 1993 年版，第 214 页。

的当时倭寇头目如王直、徐海、陈东等也都是中国人，因此，明嘉靖间所谓"倭寇"，实际上大部分是以中国人为首领，有日本雇佣军参与的带有国际化色彩的海盗团伙。①

无论嘉靖倭患的历史性质究竟如何，它给当地百姓的生命与财产所造成的灾难都是空前的，"东南数郡被寇以来，州县望风如毁"②，倭寇"所至荡然，靡有孑遗，……百姓逃死，稍稍复还，则屋庐皆已焚毁，赀聚皆已罄竭；父母妻子，半被屠剐，村落之间，哭声相闻"③，"凡吴越所经村落市井，昔称人物阜繁，积聚殷富者，半为丘墟，暴骨如莽"④。由于倭寇侵扰范围逐渐深入到松江、苏州、常州等府所辖各县及长江沿岸之南通、海门、太仓等地，甚至还兵临留都南京城下，而这一带正是国家财赋重地，倭寇之患给明朝政府带来的威胁实际上已经迫在眉睫了。在此背景下，"（嘉靖三十一年）秋七月，廷议复设巡视重臣。以都御史王忬提督军务，巡视浙江海道及兴、漳、泉地方。"⑤ 除王忬外，朝廷还先后派遣大臣张经、李天宠、赵文华、胡宗宪、阮鹗、汪道昆等负责平倭事宜，他们的幕府以及层次不一的将军府署当时都是以抗倭为首要任务，我们将它们统称为"抗倭幕府"。

在这些抗倭幕府中，开始出现了越来越多游幕文人的身影。如上海文人朱察卿，钦差大臣赵文华招之入幕，"治军暇，则与投壶雅歌"⑥；连江文人陈第，"初为学官弟子，俞都督大猷召致幕下，教以兵法"⑦；鄞县文人李贤，"绩学能诗文，兼精皇极六壬诸数，总兵卢镗尝延置幕府"⑧；又有鄞县文人蔡时宜、陈可愿，"善谈兵"，操江都御史蔡克廉督军御

① 关于嘉靖倭寇的性质，可参见林仁川《明代私人海上贸易商人与"倭寇"》，《中国史研究》1980 年第 4 期；李洵《公元十六世纪的中国海盗》，《明清史国际学术讨论会论文集》，天津人民出版社 1982 年版，第 575—592 页；樊树志《"倭寇"新论——以"嘉靖大倭寇"为中心》，《复旦学报》2000 年第 1 期。

② 茅坤：《与赵玉泉大巡书》，《茅鹿门先生文集》卷 2，《茅坤集》，浙江古籍出版社 1993 年版，第 226 页。

③ 归有光：《贷呈子》，《震川先生集》，上海古籍出版社 1981 年版，第 719 页。

④ 严从简：《殊域周咨录》卷 2 "日本"，中华书局 2000 年版，第 77 页。

⑤ 《明史纪事本末》卷 55《沿海倭乱》，中华书局 1977 年版，第 847 页。

⑥ 王世贞：《朱邦宪传》，《弇州四部稿》卷 84，《文渊阁四库全书》，台湾商务印书馆 1983 年影印本，集部，第 1280 册，第 380—381 页。

⑦ 朱彝尊：《静志居诗话》卷 14《陈第》，人民文学出版社 1990 年版，第 415 页。

⑧ 雍正《宁波府志》卷 26，《中国方志丛书·华中地方·浙江省》，台湾成文出版社 1983 年影印本，第 198 册，第 2080 页。

寇，"通政司参议张公寰托捡校袁本立荐于公，公与语，悦之，置诸记室"①。有的游幕文人甚至与幕主出生入死，如永嘉文人康从理，曾入将军刘子高幕，"间关兵革间凡几岁，冒波涛，犯锋刃，蹈不测之险，膺滨危之祸者数四，……卒偕子高破倭奴，收伟绩"②。至于胡宗宪幕府更是人才济济，明代文人游幕的复兴态势由此拉开了序幕。

胡宗宪幕府文人考

明朝中叶形形色色的抗倭幕府中，胡宗宪幕府最具声势，史称"（胡）威权震东南。性善宾客，招致东南士大夫预谋议，名用是起。至技术杂流豢养皆有恩，能得其力"③。当时，被招致入幕的文人数量颇为可观，许多著名的文士如徐渭、茅坤、沈明臣、王寅等先后入幕，"其时辟置幕府者率皆国士"④，可谓集一时人才之胜。此前王阳明幕府虽然有很多创举，但毕竟存在的时间短暂，它在文士游幕史上的地位与影响均不能与胡宗宪幕府相比。后者乃是明代文士游幕风气复兴最重要的标志之一，并且结成了洪武之后第一个幕府文士群。

一个幕府文士群的形成需要某种契机，也需要时间，胡宗宪幕府正好具备了这两个基本的条件。面对当时倭患深重的严峻形势，胡宗宪亟须各种人才。除了像戚继光、俞大猷这样勇冠三军的军事将领之外，还需要人来帮他运筹帷幄，制定谋略，同时还得有人来协助他应付朝廷中各种复杂的人际交往，以便获得广泛的支持而免于掣肘。有些事务虽然表面上与抗击倭寇没有直接的联系，实际上不仅对于胡宗宪个人的仕途至关重要，而且对整个抗倭斗争的全局也有着不容忽视的影响。《万历野获编》载："嘉靖间倭事旁午，而主上酷喜祥瑞，胡默林总制南方，每报捷献瑞，辄为四六表，以博天颜一启。上又留心文字，凡俪语奇丽处，皆以御笔点出，别令小内臣录为一册。以故东南才士，缙绅则田汝成、茅坤辈，诸生则徐渭等，咸集幕下，不灭罗隐之于钱镠。"⑤ 沈德符对这些文士的入幕原因归结得不免过于简单，但也道出了一个实情：即胡宗宪在抗倭之

① 郑若曾：《江南经略》卷 3 下《太仓州倭患事迹》，《文渊阁四库全书》，台湾商务印书馆 1983 年影印本，子部，第 728 册，第 214 页。

② 王叔杲：《康山人传》，《王叔杲集》卷 11，上海社会科学院出版社 2005 年版，第 245—246 页。

③ 《明史》卷 205《胡宗宪传》，中华书局 1974 年版，第 5414 页。

④ 吴景旭：《历代诗话》卷 78，《文渊阁四库全书》，台湾商务印书馆 1983 年影印本，集部，第 1483 册，第 795 页。

⑤ 沈德符：《四六》，《万历野获编》卷 10《词林》，中华书局 1959 年版，第 270 页。

余，还得费尽心思地讨好皇帝。其实不仅如此，他还要处理好与当时内阁大臣，尤其是与首辅严嵩的关系。原先的浙福总督张经、浙江巡抚李天宠皆因不愿屈于严嵩党羽赵文华之下而被劾弃市，抗倭事业也毁于一旦，胡宗宪则主动依附之，后来文华败，又结严嵩为内援。在人格操守上，胡宗宪自不及张经等人，但在当时的政治形势下亦属不得已而为之，与其所建功勋相比，可谓瑕不掩瑜，如谈迁所论："胡宗宪以倜傥非常之才，仗钺东南，鲸波就恬。值严氏柄国，情好稠密，所谓未有权臣在内而大将能立功于外者。"① 至于交结的手段，不外乎厚贿媚词，这些关系的协调以及文字的应酬，都离不开幕下文士的积极参与。

此外，胡宗宪本身就是一个"风流自喜"，有着浓厚士大夫习气的文士，诗酒唱酬乃是幕中常事。而且，作为东南抗倭事务中地位最崇的领导者，胡宗宪有着炙手可热的权势和雄厚的财力，加之其"为人豁达"的豪爽品性及"性善宾客"的待士之风，都会对文人们有着莫大的吸引力。在这些因素的作用下，大批文人开始加入到他的幕府之中，形成了一个在当时及后世均颇具影响的幕府文人群。

时间方面，胡宗宪从嘉靖三十四年（1555）六月以右佥都御史巡抚浙江起，至四十一年（1562）十一月罢职被逮，此间一直是东南抗倭事务最重要的指挥者之一。历时之长，在明代督抚中亦属罕见，这也给了他充足的时间延纳各种人才。下面，我们对胡宗宪幕府有姓名可考的文士及其幕中事迹作一罗列：

1. 徐渭（1521—1593），字文长，别号田水月、天池山人、青藤道士等，浙江山阴人，诸生。

徐渭是胡宗宪幕下最著名的文士之一，深得幕主的器重，"会得白鹿，属文长作表，表上，永陵喜。公以是益奇之，一切疏记，皆出其手"②。幕府中不少的文牍、章奏等都是由徐渭执笔，他后来将幕中之作专门编为《幕抄》一书，称"记文可百篇"。据《徐渭集》统计，现存作品可以确认为当时幕中所作的各类文章就有 50 篇之多，其中表 21 篇，启 23 篇，祭文 4 篇，记 1 篇，碑文 1 篇。这些形式不一的作品均系代笔之作，徐渭也因此获得了较为丰厚的报酬，如他曾代胡宗宪作《镇海楼

---

① 谈迁：《国榷》卷63，中华书局1988年版，第3986页。
② 袁宏道：《徐文长传》，《袁宏道集笺注》卷19，上海古籍出版社1981年版，第715—716页。

记》，文成，胡即给银两百二十两。① 此外，对于徐渭狂放不羁的性格，总督胡宗宪亦"常优容之"，"幕中有急需，召渭不得，夜深，开戟门以待之"②。

胡宗宪被逮下狱后，徐渭忧愤成疾，并多次发狂自杀。对于徐渭来说，此段游幕经历既称得上是他一生中最为风光得意的时期，又是其后半生不幸的根源。

2. 沈明臣（1518—1596），字嘉则，号句章山人，浙江鄞县人，诸生。

明臣少时就有大志，"慕谢安、王猛之为人，慨然思以功业自见，时亡有能用之者，闳放之气，一发之于诗"③。胡宗宪督师平倭，将他辟置幕下，明臣"顾时时与公抵掌谈黄石，不独供笔札之役，垂空文自见也"④。

明臣与徐渭同为越人，又同入胡宗宪幕下，时人因此常常将他们相提并论，称"二公身起诸生，入胡少保幕，称国士，其遇同；操笔马前，咄嗟草檄，视为常事，其志亦同。当时徐之《白鹿表》、沈之《铙歌》，皆已见于天下矣!"⑤ 明臣的《铙歌》（《丰对楼诗选》作"凯歌"）在当时最为脍炙人口，诗云："衔枚夜度五千兵，密领军符号令明。狭巷短兵相接处，杀人如草不闻声。"⑥ 这首诗是明臣随胡宗宪南驻军浙江衢州时所作，当时"援笔立就，至'狭巷短兵相接处，杀人如草不闻声'，胡公矍然起，捋先生须曰：'何物沈郎，雄快若是!'"

胡宗宪"为人豁达"，但"微有酒失"，明臣对此多有规劝，幕主亦能从之，并且对明臣颇为礼敬，"遥望见，为起立"。当胡氏被逮，瘐死狱中，明臣不避灾祸，"走哭墓下，持所为诔，遍告贤士大夫"⑦。

---

① 徐渭：《酬字堂记》，《徐文长三集》卷23，《徐渭集》，中华书局1983年版，第612页。

② 陶望龄：《徐文长传》，《徐渭集·附录》，中华书局1983年版，第1339页。

③ 屠隆：《沈嘉则先生传》，《由拳集》卷19，《四库全书存目丛书》，齐鲁书社1997年影印本，集部，第180册，第650页。

④ 同上。

⑤ 薛冈：《徐文长诗选序》，《天爵堂文集》卷1，《四库未收书辑刊》，北京出版社2000年影印本，第6辑，第25册，第456页。

⑥ 沈明臣：《凯歌》，《丰对楼诗选》卷2，《四库全书存目丛书》，齐鲁书社1997年影印本，集部，第144册，第166页。

⑦ 屠隆：《沈嘉则先生传》，《由拳集》卷19，《四库全书存目丛书》，齐鲁书社1997年影印本，集部，第180册，第650页。

3. 茅坤（1512—1601），字顺甫，号鹿门，浙江归安人，进士。

茅坤与胡宗宪同为嘉靖十七年（1538）三甲进士，曾任广西兵备佥事，用"雕剿"之法平定瑶、僮土著之乱，升任大名兵备副使，因遭弹劾于嘉靖三十四年（1555）罢官闲居。① 茅坤归里后不久，正逢倭寇肆虐，总督胡宗宪知其善兵，延之入幕。

与胡宗宪幕下的其他文人相比，茅坤的军事经验显然较为丰富，"荡平之绩，公有力焉。以故，胡公遇之最厚"②。同时，作为唐宋派的代表人物，茅坤也用其精彩的文笔记录下了当时许多重要的抗倭战役，留下不少的杰作，其中以《纪剿徐海本末》（又称《徐海本末》）最为著名。这篇叙事散文描述了倭寇首领麻叶、陈东和徐海等如何被剿灭的全部过程，详细而生动，不仅具有较高的史料价值，还成为不少明清小说的题材来源。

胡宗宪下诏狱后，"诸故人宾客，匿不敢视，公独慷慨盛陈胡公功伐，所谓以十世宥，上书宰执，人多公义"③。这样的仗义之举也使茅坤受到了很大的牵累，几至破家。

4. 王寅（1506—1588），字仲房，一字亮卿，自号十岳山人，南直歙县人，弃诸生。

王寅初为县学诸生，因不喜举业，遂弃籍，"周游吴、楚、闽、越名山，远览冥搜，不遗余力……及海上用兵，客督府尚书胡公所"④。在幕府期间，王寅与徐渭、沈明臣、茅坤等人都有交往，相互间有不少的唱和答赠之作。

与胡宗宪的许多幕下之士一样，王寅也是一个怀才不遇且很有个性的文人，时人形容他"负气亮直，有古风，好谈天下大计，不售也"⑤。幕主胡宗宪亦称王寅"性疏狂，肮脏多忤于时，纵缙绅先生折节为知己者，稍不合则飘然拂衣而去，不复顾"，又盛赞其诗"可与太白相伯仲"，还

① 参见张梦新《茅坤年谱》，《茅坤研究》，中华书局 2001 年版，第 108 页。

② 朱赓：《明河南按察副使奉敕备兵大名道鹿门茅公墓志铭》，《茅坤集·附录一》，浙江古籍出版社 1993 年版，第 1348 页。

③ 屠隆：《明河南按察司副使奉敕备兵大名道鹿门茅公行状》，《茅坤集·附录一》，浙江古籍出版社 1993 年版，第 1354 页。

④ 汪道昆：《王仲房传》，《太函集》卷 28，《续修四库全书》，上海古籍出版社 2002 年影印本，集部，第 1347 册，第 133—134 页。

⑤ 梅鼎祚：《歙王山人寅》，《鹿裘石室集》诗集卷 5，《续修四库全书》，上海古籍出版社 2002 年影印本，集部，第 1378 册，第 505 页。

曾资助他出版诗集。① 当然，胡宗宪对王寅的赏识也仅限于此，"诸客率诣事督府，仲房以谔谔独闻，督府多疏节，又不纳仲房言，竟以败"②。对此，徐渭也曾提及："往冬，王山人挟策叩辕门，认柯亭之胜负，如指诸掌，无一听之者，其所听者类皆儿童呆子之见，而至琐极陋之谈，乃卒取败而悔矣。今事且急，府中数召山人与语，其不听山人者固如前，而其所听者于他人者又亦如前也。"③

尽管如此，王寅对胡宗宪还是深怀感激的，胡氏殁后，他在许多诗作中都表达了自己的义愤之情。

5. 蒋洲（？—1572），字信之，一字宗信，号龙溪，浙江鄞县人，诸生。

蒋洲少时"好游侠，留连管、乐"，慕先秦纵横之士，"高睨大谈，终日不倦"④。嘉靖间，倭寇骚扰东南沿海，经都督万表的推荐，蒋洲入总督胡宗宪幕，并向其提出招抚倭寇首领的建议。

嘉靖三十四年（1555），明朝政府决定派人出海招抚王直，同时宣谕日本，"人难之，莫敢行，则蒋生请行，又荐陈生行也"。八月，胡宗宪以蒋洲为使者出海寻王直，"九月出鄞江桃花渡，至马蹟汇，风飓，舟半覆，得救起，至小衢山遇寇，二生率众与战，贼败去，则兵条火攻药等大半耗矣，乃回舟舟山。……凡六日夜入大洋，又四日而抵五岛夷"。历经海上种种风涛险阻，蒋洲终于在日本见到王直并说动其归降朝廷，并于嘉靖三十六年（1557）七月与其党毛海峰、叶碧川回到杭州。九月，王直来降，十一月胡宗宪奉旨斩之，王直临死前，连呼："蒋洲、陈可愿误我，误我！"⑤

蒋洲出使日本近三年之久，归浙之时，"诸帅疑其掌握之内，价盈兼金，从之索赂，不应"，而首辅严嵩"亦望有海内奇货，宗信又无以自通"。结果，因王直未能立即到达，众人"谓其空言无事实。巡按周斯顺劾奏，遂下宗信于狱"，等到王直来降，胡宗宪对蒋洲"多方慰劳，权寄狱中"。王直被诛后，蒋洲方得以出狱，立功而蒙冤，不免"茫然自伤"，

---

① 胡宗宪：《十岳山人诗集序》，《十岳山人诗集》卷首，《四库全书存目丛书》，齐鲁书社1997年影印本，集部，第79册，第117页。

② 汪道昆：《王仲房传》，《太函集》卷28，《续修四库全书》，上海古籍出版社2002年影印本，集部，第1347册，第134页。

③ 徐渭：《陶宅战归序》，《徐文长三集》卷19，《徐渭集》，中华书局1983年版，第529页。

④ 黄宗羲：《蒋氏三世传》，《黄宗羲全集》第10册，浙江古籍出版社2005年版，第592页。

⑤ 李诩：《蒋陈二生》，《戒庵老人漫笔》卷5，中华书局1997年版，第187页。

唐顺之、赵贞吉等官员"皆为之扼腕颂冤，俱报罢。"① 隆庆初，中寒病卒于京师旅舍。

6. 陈可愿（？—1578），字敬修，浙江鄞县人，诸生。

嘉靖三十四年（1555），总督胡宗宪派使者出海招抚倭寇首领王直，使团以蒋洲为正使，可愿为副使。临行前，徐渭有诗赠曰："长席挂帆轻，鲸波万里程，片言降粤尉，尺组系田横。日出亲曾见，风便始约行，归来不邀赏，世上自知名。"② 茅坤亦有诗云："爰遣两辩士，遍译扶桑东。"③ 可愿即"两辩士"之一。

可愿与蒋洲一同出海，但先于蒋洲回国，参与了擒获徐海的行动。《戒庵老人漫笔》载："方陈生归时，适徐海拥众围桐乡，桐乡大困。都御史阮某不知计，陈生及夏正说海而解其围，计擒徐海等。又叶宗满覆舟山贼党，皆陈生以贼攻贼云。"④ 与蒋洲的遭遇相似，立下大功的可愿也遭人诋毁而入狱，"后胡司马代为入粟，得为国子生"⑤，沈明臣曾专门赋诗以表不平："已尽啼莺几度春，送君风雨暮江滨。鲸波抱檄曾招贾，璧水横经旧使臣。郭槐台深烟树回，荆卿馆废野花新。不须更问西羌事，胡马年来不动尘。"⑥

7. 蔡时宜，浙江鄞县人。

与蒋洲、陈可愿同行的还有鄞县文人蔡时宜。嘉靖三十二年（1553），倭寇犯太仓，通政司参议张寰将他与陈可愿一齐推荐给操江都御史蔡克廉，蔡克廉"与语，悦之，置诸记室"。不料，太仓"士民疑为奸细，谓鄞人素通番，二人皆鄞人也，而操院用之殆不可测，适王直之党潜入城为内应，为有司所执，众益疑二人为贼党。二人惧，随公出城，州人共殴之，几毙，拘囚拷鞫，坐狱三年然后白。"⑦ 脱狱后不久，时宜即

---

① 黄宗羲：《蒋氏三世传》，《黄宗羲全集》第 10 册，浙江古籍出版社 2005 年版，第 594—595 页。

② 徐渭：《赠陈君》，《徐文长三集》卷 6，《徐渭集》，中华书局 1983 年版，第 176 页。

③ 茅坤：《大司马胡公铙歌鼓吹曲十首·王直》，《白华楼吟稿》卷 1，《茅坤集》，浙江古籍出版社 1993 年版，第 9 页。

④ 李诩：《蒋陈二生》，《戒庵老人漫笔》卷 5，中华书局 1997 年版，第 187 页。

⑤ 沈明臣：《挽陈将军敬修（序）》，《丰对楼诗选》卷 26，《四库全书存目丛书》，齐鲁书社 1997 年影印本，集部，第 144 册，第 461 页。

⑥ 沈明臣：《送陈敬修北游太学》，《丰对楼诗选》卷 31，同上书，第 518 页。

⑦ 郑若曾：《江南经略》卷 3 下《太仓州倭患事迹》，《文渊阁四库全书》，台湾商务印书馆 1983 年影印本，子部，第 728 册，第 214 页。

与蒋、陈二人出使日本。①

8. 郑若曾，字伯鲁，号开阳，南直昆山人，贡生。

若曾自幼即有用世之志，"凡天文、地舆、山经、海籍，靡不得其端委"，岳父魏校为一代名儒，对他非常器重。倭扰东南之际，"总制胡宗宪辟为赞画"，"侦知倭不谙地境，导之者为内地奸人，以计间之，寇遂叙功授锦衣世荫，不受"②。若曾在幕中的另一个重要贡献是代幕主胡宗宪精心编撰了《筹海图编》，关于此书，他曾对茅坤说道："予之为是编也，即医家所纂古方书是也。神农之尝百草，与方外之牛溲、马渤，吾并籍之，以待越人、仓公者之出而自择焉。"③ 其目的自然是利国利民，它成为明代海防建设的重要文献。另外，若曾的幕中之作还有《江南经略》、《日本图纂》等，也都是与当时倭患有关的著作。

9. 颜钧（1504—1596），一名铎，字子和，号山农，又号耕樵，江西永新人。

颜钧是泰州学派的代表人物，嘉靖三十六年（1557），其弟子程学颜时任应天府推官，以"异人知兵法"将他荐于总督胡宗宪，宗宪"具礼"迎之幕下。颜钧自称："受邀七日，倒溺百千倭寇于海。"④

10. 程学颜，字宗复，号后台，湖广孝感人，举人。

学颜于嘉靖三十一年（1552）中举，初为教谕。三十五年（1556）赴会试不第，经罗汝芳引荐，从学于颜钧。因"教声扬天曹"⑤，于次年擢应天府推官。上任时，学颜向总督胡宗宪推荐颜钧入幕，当时宗宪"驱倭计穷"，便"具礼迎铎，并取学颜军前听用"⑥。嘉靖三十八年（1559），学颜又请胡宗宪移文江西巡抚何迁，将当时因事入狱的何心隐调入幕中。同年，学颜转任北京太仆寺丞，辞幕而去。

11. 何心隐（1517—1579），原名梁汝元，字柱乾，号夫山，江西永丰人，举人。

心隐早年游学于颜钧门下，"与闻心斋立本之旨"。他曾在家乡建聚

---

① 采九德：《倭变事略》卷4，《盐邑志林》，商务印书馆1937年影印本，第48帙。
② 光绪《昆、新两县续修合志》卷30《文苑》，《中国地方志集成·江苏府县志辑》，江苏古籍出版社2008年影印本，第16辑，第510页。
③ 茅坤：《刻筹海图编序》，《茅鹿门先生文集》卷11，《茅坤集》，浙江古籍出版社1993年版，第428页。
④ 颜钧：《自传》，《颜钧集》卷3，中国社会科学出版社1996年版，第27页。
⑤ 颜钧：《程身道传》，同上书，第22页。
⑥ 颜钧：《自传》，同上书，第27页。

和堂来实践自己的儒家理想，"会邑令有赋外之征，心隐贻书以诮之，令怒，诬之当道，下狱中"①，"浙江总制默林胡公稔知其才足以济艰拨乱，……以礼聘之，赞谋帏幄，以平倭寇"②。胡宗宪之所以出手帮忙，是因为心隐的同门程学颜"在幕用事，说之橄江省抚台安陆何公，因得脱"。心隐"居幕逾年"，幕主胡宗宪对他的评价是："斯人无所用，在左右，能令人神王耳。"对此，心隐则"沾沾自喜，谓胡公善用己也"③。后程学颜去京师任太仆寺丞，心隐亦离幕随之北上。

12. 沈维锜（1517—1568），字震躬，浙江平湖人，诸生。

嘉靖三十六年（1557），徐海被困驻沈庄，疑惧不定。为了稳住他，胡宗宪亟须一说客，"时倭巢沈庄，势若负嵋，众莫敢入，维锜独往说之，倭欣然请降，已大兵四集，尽歼之"。胡宗宪打算专门上疏替他请功，维锜"固辞"不受。④《讨桂编》对其如何说动王直有更详细的描绘："胡（宗宪）问：'汝何策动之？'锜曰：'倭巢锜室，当以主人礼进，锜有绕舍田百亩，因寇荒芜，国课无措，诱彼屯田，徐图说之。'胡服其议。锜儒服入倭丛中，为叙主客礼，谈论颇洽，因说以耕种之利，并为画久远计，而阴俟大兵四集，后卒歼倭，实锜本谋也。"⑤

13. 田汝成（约1503—？），字叔禾，浙江钱塘人，进士。

汝成为嘉靖五年（1526）进士，授南京刑部主事，寻改礼部。后因忤旨，出为广东提学佥事，谪知滁州，复迁贵州佥事，改广西右参议。曾与翁万达一起平息了当地土酋的叛乱，因功升福建提学副使，后罢官归里。汝成"博学工古文，尤善叙述"⑥，据沈德符所记，他也是胡宗宪幕下的"东南才士"之一。⑦不过，汝成知晓军事，其在幕中所发挥的作用当不仅仅代笔捉刀而已。

14. 吕希周，字师旦，号东汇，浙江崇德人，进士。

希周亦为嘉靖五年（1526）进士，初授户部主事，改工部营缮，历任兵、刑二部员外郎，吏部文选司郎中。嘉靖十四年（1535）擢升右通

---

① 黄宗羲：《明儒学案》卷32《泰州学案一》，中华书局1985年版，第704页。

② 邹元标：《梁山夫传》，《何心隐集》，中华书局1960年版，第121页。

③ 耿定向：《里中三异传》，《耿天台先生文集》卷16，《四库全书存目丛书》，齐鲁书社1997年影印本，集部，第131册，第403页。

④ 光绪《平湖县志》卷18《人物》，清光绪十二年刊本。

⑤ 钱希言：《讨桂编》，《松枢十九山》卷16，明刻本。

⑥ 《明史》卷287《田汝成传》，中华书局1974年版，第7372页。

⑦ 沈德符：《四六》，《万历野获编》卷10《词林》，中华书局1959年版，第270页。

政，未几归家闲住。嘉靖三十五年（1556），徐海等倭寇由乍浦趋桐乡，攻围甚急，胡宗宪引兵至崇德，延请吕希周等人商量对策。① 冯汝弼《当湖剿寇纪事》记云："嘉靖丙辰……一日公（胡宗宪）及阮公（阮鹗）邀巡按赵公过余山园，登山亭，尽屏诸从人，议剿贼事。闻是议者，惟东汇吕通政及余耳。……阮公及吕东汇咸同公议。"② 可见，希周在幕中确实参与了一些机密事宜的商定。

15. 罗龙文（？—1565？），别号小华，南直歙县人，监生。

龙文出身于富人之家，"慧而技巧"，"凡摹古必极精工"，在书画艺术上有很高的造诣。"游太学，有声，而喜结客少年场"，龙文与徐渭为故交，当时徐渭已为胡宗宪幕府上客，遂荐龙文入幕。

胡宗宪对龙文"以乡曲厚礼之"，因龙文与倭寇首领徐海有旧，便派其游说徐海。经龙文的一番说辞，"海大壮服。于是遣人同龙文来谢督府，解桐乡围。又遣弟洪入质"。"龙文又说海，令多杀贼立功以自赎。海悉如约。"但这不过是总督胡宗宪的缓兵之计，等到人马部署已定，便尽歼来降倭寇，徐海也被迫投河自尽，作为说客的罗龙文不免"自憾负盟"③。

之后，龙文以军功授中书舍人，"与严东楼（世蕃）款密，且令品第所得江南诸宝玩，其入幕无间朝夕"④。严嵩倒台，与世蕃同斩于西市，一说遁去无踪。

16. 金丹，浙江嘉善人，居秀水，诸生。

金丹原为儒学生员，后弃文学武。"时蒋洲等入海游说未归，当事俱忧之，募能再往者拜官，丹出应募，约成而归，胡司马嘉其功，即以都阃题请。丹时本业已荒，遂就右列。"⑤ 嘉靖三十五年（1556），金丹奉命与罗龙文等"入巢诱降，离散其党"⑥。后来，金丹又多次随胡宗宪部将戚继光出征，"多所俘获，累军功官至参将，已居家穆然儒雅，不知其为故

---

① 光绪《桐乡县志》卷15《人物》，《中国方志丛书·华中地方·浙江省》，台湾成文出版社1983年影印本，第31册，第570页。

② 《明文海》卷380，中华书局1987年版，第3926页。

③ 潘之恒：《罗龙文传》，《潘之恒曲话》引《亘史》外纪卷6《侠部》，中国戏剧出版社1988年版，第180页。

④ 沈德符：《剧贼通免》，《万历野获编》卷18《刑部》，中华书局1959年版，第472页。

⑤ 沈德符：《金丹说客》，《万历野获编》卷17《兵部》，中华书局1959年版，第439页。

⑥ 采九德：《倭变事略》卷4。

帅云。"①

17. 汪应晴，字季明，南直歙县人，诸生。

《歙县志》："初为杭州府诸生，以不得志于主司，有裹革沙场之志，会胡督宗宪戡乱海上，应晴应募军前赞画，屡立战功，擢游兵把总。"②与金丹一样，应晴也是当时书生弃笔从戎、沙场建功的典型。

18. 周述学，字继志，号云渊，浙江山阴人。

述学学识宏富，"好深湛之思，凡经济之学，必探原极委，尤邃于《易》、历"，是明代著名的历算学家。嘉靖间，述学曾被锦衣卫都督同知陆炳礼聘至京，"炳服其英伟"。宣、大总兵仇鸾"闻其名，欲致之"，述学"识鸾必败"，辞归乡里。

倭乱发生后，"总督胡宗宪征倭，私述学于幕中，谘以秘计；述学亦不惮出入于狂涛毒矢之间，卒成海上之功。"述学精通谋略而为人不事张扬，"在南北兵间，多所擘画，其功归之主者，未尝引为己有，故人亦莫得而知也。"③ 所著有《神道大编》等。

19. 濮文起，字三槐，浙江濮院人，诸生。

文起"学古好谋"，为士林所推重。嘉靖三十五年（1556），倭寇围桐乡，"总督胡宗宪引兵至崇德，延请崇德吕希周、归安茅坤及三槐问计。因出金帛饵贼首徐海爱妾紫云，始解围。"④

20. 郭造卿，号建初，福建福清人，诸生。

造卿曾受业于著名学者罗洪先门下，"闽中倭起，客游吴越，胡少保宗宪、李襄敏遂礼致之"⑤，他后来成为戚继光的重要幕客之一。

21. 吕光，又名吕需，号水山，浙江崇德人。

嘉靖间，水山游京师，曾以复河套之策干三边总制曾铣。后与徐渭、

① 万历《秀水县志》卷 6《人物》，《中国方志丛书·华中地方·浙江省》，台湾成文出版社 1983 年影印本，第 11 册，第 330 页。

② 乾隆《歙县志》卷 12《人物志二》，《中国方志丛书·华中地方·安徽省》，台湾成文出版社 1983 年影印本，第 87 册，第 840 页。

③ 黄宗羲：《周云渊先生传》，《黄宗羲全集》第 10 册，浙江古籍出版社 2005 年版，第 561—562 页。

④ 光绪《桐乡县志》卷 15《人物》，《中国方志丛书·华中地方·浙江省》，台湾成文出版社 1983 年影印本，第 31 册，第 570 页。

⑤ 李清馥：《郭建初先生造卿》，《闽中理学渊源考》卷 45，《文渊阁四库全书》，台湾商务印书馆 1983 年影印本，史部，第 460 册，第 511 页。

沈明臣同客胡宗宪幕府，时称"幕中三山人"①。晚年游大学士徐阶门下，被延为幕宾。②

22. 俞献可，字九河、子自，江西信丰人，监生。

献可"能文章，旁通星象历数、兵符剑术"，胡宗宪"辟为幕，与徐渭、唐顺之、茅坤友，宗宪平倭及制三边诸纪绩碑文多出其手"③。后官平南知县，陆凉知州，俱有宦绩。

23. 范大澈，字子尹，号海东，浙江鄞县人。

大澈"倜傥有奇才"，嘉靖时，倭寇入侵，"居总制胡宗宪幕中，多与筹画"④。后入太学，为山东布政使照磨，署平原县事。

24. 邵芳，号樗杓，南直丹阳人。

郑若曾编撰《筹海图编》曾言："是编也肇意于荆川，玉成于龙池，而少保公实釐正之。……商订义例，则丹阳邵芳之力居多。"⑤《筹海图编》中收录了邵芳关于练兵战守的不少言论，对胡宗宪的战略决策有重要的参考意义，如其论客兵可调："练本地之兵，但可为本处防守而已，不能追剿大敌也。欲追剿大敌，须调客兵。何也？土兵习知地利，顾恋桑梓，故选而练之，可为常计。若别省有事，欲望邻省之民团作一处，协力以拯之，能乎，不能乎？且如往年徐海、陈东辈，领寇数万压境而来，苏、松、杭、嘉诸郡，各自保不暇，其能相顾而协剿乎！故练土兵与调客兵，不可偏废。"⑥持论全面客观，足以驳时论言客兵必不当调之说。后邵芳交通朝野，于隆庆间参与高拱复相事，名倾天下。万历初，拱罢，张居正属浙江巡抚张佳胤捕杀之。邵芳善谋有决断，时人称之为"丹阳大侠"。

25. 蒋孝，字惟忠（维忠），南直毗陵人，进士。

蒋孝是嘉靖二十三年（1544）甲辰科进士，列二甲七十三名，与谭纶、阮鹗、李攀龙、徐学诗同年，其中谭纶、阮鹗二人后来都是负责平倭方面的大员。蒋孝官户部主事，嘉靖二十五年（1546）任九江榷使，被劾归里。蒋孝缘何入胡宗宪幕，并无记载，顾起纶《国雅品》称："蒋户

①　潘衍桐：《两浙輶轩续录》卷1，清光绪刻本。

②　沈德符：《吕光》，《万历野获编》卷8《内阁》，中华书局1959年版，第216页。

③　道光《信丰县志》卷9《人物志上》，清同治六年补刻本。

④　雍正《宁波府志》卷20《鄞县人物》，《中国方志丛书·华中地方·浙江省》，台湾成文出版社1983年影印本，第198册，第1729页。

⑤　郑若曾：《筹海图编序》，《筹海图编》，中华书局2007年点校本，第9页。

⑥　郑若曾：《筹海图编》，中华书局2007年点校本，第731页。

部维忠，才情绮丽，颇任侠气。早岁罢官，即放浪自适，筑山穿池，遍列舞台歌榭。……与荆川素雅，过必酬论竟日，攻难不乏。"①《（万历）常州府志》则说他"喜谈诗，……复喜谈兵"②，或因与唐顺之交厚，又好谈兵事，故经其举荐而入幕亦未可知。

嘉靖四十一年（1562），南京户科给事中陆凤仪弹劾胡宗宪所谓"欺横贪淫十大罪"，称："其托为军前赞画，皆败名险行、趋利附势之徒，虽有文墨，全无行止。宗宪与之日夜耽嗜淫逸，虽明知其侵匿，不计矣。如蒋孝、如吕希周、如田成法（田汝成之误），皆游舌握椠，出入军门，竞为奢僭，重费供给，蠹财生事，不可胜言。"③ 胡宗宪被逮，蒋孝与其他幕客一样也受到一定程度的牵累。

26. 许汾，南直江阴人。

钱谦益《明故南京国子监祭酒赠詹事府詹事翰林院侍读学士石门许公合葬墓志铭》一文称墓主许士柔之祖父许汾以"布衣居胡襄懋幕下，叙平倭劳，官神武卫经历。"④ 其人待考。

27. 计江，南直吴江人。

《（同治）苏州府志》："时有计江者，喜谈兵，好奇计，亦在宗宪幕府。有谋画功，宗宪荐之朝，江谢不受，时论高之。"⑤

本节所列的胡宗宪幕府的文士共 27 位，其中除了颜钧、何心隐、程学颜和郭造卿四人外，均来自当时倭患深重的南直、浙江地区。他们对倭乱的危害有着切肤之痛，所以有的直接或间接参与了擒获徐海、王直等重大行动；有的投笔从戎，沙场建功；还有的则在幕中主文代笔。此外，他们效力幕府均能尽心尽责，不遗余力且不计酬赏，有别于明代许多幕府中追名逐利之徒。对于这些胡宗宪幕府中的文士，身处明清易代之际的黄宗羲曾给予高度的评价，他说："吾观胡之幕府，周云渊之《易》、历，何心隐之游侠，徐文长、沈嘉则之诗文，及宗信之游说，皆古振奇人也！旷世且不可得，岂场屋之功名所敢望哉！"⑥ 毋庸置疑，集一时人才之盛的

① 《国雅品》"士品四"，《全明诗话》第 2 册，周维德集校，齐鲁书社 2005 年版，第 1493 页。
② 万历《常州府志》卷 11 下《选举二》，明万历刻本。
③ 陆凤仪：《督臣欺横不法疏》，《皇明嘉隆疏钞》卷 19，《四库全书存目丛书》，齐鲁书社 1997 年影印本，史部，第 72 册，第 399 页。
④ 《钱牧斋全集》第 5 册，上海古籍出版社 2003 年版，第 1053 页。
⑤ 同治《苏州府志》卷 105，清光绪九年刊本。
⑥ 《蒋氏三世传》，《黄宗羲全集》第 10 册，浙江古籍出版社 2005 年版，第 598 页。

胡宗宪幕府标志着明代文人游幕之风的重新兴起，它在整个明清文人游幕史中亦占有重要的一席之地，其影响不容低估。

胡幕文人的创作与交游

胡宗宪幕府虽然是以抗倭为目的的军事幕府，但由于聚集了像徐渭、茅坤、沈明臣、王寅和田汝成等一批当时颇具声望的文士，所以又有着鲜明的文学色彩。作为文士的他们，尽管偶尔也能参预军机，然而毕竟闲暇的时间居多。梁辰鱼欲游胡宗宪幕，王稚登赠诗云："宝刀新佩能骑马，油幕多闲好赋诗"①，沈明臣亦有诗云："自笑无才趋幕府，也从车骑得乘闲"②，可见赋诗为文才是他们的生活常态。由于田汝成等人存世的游幕作品很少甚至没有，所以我们的论述以徐、茅、沈、王四人为主，旁及他人。在胡宗宪幕府期间，幕客们的诗文创作既表现出某些群体性的特征，又因人而异，呈现出不同的情形，而产生于内部与外部的文学交流也比较频繁，它们共同构成了胡宗宪幕府浓厚的文学氛围。

身处抗倭幕府的文士们一般都有以抗倭为题材的诗文作品传世，如松江文人朱察卿时为钦差大臣赵文华幕中重客，其《江南二首》、《九月廿日观兵浦上》等都是直接反映当时抗倭事件的诗歌。另外，李杜所作的《征蛮将军都督虚江俞公功行纪》一文，详尽记述了幕主俞大猷参与的历次抗倭战役，展现了抗倭战争的曲折与艰辛。不过，若论作品数量最夥、内容最丰富，当首推胡宗宪幕府文士。

在胡幕文人的这些作品中，首先有相当一部分是称颂幕主胡宗宪抗倭功绩的。如王寅作有《平夷大合鼓吹十五首》，其序云："我明治安已久，武备浸弛，倭夷勾连内逆，深入东南。抚臣受命，当事者每见挫辱，胡司马宗宪以御史愤激，身冒敌锋百余战，五载而成荡平之绩，……姑就所闻大战，铺陈颂之，以振威扬勋，风敌劝士"③，这组诗有十五首，每首各记一事，备述胡宗宪平倭之功。茅坤的《大司马胡公铙歌鼓吹曲十首》也一样是以乐府歌辞的形式历数胡宗宪的赫赫战功，序云："十余年以来，海岛之夷扰我内郡，覆我成将，南自闽越，东连吴会，北捷淮海，亘

---

① 《送梁文学谒胡尚书》，《金昌集》卷3，《王百谷集十九种》，《四库禁毁书丛刊》，北京出版社1997年影印本，集部，第175册，第40页。

② 沈明臣：《从大司马胡公过睦州道中，即事呈徐文长记室》，《丰对楼诗选》卷31，《四库全书存目丛书》，齐鲁书社1997年影印本，集部，第144册，第518页。

③ 王寅：《十岳山人诗集》卷1，《四库全书存目丛书》，齐鲁书社1997年影印本，集部，第79册，第149页。

三千余里，烽燧交驰，远近怖骇。于是赫然震怒，特简胡公由监察御史赐之玺书，擐甲视师。所向捷闻……当是时，元孽既芟，威熠夷海，东南数十州郡之间，羽檄不闻，远近邑悸。由我皇上命将得人，寄之阃绥，却谗不受，眚定尔功。予尝从礼部尚书郎后，得观太常肄乐，间仿古《饶歌·鼓吹曲》著为十章，矢歌我公身捍国家。"① 另外，像徐渭的《上督府公生日诗（并序）》、《督府明公新膺加荫（加太子太保、左都御史。一子荫锦衣千户）》也是这方面的"鸿篇臣制"。只是这些作品颇有"应景"之嫌，内容也一味地歌功颂德，文学价值不高。

不过，类似作品中也有写得生动传神的。茅坤《上袁元峰相公书》一文是写给大学士袁炜的，为当时陷入政治旋涡的胡宗宪进行辩护，由于是结合作者亲身经历所作，显得真实而动人。文中描述嘉靖三十五年（1556）六月，倭寇数万人围困桐乡，当时胡宗宪手下仅有千余人马，兵力悬殊，便决定"出为饵贼之策，迟成兵之至以击之"。而以收买离间的方式来对付倭寇，此前是没有先例的，容易授人以柄，需要冒很大的政治风险。身处幕中的茅坤便有这方面的顾虑，他写道：

> 当是时，仆犹牵文法，畏名义，力谕之曰："与其犯中外之谤，以贾没家之祸；不如死绥一战，以冀十一。"公独张目据席，剖冠而奋呼曰："贼万不可支，吾如此则祸止一家；如彼则贻国家数十年东南无穷之祸！"又左顾一佩刀而曰："吾万一天不佑，唯以此自尽报主上耳！"于乎！仆及左右，时皆为之引涕。②

茅坤的建议不能说没有道理，拼死一战，纵然战死还能博个美名；若是收买不成，不仅白送了性命，还要"犯中外之谤"，落下骂名。但是，胡宗宪显然早已将此置之度外，其眼光与胆略确非常人可比。这是茅坤亲历的一件事，生动再现了胡宗宪矢志报国，不惧谤毁、不顾身家的感人形象。在此文中，作者并不讳言幕主身上的缺点，称他"杯酒蹢躅，豪宕自喜，大略汉之列侯将军，唐之藩镇节度使者之风是也；其所为声色之嬖、冠裳之衮，众所不得而庇之者"，同时亦强调："至于长材大略、雄心猛智、临敌乘危、转败为功，亦众所不得而掩之者。故律之以庄士之行，则世或不与；课之以捍国之勋，则世不可无。"它无疑是一篇对胡宗

① 茅坤：《白华楼吟稿》卷1，《茅坤集》，浙江古籍出版社1993年版，第5—6页。
② 茅坤：《茅鹿门先生文集》卷3，《茅坤集》，浙江古籍出版社1993年版，第246—247页。

宪评价较为全面公允的文章，对于后人正确了解这位抗倭名将有着重要的参考价值。

此外，像徐渭《胡令公镇浙，海寇远遁者逾年，至是有为风所迫者不得，已分遣将吏，指授方略往击之，而公犹亲出视师，因以抚循郡邑。旌盖出郭门，诸将告捷者纷至，抵萧山，又至，章疏再三易而复上。是日渭自家驰诣幕中，秉烛燕语，不胜欣庆，赋此奉呈》一诗也是这方面写得比较出色的作品。从诗题上看，徐渭刚刚从家返回幕府，在与幕主的交谈中得知明军接连获胜的好消息，内心无比喜悦，诗歌写道：

> 偏将分驰日几程，高牙犹复事东征，江云隔岸来迎舸，海雨随风去洗兵。奏章每从灯下换，捷书又见马前横，西还即是朝天路，双佩行看拂玉京。①

大军获捷，自然要上奏朝廷报功，诗人捕捉住"奏章每从灯下换，捷书又见马前横"这一细节，生动再现了当时捷报频传的难得景象。全诗语词自然，节奏轻快，很好地传达了作者对幕主运筹帷幄之中、决胜千里之外的军事指挥才干由衷的钦佩之情。沈明臣的《总制归辕门识喜》也是这样的即事之作，诗云：

> 曲江饮马似龙飞，大将平夷渡海归。十万貔貅收野灶，五千虎旅卸征衣。北瞻碣石心空热，东望扶桑恨不稀。元气苍茫衔落照，萧条烟水露鱼矶。②

诗中写胡宗宪战罢归来，虽是部队休整，仍见赫赫军威，同时也表达了将士们同仇敌忾、早驱倭寇的共同心愿。尾联以海上夕照作结，境界阔大，与全诗的豪迈之气融为一体。

需要指出的是，胡幕文士的这些称颂幕主功业的诗歌作品不能简单地以"谀诗"视之。胡宗宪在诸次抗倭战役中所表现出的英勇和智慧，是许多嘉靖抗倭大臣所难以企及的。嘉靖三十五年（1556）十一月，倭寇侵犯会稽，来势凶猛，"官兵莫能御"，胡宗宪督促总兵卢镗迎战，被他

---

① 徐渭：《徐文长三集》卷7，《徐渭集》，中华书局1983年版，第225—226页。
② 沈明臣：《丰对楼诗选》卷28，《四库全书存目丛书》，齐鲁书社1997年影印本，集部，第144册，第487页。

以士兵疲劳为由拒绝。在此形势下，宗宪不顾敌众我寡，"夜召亲兵袭破之，达旦，诸营方知，入贺，铠大惭服"①。在许多战斗中，胡宗宪"辄自临阵，戎服立矢石间督战"，可谓身先士卒。倭寇围杭州时，他又"亲登城临视，俯身堞外，三司皆股栗，惧为流矢所加，宗宪恬然视之"②。可以说，如果没有胡宗宪这样杰出的统帅，嘉靖倭患的平息必将更为艰难。

此外，胡宗宪幕府的文士们还有机会接触当时著名的抗倭将领如戚继光、俞大猷等，并用手中文笔表达自己的仰慕之意和感激之情。徐渭写给戚继光的有《凯歌二首赠参将戚公（南塘）》，写给俞大猷的则有《赠俞参将公（并序）》，序中盛赞其抗倭功绩云："比年海陆奸冗（宄）通市岛夷，其后渐剽掠居民，坏城郭，贼伤大吏以数十。于是公本抱负文武，流声有年，承开府之命，提孤军横艘海中，经涉春夏，贼所当无不应手碎者。东南万姓，赖以全活。"还提及俞大猷在百姓中的威望："会公入府城，诣提督，府中学士大夫若诸父老子弟，知与不知，望见将军麾盖，感激有涕下者。"因此，徐渭欲以赠诗的形式向他致以"壶浆之意"，诗歌写道：

> 孤城一带海东悬，寇盗经过几处全？幕府新营开越骑，汉家名将号楼船。经春苦战风云暗，深夜穷追岛屿连。见说论功应有待，寇恂真欲借明年。③

有些将士，虽然不如戚、俞二人这么著名，但一样曾为平定倭乱做出过重要贡献，对此，胡幕文人们也不吝赞美之辞。如会稽典史吴成器在历次抗倭战役中屡立大功，史称"与贼大小数十战皆捷。身先士卒，进止有方略，所部无秋毫犯。"④ 徐渭有《赠府吴公诗（并序）》，即颂其功，序称："吴公自曩昔攘斥夷寇，其在吾绍兴，若浙东西、松江诸道者，人易闻且见，故多美颂之词。追舟山之役，越在海外，其抚民搏寇之功最多而且艰，人掩之莫得而知也。独渭以书记辱在督府，随众人后，杂谈戎伍，稍悉其事。而今年台温之捷，公之伐又最高，公既让美不言，而世之

---

① 谈迁：《国榷》卷61，中华书局1988年版，第3887页。

② 《明史纪事本末》卷55《沿海倭乱》，中华书局1977年版，第866页。

③ 徐渭：《徐文长逸稿》卷4，《徐渭集》，中华书局1983年版，第790页。

④ 《明史》卷205《吴成器传》，中华书局1974年版，第5419页。

公道将遂因以澌没，乃用鸣之以诗，使公知知其事者尚有如渭者在，而渭之所处，则固有难于知者也。"① 从此序可知，吴成器是一位功勋卓著而又谦逊低调的官员，徐渭因为身在幕府得以了解其事迹，这首诗并没有直接称赞吴成器，而是通过表现诗人自己所谓的"懒散"来反衬其劳苦功高，并且对没能像这位抗倭将领那样亲身杀敌而感到遗憾。另外，对于那些在战场上牺牲的将士们，胡幕文人们也通过诗歌的形式进行凭吊。如茅坤有《过皂林吊战没诸将祠二首（并序）》，其序云："倭夷内犯以来，国家所征材官宿将，未闻有摧破之者。独皂林一战，所拥河朔骑士特八百人，而夷酋以下被斩馘者无算，惜也绝饷，又绝向导，故遂战没。然而贼将徐海寻亦震怖，屈首受缚，且服诛矣。古所称李将军'其败亦足为功于天下者'，是也！部中霍贯道尤为卓荦，予练兵河魏时故校，尝于马上搏胡儿，军中服其贾勇。是战也，帐下疮痍之卒间过予，泣而口之者如此。悲其事，特揭于壁，并贻里之人云。"这支从北方河朔之地远征而来的骑兵部队，虽然赢得了嘉靖抗倭战争的首场胜利，却因为粮饷不继，又没有向导，结果几乎全部阵亡，这无疑让人深感痛惜。诗歌慷慨激烈，再现了八百骑士冲锋陷阵、痛击倭寇的情景，同时表达了诗人对这些为国捐躯将士们的深切悼念。他们尽管不幸遇难，但奋勇抗敌的精神不灭，故虽死犹生，永远值得后人景仰。

幕府历来是文人结友和文学交流的重要场所，胡宗宪幕府也不例外。而且，这种交流并不限于幕府内部，也包括幕府外围的文士。陶望龄《徐文长传》记载：

> 时都御史武进唐公顺之，以古文负重名。胡公尝袖出渭所代，谬之曰："公谓予文若何？"唐公惊曰："此文殆辈吾！"后又出他人之文，唐公曰："向固非公作，然其人谁耶？愿一见之。"公乃呼渭偕饮，唐公深奖叹，与结欢而去。归安茅副使坤时游于军府，素重唐公。尝大酒会，文士毕集，胡公又隐渭文曰："能识是为谁笔乎？"茅公读未半，遽曰："此非吾荆川必不能。"胡公笑谓渭："茅公雅意师荆川，今北面于子矣。"茅公惭愧面赤，勉卒读，谬曰："惜后不逮耳。"其为名辈所赏服如此。②

---

① 徐渭：《徐文长三集》卷7，《徐渭集》，中华书局1983年版，第229—230页。
② 陶望龄：《徐文长传》，《徐渭集·附录》，中华书局1983年版，第1339页。

茅坤读徐渭的文章，可以视作幕府内部的文学交流，而唐顺之对徐渭的赏识则属于外部的交流。由于胡宗宪位高权重，又好奖掖人才，使得其幕下文士与外部的文学交流非常便捷。如茅坤写完《纪剿徐海本末》后不久，唐顺之便经由胡宗宪看到此文，称："承示鹿门所叙《剿倭本末》，具悉公之运筹……"①。茅坤首次接触到汪道昆的作品也是在幕府之中，他后来在写给汪道昆的书信中回忆道："间过故总督胡公幕府，览睹公所著赠文，辄呼曰：'兹固流商刻羽之音也，非世所雄草窃影附而已者。'然恨不及多读也。"② 至于徐渭一个"后进"之士能够迅速得到唐宋派代表人物的推许，原因也正在于此。

不过，由于客观条件的限制，这种外部的文学交流自然不如幕府内部来得频繁，而内部的交流一般是通过相互间（包括宾主间、幕友间）的交游、唱和与切磋来实现的。

文官出身的胡宗宪也具有一定的文学修养，这从他为王寅诗集所作的序文及对沈明臣《铙歌》诗的共鸣与激赏即可看出。而且，胡宗宪于戎马倥偬之际，不时也会与幕下文士诗歌唱和，如徐渭的《与客登招宝山观海，遂有击楫岑港一窥贼垒之兴，谨和开府胡公之韵奉呈》一诗，显然就是与他的唱和之作，诗云："沧海遥连雉堞明，登临喜共幕宾清。千山见日天犹夜，万国浮空水自平。不分番夷营别岛，愿图方略至金城。归来正值传飞捷，露布催书倚马缨。"③ 当然，以"豪武"而闻名的胡宗宪更多的还是授意幕客们赋诗以献。徐渭的《幕府游武夷九曲，令拟诗》，沈明臣的《陪胡公游武夷山》、《侍胡司马游武夷》等都是这样的作品。此外，若是同一题目，又命不同的人来创作，便会有诗艺切磋、"同台竞技"的味道。如徐渭有诗名《赋得战袍红》，题下注云："时少保公得琐瞎刺，制袍命赋"，其诗曰："海罽染啼猩，征袍制始成，春笼香共叠，夜帐火俱明。自与鹑旗映，还宜蟒乡萦，战归新月上，脱向侍儿擎。"④ 而同处幕下的茅坤也有《为胡督府赋红战袍》一诗，诗云："年来好重铠，复道袭绯衣。海上霞分彩，林中日避辉。战酣惊汗马，羽猎闪朱旗。

---

① 唐顺之：《与胡梅林总督》，《唐荆川先生文集》卷9，《丛书集成续编》，台湾新文丰出版公司1989年影印本，第144册，第311页。

② 茅坤：《与汪南明少司马书》，《茅鹿门先生文集》卷5，《茅坤集》，浙江古籍出版社1993年版，第284页。

③ 徐渭：《徐文长三集》卷7，《徐渭集》，中华书局1983年版，第231页。

④ 徐渭：《徐文长三集》卷6，同上书，第178页。

夜半櫜枪照，应驰万里威。"① 他们的这两首咏物诗都是同一主题，又都是为幕主胡宗宪写的，这就有意无意地让他人分出上下、辨出优劣来。

这种"同台竞技"如果在宴游的背景下发生，则会更具有赋诗争胜的色彩。如徐渭诗《奉侍少保公宴集龙游之翠光岩（命与沈嘉则同赋，时方有闽之役）》，从诗题上即可推断，这是徐、沈二人在福建龙游的宴游之作。此外，如前引沈明臣事迹，胡宗宪曾驻军浙江衢州，宴饮于烂柯山下，当时"酒酣乐作，命先生作铙歌鼓吹十章"。徐渭当时亦在座，赋有《宴游烂柯山（四首）》，诗云：

> 万山松柏绕旌旗，少保南征暂驻师。接得羽书知贼破，烂柯山下正围棋。
> 偏裨结束佩刀弓，道上逢迎抹首红。夜雪不劳元帅入，先擒贼将出洞中。
> 群凶万队一时平，沧海无波岭瘴清。帐下共推擒虎将，江南只数义乌兵。
> 帷中谈笑静风尘，只用先锋一两人。万里封侯金印大，千场博戏彩球新。②

徐渭的才华虽然胜过沈明臣，但平心而论，这几首诗在意境的浓缩和艺术表现力上确实不如《铙歌》。20 世纪 90 年代曾在当地发现镌有徐渭这四首诗的碑文，可以想见当时胡幕文人欢饮宴游，共赋诗篇的热闹景象。

但是从数量上看，幕府文学作品，尤其是诗歌作品的最主要的来源还是缘自幕客之间因交游而产生的唱和、答赠之作。正是因为入了胡宗宪幕府，徐渭、茅坤、沈明臣、王寅等人才得以结识并开始有诗作交流。

嘉靖四十一年（1562），胡宗宪移师福建，徐、王、沈三人随幕而往，茅坤在出发前赋诗相送，作有《胡少保携师入闽幕中逢王十岳沈勾章徐天池赋诗送之》，诗云：

> 南征书记怜君辈，并属当年邺下才。横槊几问江上赋，看花还共幕中杯。不堪夜色临刁斗，复道秋声起吹台。倘向军前归奏凯，随风

---

① 茅坤：《白华楼吟稿》卷 4，《茅坤集》，浙江古籍出版社 1993 年版，第 25 页。
② 徐渭：《徐文长三集》卷 11，《徐渭集》，中华书局 1983 年版，第 344 页。

须寄一枝梅。①

　　诗中道出四人共同的幕客身份与朝夕相处的情谊。不过，由于经历的不同，虽然同为幕客，亲疏关系仍会有所区别。徐、沈、王三人都是布衣身份，从未入过仕途，而且个性气质上也有相似之处，因此他们在交往过程中更容易产生惺惺相惜之情。如徐渭《与王山人对语》："仗剑渡江王猛身，归来又共坐青袍，平原自有三千客，门下聊同十九人。曾许凤雏应不忝，由来龙性本难驯，久知世事只如此，且借清樽一洗尘。"② 不难看出，徐渭是将和自己一样桀骜不驯的王寅视为幕下同志的。沈明臣《送王四仲房归鄞郡》同样写道："嗟余落魄四十载，名在青山老东海。骯脏空怜一片心，今日对君歌慷慨。王先生，知尔乃是人中英，凤麟不瑞世，天地为之倾。王先生，奈尔何，五十徒然守文字。古来愤懑英雄多，怜君怀宝邯郸质。握龌公卿何足数，独携肝胆向天涯。……与余一见钱塘上，谓余任侠心相投。"③ 显然，沈明臣也将王寅视为怀才不遇的"同路人"。

　　细检胡幕诸人的交游之作，可以发现幕中生活的点点滴滴都会催生他们的创作灵感，下面我们以徐渭与沈明臣的交往诗为例说明之。徐渭有《观猎篇（并序）》，序云："王将军邀予观猎，时积雨初霁，飞走者避匿。予从将军诸骑士牵狗出太平门，抵海宁上，顷刻驰百余里，不见一雉兔而还。乃割所携鲜，饮月唐寺中。"④ 这是一次军事幕府中并不鲜见的狩猎活动，沈明臣则很快赋诗相赠，写下《出猎篇为徐记室与王将军作》：

　　　　秋潦始歇天空明，太平门外无人行。沙岸风回草头短，雨脚射日黄云平。吴山南吞海壖尽，百里平郊江潤潤。辕门大旗飘浅黄，游击将军试鹰隼。拜邀记室观猎场，古之徐干今文长。夹镫提鞭上马去，白羽插房金镞香。将军令严壮士猛，龙飞电击无留影。但闻鼘鼘两耳声，飞鸟应弦狐兔屏。徐生气豪心胆雄，直欲万里追长风。崆峒扶桑挂眉睫，紫骝四足轻飞鸿。老瞒黄须握觿子，横槊赋诗安足齿。学书学剑万人敌，一双瞳神秋水碧。今为揖客坐筹边，开口何方吐奇画。

① 茅坤：《白华楼吟稿》卷7，《茅坤集》，浙江古籍出版社1993年版，第133页。
② 徐渭：《徐文长三集》卷7，《徐渭集》，中华书局1983年版，第235页。
③ 沈明臣：《丰对楼诗选》卷5，《四库全书存目丛书》，齐鲁书社1997年影印本，集部，第144册，第210—211页。
④ 徐渭：《徐文长三集》卷5，《徐渭集》，中华书局1983年版，第124页。

将军夜行何所为，短衣射猎南山陲。北平太守斩醉尉，胡乃尽为绿数
奇？闻君亦向田间饮，割鲜击缶醉欲甚。抽毫自制羽猎篇，半夜长歌
不成寝。①

这首诗突出表现了徐渭尚武矫健的一面，而且诗人把一次原本平常的
狩猎活动写得激情洋溢，豪兴遄飞，让人叹为观止。

徐渭于嘉靖三十九年（1560），靠幕脩在绍兴城营建了新居，名曰
"酬字堂"。落成后，沈明臣过访，作有《徐记室新居记事》，诗云：

居成故人来，一宿逾十日。堂寝足盘桓，高斋取容膝。墙南花木
深，西邻竹影密。圃旷清池双，林深小楼一。念我湖海交，干君颇亲
昵。网鱼供壶觞，取适弄琴瑟。买舟出东门，去寻神禹穴。明旦上兰
亭，命驾觅俦匹。谓余居虽小，幸足藏骞拙。白日傲羲皇，闭门谢俗
辙。置酒复劝余，旦日余将发。西行当东归，还弄邪溪月。②

酬字堂是徐渭第一座真正属于自己的居所，"有屋二十有二间，小池
二，以鱼以荷。木之类，果花材三种，凡数十株。长篱亘亩，护以枸杞，
外有竹数十个，笋迸云"③，他对此是非常满足的。沈明臣在诗中生动地
描述了新居布局的精致和周围景色的和谐，从中彰显出主人高雅的品位；
而徐渭对幕友的来访也是殷勤款待，网鱼奏乐，把觞劝酒，其乐融融，全
诗颇具陶渊明田园诗的况味。

沈明臣的长诗《严烈女为徐文长》也是为这位幕中密友所作。严烈
女指的是归安双林镇严翁的两个女儿，被倭寇俘后投河自尽而亡。她们之
前都曾被徐渭拒娶，徐后撰《宛转词》、《严烈女传》悔而悼之。嘉靖四
十一年（1562），徐渭随幕府至福建时再次想起往事，作《予过龙游，拜
贞女徐莲姑祠墓，因感湖严氏女迹久湮，次壁韵》。其时同在幕中的沈明
臣自然有机会从当事人口中亲闻此事，因此赋《严烈女为徐文长》诗共
悼，诗的末尾写道："山阴徐渭曾婚请，因疑女父前盟冷。死后相闻感慨

① 沈明臣：《丰对楼诗选》卷5，《四库全书存目丛书》，齐鲁书社1997年影印本，集部，第
144册，第209页。
② 沈明臣：《丰对楼诗选》卷3，同上书，第186—187页。
③ 徐渭：《酬字堂记》，《徐文长三集》卷23，《徐渭集》，中华书局1983年版，第612页。

多，题诗更续清风岭。"① 此外，像《雨后书事讯文长记室》、《从大司马胡公过陆州道中即事呈徐文长记室》、《寄徐记室》等作品均是沈明臣在幕府时写给徐渭的寄赠之作。

另外，徐渭在幕中写给沈明臣的诗篇为数亦不少，如《雪中访嘉则于宝奎寺之楼店》、《与姚山人、刘卫金、沈嘉则、吴道官三茅观眺雪》、《从少保公视师福建，抵严，宴眺北高峰，同茅大夫、沈嘉则》、《武夷道中嘲嘉则堕马》、《答嘉则》，等等。至于徐渭与王寅之间、王寅与沈明臣之间的唱和、赠答之作也一样是相当可观，它们共同构成了胡宗宪幕府文学的重要景观。

三　嘉靖青词与京师游幕文人

明前期低迷的游幕状况在嘉靖年间之所以会有很大的改观，一方面是因为抗倭幕府的兴盛，另一方面则是与一种原本不登大雅之堂的文体——"青词"有着重要关联。青词，亦名绿章，本是道教斋醮时献给天神的奏章祝文。李肇《翰林志》云："凡太清宫道观荐告词文，用青藤纸、朱字，谓之青词。"②（明代人所称的"青词"，往往还包括另一种斋醮文体"步虚词"）由于实际生活的需要，青词慢慢成为一种较为特殊的文学样式，但因受限于它的应用场合，所以历代文人中真正热衷于创作青词的并不多见。

嘉靖青词的突然兴起主要是由于明世宗迷信道教，热衷斋醮，众多阁臣权要们投其所好，以至于上行下效，愈演愈烈。沈德符云："世庙居西内事斋醮，一时词臣，以青词得宠眷者甚众，而最工巧最称上意者，无如袁文荣（炜）、董尚书（份）。"③《明史·顾鼎臣传》载："帝好长生术，内殿设斋醮。鼎臣进《步虚词》七章，且列上坛中应行事。帝优诏褒答，悉从之。词臣以青词结主知，由鼎臣倡也。"自此之后，"帝专事焚修，词臣率供奉青词。工者立超擢，卒至入阁，时谓李春芳、严讷、郭朴及（袁）炜为'青词宰相'。"④ 此外，夏言的失势、严嵩的得宠也与青词有

① 沈明臣：《丰对楼诗选》卷7，《四库全书存目丛书》，齐鲁书社1997年影印本，集部，第144册，第233—234页。
② 李肇：《翰林志》，《文渊阁四库全书》，台湾商务印书馆1983年影印本，史部，595册，第298页。
③ 沈德符：《嘉靖青词》，《万历野获编》卷2《列朝》，中华书局1959年版，第59页。
④ 《明史》卷193《袁炜传》，中华书局1974年版，第5118页。

关，"言进青词往往失帝旨，嵩闻益精治其事"①，"言去，醮祀青词，非嵩无当帝意者"②。可见，青词在嘉靖朝已成为一种重要的政治符号。

至于青词的撰写，如果只是游戏笔墨、偶一为之倒也并非难事，但要大量地创作这样的作品，则是相当劳神费力的。这是因为青词的内容非常的狭隘，没有多少可回旋施展的空间，前人称："青词主意，不过谢罪禳灾、保佑平安而已。"③ 这样的限制使得词臣们大多只能在行文辞藻上下功夫，要想总能博得龙颜一悦谈何容易！偏偏朱厚熜对青词有着异乎寻常的热情，李鄌诗云："坛前才布诸天位，苑外先催学士文。"④ 王稚登亦有诗云："是时先帝论封禅，焚香日坐蓬莱殿。二三元老书不停，记室竖儒供笔砚。"⑤ 因此，那些大臣们只能陪着疲于奔命了，甚至有因此而累病的，史称："（严）讷晨出理部事，暮宿直庐，供奉青词，小心谨畏，至成疾久不愈。其年冬十一月，遂乞归。"⑥

王世贞《大臣从游值宿应制》记载："己亥始赐无逸殿左右厢分居，应制供玄坛青辞之作，今列于后：太师郭翊公勋、太师朱成公希忠、太保崔都尉元、太傅仇咸宁鸾、邬都尉景和、少保方安平承裕、太保陆都督炳、太保朱都督希孝（以上勋武臣），少师夏殿学言、少傅翟殿学銮、少师严殿学嵩、少保费尚书宏、宫保张阁学治、少傅李殿学本、少师徐殿学阶、欧宗伯德、宫保李太宰默、宫保王宗伯用宾、少保吴宗伯山、少傅袁殿学炜、宫保严殿学讷、少保李殿学春芳、少保郭殿学朴、尚书高殿学拱。"⑦ 据上可知，当时入值无逸殿供奉青词的大臣多达二十五人。细检明代历朝文臣的诗文集，我们可以发现，在嘉靖以前，创作青词的只有洪武间刘基等少数作者。但嘉靖之后，青词则屡见于文臣们的笔端，除了上面提及的阁臣贵戚之外，如王梅（字时魁，嘉靖十一年进士）撰有《恭祀圜丘赋》；王立道（字懋中，嘉靖十四年进士）撰有《大祀圜丘赋》、《观泉赋》、《景云赋》等青词，另有《步虚词四首》；沈炼（字纯甫，嘉

① 《明史》卷196《夏言传》，中华书局1974年版，第5197页。
② 《明史》卷308《严嵩传》，中华书局1974年版，第7915页。
③ 王恽：《玉堂嘉话》，中华书局1985年点校本，第44页。
④ 李鄌：《嘉靖宫词》，《明诗纪事》己签卷7，上海古籍出版社1993年版，第1985页。
⑤ 《昔者行赠别姜祭酒先生》，《青雀集》卷上，《王百谷集十九种》，《四库禁毁书丛刊》，北京出版社1997年影印本，集部，第175册，第175页。
⑥ 《明史》卷193《严讷传》，中华书局1974年版，第5116页。
⑦ 《弇州史料后集》卷38，《四库禁毁书丛刊》，北京出版社1997年影印本，史部，第50册，第56页。

靖十七年进士）撰有《步虚词二十三章》，等等。上有所好，下必甚焉，撰写青词日渐成为当时人们的一种嗜好和社会风尚，对此，王世贞曾讥讽道："十里香烟夹路岐，少年争草步虚词。不知天上原无用，只礼身中一字师。"①

　　朝中的大臣们当然并非个个都有文学之才，即使有，仅凭一己之力来满足世宗对青词苛刻的要求也是不行的，延纳这方面的人才便成了当务之急。正是在这样的背景下，越来越多的文人开始游幕于京师。朱察卿《燕市集序》记云："当是时，诸相君与列侯家竞辟天下士为记室，而雕虫斥鷃，群然奔辏矣。"② 沈德符亦云："惟世宗奉玄，一时撰文诸大臣，竭精力为之。如严分宜、徐华亭、李余姚，召募海内名士几遍。争新斗巧，几三十年。"③ 如王稚登客大学士袁炜幕，"肃皇祝厘之文，文荣倩先生视草，无不称上意。"④ 徐渭于嘉靖四十二年（1563），奉礼部尚书李春芳之召入京，最初也是受命代撰青词。⑤ 后来，李春芳入阁，王叔承居于幕下，"时世宗斋居西宫，建设醮坛，敕大臣制青词一联，悬于坛门。春芳使山人为之，山人走笔题曰：'……'，李以进呈，深加奖赏。"⑥ 沈明臣在胡宗宪殁后曾一度入大学士徐阶幕，他所作的《步虚词》、《拟绿章封事》等亦为类似的青词作品。青浦文人张之象"以监生游京师，徐阶知其才，讽撰青词：'中翰可得也'"⑦。此外，有的文士由于文名较高，到了京师之后还会变得很"抢手"。如郑若庸于嘉靖三十三年（1554）至京，本是应吏部尚书李默、太子詹事程文德之聘，"时嵩、蕃用事，势倾中外，闻山人至，津津色喜，计请山人往见为草玄。山人竟不往见，又以

---

① 王世贞：《偶题》，《弇州续稿》卷 22，《文渊阁四库全书》，台湾商务印书馆 1983 年影印本，集部，第 1282 册，第 299 页。

② 朱察卿：《朱邦宪集》卷 5，《四库全书存目丛书》，齐鲁书社 1997 年影印本，集部，第 145 册，第 644 页。

③ 沈德符：《万历野获编》卷 10《词林》，中华书局 1959 年版，第 270 页。

④ 李维桢：《征君王百谷先生墓志铭》，《大泌山房集》卷 88，《四库全书存目丛书》，齐鲁书社 1997 年影印本，集部，第 152 册，第 543 页。

⑤ 朱察卿《与徐文长》云："往岁知足下在长安不肯为相门作玄文，仆闻而高之。"即言此事，不过当时李春芳尚未入阁，见《朱邦宪集》卷 15，《四库全书存目丛书》，齐鲁书社 1997 年影印本，集部，第 145 册，第 749 页。

⑥ 钮琇：《觚剩·续编》卷 2，《笔记小说大观》，江苏广陵古籍刻印社 1983 年影印本，第 1 辑，第 193—194 页。

⑦ 光绪《青浦县志》卷 19《人物三》，清光绪四年刊本。

锱币招邀之……"①。

　　除青词之外，有些文士还从事其他"应制"之作的代撰。如袁炜幕下的王逢年曾为幕主"草应制文字"②。郑若庸题为《元夕赐直臣圆明阁观灯酒馔代和》的两首七律③，多半是替当时入值的李默所写。至于潘纬，长年客于李春芳所，自然也少不了代为应制，李春芳曾有诗赠云："僾直苑西夜，相依独有君……行藏惭我道，述作羡奇文。"④ 由于代撰青词等应制文字的现实需要，明嘉靖间出现了一个人数颇为可观的游幕群体，除了前文提到的王稚登、沈明臣、徐渭、潘纬、王叔承、王逢年、郑若庸、朱察卿等人外，有姓名可考者尚有：顾仲言，华亭人，曾客于大学士夏言幕⑤；罗龙文，安徽歙县人，由胡宗宪幕转入大学士严嵩幕；吕光，又名吕需，别号水山，崇德人，曾客于大学士徐阶幕⑥；秦锽，字茂宏，慈溪人，曾客大学士袁炜邸⑦。吴扩，字子充，号之山，昆山人，以诗游公卿间，名动京师⑧。谢榛，字茂秦，号四溟，临清人，嘉靖间以诗游京师公卿间⑨；沈仕，字子登，号青门山人，仁和人，嘉靖间游京师，诗画赠贻，累千金辄尽⑩；仲春龙，字原仁，嘉兴人，嘉靖间游京师，客

①　詹玄象：《蛣蜣生传》，《蛣蜣集》卷首，《四库全书存目丛书》，齐鲁书社 1997 年影印本，集部，第 143 册，第 560 页。

②　钱谦益：《列朝诗集》丁集《玄阳山人王逢年》，许逸民、林淑敏点校，中华书局 2007 年版，第 5020 页。

③　郑若庸：《北游漫稿·诗》卷下，《四库全书存目丛书》，齐鲁书社 1997 年影印本，集部，第 144 册，第 32 页。

④　李春芳：《赠别潘象安》，《贻安堂集》卷 2，《四库全书存目丛书》，齐鲁书社 1997 年影印本，集部，第 113 册，第 72 页。

⑤　刘献廷：《广阳杂记》卷 1，中华书局 1957 年点校本，第 7 页。

⑥　沈德符：《吕光》，《万历野获编》卷 8《内阁》，中华书局 1959 年版，第 216 页。

⑦　雍正《宁波府志》卷 26 "文苑"，《中国方志丛书·华中地方·浙江省》，台湾成文出版社 1983 年影印本，第 198 册，第 2082 页。

⑧　朱之蕃：《盛明诗家名氏爵里考》，《盛明百家诗》卷首；王世贞：《吴子充》，《弇州四部稿》卷 128，《文渊阁四库全书》，台湾商务印书馆 1983 年影印本，集部，第 1281 册，第 143 页。

⑨　王兆云：《皇明词林人物考》卷 9，《续修四库全书》，上海古籍出版社 2002 年影印本，史部，第 532 册，第 695 页。

⑩　朱谋垔：《画史会要》卷 4，《文渊阁四库全书》，台湾商务印书馆 1983 年影印本，第 816 册，第 541 页。

于公卿间。①

从以上所列的游幕之士看，这一京师游幕群有着很明显的地域倾向。除了谢榛之外，其余人全部都是来自当时的南直隶与浙江地区。这种情形，确如潘纬所言，"诸词客游京师者，大都东南之美"②。之所以会如此，绝非偶然，南直与浙江是明代文化教育最为昌盛的地区。据《明清进士题名碑录》，南直隶与浙江在明代的进士数量分别达到了三千六百余名和三千三百余名，居各直、省进士数量之首。此外，有过多年藏书经验的胡应麟曾指出："今海内书，凡聚之地有四：燕市也、金陵也、阊阖也、临安也。"③刻书事业的兴盛是古代文化繁荣的重要标志之一，而胡氏所举除京师外，其余三地均属于南直与浙江地区。于社会心理上，明代社会也普遍认为南人的文采要胜过北人，像"江北之人文词质实，江南之人文词丰赡"④是比较客气的说法，顾炎武干脆直言道："夫北人自宋时即云：京东、西，河北，河东，陕西五路举人拙于文辞声律。况又更金、元之乱，文学一事不及南人久矣。"⑤在这种文化背景及社会心理的作用下，权贵们当然更愿意对江南文士青眼相待了。另外，自明代中期以后，学校生员出现了骤增的状况，⑥而科举名额并没有相应的增加，这样要获得出身更加不易。而且，这种矛盾在教育发达的南直隶与浙江两地显得尤为突出，并导致越来越多的人感到科举无望，甚至出现了持续不断的弃巾现象。上述文士便基本上都是没有功名的诸生或弃诸生，在不得不另谋生路的情况下，京师无疑是一个好去处。

嘉靖文人到京师最初是因为撰写青词应召而来，属于被动式游幕，而随着风气的形成，更多的人开始主动前往京师谋生延誉。毕竟从文化传统上说，中国历朝历代的文士都有浓厚的"京都情结"，京都是政治权力的中心，京官朝官是众多文士寒窗苦读的终极人生目标。即使去除仕途的诱

① 钱谦益：《列朝诗集》丁集《仲山人春龙》，许逸民、林淑敏点校，中华书局 2007 年版，第 4383 页。
② 潘纬：《秋怀十八首（并序）》之九，《潘象安诗集》卷 3，《四库全书存目丛书》，齐鲁书社 1997 年影印本，集部，第 189 册，第 319 页。
③ 《少室山房笔丛》卷 4 "经籍会通四"，中华书局 1958 年版，第 55 页。
④ 《明英宗实录》卷 201，景泰二年二月癸酉，台湾"中研院"历史语言研究所 1962 年影印本，第 4276 页。
⑤ 《日知录集释》卷 17 "北卷"，岳麓书社 1996 年版，第 614 页。
⑥ 参见陈宝良《明代儒学生员与地方社会》第三章《生员的种类与人数》，中国社会科学出版社 2005 年版，第 199 页。

惑，它也是显露才华、成就功名的一个最好的舞台，对于布衣之士尤为如此。可以说，众多文士背井离乡来到陌生的京师，潜意识中都有着寻找机会、施展抱负的想法，无论是身处北方还是来自南方，这一点是相通的。如梁辰鱼北上京师，文徵明为其《鹿城集》作序云："伯龙将游帝都，携此编以交天下士。则天下之士接其人，玩其词者，人人知有伯龙矣。"①另外，不管是主动，还是被动，这些文士在入幕之前往往处于较为难堪的境遇之中。如潘纬自述"十载攻词赋，无媒只旧贫"②，王稺登亦称"前年射策游都下，腰佩鞘猴骑瘦马。黑裘半敝难告人，朱门欲谒无知者"③，而像徐渭、沈明臣则刚刚失去了胡宗宪幕府这样的栖身之所。那么，来到京师后，他们的生存状态又如何呢？

　　首先，从经济层面上看，游幕京师的文士在收入方面会有所改善。如徐渭应李春芳之召，预先收到了聘银六十两④；潘纬客李春芳幕，李则分俸金与之⑤。即使一时还无法成为"固定"幕客的文人，在权贵云集的京师也可以凭借自身的才华获得不错的收入，如沈仕"嘉靖中，客游京师，……有购诗画者，馈遗累千金"⑥。其次，游幕京师的文人常常会因诗文创作方面的成就赢得权贵阶层的赏识和尊重，由于京师特殊的地域关系，这显然更易于提高自己的社会地位与影响力。以王稺登为例，他曾因《禁中牡丹》一诗而受到大学士袁炜的器重，"遍赞于馆间诸公，一日名动长安矣"。袁炜还将他与当时的翰林学士申时行、王锡爵与余有丁相提并论，称："吾得王生与若辈，同称门下士，幸甚！"⑦王稺登后曾多次充满感激地回忆道："昔者薄游燕王都，燕人买骏皆买图。汝南袁公善相骨，称我一匹桃花驹。……我欲东归劝我留，满床诗草尽见投。见时醉操

① 文徵明：《梁伯龙诗序》，《梁辰鱼集》，上海古籍出版社 1998 年版，第 33 页。

② 潘纬：《答方金宪定之先生》，《潘象安诗集》卷 2，《四库全书存目丛书》，齐鲁书社 1997 年影印本，集部，第 189 册，第 290 页。

③ 王稺登：《将游甬东王青州伯仲见过作》，《客越志》卷下，《王百谷集十九种》，《四库禁毁书丛刊》，北京出版社 1997 年影印本，集部，第 175 册，第 231 页。

④ 《畸谱》，《徐渭集·补编》，中华书局 1983 年版，第 1329 页。

⑤ 潘纬：《奉谢李相公分赠俸金》，《潘象安诗集》卷 1，《四库全书存目丛书》，齐鲁书社 1997 年影印本，集部，第 189 册，第 283 页。

⑥ 朱谋垔：《画史会要》卷 4，《文渊阁四库全书》，台湾商务印书馆 1983 年影印本，第 816 册，第 541 页。

⑦ 李维桢：《征君王百谷先生墓志铭》，《大泌山房集》卷 88，《四库全书存目丛书》，齐鲁书社 1997 年影印本，集部，第 152 册，第 543 页。

银不律，雌黄灿熳珊瑚钩"①；"汝南相公识我早，握手交欢尽倾倒。此日都超真再生，当时项斯何足道。吟成五字愈头风，奏罢一篇称丽藻。寻常未遇不自怜，及至相逢方觉好"②。沈德符在《万历野获编》中把王稚登和严嵩幕下的吴扩、徐阶幕下的沈明臣以及后来万历间申时行的幕客陆应阳等四人叫作"相门山人"，称幕主们"皆降礼为布衣交"③。又如潘纬客李春芳幕下，"李公食必并席，少别，为之挥涕，其见重如此。"④ 这些身居高位的大臣之所以会对幕下之士纡尊降贵、以示亲近，有的是因为幕客代撰青词，可以借此巩固自身的政治地位，有的则是出于对幕客才华的欣赏，还有的只是博一"好士"之名。无论动机如何，在客观效果与影响上，都可以对文人阶层产生较大的吸引力，从而促进京师游幕之风的进一步发展。

需要指出的是，在游于京师的文士中，虽然不少人受到了赏识，生存境遇得以改观，但也有人不远千里而来，却徒劳无功，只能做一匆匆过客。如布衣诗人宋登春，"居京师月余，亡所遇"⑤，不得不离开，前往他处。还有的则继续坚持，王稚登在《赠张山人》一诗中便描绘了一位长年滞留京师，落拓潦倒的游幕者形象："张生揖我长安市，行李萧萧囊中水。为貂半敝苏秦裘，化舄不成东郭履。自言家住越江边，来往燕山已十年。鱼服白龙甘晦迹，随身但有《马蹄篇》。"⑥ 这位江南文士来到京师已经许多年，却衣衫破烂，一贫如洗。谢榛的《赠马怀玉》也同样写了一个"帝京献赋今淹留"的游士，诗末感叹道："买臣五十已簪绂，嗟尔风尘还敝裘"⑦。可以想见，在当时游幕京师的风气下，不知有多少的无名之士像"张生""马怀玉"一样流落京城，生活无着。

① 王稚登：《昔者行赠别姜祭酒先生》，《青雀集》卷上，《王百谷集十九种》，《四库禁毁书丛刊》，北京出版社 1997 年影印本，集部，第 175 册，第 175 页。

② 王稚登：《将游甬东王青州伯仲见过作》，《客越志》卷下，《王百谷集十九种》，《四库禁毁书丛刊》，北京出版社 1997 年影印本，集部，第 175 册，第 231 页。

③ 沈德符：《恩诏逐山人》，《万历野获编》卷 23《山人》，中华书局 1959 年版，第 584 页。

④ 黎民表：《别潘象安》，《瑶石山人稿》卷 2，《文渊阁四库全书》，台湾商务印书馆 1983 年影印本，集部，第 1277 册，第 23 页。

⑤ 徐学谟：《鹅池生传》，《徐氏海隅集》文编卷 15，《四库全书存目丛书》，齐鲁书社 1997 年影印本，集部，第 124 册，第 576 页。

⑥ 王稚登：《燕市集》卷下，《王百谷集十九种》，《四库禁毁书丛刊》，北京出版社 1997 年影印本，集部，第 175 册，第 62 页。

⑦ 谢榛：《谢榛全集校笺》卷 15，李庆立校笺，江苏古籍出版社 2003 年版，第 676 页。

此外，许多游幕京师的文士，在来到京师之前即有过游幕经历，像徐渭、沈明臣、罗龙文来自胡宗宪幕，郑若庸、谢榛则来自赵康王幕等。而且，这些文士中大部分在离开京师之后仍继续游幕。这样，一个越来越"职业化"的文人游幕群体开始产生。

京师的游幕文人一般都会积极地投身于各种文学活动之中，因为这不仅仅是个人的兴趣问题，有时还是他们的生存之本。如此一来，诗酒唱酬、宴游唱和、交友答赠便成为这些文人的生活常态。如秦镗居袁炜幕下，"时吴门申太仓、太仓王、明州余三鼎甲皆文荣门下士，日与游宴，赋诗倡和，镗为主盟"①。王稚登亦记云："袁公独喜谈诗，时时召稚登谈，未尝不解颐也。"② 潘炜客李春芳幕时，与许多来访的文士交流切磋，许国桢记云："往余在词林，而象安客李文定相公舍，因相与言诗，朝许生而夕潘子也。"③ 谢榛还与李攀龙、王世贞等人结成著名的五子社，并以布衣执牛耳，成为一时的诗坛佳话，后来他曾回忆起当时热闹的情景："予客京时，李于鳞、王元美、徐子与、梁公实、宗子相诸君招余结社赋诗。一日，因谈初唐、盛唐十二家诗集，并李杜二家，孰可专为楷范？或云沈宋，或云李杜，或云王孟。予默然久之，曰：'……'，诸君笑而然之。"④ 他们中的另一些人，虽然不能像谢榛那样成为当代诗风的倡导者，但于辇毂之下也努力地与诗坛的其他人物相接触，试图融入京师文学圈，如仲春龙在京师先是与李先芳结识，后又因李与王世贞结交，王世贞当时对他诗歌的评价是"仲生雅尚亦在襄阳，及一二右丞，才具微短"⑤。朱察卿后来曾向李攀龙回忆道："某缩发游京师，所接缀文士，即称说李先生秉当代文笔，迁固复起矣，……稍知向慕，日构先生著作读之"⑥。当时的仰慕之情、追随之意溢于言表。

① 光绪《慈溪县志》卷28《列传》，清光绪二十五年刻本。

② 王稚登：《袁文荣公诗略序》，《袁文荣公诗略》卷首，《四库全书存目丛书》，齐鲁书社1997年影印本，集部，第104册，第349页。

③ 许国桢：《潘象安诗序》，《潘象安诗集》卷首，《四库全书存目丛书》，齐鲁书社1997年影印本，集部，第189册，第245页。

④ 谢榛：《诗家直说》，《谢榛全集校笺》卷24，李庆立校笺，江苏古籍出版社2003年版，第1209页。

⑤ 王世贞：《明诗评后叙》，《凤洲笔记》卷6，《四库全书存目丛书》，齐鲁书社1997年影印本，集部，第114册，第564页。

⑥ 朱察卿：《与李于鳞宪副》，《朱邦宪集》卷14，《四库全书存目丛书》，齐鲁书社1997年影印本，集部，第145册，第739页。

但是，由于地位的巨大悬殊和所面临的生存压力，使得不少文人在写给京师公卿们的诗文作品中有着明显的献谀倾向。沈德符记吴扩事云："分宜在首揆时，山人吴扩者作一诗，其题云《元旦怀介溪阁老》，亦揭之斋中。有友戏之曰：'君以新年第一日怀当朝第一官，若循级而下，怀至我辈，即除夕未能见及也。'"① 这样的讽刺不可谓不辛辣，朱彝尊更直斥道："若子充所谓斗筲之人，无足算也。"② 宋登春在京师时，看到谢榛一些作品，"唾之曰：'作诗何为者，而令七尺躯津津谀贵人丐活耶！'"③ 诗歌一味地取媚于人，反映的其实是文人人格的卑弱，比较典型的像王稚登所作的《答袁相公问病二首》，其一写道："斜风斜雨竹房寒，云里蓬莱枕上看。愁过一春容鬓改，吟成五字带围宽。书生薄命元同妾，丞相怜才不论官。泣向青天怀烈士，古来惟有报恩难。"④ 这种赤裸裸的妾妇心理自然为正统文人所不齿，同时也丧失了诗歌传情言志的基本功能。不过，我们也要看到，这些以干谒、颂德为目的的媚诗在中国古典诗歌中本是大量存在的文学现象，但凡写诗者与受诗者在社会与政治地位上存在着很大差距时，都会产生类似的作品，像历史上许多著名的诗人也都曾在诗歌创作中以妾妇自居过。从这个角度而论，这些游幕京师的布衣之士们是不应受到太多苛责的。

游幕京师的文人彼此之间也有广泛的文学交往，由于大家遭际相似，这种交往更易于实现较为平等的情感交流。如吴扩《谢山人茂秦见过□感时事》：

> 长安作客正愁秋，风物萧条独忆□（缺字）。时事百年难自料，故人千里幸相求。胡儿塞北归仍缓，铁骑云中战未休。湖海飘零俱白首，一尊聊为破深忧。⑤

沈明臣曾形容严嵩幕下的吴扩道："昔年曾揖游帝京，雄谈绣笔凌公

---

① 沈德符：《元旦诗》，《万历野获编》卷9《内阁》，中华书局1959年版，第239页。

② 朱彝尊：《静志居诗话》卷14《吴扩》，人民文学出版社1990年版，第426页。

③ 徐学谟：《鹅池生传》，《徐氏海隅集》文编卷15，《四库全书存目丛书》，齐鲁书社1997年影印本，集部，第124册，第576页。

④ 王稚登：《燕市集》卷上，《王百谷集十九种》，《四库禁毁书丛刊》，北京出版社1997年影印本，集部，第175册，第58页。

⑤ 《吴之山集》，《盛明百家诗》，《四库全书存目丛书》，齐鲁书社1997年影印本，集部，第308册，第494页。

卿。眉睫之间眇天地，七贵五侯惊姓名。"① 似乎是八面风光、得意非凡。
从这首诗，我们却可以窥见诗人内心深处的忧愁与悲凉，这大概也是那些
靠寄人篱下维持生存的游幕者所共有的吧？它足以唤起谢榛等人的强烈共
鸣。谢榛亦有《送吴山人子充游云中》一诗，诗歌写道：

> 春寒揽貂裘，蹀躞驱紫骝。问君去何许，云是塞门游。丈夫安肯栖故
> 丘，北向龙沙天尽头。苏武城边积雪满，李陵台上孤云愁。二子
> 杳然不可见，神交千古心悠悠。眼前陈迹增感慨，弹铗悲歌回素秋。
> 燕然之山忽改色，金河之水翻倒流。风吹大荒落日惨，胡雁惊飞不复
> 留。此时踟蹰多隐忧，百年意气怀朋俦。独自磨崖题赋罢，还来共醉
> 长安楼。②

　　诗人为即将远赴边塞的友人描绘了一幅辽阔苍茫的塞外图景，慷慨悲
凉，意境雄浑，对此行寓肯定劝勉之意，其诗歌的艺术水准自然非献给权
贵们的谀诗可比。
　　另外，如王稚登《碧云寺月出赠朱十六短歌》：

> 燕山一片月，夜照白莲花。千里万里同为客，三人五人齐忆家。
> 与君俱是悠悠者，意气相逢不相下。平原侠士能斗鸡，邯郸才人堪换
> 马。明星落木乱纷纷，同向山中卧白云。秋风乍起黄花塞，明月初生
> 青草坟。齐门弹瑟相知少，汉庭执戟郎官小。渐离筑傍流水立，干将
> 剑上青虹绕。才子风流多落魄，青楼狭邪善谐谑。赵玉刻就箜篌柱，
> 蜀缯制作秋千索。禅灯绣佛夜厌厌，半醉能歌阿鹊盐。朱公大笑黄金
> 尽，三十青衫一孝廉。③

　　显然，这位"朱十六"也是一位客于京师的文人，虽落魄江湖，仍
旧狂放不羁，豪气干云。王稚登的这首赠诗，笔力遒劲，纵横捭阖，其神

①　沈明臣：《别赠吴山人子充》，《丰对楼诗选》卷6，《四库全书存目丛书》，齐鲁书社1997年
　　影印本，集部，第144册，第216页。
②　谢榛：《谢榛全集校笺》卷3，李庆立校笺，江苏古籍出版社2003年版，第164—165页。
③　王稚登：《燕市集》卷下，《王百谷集十九种》，《四库禁毁书丛刊》，北京出版社1997年影
　　印本，集部，第175册，第62页。

采、气势与前引诗仿佛判若两人，故王夫之亦赞曰："圆浃奕举，不愧歌行"①。我们在考察京师游幕文人的文学成就时，应更多地关注他们群体内部的文学交流，这样才能给出较为全面客观的评价。

第三节　文人游幕的发展期

明后期文人游幕的地域趋向，除了京师之外，便主要是西北和东北的边塞幕府，它们因为幕主的欢迎态度等原因而成为游幕者所向往的新的理想场所。这一时期的游幕文人有不少在嘉靖间便有过游幕经历，游幕作为他们谋生手段的意图更趋明显，主动性也就更显突出。从文学层面而论，边塞地区本为传统意义上的文化弱势地区，游幕文人的移入，对其文学的发展起到了积极的推动作用，其关键主要表现在边塞诗文的创作与传播上。相对而言，京师的游幕文人则因对政治介入的加深而往往陷入朝廷斗争的旋涡，与文学之间出现日益疏离的倾向。

一　边塞幕府的兴起与文人游边

明代边塞区域甚广，《明史·兵志》载："元人北归，屡谋兴复。永乐迁都北平，三面近塞。正统以后，敌患日多。故终明之世，边防甚重。东起鸭绿，西抵嘉峪，绵亘万里，分地守御。初设辽东、宣府、大同、延绥四镇，继设宁夏、甘肃、蓟州三镇，而太原总兵治偏头，三边制府驻固原，亦称二镇，是为九边。"② 在这万里疆域中，明王朝主要应对两大北方民族的侵袭，先是蒙古，后是女真。明代后期，蒙古族各部的威胁随着"隆庆和议"的达成而大为减弱，从而在西北边境上出现了前所未有的和平景象。这使得各阶层人民在出游边塞时的人身安全得到一定的保障，"自隆庆来，款市事成，西北弛备，辇下皆以诸边为外府。山人之外，一切医卜星相，奉荐函出者，各满所望而归"③，其中自然也包括游幕文人在内。但是，在东北边塞上，日益强大的女真族于嘉靖末年便开始不断肆掠明边。万历四十四年（1616），统一了女真各部的努尔哈赤以赫图阿拉为中心，建立起大金政权，史称"后金"。后金政权对蒙古族采取联合的

① 王夫之：《明诗评选》卷2，陈新校点，文化艺术出版社1997年版，第54页。
② 《明史》卷91《兵志三》，中华书局1974年版，第2235页。
③ 沈德符：《武臣好文》，《万历野获编》卷17《兵部》，中华书局1959年版，第435页。

政策，实力更加壮大，也有了问鼎中原之志。万历四十六年（1618），努尔哈赤以"七大恨"为名誓师，向明王朝正式宣战，从此双方征战不断，直至明亡。

在整个明代后期，涌现出一批著名的边塞幕府，西北的有戚继光幕、吴兑幕、萧如熏幕等，东北的有孙承宗幕、袁崇焕幕等。虽然它们各自面临的边境形势并不一样，但这些幕府的长官都对文人（包括文人中新兴群体——山人，明代所谓的"山人"，基本上是一个下层文人的群体，以布衣、生员居多）游幕持积极欢迎的态度。如沈德符称戚继光为蓟帅时，"世所呼为山人，充塞塞垣"，又称："近年萧都督（如熏）以偏裨立功，峻拜宁夏制帅，频更大镇，亦以翰墨自命。山人辈作队趋之，随军转徙，无不称季馨词宗先生，蚁附蝇集，去而复来。"① 屠隆被罢官后，友人蓟辽总督张佳胤力请游幕，"数遣健儿来视，所饷金钱薪米酒脯，使者络绎于道，三折柬招"②。顾养谦巡抚辽东，欲邀故友王叔承（字子幻）前来幕府，便以诗致意，其《辽阳行寄王子幻》云："几回回首江南游，题诗却忆三年别。三年别君音信稀，故人念余余更切。……此意昔年曾告君，世上交情岂堪说。丈夫须为汗漫游，怪尔区区守吴越。"殷殷之情，款款之意，王叔承岂能无动于衷？吴扩曾应宣、大总督苏祐之邀北上游幕，王世贞说他"云中见苏司马、许中丞，诸公倒屣而迎山人，宾上坐，甚奇也。"③ 徐渭称参将李如松对待"幕中之客""无不为结袜而籫袖以供食饮者"④。再如孙承宗督师辽东，曾专设"占天、察地、译审、侦谍、异材剑、大力"六馆以招天下豪杰。⑤ 袁崇焕亦好广结文士，示以恩义，甚至对其携妓游幕也表示宽容。⑥

与此同时，文士阶层也对游幕边塞普遍抱有热情，不过各自的动机并不一样。其中有的是为了谋生之计。由于战争的需要，明后期的边塞幕府一般拥有较为雄厚的财力，毋庸置疑，这是吸引贫寒文士游幕的一个重要

---

① 沈德符：《武臣好文》，《万历野获编》卷17《兵部》，中华书局1959年版，第435页。

② 屠隆：《高义》，《鸿苞》卷48，《四库全书存目丛书》，齐鲁书社1997年影印本，子部，第90册，第244页。

③ 王世贞：《吴子充》，《弇州四部稿》卷128，《文渊阁四库全书》，台湾商务印书馆1983年影印本，集部，第1281册，第143页。

④ 徐渭：《徐文长三集》卷19，《徐渭集》，中华书局1983年版，第563页。

⑤ 茅元仪：《督师纪略》卷3，《四库禁毁书丛刊》，北京出版社1997年影印本，史部，第36册，第337页。

⑥ 其幕下李云龙曾有诗《黎有道拥丽人入幕筑别院君之戏赠》，见《啸楼后集》。

原因。当然，由于传统思想的影响，他们一般不愿明言自己的实际"收获"，而一些材料虽有相关记载，但多夸张之语。如《戚少保年谱耆编》记郭造卿事云："万历八年春二月，筑莲心馆，……乃处山人（郭造卿）于其中，享以千金，为修志计。山人第携金归，而志终弗就也。"① 《通州直隶州志》亦称通州文士汤有光，"顾养谦延之蓟辽幕中，□赠数千金，随手散去"②。此类"千金"之语，往往有失实之处。如《列朝诗集》记林章事："尝走塞上，从戚大将军继光游，座上作《滦阳宴别序》，酒未三巡，诗序并就。将军持千金为寿，缘手散去。"③ 然而此段文字本源自林国炳的《林初文先生全集叙》，所谓"千金"实为"千金紫貂"（详见后文）。到了陈维崧《邵山人潜夫传》，则又被描述成："（林章）援笔立成数万言，大将军读之，且读且拜，立献黄金二十镒，白金二百镒，貂襜褕十，名马二，他璚瑶、火齐、珊瑚、明珠悉称是"④，简直成了小说家言，自不足为据。相比较而论，游幕者的一些不经意的记述要来得更真实些。如徐渭《卖貂》诗，题下注："予再北，以赞文得貂帽领，敝其三，卖其六，乃不满十五金。"⑤ 可见，游幕边塞确实可以解决一些生活困难，但借此"暴富"的可能性只是微乎其微。另外，文士们通过游幕可以结识许多边关将帅，即使离幕之后，仍能得到不同程度的馈赠，这也算是游幕的另一种所得。

除了以谋生为目的外，有的游幕者则是熟悉"兵事"的报国之士。如太仓文士周敏成，"以累世显贵，思有以报国，常究心经世之务，一切地方利弊，政治得失，必以告有司；又善谈论，负气敢言，闻者悚听悦服。故虽一孝廉，大人先生皆推重之。……后以兵事受知于高阳相国，高阳为致书辽东巡抚方公一藻，宁前兵备陈君祖苞遂辟君赞画辽东军务。"⑥ 归安文士茅元仪，"好谭兵，通知古今用兵方略及九边厄塞要害。口陈手画，历历如指掌。东事急，慕古人毁家纾难，慨然欲以有为。高阳公督

① 戚祚国：《戚少保年谱耆编》卷12，中华书局2003年版，第397页。
② 《通州直隶州志》卷13《人物志》，《中国地方志集成·江苏府县志辑》，江苏古籍出版社2008年影印本，第52辑，第619页。
③ 钱谦益：《列朝诗集》丁集《林举人章》，许逸民、林淑敏点校，中华书局2007年版，第5074页。
④ 陈维崧：《陈迦陵诗文词全集·陈迦陵文集》卷5，《四部丛刊初编》，上海商务印书馆1919年影印本，集部，第64页。
⑤ 徐渭：《徐文长三集》卷7，《徐渭集》，中华书局1983年版，第284页。
⑥ 归庄：《周参军家传》，《归庄集》卷7，上海古籍出版社1984年版，第416页。

师，以书生辟幕僚，与策兵事，皆得要领，尝出塞相视红螺山，七日不火食，从者皆无人色，止生自如也"①。像周敏成、茅元仪这样一心报国的志士，在明后期边塞幕府中亦大有人在。此外，游幕边塞也被一些文人视作人生历练、广结友朋的机会。万历间，时任大同巡抚的梅国桢邀请袁中道入幕，他担心气候严寒，犹豫不决，袁宏道则积极鼓励，力促此行。他在给父亲的《家报》中写道："三哥颇为同侪所推许，近日学问益觉长进。昨梅中丞邀请数次，因塞上苦寒，尚未成行。梅，真正好汉也，儿恨不识其人。三哥识有余，而胆气未充，正是多会人广参求之时，想故乡一片地，横是麟凤塞满，真不必令其在家也。"② 在这双向需求的作用下，正、嘉年间复兴的文士游幕之风首先在边塞得以延续。

今据《明实录》、《明史》、《明督抚年表》和其他相关史料，将明后期有文士游幕记录的边塞幕府及幕客情况大致以时间为序排列如下：

戚继光幕府

隆庆二年（1568）五月，戚继光奉命北调，以都督同知总理蓟州、昌平、保定三镇练兵事，直到万历十年（1582）被调任广东总兵官，戚继光共在蓟镇十六年，他的幕府成为明后期边塞幕府中文人最早云集的所在。

由于隆庆和议的达成，戚继光在北方的战事并不多，这使得他有更多闲暇的时间和文士交往。据笔者考证，在隆庆、万历年间，应戚继光之邀北上入幕的文士共计十一位，分别是王寅、沈明臣、郭造卿、叶子肃、林章、方元淇、黄天全、周天球、钱子见（"子见"为字，名无考）、吉懋初（"懋初"为字，名无考）、王受吾（"受吾"亦为字，名无考）等。这些人中有不少是戚继光的旧识，像王、沈二人，早在胡宗宪幕府时便已相识。郭造卿则是他在福建平倭时所结交，曾专门"枉车骑"见之。③ 叶子肃也一样是他的府中旧客，徐渭赋有《送叶子肃再赴闽幕》，又有《送叶子肃赴三团营》，题注："戚总，其旧主也"④。

戚继光"少年好纸笔"⑤，素有"儒将"之称，"军中有暇，辄与文

---

① 钱谦益：《列朝诗集》丁集《茅待诏元仪》，许逸民、林淑敏点校，中华书局 2007 年版，第 5516 页。

② 袁宏道：《袁宏道集笺校》卷 5，钱伯诚笺校，上海古籍出版社 1981 年版，第 204 页。

③ 李清馥：《郭建初先生造卿》，《闽中理学渊源考》卷 45，《文渊阁四库全书》，台湾商务印书馆 1983 年影印本，史部，第 460 册，第 511 页。

④ 徐渭：《徐文长逸稿》卷 4，《徐渭集》，中华书局 1983 年版，第 812 页。

⑤ 戚继光：《入关》，《横槊稿》上，《止止堂集》，中华书局 2001 年版，第 48 页。

士接席赋诗"①，其《止止堂集》中有不少诗歌便是与幕客们的答赠酬唱之作。如《登塞上台和幼海周山人韵》、《秋日邀山人歙王十岳、越叶一同、莆方浮麓、文学郭海岳同登三屯之阴山》、《送文学郭建初归闽》、《刘使君、方黄二山人同登杨木顶边楼。候雨气作，冷如秋月状，虹霓突出眼底，足称奇观。赋诗饮酒，分韵得垣字》、《夏日邀婺川令毛仪之、山人黄全之、方景武、文学钱子见游山庄，为邦龄赋别，兼呈诗社林君白诸君子》、《同诸幕客游方山人景武山庄有赋》等，数量不可谓不夥。戚继光还曾出资为幕客方元淇（字景武）刻《蓟门稿》，并亲为序，序云："景武方君为莆人，莆多宦辙，景武独好奇节。……适余赴召而北，欢然托乘。迨居蓟所，往还咸寰内名流，间从药裹中合数语以应征，其草则十不获一。余惜之，强录命梓。嗟乎！斯足以空冀北之群矣。"又称"景武质不胜衣，而摛辞动有一瞬千里状，具九方皋。"② 对这位幕客推崇备至。戚继光与这些文人幕客的交往也使得他在士林中获得很高的声望，沈德符云："汪太函、王弇州，并称其文采，……幕客郭造卿辈，尊之为元敬词宗先生，几与缙绅分道扬镳。"③

吴兑幕府

吴兑（1525—1596），字君泽，号环州，浙江山阴人。嘉靖三十八年（1559 年）进士，后授兵部主事、郎中、湖广参议、蓟州兵备副使。隆庆五年（1571），擢升为右佥都御史，巡抚宣府。万历五年（1577），吴兑代方逢时任宣、大、山西总督。

万历四年（1576），时任宣府巡抚的吴兑邀请徐渭北上游幕，两人本是少年时的同窗，还曾一起教训过嚣张跋扈的兵痞，事见徐渭《赠吴宣府序》。关于此次游幕，徐渭《畸谱》记云："五十六岁，孟夏，赴宣抚吴幕招，是年为丙子。五十七岁，春，归自宣府，寓北京。"可知徐渭在边塞生活了不到一年的时间，这次边塞之游是他人生中又一个创作高峰期。除了一些代笔之作外，徐渭写了大量的边塞诗歌，如《边词廿六首》、《上谷歌九首》、《观猎篇》、《观宣镇车战，用炮以制虏，夜归小饮寺中，老僧直用芦笙吹海青搏鹅曲》、《上谷仲秋十三夕，袁户部、雷麻两总戎、许口北诸公邀集朝天观》、《小集滴水崖朝阳观（上谷）》、《九月望日再集镇虏台（至秋往往夕烧山原）》、《早渡银洞岭》、《胡市》等，

① 朱彝尊：《静志居诗话》卷 14《戚继光》，人民文学出版社 1990 年版，第 413 页。

② 戚继光：《蓟门稿序》，《止止堂集》，中华书局 2001 年版，第 144 页。

③ 沈德符：《武臣好文》，《万历野获编》卷 17《兵部》，中华书局 1959 年版，第 435 页。

其中不乏脍炙人口的优秀之作。

张佳胤幕府

张佳胤，字肖甫，四川铜梁人，嘉靖二十九年（1550）进士，初知滑县，擢户部主事，改职方，迁礼部郎中。隆庆五年（1571）冬，擢右佥都御史，巡抚应天十府，后又进右副都御史，巡抚保定。万历十一年（1583），以兵部尚书兼右副都御史总督蓟辽。

屠隆罢官后，张佳胤曾力促其入幕，但被婉拒。后屠隆路过檀州时，他又邀其出游边关，屠隆记云：“明日，具人骑促行，以幕中二客从。座中忤狂生，乘醉大骂庚桑子。广桑子殊不闻，而狂生顾反妻菲之，司马不听，亦不罪狂生也。留三日别去，厚为解装，作长歌赠行，义形于色。”①可见张佳胤亦是好士之人。其幕下客可考者有洪孝先（字从周）、裴邦奇（字庸甫）二人。洪孝先曾客京师二十余载，张氏《洪山人甲乙集小序》称：“余往年兵宪大名时，而山人与俱”②，表明他曾于隆庆年间随幕主远赴边塞。

萧如熏幕府

萧如熏，字季馨，延安卫人。由世荫百户历官宁夏参将，守平虏城。万历二十年（1592）春，因守城有功，擢副总兵，六月以都督佥事为宁夏总兵，先后以总兵官镇守过固原、延绥、保定等处。

如前引《万历野获编》所称，因萧如熏先后为边塞诸大镇的总兵，又爱好文学，“山人辈作队趋之，随军转徙”③，可知其幕下之客众多，然均不可考。

周光镐幕府

周光镐（1536—1616），字国雍，号耿西，隆庆五年（1571）进士，授宁波府推官。万历二十年（1592）升为陕西按察司按察使、整饬临巩兵备、兼管分巡、带管屯粮，二十一年（1593）九月加都察院右佥都御史、巡抚宁夏地方、赞理军务。

幕下文士可考者有俞安期一人。两人本为故交，周光镐任宁夏巡抚期间，邀请他北上游幕，礼遇备至，让俞安期大为感动，其在《别周中丞

① 屠隆：《高义》，《鸿苞》卷48，《四库全书存目丛书》，齐鲁书社1997年影印本，子部，第90册，第244页。
② 张佳胤：《居来先生集》卷36，《四库全书存目丛书》，齐鲁书社1997年影印本，补编，第51册，第424页。
③ 沈德符：《武臣好文》，《万历野获编》卷17《兵部》，中华书局1959年版，第435页。

国雍》序中写道："余居中丞幕既数月，日惟素餐偃卧，而客礼益隆，即公子之于夷门、廷尉之于王生无加矣！"[①] 将周氏比作礼贤下士的信陵君与张释之。

梅国桢幕府

梅国桢（1542—1605），字客生，湖广麻城人。万历十一年（1583）进士，授固安知县。万历二十一年（1593），以右佥都御史巡抚大同，二十六年（1598）四月，以兵部右侍郎总督宣、大、山西军务。

袁中道于万历二十二年（1594），受梅国桢之邀，北上游幕。万历二十五年（1597），七十一岁的李贽亦应梅国桢之邀，抵大同，修订《藏书》，编著《孙子参同》。

蹇达幕府

蹇达（1542—1608），字汝上，改字汝循，号理庵，四川重庆卫人。嘉靖四十一年（1562）进士，授颍上县令，移祥符。万历十八年（1590），以兵部左侍郎总督蓟辽、保定。万历二十年（1592），遣将史儒援朝，败绩，次年革职听勘。万历三十年（1602）以右都御史复起总督蓟辽、保定军务。

幕下可考之士有袁中道一人。袁中道《游居柿录》记云："万历戊申十月初一日，……予以丁未下第，馆于渔阳蹇大司马所，至是年三月始归。"[②] 据此可知，他于万历三十五年（1607）至次年（1608）三月间，客于蓟辽总督蹇达所。这段时间，袁中道所作的诗歌作品有《太保蹇公一见辱以国士知，率尔投赠，共得七言律八首》、《密云寄别四弟》、《密云署中赠别周子还里》、《寿蹇令公（期为八月十七日）（四首）》、《保定署中初度》等。

苏祐幕府

苏祐，字允吉，一字舜泽，河南濮州人。嘉靖五年（1526）进士，历官广东道御史按察使，平大同乱军，迁兵部侍郎。万历二十九年（1601），总督宣、大兼右佥都御史，巡抚大同。

昆山文人吴扩曾游其幕。王世贞有《吴山人将遍游北边，谒予索诗，

---

① 俞安期：《翏翏集》卷9，《四库全书存目丛书》，齐鲁书社1997年影印本，集部，第143册，第82页。

② 袁中道：《游居柿录》卷1，上海远东出版社1996年版，第3页。

云元戎苏相公迎之》》① 一诗，吴扩至幕府后，又将塞外诗作相寄，王世贞回信云："辱寄塞上杂诗，大有奇致可讽也，然仆窃恨其少。吴山人游京师，名动京师。一旦束装去走北岳，度居庸、上谷，云中见苏司马、许中丞，诸公倒屣而迎山人，宾上坐，甚奇也。……谓山人慨然有封狼居胥意，投笔而策万里勋，不则亦采雄览之胜，成铙歌，张大皇度，山人何寥寥也？岂谓仆不足教，犹有秘耶？"② 言下之意，是在责怪吴扩这次边塞之行，诗作过少。

张涛幕府

张涛（1554—1618），字符裕，湖广黄陂人。万历十四年（1586）进士，初为富顺县令，升工部给事中，忤旨放归，闭户十五年，起知歙县，转光禄大理寺丞。万历四十年（1612），以右佥都御史巡抚辽东。

幕下之士可考者有何璧一人。其入幕事迹，钱谦益《列朝诗集》、朱彝尊《静志居诗话》等均有记载，《福建通志》合而述之，最详，曰："（璧）字玉长，福清人。跅弛使酒，常亡命，匿清流王若家，尽读其藏书，走依林古度、曹学佺于金陵。闻邑令楚人张涛好奇士，投诗四章，涛大惊，延为上客，赠千金。后涛开府于辽，璧往从之，将疏荐为大将，会罢镇而止。璧谙习辽事番汉情形如指诸掌，每酒后抵掌雄谈，人皆笑之。涛死，入楚哭之，病死。涛门人胡汝淳榷关荆州，买棺葬之沙市，表曰：闽侠士何璧墓。"③

李成梁幕府

李成梁（1526—1615），字汝契，号引城，辽东铁岭卫人。初为参将，因屡建战功，明隆庆元年（1567）进副总兵官，协守辽阳。隆庆四年（1570），擢为辽东都督佥事，驻节广宁。

浙江鄞县人施翰曾游其幕。《鄞县志》记云："施翰，字季鹰，善行草书，亦能诗。尝游辽左，为李成梁客，因习骑射，中武进士，授万安守备。"④

① 王世贞：《弇州四部稿》卷30，《文渊阁四库全书》，台湾商务印书馆1983年影印本，集部，第1279册，第378页。

② 王世贞：《吴子充》，《弇州四部稿》卷128，《文渊阁四库全书》，台湾商务印书馆1983年影印本，集部，第1281册，第143页。

③ 《福建通志》卷51，《文渊阁四库全书》，台湾商务印书馆1983年影印本，史部，第529册，第721—722页。

④ 乾隆《鄞县志》卷16《人物》，《续修四库全书》，上海古籍出版社2002年影印本，史部，第706册，第349页。

李如松幕府

李如松（1549—1598）字子茂，号仰城，辽东铁岭卫人。辽东总兵李成梁之长子，指挥过万历二十年（1591）的平定宁夏哱拜叛乱和壬辰抗倭援朝战争，之后出任辽东总兵，后在与蒙古部落的交战中阵亡。死后，朝廷追赠少保宁远伯，立祠谥忠烈。

幕下可考者有宋尧明、徐渭与季子微三人。宋尧明入幕之迹，第一章已述，此处不赘。徐渭与李如松结识于京师，其《赠李长公序》描绘两人初次相遇时的情景曰："予从五年前识今参戎李长公于燕邸，盖挟其两弟新破胡而来也，弓刀血尚殷，投鞭一语辄竟日，气陵逸不可控制，视天下士无足当之者。当其发未燥时，从其尊人与匈奴战，大小不下数十，首房功满上书中，今其齿三十有二矣，而始得拜参将于马水。"① 后即应李如松之邀赴马水。从徐渭的诗文作品看，徐李二人间的来往与交流很多，如《李长公邀集莲花峰》、《李长公邀集莲花峰（五六实事）》、《赠辽东李长君都司》、《辽东李长公午日寄到酒银五两，写竹笋答之，书此与上》、《自马水还，道中竹枝词四首》、《赠辽东李长君都司》、《写竹赠李长公歌（仰城）》等。

季子微（名无考），浙江会稽人，为徐渭恩师季本之子，徐渭有《送季子微赴李宁武总兵之约》，李如松时任山西总兵官。

顾养谦幕府

顾养谦（1537—1604），字益卿，南直通州人。嘉靖四十四年（1565）进士，初授户部郎中，历任广东参议、云南佥事、浙江参议、蓟州兵备副使。万历十三年（1585），以右佥都御史巡抚辽东。万历二十年（1591），总督蓟辽，未任。次年，兼理朝鲜事，代宋应昌为辽东经略。

吴江文士王叔承曾游其幕，《列朝诗集》载："叔承，初名光胤，以字行，更字承父，晚更字子幻，吴江人。……北入燕，客淮南少师所，使草应制祝釐之作，承父谢弗能，……而以其间与吴兴范伯桢、海陵顾益卿、梁溪陈贞父、胡原荆定交于公车，……益卿开府渔阳，又要之塞上，作《岳游编》而归。遂不复出，年六十五而卒。"② 戚继光调镇广东后，其幕客郭造卿留在北方，顾养谦"以中丞镇蓟，为造卿治其馆所乐饮，

① 徐渭：《徐文长三集》卷19，《徐渭集》，中华书局1983年版，第562页。
② 钱谦益：《列朝诗集》丁集《昆仑山人王叔承》，许逸民、林淑敏点校，中华书局2007年版，第4823页。

造卿为养谦画海漕，活辽人以十余万计"①。此外，通州文士汤有光（字慈明）也曾被顾养谦延入幕中，很受器重，顾论其诗曰："子作诗如吾用兵，纯以神行，变化不测，所谓羚羊挂角，无迹可寻也。"②

郑汝璧幕府

郑汝璧（1546—1607），字邦章，号昆岩、愚公，浙江缙云人。隆庆二年（1568）进士，始授刑部江西司主事，累迁广东副使，后因得罪权贵，奏请辞归。居家十二年，又奉召任井陉兵备副使，迁赤城参政。后转调河南左参政，迁榆林中路按察使，翌年为山东右布政。未几又擢右佥都御史，代孙矿巡抚山东。万历三十三年（1605），以兵部右侍郎兼右佥都御史总督宣、大、山西军务。

郑氏幕下可考之士有何白（字无咎）、邵喻义（字不朋）、汪鼎父三人。郑汝璧《由庚堂集》中有《甲辰中秋，同何无咎集清宁台赋十二韵》、《余抚榆林，其寓止有内院、缓带轩，芝兰室……，暇与何征君白、邵孝廉喻义，各赋绝句云尔》等。何白则有《清宁台赏雪四首，用不朋三字韵》、《雪霁偕邵不朋、汪鼎父登清宁台，忽忆故山，往年同杨汝建、王季法雪中过仙岩寺访秀公；俯仰今昔，忽历年所，感旧述怀，慨然有作，并呈中丞郑公，用不朋三字韵》、《同郑昆吾中丞憩灵岩寺，周览平霞、展旗、天术、玉女、双鸾、蟾蜍、龙鼻、天窗、石屏、小龙湫诸胜，中丞约予筑室上方，醉后放歌》等，从这些作品的题目与内容，不难推断郑汝璧幕府也是一个充满文学氛围的地方。郑汝璧还将何白的幕中之作专门编为《榆中草》，亦亲为序，序中称何白诗"靡不雄浑奇丽，骎骎风雅，余为梓焉，非其意也。"③

王象乾幕府

王象乾（1546—1630），字子廓，号霁宇，山东桓台人。隆庆五年（1571）进士，先后任闻喜县知县、兵部主事、兵部员外郎、兵部郎中、保定知府。万历二十二年（1594），擢右佥都御史，代王世扬巡抚宣府，进右副都御史，后升任兵部左侍郎。万历三十四年（1606），辞官归里，

① 李清馥：《郭建初先生造卿》，《闽中理学渊源考》卷45，《文渊阁四库全书》，台湾商务印书馆1983年影印本，史部，第460册，第511页。

② 光绪《通州直隶州志》卷13《人物志》下《文苑传》，《中国地方志集成·江苏府县志辑》，江苏古籍出版社2008年影印本，第52辑，第619页。

③ 郑汝璧：《榆中草序》，《由庚堂集》卷18，《续修四库全书》，上海古籍出版社2002年影印本，集部，第1356册，第558页。

处理父亲丧事，六年后升任兵部尚书，总督蓟辽军务。

幕下可考之士有程可中、黄次龙二人。程可中，字仲权，南直休宁人。博洽能诗，有《程仲权先生集》，录诗十卷、文十六卷。据程可中代王象乾所作的《宣府普济桥缘起》推断，他在万历三十年（1602）前后游于时任宣府巡抚的王象乾幕下。另，程可中赋有《上谷夜投黄次龙弥陀寺，昔余与次龙客王中丞府中，时齐年者四人，今独余衰甚》和《昔与次龙大醉王中丞幕中，今忽八年……》，可知王象乾幕下尚有黄次龙（"次龙"疑为字），其名号、籍里不详。

孙承宗幕府

孙承宗（1563—1638），字稚绳，号恺阳，北直高阳人。万历三十二年（1604）进士，授翰林院编修。天启元年（1621），以左庶子充日讲官，进少詹事。当时沈阳、辽阳相继失陷，孙承宗以知兵，被任命为兵部尚书、东阁大学士。孙承宗于天启二年（1622），自请督师，以原官督山海关及蓟辽、天津、登、莱诸处军务。直至天启五年（1625），因遭阉党参劾，罢官归里。

孙承宗幕下之士颇众，"多鸿生魁士"[1]，知名者有茅元仪、鹿善继、王则古、宋献、孙元化、蔡鼎、周文郁等人。茅元仪曾携己著《武备志》游京师，名动公卿，孙承宗"时在讲筵，亦极称之"，自请督师后，即盛邀入幕。[2] 鹿、王、宋三人本为朝廷命官，经孙承宗奏请随幕。[3] 孙元化"以孝廉下第，上书请以所习西番火器、铳台，自效关门，公在部时覆之，使出赞画军需。阅关回，题授兵部司务，故使择险建台，以终其长。"[4] 蔡鼎，字可挹，号无能，晋江诸生，"好易学，著《易蔡》等书，博通象纬。来长安，出入塞上，为大司马幕府客"[5]，曾将鹿善继所撰《督师纪略》一书，删繁摘要，成《孙高阳前后督师略》，约万五千言，孙殉国后，作《孙恺阳殉城论》悼念幕主。周文郁，宜兴人，字蔚宗，"长身美须髯，深沉好书，能谭文武大略。天启中，奴酋陷辽阳。杖剑谒高阳公于关门，首建四卫之议。公喜而执其手，呼为紫髯将军。留幕中，

---

① 张岱：《孙承宗传》，《石匮书后集》卷8，中华书局上海编辑所1959年版，第76页。
② 茅元仪：《督师纪略》卷5，《四库禁毁书丛刊》，北京出版社1997年影印本，史部，第36册，第353页。
③ 参见《督师纪略》卷1；《明史》卷250《孙承宗传》。
④ 茅元仪：《督师纪略》卷2，《四库禁毁书丛刊》，北京出版社1997年影印本，史部，第36册，第330页。
⑤ 谈迁：《枣林杂俎》义集《技余》，中华书局2006年版，第296页。

参预谋议"①。

虽然战事紧张，但身为文臣的孙承宗戎马倥偬之际，也与幕下之士赋诗唱和，所作有《同阎开府浮檀、鹿职方乾岳、沈职方彦威、杜武库培亭……出宁远眺首山诸雄要马上用程幕韵》、《人日抵宁远有作，示同行幕僚四首》、《阅操用程幕韵》、《殚忠楼阅雪，答幕中诸君子》等。

袁崇焕幕府

袁崇焕（1584—1630），字元素，号自如（一说字自如），广东东莞人。万历四十七年（1619）进士，初授邵武知县。为人慷慨负胆略，好谈兵，御史侯询请破格用之，擢兵部职方主事，曾单骑出阅关内外。天启六年（1626），以右佥都御史巡抚辽东，并取得了著名的"宁远大捷"和"宁锦大捷"。崇祯元年（1628）四月，以兵部尚书兼右副都御史，督师蓟辽、兼督登莱、天津军务。

据颜广文《〈东莞袁崇焕督辽饯别图诗〉历史人物考述》一文，袁崇焕的幕客有：李云龙、傅于亮、梁稷、邓桢、王予和黎有道。②《（同治）苏州府志》记苏州文士沈璜事迹云："（璜）字璧甫，与王德操、林若抚先后称诗，……重气任侠，好为人急难画策。尝游辽左，督师袁崇焕延致幕下，剧论兵事，往往屈其坐客。崇焕殁后，痛其罪疑辟重，酒间叹息，声泪俱下。"③另据张岱《石匮书后集》所引袁崇焕疏文"臣幕士周锡圭谓臣海外行事，岂可不奉敕印；并乞赍奉尚方以行"④，可知其幕下尚有周锡圭一人。此外，袁崇焕蒙难时，上书颂冤、甘愿同死的布衣程本直，也应是其幕下之士。⑤

二　京师文人幕客的政治遭遇

作为明朝的首都，北京是国家政治权力的中心，游幕于此的文人便难免会与政治发生纠葛，甚至成为朝廷斗争的牺牲品。早在天顺年间，泰州

---

① 钱谦益：《紫髯将军传》，《钱牧斋全集》第 3 册，上海古籍出版社 2003 年版，第 1629 页。

② 参见颜广文《〈东莞袁崇焕督辽饯别图诗〉历史人物考述》，《华南师范大学学报》2002 年第 1 期。王予，字予安，颜文误书"王子安"，据屈大均《翁山文钞》卷 10《王予安先生哀辞》、陈伯陶《胜朝粤东遗民录》卷 4《梁稷传》改。

③ 同治《苏州府志》卷 87《人物》，《中国地方志集成·江苏府县志辑》，江苏古籍出版社 2008 年影印本，第 10 辑，第 299—300 页。

④ 《石匮书后集》卷 10《毛文龙传》，中华书局上海编辑所 1959 年版，第 88 页。

⑤ 程本直《白冤疏》："臣于崇焕，门生也，生平意气，豪杰相许。"明代幕客多以"门生"、"门人"自称，加之其对袁崇焕为人与行事之熟悉，且以死相随，故作此推断。

人马士权客大学士徐有贞幕，当时武清侯石亨、太监曹吉祥与徐有隙，"石、曹谮徐有贞怨望，使亲信马士权为谤书，而灭其迹。上命权臣门达分遣逻卒追有贞于途，收士权等，俱下锦衣狱。达陈诸恶刑于廷，必欲士权承，以及有贞，士权几死者数数，终无一言，若少龃龉，及有贞矣"①。而一旦与宦官、奸臣为伍，下场就更为可悲了。正德间，华亭人张文冕"初为县学生，被黜，潜至京师，投刘瑾门下，遂用事。……瑾传旨意，多出其手。交通贿赂，气焰倾一时。至是瑾败并诛，妻妾送浣衣局"②。嘉靖间，歙县文士罗龙文入工部侍郎严世蕃幕，御史邹应龙在弹劾严嵩父子的奏章中称其"交通赃贿，为之居间"③，结果严氏败后，"同世蕃斩于西市"④。不过，总体而论，明前、中期京师幕客对政治的介入程度还不算高。

　　明世宗驾崩后，嘉靖年间兴起的京师游幕之风并没有随之而消歇，反而愈演愈烈，其情势如胡应麟所言："穆庙时，宇内承平，荐绅韦布，操觚命简，家骥人璧，云集都下。"⑤ 这些京师幕客中有相当一部分是山人。沈德符云："山人之名本重，如李邺侯仅得此称。不意数十年来出游无籍辈，以诗卷遍贽达官，亦谓之山人。始于嘉靖之初年，盛于今上之近岁。"⑥ 王世贞亦云："四十年前山人出外，仅一吴扩，其所交不过数十人，然易为援拯，足自温饱。其后临清继之，名最重，吴县继之，鄞县又继之，名重，又所获亦皆不赀，今尽大地间皆山人也。"⑦ 包括山人在内的京师游幕文士在隆、万以后越来越多地介入到政治之中，他们议论朝政、品评官员，有的还直接参与到朝廷事务之中。像万历间秉笔太监冯保的幕客徐爵，"其人善笔札，又习城旦家言，凡上手敕，优奖江陵公者，皆出其手，世所称樵野先生是也"⑧。临川人乐新炉，"先年曾入大珰张宏幕下称契厚，冯保之得罪，宏授意新炉以转授言官论之"⑨。徽州人汪文

① 焦竑：《玉堂丛语》卷8《险谲》，中华书局1997年点校本，第276页。

② 王世贞：《弇山堂别集》卷95《中官考六》，中华书局1985年版，第1816页。

③ 《明史》卷210《邹应龙传》，中华书局1974年版，第5569页。

④ 潘之恒：《罗龙文传》，《潘之恒曲话》引《亘史》外纪卷6《侠部》，中国戏剧出版社1988年版，第180页。

⑤ 《诗薮续编》卷2《国朝下》，《明诗话全编》（伍），凤凰出版社2006年版，第5737页。

⑥ 沈德符：《山人名号》，《万历野获编》卷23《山人》，中华书局1959年版，第585页。

⑦ 王世贞：《觚不觚录》，《丛书集成初编》，中华书局1985年影印本，第2811册，第16页。

⑧ 沈德符：《儒臣校尉》，《万历野获编》卷21《禁卫》，中华书局1959年版，第539页。

⑨ 沈德符：《山人蜚语》，《万历野获编·补遗》卷3《刑部》，中华书局1959年版，第873页。

言，"游于公卿间，以节概著一时，贤士大夫乐与之交。曾客内监王安，安固贤者，光庙时凡善政举行，文言力赞之，无不听也，而玙遂目为东林之党"①。吴江人沈自征，"天启末入京师，遂历游西北边塞，……居京师十年，为诸大臣筹画兵事，皆中机宜，名声大振，而橐中亦累数千金"②。崇祯间，大学士周延儒幕下有盛顺、李元功、董廷献、蒋福昌诸人，"凡求总兵、巡抚者，必先通贿幕客董廷献，然后得之"③。这些都可以看出明后期京师幕客所出现的政治化倾向日趋明显。

　　明代后期，游幕之士对京师政治介入最深、影响最大的一次当莫过于发生在隆庆三年（1569）的高拱复相事。这一事件的主人公是曾经游于胡宗宪幕府的丹阳文人邵芳（号樗朽），关于事情原委，首见于王世贞的记载："邵樗朽者，不晓讲学，以权谲纵游江淮间。时华亭、新郑皆罢相家居，樗朽以一刺谒华亭曰：'公欲□□？'，华亭曰：'何谓也？'曰：'公不过费二万金，而可得相，其利孰重？'华亭不测所谓，力拒之，揖而别曰：'白不为相不能安，毋后悔也。'遂走谒新郑，亦如前语，新郑悦其辩，与饮而深语曰：'我故欲之，家贫不能具二万金。'曰：'不必公金，公所善者莫如陈洪，得数行以谒洪，金可立办也。'时洪已领司设，为大珰，家产巨富。樗朽得新郑书，谒洪，洪许之。遂为新郑画策，谒司礼大珰及（后缺），新郑果大拜。复为陈画策，得司礼，两人德邵……"④稍后，王肯堂《郁冈斋笔麈》记之更详："隆庆初，大学士华亭徐公总机务，而新郑高公负气不相下。台省交章论之，高公遂罢。居数岁，徐公亦罢，而兴化李公当国。时士大夫数人家居，邑邑不得志，欲求复用，与丹阳邵芳商之。芳曰：'是固未易图也，李公以恭默居位，何暇论绳之外乎？公等即欲起废，谁为主者？是固未易图也。'诸公曰：'虽然，必为我图之。'芳曰：'今新郑家居久矣，主上以青宫之旧，不能忘情，顾其居约左右，无从臾之者。诸公诚各捐千金，芳为居间，则高公必起。高公起，必重德诸公，而后事可图也。'诸公曰：'善。'乃装为遣邵生。邵生以万金市诸金宝奇货，至新郑高公第，叩阍者曰：'丹阳布衣邵芳求见相

---

① 《东林列传》卷3，《文渊阁四库全书》，台湾商务印书馆1983年影印本，史部，第458册，第210页。

② 乾隆《吴江县志》卷32《文学》，《中国地方志集成·江苏府县志辑》，江苏古籍出版社2008年影印本，第20辑，第131页。

③ 《明史纪事本末》卷72《崇祯治乱》，中华书局1977年版，第1208页。

④ 《弇州史料后集》卷35《嘉、隆江湖大侠》，《四库禁毁书丛刊》，北京出版社1997年影印本，史部，第49册，第704页。

公门下。'高公固不欲，久之乃见。所以接遇之甚倨，立语斯须，高公奇之，乃索坐侍于西隅。复语良久，高公起而握手曰：'吾老友也。'因置上坐，命酒食，尽欢，夜分乃罢辞归邸。诘旦，邵生复造高公门，不见高公，见其左右曰：'始吾闻而公豪杰士，未之信也，昨与语殆百所闻，曷不出其余以泽天下而高卧为？'左右曰：'今上左右无推毂者，公即欲不高卧，岂可得哉？'邵生曰：'吾必欲起公，公强为我出，我且不别公，两月后晤于长安邸耳。'左右相与目笑之曰：'敬诺！'邵生即之长安，先使人宣言诸大珰：东南有大贾，至多奇宝。大珰争延致之。邵生固利口，遇之者莫不尽欢，恨相知晚也。邵生有宝刀，长尺余，搏之成丸。大珰欲得之，问价几何。邵生笑曰：'丈夫意气相投合，何论货哉？'即解赠之。大珰喜，日留邵生，款洽有间，因说曰：'今元枢虚已不任事，而新郑高公最贤，去不以罪，上以讲幄旧宜思之，公等何不从奂令复起而泽天下？'或大珰曰：'谨受教，顾上左右众，宜捐数千金赠遗之，吾闻高公贫，安能办也？'邵生曰：'吾与高公素昧平生，特为天下，故言之。信如公言，当尽捐吾橐中装，为诸贵人寿。'大珰许诺，不数日而高公果复相。"①《万历野获编》对此事也有类似的记载，称："诸废弃者以次登启事，而陈洪者，亦用邵谋，代掌司礼印矣。时次相江陵，稔其事，痛恶之，及其当国，授意江南抚台张崐峎（佳胤），诱致狱，而支解之。"② 上述三段史料虽然在细节上稍有出入，不过都证明了邵芳在高拱复相一事中所起到的某种居间游说的作用，而这正是许多游幕文人参与政治的惯常手段和方式。邵芳的结局是个悲剧，但他以布衣的身份帮助高拱等人在朝廷权力角逐中获胜，不能不说是个奇迹。

　　然而，这种现象从一开始就引起一些当政者的不满与警惕，他们纷纷将政治斗争的矛头指向京师的游幕文人。《皇明词林人物考》记云："黄之璧，字白仲，绍兴山阴人。其人妩媚有书才，游长安，入勋胄幕。后为弹章波及，归卧武林，郁郁不得志，客死安庆。"③ 如果说黄之璧在当时尚属个案的话，以后形势的发展则使得文人幕客作为"连坐者"的遭遇越来越具有普遍性。万历十六年（1588），山西巡抚陈登云上书弹劾郑贵

---

① 《郁冈斋笔麈》卷 2，《续修四库全书》，上海古籍出版社 2002 年影印本，子部，第 1130 册，第 47 页。

② 沈德符：《万历野获编》卷 8《邵芳》，中华书局 1959 年版，第 218 页。

③ 王兆云：《皇明词林人物考》补遗，《续修四库全书》，上海古籍出版社 2002 年影印本，集部，第 532 册，第 774 页。

妃父郑承宪，所列罪状有一条便是"广结山人、术士、缁黄之流"①，个中自不乏游于其幕下者。次年，"巡城御史陈汴请驱逐山人游客，因论列周训等十人诸不法事，有旨下锦衣卫捕逮，法司究罪"②。之后的"乐新炉事件"使得京师幕客们再次成为朝廷打击的对象，万历十九年（1591），"前刑科给事中王建中奏：江西人乐新炉与湖广胡怀玉、福建王怀忠、徽州汪鈇，俱托迹山人，影借权贵，诈骗财物……"③。关于此事始末，沈德符的记载亦较为详细："山人乐新炉者，江西临川人，本监生也，来京师以捭阖游公卿间，多造口语，人多畏恶之。然颇有才智，以故士大夫亦有与之昵者。时为今上之辛卯冬，刑科给事中王建中，特疏纠之，内云新炉捏造飞语，以邹元标、雒于仁、李沂、梁子琦、吴中行、沈思孝、饶伸、卢洪春、李植、江东之为十君子，以赵卿、洪声远、张程、蔡系周、胡汝宁、陈与郊、张鼎思、李春开为八狗，以杨四知、杨文焕、杨文举为三羊，又为谣曰：若要世道昌，去了八狗与三羊。又与听补佥事李管改作参申阁下本稿，并与原任给事中罗大纮为同乡交好，讲究禅学，及他诸不法事。"结果，"上命逮新炉于诏狱鞫之，具伏诸罪状，上命荷立枷戍之，寻死。"④ 于慎行《谷山笔麈》记云"万历甲申，长安有七子之目，万历辛卯，长安有八犬之目，皆时相入幕之宾也。八犬事连山人，下狱实状，为一犬所卖，别易一人以进，其人不甘，上疏自白，时人谓之'易犬'云"⑤，指的也是同一件事。直至万历二十四年（1596），大学士赵志皋所上的《乞振朝纲疏》中仍然提及此事，称"又有一番罢闲官吏、举监生儒，如乐新炉之类，藏匿京师，投入势宦衙内，作文写书，四布投递……"⑥ 可见，"乐新炉事件"在当时政坛上确实具有不小的影响。

　　邵芳、乐新炉的被杀，从表面上看是得罪权贵、触犯"时相"的缘故，其实质则是封建专制政权对布衣议政的一次残酷压制。这种压制的扩大化便是所谓"恩诏逐山人"的出现，这道"恩诏"据沈德符所记，它

① 《明史》卷233《陈登云传》，中华书局1974年版，第6072页。
② 《明神宗实录》卷209，万历十七年三月辛未，台湾"中研院"历史语言研究所1962年影印本，第3925页。
③ 《明神宗实录》卷243，万历十九年十二月辛丑，台湾"中研院"历史语言研究所1962年影印本，第4530—4531页。
④ 沈德符：《万历野获编·补遗》卷3《山人蜚语》，中华书局1959年版，第873页。
⑤ 《谷山笔麈》卷11《筹边》，中华书局1997年版，第128页。
⑥ 《御选明臣奏议》卷32，《文渊阁四库全书》，台湾商务印书馆1983年影印本，史部，第445册，第533页。

的主要内容是"尽逐在京山人"，许多京师的文人幕客自然在"尽逐"之列。姜准《岐海琐谈》载永嘉文士康从理、洪孝先事："万历初，二人俱游京师，出入朝贵之门。寻以下令逐客，接踵而归，杜门不出。"① 像他们这样迫于无奈，打道回府的并不在少数。时人诗云"世路难如此，问君何处游。燕京方逐客，塞上正防秋"②，即道出了幕客们在万历间难堪的处境。

　　尽管如此，京师游幕之士并未从此销声匿迹，如前所引，泰昌改元后，幕客又重新活跃在政治舞台上，他们"奔走长安，趋跄要路，称为某某入幕之宾，某某荐举之客"③。崇祯元年（1628），太常寺少卿阮大铖上疏要求清算所谓"天启时奸状"，其中心议题是京师幕客汪文言，称："汪文言以徽州库吏逃罪，投王安幕下，引左光斗入幕，移宫之疏纷纷迎合，此中外谋倾宫眷之始也；御史贾继春疏揭，力争汪文言等嗾台省，诶王安，佐杨涟、左光斗，继春削职，此中外谋杀言官之始也；……汪文言等处霍维华，以谢王安，逆阉效之，逐戚畹、撼中宫，此又中外谋危母后之始也。"④ 魏忠贤曾兴"汪文言之狱"，欲借这一幕客牵引杨、左诸东林党人，汪文言"五毒备至，终不承"⑤，是铁骨铮铮的文人，阮大铖名列阉党，此疏语多污蔑，且颠倒黑白，但也透露出幕客在天启朝政中的活动与影响。天启间，翰林院学士姚希孟也专门提及京师游幕者的活动及处置建议："更有一种罢闲官吏、山人词客、谈兵说剑，旅食京师，有所望而不遂，闻国家有事，喜动眉宇。或播煽流言，讪谤当事，或虚张虏势，摇惑人心，捉影捕风，以耳传耳。其中更有乘机遘会，或自己呈身，或代人营干。若下驱逐之令，益滋怨讟之口，宜于召募之外，阳设异才擢用之科以招徕之……"⑥ 从中我们可以看到，京师幕客无论作为个人还是群体，在明代后期已经隐隐成为当时政坛上一股不容忽视的政治力量，而朝廷中的部分有识之士则越来越主张以更加积极和正面的方式来重视他们。

① 《岐海琐谈》卷4，上海社会科学院出版社2002年版，第66—67页。

② 吴兆：《送张朔少游燕》，《列朝诗集》丁集《吴布衣兆》，许逸民、林淑敏点校，中华书局2007年版，第5586页。

③ 黄淳耀：《与龚智渊书》，《陶庵全集》卷8，《文渊阁四库全书》，台湾商务印书馆1983年影印本，集部，第1297册，第735页。

④ 谈迁：《国榷》卷89，中华书局1988年版，第5418—5419页。

⑤ 赵翼：《廿二史札记校证》卷36《汪文言之狱》，王树民校证，中华书局1984年版，第816页。

⑥ 姚希孟：《条上韩老师书》，《明经世文编》卷501，中华书局1987年影印本，第5525页。

与游幕边塞的文人相比，热衷于政治活动的京师幕客们，其诗文创作无论就作品数量而言，还是在内容的丰富性上，都要逊色得多，反映出他们与文学的疏离。不过，仍然有一些引人注目的优秀之作，稽元夫的《立秋日卢沟送新郑少师相公》即是其一。稽元夫，字长卿，号竹城，浙江归安人，父稽世臣曾为大学士高拱座师。稽元夫年轻时简傲不羁，因得罪嘉兴某推官，下狱论死，高拱出手营救，并将其招入京城，成为幕府重客。高拱对他非常赏识，曾执其手对朝中士大夫称赞道："此天下才也。"因此公卿多"折节相下"，而元夫却"掀髯不屑"。据《西山日记》记载，"有一富商具五千金，托生居间，竹城目不一瞬。人知其喜邪游，酒间仍以五千金进，竹城立麾之。已，复诱以珍玩如前数，亦不受。"① 这都足见他的个性气质。高拱在担任首辅期间，因司礼太监人选一事与冯保不和，神宗即位，高拱"命给事中雒道、程文合疏攻保，而己从中拟旨逐之"，并且事先通知了同在内阁的张居正，"居正阳诺之，而私以语保"。结果，被逐出朝廷的反而是高拱。由于完全出乎意料，高拱一下子"伏地不能起，居正掖之出，傥骡车出宣武门"②，当时情形之狼狈，可想而知。而且，堂堂首辅，一旦去职，前来相送的竟只有门下幕客稽元夫一人。这首《立秋日卢沟送新郑少师相公》便是送行时所作，诗云：

> 单车去国路悠悠，绿树鸣蝉又早秋。燕市伤心供帐薄，凤城回首暮云浮。徒闻后骑宣乘传，不见群公疏请留。三载布衣门下客，送君垂泪过卢沟。③

诗的开头，就不禁让人体味到初秋的凉意，而对于政治角逐的失败者高拱而言，这份凉意更是分外的逼人。看着遭人暗算的幕主从此就要形单影只地踏上漫漫的返乡之路，诗人深感伤心与不平，然而连那些"群公"们都无人肯上疏挽留，一介布衣的他又能做什么呢？面对这样的人情冷暖，世态炎凉，宾主二人只得在卢沟河畔洒泪而别。此诗用语含蓄，意境悲凉，"一时传诵，谓《阳关》三叠，《河满》一声，无此凄楚"④。

---

① 《西山日记》卷下《高隐》，清康熙二十八年先醒斋刻本。
② 《明史》卷 213《高拱传》，中华书局 1974 年版，第 5642 页。
③ 稽元夫：《立秋日卢沟送新郑少师相公》，《列朝诗集》丁集《稽公子元夫》，许逸民、林淑敏点校，中华书局 2007 年版，第 5069 页。
④ 朱彝尊：《静志居诗话》卷 18《稽元夫》，人民文学出版社 1990 年版，第 539 页。

第四节　文人游幕的高潮期

明代文人游幕的高潮出现于南明时期，范围在公元 1644 年至 1662 年。① 由于易代之变及其他因素的共同作用，在这不到二十年的时间里，文人游幕迅速达到高潮。而南明政权与清政权的对峙，使得游幕群体出现了明显的分化，效力于不同政权下的文人便关涉到气节、人格等诸多问题。与此同时，这一时期内南明游幕文人诗文创作的主旨多与时局紧密相连，或寄中兴之望，或愤时局之艰，悲歌慷慨，萧骚凄怨，成为明代游幕文学史上沉重的尾声。

一　游幕文人的大规模出现及群体分化

崇祯十七年（1644）三月十九日，李自成军攻克北京，朱由检自缢于煤山，史称"甲申之变"。原本一场改朝换代的革命就要成功，但不久吴三桂叛变降清，清兵入关，击败了立足未稳的大顺军。李自成被迫放弃北京，率部西撤，清朝贵族从而坐收渔利，不仅攫取了农民军的胜利成果，而且迅速膨胀起征服天下的野心。在各方势力的角逐下，17 世纪中叶的中国基本处于四分五裂的状态，当时并存的政权主要有四：一是入主北京的清政权，二是继承明朝朝统绪的南明政权，三是李自成为首的大顺政权，四是张献忠为首的大西政权。李、张二人牺牲后，大顺军和大西军的余部后来都陆续尊奉明朝旗号，逐渐形成清政权与南明政权的对峙，直到 1662 年永历帝朱由榔被吴三桂俘杀，南明宣告灭亡。

明清易代，鼎彝更新，在这"天崩地解"② 的历史时期，整个文士阶层都面临着何去何从的人生抉择。古代文士原本就是一个依附性很强的阶层，处于兵荒马乱、哀鸿遍野的乱世，游幕便成为他们重要的生存手段之一。另外，不同政权下的军政首领为了增强实力、扩大影响，无不以延揽人才为急务。甲申五月，史可法开府于扬州，"首设礼贤馆，招四方智谋之士及通晓天文、阴符、遁甲诸术者，皆给廪饩，使监纪官应廷吉主其

① 也有的研究者将南明史的下限放到清康熙二十二年（1683）郑克塽投降，鉴于当时明系朝廷早已不复存在，且没有了"南明文士"的游幕活动，故本书不采此说。

② 黄宗羲：《留别海昌同学序》，《黄梨洲文集》，中华书局 1959 年版，第 477 页。

事"①。他认识到在当前的局势下，正常的官员铨选制度是无法迅速选拔人才、为我所用的，"铨选法穷，不得不改为征辟"，于是在六月上疏朝廷，主张"宜仿保举之法，通行省直抚按司道，及在京九卿科道官，果有才胆过人，堪拯危乱者，不拘资格，各举一人，起送到京，资以路费，赴臣军前效用，酌补守令缺员"。即使无人保举，"其有怀才思售，赴臣军前者，验其真才，一体录用"②。这一定程度上其实是在恢复过去的幕府长官辟署制，他的建议得到了采纳，不少布衣之士应召而来，其幕府也一时为之兴盛。永历间，督师何腾蛟"身无仆媵，务为宽大优容，平己恕物。是以秦楚强悍之士，咸就羁络，感其至诚，不忍离去"③。瞿式耜亦"一材一艺之士，靡不收罗幕府"④。后人并举其事迹，称："先时史忠正之开府扬州也，礼贤馆之士有桐城蒋臣（一个）、长兴李令晰（霜回）、归德侯方岩（叔岱）、乌程韩绎祖（茂贻）。洎至何忠烈以督师镇长沙、瞿文忠以留守驻桂林，在两公幕下者，更有益阳郭良史（野臣）、长洲史记言（伯顾）、吉州施（阙名）（伟长）、钱唐潘问奇（云客）、临山倪国锦（玉成）：或综核军储，或经营战守；或画控荆襄、扼巩洛之谋，或建收山东、取河南之策；或捍御围城，共保岩疆者四载；或监制降将，议分雄镇者十三。其章、堵二公外，专佐督师以经略南楚者，复有长沙陶汝鼐（仲调）、宿松张凤翥（威赤）、吴江吴晋锡（兹受），崎岖衡、永，转战湖、湘；挥回日之戈，拔冲星之剑。师中尽瘁，与南北两院略同。"⑤ 湖广巡抚堵胤锡"驻节辰溪，悬异格以罗奇才"⑥，兵部侍郎张煌言同样"恭以礼士，士不惮险阻归之"⑦。不难看出，南明朝廷志图恢复的臣僚们对文士的延揽是不遗余力的。

南明政权如此，清政权下的各级幕府在这方面也不甘落后。当时奉旨经略西南的清内翰林国史院大学士洪承畴便费尽心机地招徕当地士绅入

① 罗振常：《史可法别传》，《史可法集·附录》，上海古籍出版社 1984 年版，第 155 页。

② 史可法：《请行征辟保举疏》，《史可法集》卷 1，上海古籍出版社 1984 年版，第 32 页。

③ 邵廷采：《西南纪事》卷 3，《台湾文献丛刊》，台湾银行经济研究室 1972 年标点本，第 267 种，第 30 页。

④ 计六奇：《明季南略》卷 12《瞿式耜兼督各省》，中华书局 1984 年版，第 398 页。

⑤ 李瑶：《绎史摭遗》卷 6，《台湾文献丛刊》，台湾银行经济研究室 1972 年标点本，第 132 种，第 506 页。

⑥ 计六奇：《明季南略》卷 12《堵胤锡始末》，中华书局 1984 年版，第 400 页。

⑦ 邵廷采：《叶、罗二客传》，《东南纪事》卷 9，《台湾文献丛刊》，台湾银行经济研究室 1972 年标点本，第 96 种，第 121 页。

幕。如明原江西巡抚郭都贤与洪承畴本有旧谊，"先是，洪承畴坐事落职，先生奏请起用"，凭借这种关系，洪承畴"以故旧谒先生于山中，馈以金，不受；奏携其子监军，亦坚辞。都贤见承畴时，故作目眯状，承畴惊问何时得目疾，都贤曰：'始吾识公时，目故有疾。'承畴默然"①。又如江陵人刘亨，字康侯，是洪承畴及第时的座师刘楚先之孙。洪氏出征湖广，道经江陵，"酹酒楚先墓，辟亨参谋幕府"，刘亨称疾不从，还在房中挂上倪元镇的画像表示自己的志向②。显然，面对异族政权，当时的士人并不愿轻易地变节以从，但士人阶层究竟不是铁板一块。如善化贡生周应遇（号鹤泉），"入经略洪承畴幕，题补云南洱海道，在任三年，以清廉著，未几乞归"③。垫江诸生王钟（字价生），"多智略，强记诵，随经略洪公平定云贵，檄致山林，安辑苗猺，复应都督卜公聘……"④ 此外，由于南明小朝廷文恬武嬉，日益腐败，民心尽失，以至于百姓甚至纷纷盼望清兵南下，如当时福建民谣曰："清行如蟹，何迟其来！"加上战场的天平越来越向清政权倾斜，其各级幕府对士人吸引力自然会不断增强。

中国历史上，但逢乱世，往往是士人游幕昌盛之时。因为正常的选官之途被中断，入幕则成了仕进的一条捷径。尤其是掌握军权的地方军阀们，一旦得势，幕客们便成为主要的委任对象，明末清初亦是如此。邵廷采《东南纪事》卷三《朱大典》记载："吴邦璇者，山阴人，大司马兑之曾孙，在大典幕中。甲申，以万金托邦璇营干，中途闻北京陷，即囊金而归；自旅费外，分毫无私。大典骇服；谓邦璇不特有行，而且有才。题授副总兵，同守金华。"永历间，思恩侯陈邦傅冒功，将其幕客沈原渭荐为金都御史⑤。永历末，李定国"既柄国，记室金维新，滇人也，官少宰，为定国所信任，群小争趋之。"⑥ 甚至像"总督"、"巡抚"、"巡按"一类过去的封疆大吏也可随意题授，清江西提督金声桓反正后，永历朝迅速封他为豫国公，便宜行事，其幕客黄人龙即被题授为总督川、陕、山东、山

① 《清史稿》卷501《郭都贤传》，中华书局1977年版，第13860页。

② 《湖北通志》卷154《人物·隐逸传》，民国十年湖北省公署刻本。

③ 乾隆《长沙府志》卷30《人物》，《中国方志丛书·华中地方·湖南省》，台湾成文出版社1983年影印本，第299册，第817页。

④ 同治《湘乡县志》卷18《人物·流寓》，《中国地方志集成·湖南府县志辑》，江苏古籍出版社2002年影印本，第20辑，第309页。

⑤ 王夫之：《永历实录》卷26，《船山全书》第11册，岳麓书社1988年版，第316页。

⑥ 郑达：《李定国传》，《野史无文》卷9，《台湾文献丛刊》，台湾银行经济研究室1972年标点本，第209种，第128页。

西、河南五省兵部侍郎，另一幕客吴尊周为江西巡按，而一同反正的王得仁之幕客陈芳则被授予江西巡抚一职。① 原明参将刘承胤掌永历朝实权后，"江、楚诸无赖子及武冈无行儒生，旦投承胤，夕授台省郎署。部将皆封伯，幕客邹枚官至一品，赐金图书"②。可以说，中国古代幕府制度乃至整个官僚制度史上的乱象，实以明末清初为甚，正所谓："职方贱如狗，都督满街走"③，"朝乱职方贱，同时三十人"④。然而，这种不经朝命、版授泛滥的现象在一定程度上对文人游幕也起到某种刺激的作用。

在这样的背景下，明代文士的游幕之风迅速达到高潮。根据本文统计，在当时不到二十年的时间内（1644—1662），有事迹可考的南明游幕文士达到144人。如果加上此一时段游于清朝幕府的20人⑤，其游幕文士的总数确实蔚为壮观。有些幕府文士数量之多更是前所未有，如扬州督师史可法幕下的游幕之士可考者就有69人之多⑥。

需要指出的是，对于明甲申以后的游幕文士而言，如何选择依附的对象，除了生存考虑、政治理想之外，还涉及民族气节、道德评判等诸多问题。南明时期游幕文人因所游之幕政权性质的不同，大致可以分为两类，一是游于南明政权幕府的；二是游于清政权幕府的⑦。

首先就游于南明政权幕府的文士而论，他们中不少人是把此时入幕作为报效国家、实现抱负的良机。钱谦益《彭达生晦农草序》记彭士望（字达生）、韩绎祖（字茂贻）事云："弘光南渡，东南旌弓舆马之士举集南都。彭子达生、韩子茂贻将应维扬幕辟，客余宗伯署中。莫不竖眉目，舌齿牙，骨腾肉飞，指画天下事，数着可了。旋观诸子，顾盼凌厉，如饥

---

① 参见徐世溥《江变纪略》卷1，三余氏《南明野史》卷下。另，鲁可藻《岭表纪年》卷2："江西巡抚吴尊周请缓入朝"，"尊周原声桓幕宾，反正题为巡按。"

② 王夫之：《永历实录》卷26《叛臣列传》，《船山全书》第11册，岳麓书社1988年版，第555页。

③ 《明史》卷308《马士英传》，中华书局1974年版，第7942页。

④ 邢昉：《哭吴中友人（三首）》之一，《石臼前集》卷4，《四库禁毁书丛刊》，北京出版社1997年影印本，集部，第51册，第116页。

⑤ 参见尚小明《清代士人游幕表》，中华书局2006年版。

⑥ 何龄修《史可法扬州督师期间的幕府人物》一文考证出史可法幕府人物共一百人，不过有的是地方实职官员，虽出入幕府，但已超出了本文"游幕文人"的研究范围，故不计在内。

⑦ 当时依附于农民军政权之下的文人也必然存在，但由于大顺军与大西军余部后来都易帜抗清，加之资料的缺乏，不再单列。

鹰之睨平芜，如怒马之临峻坂。"① 同入史可法幕下的蒋臣，时人称他"一室而负四海之志，山林而怀廊庙之忧"②，也是位一心报国的志士。

这些幕客一旦选择入幕，大多甘愿与幕主同生共死，其结局往往可歌可泣，成为明末清初的节烈之士，也在古代士人游幕史上演绎出最为悲壮的篇章。扬州城破，史可法殉国，一时同难的幕宾就有 19 人③。弘光之后，以身殉难的幕宾见于史籍者亦复不少。如溧阳（一说丹徒、句容）人罗纶（字子木），客兵部左侍郎张煌言幕，"在煌言帐中，遇事直言，左右皆忌之"，后宾主二人一同被俘，"常进功款宴，问子木曰：海上知我名否？曰：但识张司马，何知常进功？他有问，大笑不为语。至杭城会议府，不跪；次煌言，席地坐。煌言与总督赵廷臣语次在复，子木抗声曰：公先后死耳，何必与若辈絮语？煌言初欲绝食，子木笑曰：大丈夫死忠，任其处置可也。饮啖如平时。九月七日，死于弼教坊"④。同难者还有鄞县人杨冠玉，本为"大家后裔"，"临刑，当事见其幼，欲释之；冠玉曰：'司马公死于忠，某义不忍独生！'延颈就刃"⑤。又如奉化人汪涵（字叔度，号晦溪），"从学黄宗羲，遂参其军事"，"浙东失守，监国由江门入海，涵随宗羲走四明山中。宗羲偶出，逻卒至焚寨。夜半火起，同里出斗，从烈焰中杀数人。已得出，叹曰：'所图不遂，命也。不死，且自

---

① 《钱牧斋全集》第 5 册，上海古籍出版社 2003 年版，第 810 页。按：弘光初立时，士人阶层对史可法主持大局普遍抱有很大的期望，连带对入史幕者也一并嘉许。如长洲士人卢渭（字渭生）居幕下，乡人陈宗之赋诗赠曰："黄河列戍控山东，指尽襟喉抵掌中。白笔军书推国士，红旗都统赖裴公。尝参幕府龙韬略，归拜高堂鹤发翁。立马短衫仍独往，从教逢掖勒奇功。"（《送卢渭生赴史相国幕时以觐省归里赋诗壮之》，《明诗纪事》辛签卷 22，上海古籍出版社 1993 年版，第 3330 页）昆山士人归昭（字尔德）赴可法幕，其弟归庄亦赠诗曰："帝京三月事，置之不忍道。金陵王气新，今皇定天保。人心戴中兴，士气奋再造，一长可驱驰，忍复怀其宝。赫赫史相公，定策之元老，拜恩辞细旒，受命建大纛。贼房炽中原，誓以王师扫。行间拔吕蒙，幕下起张镐，挟策叩军门，悉得抒怀抱。"（《送二兄尔德赴史阁部幕府》《归庄集》卷 1，上海古籍出版社 1984 年版，第 31—32 页）

② 黄六鸿：《无他技堂遗稿序》，《无他技堂遗稿》卷首，《四库禁毁书丛刊》，北京出版社 1997 年影印本，集部，第 72 册，第 447 页。

③ 参见应廷吉《青磷屑》（不分卷），《台湾文献丛刊》，台湾银行经济研究室 1972 年标点本，第 240 种。

④ 邵廷采：《叶、罗二客传》，《东南纪事》卷 9，《台湾文献丛刊》，台湾银行经济研究室 1972 年标点本，第 96 种，第 121 页。

⑤ 阙名：《兵部左侍郎张公传》，《张苍水诗文集》附录 1，《台湾文献丛刊》，台湾银行经济研究室 1972 年标点本，第 202 页。

取辱'！还斗而死"[①]。大兴人顾朋楫（字心服，或字心复），为定西侯张名振幕宾多年，"振之文字奏章皆出其手"，清兵陷浙江，"衣巾走入太庙，题诗壁上，有'愁魂应傍孝陵归'之句，对位大哭，扼吭死"[②]。再如会稽士人朱奇生，"年十九，角巾大袖，气象闲都；为平远镇王幕客，参谋议。平远先渡浙西，奇生以他故不及从。丙戌六月一日，清兵入府城；奇生遁野，誓不薙发。越三日，绐母曰：'儿往拜某某客'。阴携公服拜祖父坟茔，投水死"[③]。歙县人江天一，"与金声友善。声起义，天一身任赞画。声败被禽，传送留都。天一请从，声曰：'此死路也，而兄往何耶？'天一曰：'兄往成仁，弟往取义。'"[④] 遂与同难。

有的幕客虽然没有身殉国难，但心怀故主，坚持气节，一样青史留名。山阴人叶振名曾客张煌言幕，煌言被执，死于杭州后，振名"持只鸡黍酒独登越王岭哭祭，为文六千五百余言。时，京口罗子木随侍煌言，同殉节，君为作行略。……（振名）无日不以死自处者，偶不死也。"[⑤] 鄞县士人纪五昌为钱肃乐幕下士，"肃乐航海死于闽，家人不知五昌所在；月余而返，乃知为哭肃乐入闽也。卜居太白山中，足迹不入城市"[⑥]。又，《绎史摭遗》记载：

> 杨二痴者，瞿文忠幕下客也。少年落魄，性戆；能道人休咎，颇中。而词无忌讳，好面质人。人目为痴，故自署曰"二痴"。终以不合于人，辞留守去。……（瞿式耜、张同敞战败被执）时二痴犹在粤中，取留守家属匿之。事发，并见执，语不逊；定南义而置之。留守死，二痴服衰绖，悬楮钱满肩背间，行则窣窣有声，向军门号哭三

---

① 翁洲老民：《海东逸史》卷14，《台湾文献丛刊》，台湾银行经济研究室1972年标点本，第99种，第89—90页。

② 汪光复：《航海遗闻》，附《明季三朝野史》书后，《台湾文献丛刊》，台湾银行经济研究室1972年标点本，第106种，第65页；张岱《石匮书后集》卷5"鲁王世家"："（张名振）幕下士顾心复，南直人，以诸生自缢学宫。"郑达《野史无文》卷10《张名振传》记云："时有大兴县儒生顾明楫为（张）名振幕宾。"所记为同一人，但名、字与籍贯稍有出入。

③ 张岱：《石匮书后集》卷57《义人列传》，中华书局上海编辑所1959年版，第327页。

④ 张岱：《天一砚》，《琅嬛文集》卷3，岳麓书社1985年版，第137页。

⑤ 邵廷采：《叶、罗二客传》，《东南纪事》卷9，《台湾文献丛刊》，台湾银行经济研究室1972年标点本，第96种，第121页。

⑥ 翁洲老民：《海东逸史》卷17，《台湾文献丛刊》，台湾银行经济研究室1972年标点本，第99种，第112页。

月。凡缨弁、跨靴、衣短后衣出者，则叩头请转达，请收殓故主骸骨。定南闻之，曰："义哉！有客若此，不愧忠良矣"。乃并同敝尸与之以葬。二痴名菽，字硕文，故明诸生，吴江人。①

杨菽离开瞿式耜幕后，本已脱离干系，但仍不避风险，料理后事，其义行一样值得后人敬仰。当遭遇幕主变节时，有的幕客会继续留幕，有的则选择离去。丁耀亢客刘泽清幕，刘降清时，"邀入淮往见豫王，期叙功别用"，耀亢则以"老母思乡"为由辞幕而归。②

乱世之中，南明幕客们除了幕中事务外，还常常替幕主奔走效劳，无所不为。有些是为抗清而从事类似于间谍的活动，如金在桓反正后，其幕客雷德复奉命与永历朝廷取得联系，"时上在南宁，楚、粤道梗，德复以章奏藏佛经梵夹中，自为僧装，间行达桂林，见（何）腾蛟"③。有些虽然一样冒着风险，却与抗清之旨背道而驰。如永历元年（1647，顺治四年），清将李成栋攻陷梧州，进逼浔、横等地，思恩侯陈邦傅不知成栋有反正意，"秘遣其幕客沈原渭赍土地甲兵籍诣成栋，请献乘舆以为降贽。原渭至梧州，成栋已下令反正，守将郡邑吏皆冠带，奉正朔。原渭遂焚降籍，驾小舟昼夜倍道归。揭旗于樯，署曰'招安粤东'。及至南宁，遂上书言已奉邦傅令，说成栋反正，事成归报"④。又如何腾蛟与堵胤锡交恶，"两府幕宾类无赖士，益相构煽，遂成猜离，湖南北不相协应，而瓦解之形势成矣"⑤。

在南明政权完全覆灭之前，士人入清政权幕府者，大多为时人所不齿。永历朝的吏科给事中丁时魁（字斗生，湖广江夏人），原为永历朝廷上的"五虎"之一，失势后，"下锦衣狱，掠治毒楚"，"已而论戍镇远。至桂林，张同敞馆之。桂林陷，见执，孔有德召为幕客。居数月，病死。黄冈何履仕为治丧，割其辫掷棺外，曰：'斗生不戴此辫以死，可不负梧州一顿棒，而今不免也，惜哉！'"⑥ 丁时魁在永历朝中备受折磨，已无恩

① 李瑶：《绎史摭遗》卷7，《台湾文献丛刊》，台湾银行经济研究室1972年标点本，第132种，第521页。

② 丁耀亢：《出劫纪略》，《丁耀亢全集》，中州古籍出版社1999年点校本，第282页。

③ 王夫之：《永历实录》卷11《金王李陈列传》，《船山全书》第11册，岳麓书社1988年版，第444页。

④ 王夫之：《永历实录》卷26《叛臣列传》，同上书，第558页。

⑤ 王夫之：《永历实录》卷7，同上书，第410页。

⑥ 王夫之：《永历实录》卷21《丁时魁传》，同上书，第529页。

义可言，之后因被俘做了清将孔有德的幕客，不过数月之久，最终仍难逃
"失节"的恶名，其他人就可想而知了。明清之际，吕留良最反对士人游
幕，称："惟幕馆则必不可为，书馆犹不失故吾，一为幕师，即于本根断
绝。吾见近来小有才者，无不从事于此，其名甚噪，而所获良厚。然日趋
于闪铄变诈之途，自以为豪杰作用，不知其心术人品至污极下，一总坏
尽，骄谄并行，机械杂出，真小人之归，而今法所称'光棍'也。"① 这
其中自然也有"气节"的考虑，因为入幕者必然要与清朝官员打交道，
甚至沆瀣一气，共同镇压抗清活动。

不过，客观地说，游于清政权幕府的士人中真正主动效力者固然有
之，但也有许多是受情势所迫。像有的是遭"檄委"之类的强制手段，
原明福建都转运使司照磨曹胤昌（字石癖、石霞，麻城人），"洪阁部承
畴入楚，檄致军中，佯狂谩语，醉吐洪茵，又以诗诮之，遣归。"② 有的
则是为生计所迫，以魏际瑞（原名祥，字善伯，号伯子）为例，甲申之
变，其父魏兆凤深痛国亡，削发为头陀，弟魏禧、魏礼俱弃诸生籍，而际
瑞"踌躇久之，抚心叹曰：'吾为长子，祖宗祠墓，父母尸饔，将谁责
乎？'乃慨然贬服以出。"③ 顺治十年（1653），魏际瑞应潮州总兵刘伯禄
之聘，入幕为宾，开始了他在新政权下的游幕生涯。身为明遗民的魏禧对
兄长不得已的做法表示理解，称："吾兄弟皆贫，伯子每劳苦其身，推食
二弟，故记室幕府日多。"④ 正如有的研究者所指出的那样，"士人的贫困
化，是明清之际有普遍性的事实"⑤，在此情形下，更多的士人选择入幕
而非入仕的方式来解决基本的生存需求。

此外，面对动荡不安、民不聊生的现实，入清政权幕府的士人一样可
以救百姓于水火，这就不能简单地以"气节"论之。如魏禧所云："兄客
于刘帅，力全潮州一城数百万性命。及客范中丞于浙，佐赈饥蠲荒诸大
事，全活亦数百万。"⑥ 邓之诚《清诗纪事初编》即对此表示赞许："际
瑞之游，恒在浙闽粤中，且恒游军中，扰攘之际，可以权宜救人，又冀缓

① 吕留良：《与董方白书》，《吕晚村先生文集》卷4，《续修四库全书》，上海古籍出版社2002
年影印本，集部，第1411册，第129页。
② 闵尔昌：《碑传集补》卷35《曹应昌传》，上海古籍出版社1987年版，第1464—1465页。
案：此处避雍正讳，以"胤"为"应"。
③ 魏僖：《先伯兄墓志铭》，《魏叔子文集》卷18，中华书局2003年点校本，第962页。
④ 魏僖：《伯子集文叙》，《魏叔子文集外篇》卷8，中华书局2003年点校本，第391页。
⑤ 赵园：《明清之际士大夫研究》，北京大学出版社1999年版，第333页。
⑥ 魏僖：《祭伯兄文》，《魏叔子文集外篇》卷14，中华书局2003年点校本，第690页。

急时，得为己用，其事至险，然非际瑞所计也。"① 王钟在幕府也"全活漳州、厦门民数千万"②，又如吴门人冯亮工，"以博士弟子从事中丞幕府。故中丞闽中郑公待以殊礼，……在幕府，常引大体，多所匡正。制府义辟五十人，力请覆案，平反几半。己亥秋，京口溃，宵人密上变告吴人翻城谋叛，法当屠。主者且恚且惧，刃将斩矣，君泣血扣头白状，以阖门百口力争，事得解"③。这些都是值得后世嘉许的行为。

二　南明游幕文人重要作家

　　南明时期游幕文人数量蔚然可观（具体人员参见附录），其中在文学史上占有一席地的也大有人在，这对于当时诗文创作的促进自不待言，魏僖所称"游道广而声诗盛，近古以来未有过于今日"④，实际上便隐含着这样的判断。但由于连年的战乱，加上清初文网的酷密，大量南明政权下的幕客之作毁佚的现象非常严重。如侯方域"所刊古文数百篇，兵火焚佚，尽亡其册"⑤，其游幕期间的文学创作，现仅存一些诗歌作品。又如丁耀亢入刘泽清幕后，"终日赋诗饮酒，且以课耕。诗载《漆园集》。"⑥然而《漆园集》早已无存。另外，丁耀亢还有《逍遥游》二卷，是他《岱游》、《海游》、《江游》、《燕赵游》、《吴陵游》诸诗集的合订，以时间为序，作于明崇祯八年（1635）至清顺治四年（1647）间。其中《燕》集是作者"去而为吏，护军幕府，羽书旁午，飞檄交驰，横槊誓师，啸歌不废，则有诗曰《燕赵游》。"⑦亦当为刘泽清幕府中所作，如今其他各集俱在，独缺《燕赵游》，很可能是清初遭禁毁而失传。再如张煌言幕客罗纶"能诗，与公相倡和，悲歌慷慨，有古烈士风"⑧。他的作品一样佚失难觅。其他游幕文人的遭遇也大体相似，这给我们研究带来了一定的难

---

① 《清诗纪事初编》卷2，上海古籍出版社1965年版，第204页。

② 同治《湘乡县志》卷18《人物·流寓》，《中国地方志集成·湖南府县志辑》，江苏古籍出版社2002年影印本，第20辑，第309页。

③ 钱谦益：《冯亮工六十序》，《钱牧斋全集》第5册，上海古籍出版社2003年版，第906页。

④ 魏僖：《江湖一客诗叙》，《魏叔子文集》卷9，中华书局2003年点校本，第485页。

⑤ 徐邻唐：《壮悔堂文集序》，《壮悔堂文集》卷首，《四库禁毁书丛刊》，北京出版社1997年影印本，集部，第51册，第407页。

⑥ 丁耀亢：《出劫纪略》，《丁耀亢全集》，中州古籍出版社1999年点校本，第279页。

⑦ 沈复、曾林公：《逍遥游序》，《丁耀亢全集》，中州古籍出版社1999年点校本，第634页。

⑧ 沈冰壶：《张公苍水传》，《张苍水诗文集》附录1，《台湾文献丛刊》，台湾银行经济研究室1972年标点本，第210页。

度。但是，如果详加考察，一些有游幕经历的文士及其相关文学创作仍然有迹可循，侯方域、韩绎祖、邢昉、彭士望、应廷吉、阎尔梅等人即是其中重要的作家。

侯方域

侯方域（1618—1654），字朝宗，河南商丘人。明末与方以智、陈贞慧、冒襄齐名，称"四公子"，有《壮悔堂文集》、《四忆堂诗集》行世。

与多数游幕士人为谋生计而应召赴幕不同，侯方域的入幕是为了避祸。侯方域是明末复社的主要成员之一，崇祯十二年（1639），他赴南京乡试，与社友黄宗羲、沈士柱、冒襄等"无日不接舆连席，酒酣耳热，多咀嚼（阮）大铖以为笑乐"①。至弘光朝，阮大铖用事，以宿怨檄捕复社成员。侯方域为免祸，先后客于苏、松巡抚张凤翔、扬州督师史可法和瓜洲总兵高杰三人的幕府之中。

侯方域在客于张幕和高幕期间，对两位幕主均寄以恢复中原、中兴故明的厚望，其《赠张尚书》（自注：尚书张公凤翔也）写道：

> 尚书旄节莅三吴，鼎建郊圻拱帝都。禹迹遥能来橘柚，汉家原自贡珊瑚。春星画野明牛斗，锦缆沿江盛舳舻。旧是东南根本地，中兴莫待后人图。②

《赠高开府（二首）》写道：

> 圣历中兴会，名藩鼎建初。匡时惟一剑，致主不传书。虎气腾秦宿，龙符剖豫墟。汉家云阁上，图画欲何如。
> 广陵形胜地，节制五云高。出令悬秋月，观兵壮早涛。王灵退橘柚，职贡歇蒲萄。不分神州鹿，应知故园劳。③

侯方域是贵介公子出身，对时局的估计不免过于乐观了一些。且不说张、高二人均非中兴之才，就算是，在当时马士英、阮大铖诸人的掣肘下也难以有所作为。除了识见外，这几首诗在艺术技巧上也不甚高明，语词

---

① 黄宗羲：《陈定生先生墓志铭》，《黄梨洲文集》，中华书局1959年版，第185页。
② 侯方域：《四忆堂诗集》卷3，《续修四库全书》，上海古籍出版社2002年影印本，集部，第1406册，第142—143页。
③ 同上书，第142页。

重复，典故因袭。沈德潜称："朝宗以古文鸣，诗特其寄兴。"① 杨际昌亦云："侯氏多才，朝宗为白眉。其文向来多重之，……诗则雪社诸子相为推服而已。"② 朱庭珍更是批评道："侯朝宗虽有诗集，浅滑空率，殊无足观。"③ 就以上三首诗而言，确如诸家所论。

侯方域在史可法幕中的时间并不长，但史的耿耿忠心仍给他留下了极为深刻的印象。他后曾以《哀辞九章》来专门缅怀心目中的忠臣义士，其中第四首《少师建极殿大学士兵部尚书开府都督淮扬诸军事史公可法》即为哀悼史可法而作，诗歌写道：

> 万里飘黑云，压摧金陵郭。钟山熊罴号，长淮蛟龙涸。惨淡老臣心，望断紫微落。千载史相公，赍恨凌烟阁。……坐失纶扉权，出建淮扬幕。进止频内请，秉钺威以削。当时领四藩，皆封公侯爵。饱飏恣跋扈，郊甸互纷攫。从来枭雄姿，驾驭贵大略。鞠躬本忠诚，报主惟淡泊。譬彼虎狼群，焉肯食藜藿。二刘与靖南，久受马阮约。惟有兴平伯，末路秉斠酌。志骄丧其元，乃缓猛兽缚。遂起广漠尘，负嵎氛转恶。相公控维扬，破竹伤大掠。三鼓士不进，崩角何踊跃。自知事已去，下拜意宽绰。起与书生言：我受国恩廓，死此分所安，惜不见卫霍！子去觐司徒，幸为寄然诺。白首谢知己，寸心庶无怍。再来广陵城，月明吊沟壑。呜乎相公贤，汗青照凿凿。用兵武侯短，信国如可作。④

诗歌除了中间介绍史可法出身外（省略部分），主要客观再现了弘光朝的乱政以及这位幕主独木难支的处境。由于侯方域一直身在南京和各幕府之间，是政局变幻的亲历者。从内容上看，清军兵围扬州时，他尚处史可法幕中，耳闻其言，亲身感受其以死殉国的决心，所以下笔很是真切，注者亦云："写史公如生"。诗中对曾经庇护过自己的两位幕主也都采取如实描绘、不加掩饰的手法，如称高杰，既肯定其不同于其他三镇，并非马、阮之党羽；又指出他因"志骄"而丧命，直接导致清兵无所忌惮，

---

① 《清诗别裁集》卷6，中华书局1975年版，第112页。
② 《国朝诗话》卷2，《清诗话续编》，上海古籍出版社，第1730页。
③ 《筱园诗话》卷2，《清诗话续编》，上海古籍出版社，第2351页。
④ 侯方域：《四忆堂诗集》卷5，《续修四库全书》，上海古籍出版社2002年影印本，集部，第1406册，第166页。

挥师南下。诗歌在赞扬史可法鞠躬尽瘁、死而后已的同时，也含蓄地批评了史可法缺乏用兵之才和驾驭枭雄的"大略"。

韩绎祖

韩绎祖，字茂贻，号耻庵，浙江乌程人。父亲韩敬（字求仲，号止修）是明神宗万历三十八年（1610）庚辰科状元，授翰林院修撰，被忌者所中，迁行人司，不久即辞官归里。绎祖是长子，为归安县儒学生员，"崇祯末，阁部史道邻建节淮、扬，征入幕府。"①

虽然与侯方域一样出身于仕宦之家，但韩绎祖对时局具有更为清醒的认识，其幕中之作往往透着一种形势岌岌、大厦将倾的预感，如《甲申白洋河军中除夕呈督辅史公道邻》一诗写道：

> 鼓角连营震故墟，漏声今夜敢催除。河分南北黄尘隔，汉接东西王气余。全历已同麟绝笔，孤臣空托雁传书。挥戈无计能回日，短发明朝雪满梳。
>
> 河山半壁岁俱徂，铁错还堪再铸无？爆竹难惊群梦醒，灯花强慰客愁孤。衣冠青紫同俳戏，门户玄黄尽鬼符。白骨载途无术起，仙人空自饮屠苏。②

从诗题看，这两首诗均作于甲申之年末。其中第一首作者自注云："时北使被羁，是日得手札。"弘光朝廷派去北京的使者左懋第等被拘，事在十一月初，其书信大概几经辗转，于除夕之日才到达史可法幕府。清廷在拘押左懋第的同时，军队便已经自济宁渡河，一路南下，势如破竹，河南府总兵李际遇不战而降，山东及丰、沛也尽归清军所有。清将夏成德先围宿迁，后围邳州，兵锋直指南京，史可法焦心如焚，亲自领兵赴援，于十一月十五日抵白洋河。诗人与幕主同处"鼓角连营"的抗清最前线，军情危急，哪里还有什么心思欢度佳节。南北和议本就是小朝廷的一厢情愿，破裂自是必然，而大战即在眼前，身为督师的史可法除了亲临战阵，几乎毫无办法，因为名义上江北四镇由他节制，其实全都桀骜不驯、各行其是。韩绎祖对幕主的处境是了然于胸的，故而发出"挥戈无计能回日，短发明朝雪满梳"的浩叹。面对已是山雨欲来风满楼的凄惨景象，作者

① 乾隆《乌程县志》卷6《人物》，《中国方志丛书·华中地方·浙江省》，台湾成文出版社1983年影印本，第206册，第495页。

② 《吴兴诗存》4集卷17，陆心源辑，光绪十六年刊本。

在第二首诗的开篇就叩问道："河山半壁岁俱徂，铁错还堪再铸无？"眼看明朝的半壁河山也危在旦夕，哪还经得起一错再错！然而，尽管史可法连连飞章告急，朱由崧、马士英等人却置若罔闻，照旧宴饮享乐。当战报送至南京，马士英竟荒唐地认为这是史可法谎报军情，以作"叙功销算"之用①。又，《南疆绎史》载："大兵南下，警报沓闻。王于除夕忧然不怡，亟传部院诸臣进见。众谓兵败地蹙上烦圣虑，各各顿首谢罪。王良久不答。既而曰：'吁！此非朕所及也。今之所急在后宫寥落，欲广选良家女充掖庭，且新春南部无新声耳。卿等盍早计诸'！或对曰：'臣等以陛下忧兵警、念先帝，故不俟驾而来，乃作此等想邪'！群起拂袖出。"②君臣上下醉生梦死，昏聩至此，又岂是声声爆竹所能惊醒的？对这样的朝廷，诗人显然彻底丧失了信心，他直言不讳地指出那些"衣冠青紫"全然是尸位素餐，形同傀戏，国家也已经病入膏肓，回生乏术。

扬州城破，韩绎祖没有与幕主一同死难，而是回到家乡，继续抗清活动。"乙酉闰六月初三日，王光祉与诸生韩茂贻等起兵，杀清推官冯复。"③但由于兵力悬殊，起义很快失败，他只得弃家出逃，流离转徙，"遍游山水，所交尽逸民隐士"④，暗中仍图谋恢复。韩绎祖后曾回过扬州，旧地重游，祭拜故主，赋有《扬州哭史督辅老师墓》，诗云：

> 权臣内擅外强藩，来往江淮一旅屯。马革空留酬义骨，龙髯追从鉴忠魂。运移诸葛终无效，力尽睢阳又绝援。梦里旌旗催北渡，孤坟何不葬中原？⑤

这首诗歌写得异常沉痛而悲壮，道出了幕主当日内外交困，赍志而没的无穷遗恨，足以唤起后世人们深切的同情与强烈的共鸣。

---

① 应廷吉：《青磷屑》，《台湾文献丛刊》，台湾银行经济研究室 1972 年标点本，第 240 种，第 12 页。

② 温睿临：《南疆绎史》卷 1，《台湾文献丛刊》，台湾银行经济研究室 1972 年标点本，第 132 种，第 30 页。

③ 查继佐：《国寿录》卷 2《总兵金镳传》，《晚明史料丛书》，中华书局上海编辑所 1969 年版，第 75 页。

④ 乾隆《乌程县志》卷 6《人物》，《中国方志丛书·华中地方·浙江省》，台湾成文出版社 1983 年影印本，第 206 册，第 496 页。

⑤ 《明诗纪事》辛签卷 23，上海古籍出版社 1993 年版，第 3366 页。

邢昉

邢昉（1590—1653），字孟贞，一字石湖，南直高淳人。明季诸生，"少好学，能文章。弱冠，从海内诸名流游，声誉日隆，为复社领袖。"①入清弃举子业，筑室石臼湖滨，弹琴赋诗，以终其身。王士禛谓明末布衣诗人中："新安吴兆非熊、程嘉燧孟阳……二君之后，当以石湖邢昉为第一人。"② 有《石臼》前后集。

早在崇祯十年（1637），邢昉就被华亭教谕杨文骢（字龙友）延入署中。后来文骢先后升青田、永嘉、江宁知县，直至弘光元年迁兵备副使，分巡常、镇二府，邢昉都在幕中。杨文骢诗画俱佳，是一名才子型的官员，与邢昉诗酒唱和，甚为相得。宾主间互赠之作颇多，邢昉有《杨龙友戎服御盗歌》、《舟行泷中，观龙友为余画泷口图》、《龙友暑雨履行田间，问民疾苦，因谒刘文成墓，赋此送之》、《海上用兵，龙友以永嘉令监军，赋赠》、《龙友军中同于皇穆倩观闽童歌舞》等，并曾为其《洵美堂诗》作序；杨文骢则有《独坐有感因怀邢孟贞（五首）》、《海上观兵和邢孟贞韵》、《夜渡春申浦用孟贞韵》、《鼎儿读书观生凤凰山，孟贞作诗寄怀，亦为和韵，重九前一日也》、《寿邢孟贞和元韵》、《自鹤口登舟，过白岩乌云一带，溪山秀丽在子陵滩之上，舟中杂咏，即以孟贞之韵成之（六首）》等。杨文骢还不遗余力地帮助这位幕友结交诗友同好，如钱谦益称："往得孟贞诗于龙友，喜其如春云溶溶、秋云英英，有可玩说不可揽采之意。"顾梦游亦云："偶与杨龙友品藻时贤，为孟贞屈一指，因订交，晨夕无间，偕游云间。"③ 邢、杨二人长达十年的交往与友情，称得上是明代文士游幕史上的一段难得的佳话。

弘光元年（清顺治二年，1645），清兵突破江北防线，逼近南京，邢昉为避兵乱，辞幕归里。临行前，作《离京口留别龙友职方》诗赠予幕主杨文骢，杨时任常、镇巡抚，诗歌写道：

> 双鹅几日飞，杀气弥中原。十载把予手，绸缪朝与昏。虽阙维世务，眷然中所存。片词抒季布，大业倚刘琨。仗策辞江徼，萧条返故园。岂为牛渚咏，只共渔樵言。麋鹿遂本性，惟思草木繁。仰观平陂

① 《明遗民录》卷7，浙江古籍出版社1985年版，第54页。

② 《渔洋诗话》卷中，《清诗话》上册，上海古籍出版社1978年点校本，第189页。

③ 顾梦游：《石臼集原序》，《石臼前集》卷首，《四库禁毁书丛刊》，北京出版社1997年影印本，集部，第51册，第4页。

运，反复敢深论。多垒逼江左，西郊角正喧。离情视流水，游子停车辕。殷勤一书札，相望寄兰荪。①

首联"双鹅"句语出《晋书·五行志》，喻兵乱之象，诗歌开篇即渲染出危机四伏的紧张气氛。诗人在杨氏幕中共做了近十年的幕宾，"十载把予手，绸缪朝与昏"，正是宾主间深挚友情真实的写照。如今一朝分别，一个"仗策辞江徼"，一个"萧条返故园"，黯然与失落是必然的，但作者努力淡化这种离别的哀愁，而以归隐田园之意示之。在大敌当前，本不应如此消极遁世，但诗人久在幕府，自然也深悉朝廷的腐朽无能，知道纵有忠臣义士也无补于事。"仰观平陂运，反复敢深论"，即含有以时世的盛衰兴亡来劝谕幕主的苦心，然而杨文骢已为封疆大吏，担负着守土之责，他只能欲言又止。诗人把幕主比作"季布"、"刘琨"，一方面，杨文骢虽为弘光权臣马士英之妹婿，但确有真才实学，吴伟业《画中九友歌》称赞文骢"阿龙北固持戈矛，披图赤壁思曹刘"②，陈子龙《杨龙友淘美堂诗集序》一文也竭力形容杨氏的诸才兼备："初见其绘事，上掩李、黄，近匹沈、董，而服其艺；已见其词章藻丽，歌咏明逸，而逊其敏；既见其芝田、永嘉之治行，清惠可师，而式其政；又观其挽强驰骏，矢无虚发，而畏其勇；及与谈济世之事，智略辐凑，意思宏深，而叹其未可测量"。③ 季布为项羽帐下大将之一，勇冠三军，刘琨以恢复晋室为己任，闻鸡起舞，也是一代奇士，邢诗以他们作比，显然含肯定推许之意；另一方面，楚亡汉兴，季布髡钳为奴才逃过追捕，刘琨则功败垂成，身死异乡，这里面便又有了另一层警示的意思。全诗含蓄蕴藉，意在言外，实为南明离别诗中难得的优秀之作。

清兵南下肆虐时，邢昉虽逃过一劫却生活无着，在给门人汤之孙的书信中，他无奈地写道："生还差慰，生理茫然，囊橐萧条，不免饥寒

---

① 邢昉：《石臼前集》卷2，《四库禁毁书丛刊》，北京出版社1997年影印本，集部，第51册，第29页。此诗当作于弘光元年五月，汤之孙《邢孟贞先生年谱》记云："五月北师渡江，避兵归里"，与诗中"萧条返故园"相合。

② 《吴梅村全集》卷11，上海古籍出版社1990年版，第289页。

③ 《安雅堂稿》卷1，《陈子龙文集》，华东师范大学出版社1988年影印本，下册，第29—30页。

矣。"① 为了养活家小，诗人不得不入清观察使王子京幕②。杨文骢兵败南京后，继续坚持抗清。唐王朱聿键在福州即帝位，改元隆武，拜文骢为兵备侍郎兼右佥都御史，提督军务，后又进浙闽总督。隆武二年（1646，清顺治三年），清兵入闽，文骢被执，不屈遇害，时年五十。顺治八年（1651），邢昉于好友杨日补家中看到昔日幕主所绘的"云山图"，伤感不已，其《题杨日补所藏杨龙友画云山图》诗写道：

> 君家堂上开云烟，乍披忽睹心惘然。画者何人此好手，故人已没今五年。故人昔为永嘉宰，谢客山川宛相待。仙岩谷口睇烟霏，玉甑峰头眺云海。往往挥洒作画图，岩峦突厄茆堂孤。即如此图极潇洒，松风仿佛闻笙竽。斯人历落多情兴，君与结交非异姓。绘事同夸杨契丹，两家笔迹堪相竞。写罢远山偶未闻，君为点染颠崖间。图成价已等尺璧，摩挲涕下空潺湲。生前粉绘人争取，死后声名尤冠古。可怜埋骨竟茫茫，四海九州无寸土。忆昔为我一挥云山小屏嶂，缥缈龙湫与雁宕。正与此图相颉颃，吞声想象一惆怅。③

当诗人乍见此画时，便怦然心动，似曾相识，知道作者后，不禁睹物思人，心潮澎湃。这时距杨文骢遇难已经有五年了，幕主昔日以身殉国，彪炳史册，却尸骨无存，实在令人扼腕。只是如今天翻地覆，江山易主，诗人除了"吞声想象一惆怅"之外，又能做什么呢？

彭士望

彭士望（1610—1683），本姓危，字躬庵，又字达生，江西南昌人。"明季以诸生游公卿间，名籍甚，少自负，不屑为庸人"，唯兄事同乡欧阳斌元（字宪万）。父亲彭晢临终时嘱其当以黄道周为师，即北上谒之。甲申后，兵部职方司主事杨廷麟起兵，士望"为募兵于九江"。弘光元年

---

① 汤之孙：《邢孟贞先生年谱》，北图年谱丛刊，第 66 册。

② 《年谱》记云："三年丙戌，年五十七，在白门观察王子京署中，……四年丁亥，年五十八，复居王子京署中，选明二十家诗集，定宋梅圣俞、朱元晦五言古诗。是年冬，弟亚贞亡，先生抚二侄如己子，老妻弱儿，困苦备尝矣。五年戊子，年五十九，同子京入楚，历游鄱湖、匡庐、黄鹤楼、赤壁、大别山，有《江上诗刻》一集。""子京"疑为字，其人待考。邢昉作有《同子京观察登九江城南楼晚眺，即晋征西将军庾亮宴赏处》，《石臼后集》卷1，《四库禁毁书丛刊》，北京出版社 1997 年影印本，集部，第 51 册，第 206 页。

③ 《石臼后集》卷 2，《四库禁毁书丛刊》，北京出版社 1997 年影印本，集部，第 51 册，第 215 页。

(1645）春，"阁部史可法督师扬州，招士望。时斌元亦先在，士望至，则进奇策，请用高、左兵夹攻，清君侧之恶，斌元助之。可法骇曰：'君年少气锐，果尔，得为纯乎？'"① 从此疏远两人，他们只得辞幕离开。不久，为避兵乱，彭士望和家人逃至宁都，与魏禧、魏际瑞、魏礼三兄弟以及林时益、李腾蛟、邱维屏、彭任、曾灿等九人躬耕自食，论道讲学于易堂之所，称"易堂九子"。中间曾一度应杨廷麟之招，赴赣州监护诸军，"再命湖东"。廷麟遇害后，原明兵部尚书田仰"强欲属以兵事同赴赣，不从，返翠微山，就诸子易堂"②。易堂九子皆善古文，彭士望之文"务以理气自胜，不屑屑古人之法"③，"气和而锋不可犯"④。著作有《手评通鉴》、《春秋五传》、《耻躬堂集》等。

清兵南下，神州陆沉，对于但凡稍有故国之念的知识分子而言，无不是一种惨痛的人生经历，而像彭士望这样曾效力于南明幕府、亲履其境的士人，此种痛楚比之旁人则更为深刻。在与友人的书信中，彭士望屡屡提及自己劫后余生的感慨："甲申后，江南督师之起，望未尝不在其侧，所与游王侯将相以至布衣徒卒、方外之士，其死者尝数百十人，而望卒未死。"⑤ "所与游道德经义、文章姓名著海内者不下数百十，其人王侯将相以及布衣徒卒、方外士，变乱以来，死丧略尽，俱不肯以牖下首丘自局死所。弟耻后之用，不敢宁居，弃家率野，穷年道路，世之人罕不以为怪。"⑥ 身处易代的人们还往往会有隔世之感，彭士望在回忆起自己和欧阳斌元的游幕经历时云："敝友兄欧阳宪万游史、吕二公间，……仆时被姜燕及先生以撰文召，辞不应。后更荐宣谕，辟淮南幕府，未几谢归，今

---

① 陆麟：《彭躬庵先生传》，《耻躬堂文钞》卷首，《四库禁毁书丛刊》，北京出版社1997年影印本，集部，第52册，第7页。

② 彭士望：《耻躬堂诗集自序》，《耻躬堂诗钞》卷首，《四库禁毁书丛刊》，北京出版社1997年影印本，集部，第52册，第187页。

③ 魏僖：《耻躬堂文钞叙》，《耻躬堂文钞》卷首，《四库禁毁书丛刊》，北京出版社1997年影印本，集部，第52册，第3页。

④ 锁绿山人：《明亡述略》卷2，《台湾文献丛刊》，台湾银行经济研究室1972年标点本，第244种，第37页。

⑤ 彭士望：《与李元仲书》，《耻躬堂文钞》卷2，《四库禁毁书丛刊》，北京出版社1997年影印本，集部，第52册，第31页。

⑥ 彭士望：《与陈君任书》，《耻躬堂文钞》卷1，《四库禁毁书丛刊》，北京出版社1997年影印本，集部，第52册，第24页。

皆梦游前世事矣。"① 既真切如见，又恍然如梦，伤痛感与幻灭感交织在一起，构成了包括彭士望在内的众多南明游幕士人的集体记忆。

在很多情况下，诗歌成为他们一种重要的宣泄途径。和侯方域、韩绎祖、邢昉一样，彭士望也写有不少悼念幕主的诗作，如《哭杨机部相国（三首）》之一：

> 先生社稷臣，久绝身家想。妇死未及葬，儿孤不自养。彭咸一相从，天地色凄漽。惭负国士知，俾公独泉壤。②

《过雩都悼杨机部先生，丙戌七月于此奉别》：

> 楼船吹角拥牙旗，相国当年此出师。一别遂成千古恨，寸心难报十年知。鱼龙腠（腾）水空怀赋，兰蕙生洲不忍诗。犹记论才当暑夜，呼子执手问谁宜。③

杨廷麟之于彭士望而言，既是举主又是幕主，长期的交往更是结下了深厚的情谊，士望极为钦佩其弃家报国、舍生取义之举，并曾冒着风险，解救过杨氏遗孤。④ 诗人在两首诗歌中除了肯定杨廷麟的义行外，对他的信任与知遇之恩也是深怀感激、无法忘怀，甚至因未能追随地下而感到惭愧。

至于另一位幕主史可法，虽然彭士望实际在幕时间并不长，甚至有些话不投机，但其以身殉国的忠烈之举，仍是他所敬仰的。在《虔州感旧》一诗中，他将史、杨二人并列而颂之：

> 七年三度虎头城，胜败何常弈数更。却笑兔孤（狐）奔大将，空怜雀鼠殉中丞。报韩始难家先破，相蜀多艰命亦倾。他日史杨宜合

---

① 彭士望：《与胡致果书》，《耻躬堂文钞》卷3，《四库禁毁书丛刊》，北京出版社1997年影印本，集部，第52册，第52页。

② 彭士望：《耻躬堂诗钞》卷1，《四库禁毁书丛刊》，北京出版社1997年影印本，集部，第52册，第194页。

③ 彭士望：《耻躬堂诗钞》卷3，同上书，第203页。

④ 《小腆纪传补遗》卷4载："杨廷麟之殉难也，以孤属宁都彭锟；及宁都破，锟自缢死，孤为兵所掠，士望解衣赎之归。"

传，大江南北两先生。①

彭士望在后来的许多文章中都讲求节烈、力辨忠奸，不能不说是受到这两位幕主潜移默化之影响。

作为许多历史事件的亲历者，当这些南明幕客重游故地时，感慨自然也远比其他人来得深沉。彭士望作有《同韩茂贻客广陵访中都王山癯，次茂贻韵》一诗，即是他与昔日幕友韩绎祖同游广陵时的唱和之作，诗歌写道：

> 寒食春城思渺茫，逢君风雨共他乡。江淮酒市歌相泣，苕霅烟波老更狂。百尺卧楼空在望，一亭挂剑向谁偿。最怜家傍园陵住，独有冬青对夕阳。②

诗题中的王山癯曾做过刘泽清的幕客，三人都是当年扬州失守、弘光覆灭的见证者，此时于风雨之中聚首在广陵，忍不住悲从中来，且歌且泣，真是抚今追昔，情何以堪！全诗萧骚凄怨，摧伤悲慨，充满了难言的亡国之痛。

应廷吉

应廷吉，字棐臣，浙江鄞县人，天启丁卯（1627）进士，授砀山知县。"史可法督师扬州，御史左光先荐其才，擢淮安府推官，赴军前为监纪；与黄日芳、陆逊之、刘湘客、张鑽、纪允明等并事幕府，一时称得人。"廷吉本有官职，属奏调入幕，他"精天文，用勾股三式之学，可法倚之"③。清军兵围扬州时，史可法命令他移取泗饷，缒城出，故于城陷时，得免于难。

作为史可法幕下重要的谋士之一，应廷吉"主幕中事最悉"，并将自己的幕府经历与见闻撰成《青磷屑》一书，它不仅是研究南明历史所必备的文献，而且叙述生动，文笔精妙，具有较高的文学价值。如记许定国杀高杰事云：

---

① 彭士望：《耻躬堂诗钞》卷3，《四库禁毁书丛刊》，北京出版社1997年影印本，集部，第52册，第203页。

② 同上书，第202页。

③ 温睿临：《南疆绎史》卷8，《台湾文献丛刊》，台湾银行经济研究室1972年标点本，第132种，第118页。

莫吾至睢州，扎营二十里外，悬王命旗于城堙；令曰："无故而入城者，视此。"兵民安堵，秋毫无犯。翌日，莫吾率亲信精锐之三百人入睢州城，许定国素服角带候迎二十里外，执礼甚恭。有千户某者，拦马投词云："定国谋汝。"莫吾不之信，马前责六十棍，送定国营；许即枭示。莫吾遂与定盟，歃血钻刀，结为兄弟。定国以美姝进，英（莫）吾屏不御；徐谓许曰："行军之月，无所事此。弟如有心，为吾畜之！扫□（缺字）中原，以娱吾老。"定国唯唯而退。

兴平意欲急行，定国迟迟不果。兴平诘之，定国曰："山妻偶恙。"兴平愠曰："弟，人杰也；何无丈夫气？儿女子愿去则去；否则，杀之，以绝他念。前途立功，惟君所欲。倘濡忍不能，吾当为君除之。"定国惊曰："此末弟结发，非他妇比。当即随行，幸勿见罪。"定国为上灯之酌，已则侍饮于兴平，令伊弟许泗陪宴诸将，各侑以妙伎一人。饮半酣，诸将觉其有异，密告兴平曰："今日之宴，大非昔比。伊弟许泗，神魂不安，将毋怀不仁乎？"兴平笑曰："尔等以定国为虎狼耶！吾视之，直蝼蚁耳。"诸将再欲进言，兴平挥之而退。遂各畅饮，人挟一伎，不自知其落于彀中也。兴平寝室无宿将健儿，止髫髻之童数辈；所用铁棍重十八斤，诡称四十斤，每以自随。漏将残，前后左右长枪丛集。小童急报，兴平急起索铁棍，失之矣；犹夺他人之枪，步战达旦，连杀数人而毙。三百人尽皆开膛，身首异处，觅一全尸不得也。次日亭午，城外将士约略闻之，犹未敢入。越三日，李本深等始率众至，定国已渡河北向矣。睢城接壤屠戮几二百里，所至之处飞走皆刑。①

兴平伯高杰与河南总兵许定国本有旧怨，此时面对连续的示警，居然充耳不闻，已入险境，仍放言无忌，其狂妄糊涂，实在可悲可叹！而许定国则是再三隐忍，时机一到，立刻翻脸无情，其奸险阴鸷也使人不寒而栗。此段文字对南明军队内部相互残杀的描述，让人印象深刻。

由于廷吉与史可法相处甚久，记幕主言行举止，最为翔实生动，如写其与部下同甘共苦："乙酉元旦，大风拔木，积雪数尺。自腊迄春，阴凝不霁。白洋河干，聊为锦蕞；飘洒浸润，竟不成礼。阁部以粮饷不前，诸军饥馁；断荤绝饮，蔬食啜茗而已。"叙其勤于政务，不惮辛劳："史公

---

① 《青磷屑》，《台湾文献丛刊》，台湾银行经济研究室 1972 年标点本，第 240 种，第 16—17 页。

勾当公事，每至夜分；隆冬盛暑，未尝暂辍。且恐劳人，略不设备员役，倦怠独处舟中。参伍有言宜加警备者，公曰：'有命在天，人为何益！'坦然如故。"盱眙被清兵围困时，史可法赶去救援，"单骑当先，不避风雨。忽报盱眙已降，泗州降将侯方严全军败没，浮桥亦陷。公一日一夜，冒雨拖泥奔至扬州，尚未得食"。真可谓赤胆忠心、鞠躬尽瘁、死而后已。与此同时，作者对史可法性格上的缺点也并不讳言，如记高杰遗孀邢氏欲让子认史可法为义父之事云：

> 高藩邢氏夫人虑稚子之孤弱也，恐独立不足以有成，知阁部无子，欲为螟蛉。公怪之；谋诸将佐金曰："无伤。"公心不然，毅形于色。辄有献策者曰："是不难，渠系高氏，有高监在；公盍为之盟，令父其父、子其子。"公可其议。次日，邢夫人设宴，将吏毕集。公备隆意，语高监。监忻诺，受其子拜。邢夫人亦拜，并拜公。公不受，环柱而走，高监止焉。宴毕各散。又明日，高监设宴宴公，并宴高世子。公甫就坐，令小黄门数辈俱围有衣蟒者，挟公坐，不得起；令世子拜，邢夫人亦拜，以父称之。公无可奈何，勉强尽欢，怏怏弥日。

高杰既死，身为督师的史可法本应对其余部主动笼络，收为己用，将来或可为臂助，如今一个很好的机会摆在面前，他却顾虑重重，逡巡犹豫，被迫成礼后，仍然"怏怏弥日"，其胸襟可谓窄矣。应廷吉对史可法一些战术上的失误也秉笔直书，并不隐晦："北兵未集时，刘肇基等请乘不备，背城一战。公曰：'锐气不可轻试；且养全锋，以待其毙。'不知坐失事机。及北兵从泗州运红衣炮至，一鼓而下，肇基率所部四百人巷战而死。"对于史可法的作为，与廷吉同处幕中的王之桢亦云："使其立朝为太平宰相，嘉猷鸿议，岂出欧阳文忠公下哉！惜乎生不逢时，阳九遭厄。"① 看史可法的种种表现，他确实只是一个太平宰相的人选，缺乏雄才大略和果敢决断的气魄，应廷吉的《青磷屑》可以帮助后世更好地解读一个真实的史可法。

阎尔梅

阎尔梅（1603—1679），字用卿，一字调鼎，号古古，又号白耷山人、蹈东和尚，南直沛县人，崇祯庚午（1630）举人。甲申之变后，"赴

---

① 王之桢：《跋史师相乞闲咏叙》，《史可法集·附录》，上海古籍出版社1984年版，第132页。

史可法之聘，参军事，首劝渡河复山东，不听。"后又请开幕府于徐州，
"号召河南北义勇"，也没有被采纳。"及可法殉节，尔梅走淮安，就刘泽
清、田仰，画战守策，复不听。"清凤阳巡抚赵福星遣人来招，阎尔梅
"痛哭谢之"。又一度"复走山东，联络四方魁杰，谋再举"，事不成，遭
到清廷搜捕，"弟尔羹、侄御九皆就逮，妻、妾同自缢"。阎尔梅"托死
夜遁，变名翁深，字藏若，历游楚、蜀、秦、晋九省"①，并与顾炎武、
傅山等相交结。晚年见大势已去，恢复无望，这才回归乡里，常使酒骂
座，卒于家，享年七十七岁。终其一生，阎尔梅都在为复明事业而奔劳，
方文《赠阎古古丈》诗云："先生意气慨以慷，报韩欲效张子房"②，乃
是真实的写照。然而，他生不逢时，屡屡碰壁，壮志未酬，为人又豪迈不
可一世，故所作诗歌，往往直抒胸臆，放笔无忌，后世评云："诗有奇
气，每近粗豪。"③"独工七律，对仗极齐整，时有生气，亦颇能造警句，
惟粗率廓落处太多耳。"④ 有《白耷山人集》。

　　作为一名个性十足的文人，阎尔梅喜欢发表独立之见解，从不人云亦
云。在文学主张上他反对作为科举"敲门砖"的八股制义，其《近稿自
序》称："余好为诗与古文词，而不好为制义。夫制义本朝之功令也，上
以此取士，下以此致身，虽不好，其可得乎？然余于近科房中，有负重名
以宏声艳采倾天下耳目者，悉置之。独喜读先辈大家，自洪、永以暨庆、
历，凡集文数万，而手自注评，珍藏特甚者，亦数千有奇。然则余不好为
制义者，乃不好彼之所谓制义非我之所谓制义也。"⑤ 从这段文字，我们
亦不难感受到作者博采众长，志向宏远。当国家濒亡之际，阎尔梅用世之
心更加强烈。在接到史可法邀请入幕的聘书后，他曾专门赋诗二首答之，
诗云：

　　　　风冽霜高撼鼓鼙，黄河涛与太行齐。渗珴当日轮玄豹，滇泽何
　　年贡碧鸡。筑馆将求千里骨，封关好借一丸泥。煌煌聘檄来天外，择
　　木良禽慎所栖。

① 《清史稿》卷 500《阎尔梅传》，中华书局 1977 年版，第 13820—13821 页。
② 方文：《嵞山续集》卷 2，《续修四库全书》，上海古籍出版社 2002 年影印本，集部，第 1400
　　册，第 243 页。
③ 沈德潜：《明诗别裁集》卷 10，中华书局 1975 年版，第 117 页。
④ 朱庭珍：《筱园诗话》卷 2，《清诗话续编》，上海古籍出版社 1983 年版，第 2363 页。
⑤ 阎尔梅：《白耷山人文集》卷上，《续修四库全书》，上海古籍出版社 2002 年影印本，集部，
　　第 1394 册，第 494 页。

骄蹇岩栖懒就征，满天风雪护坚冰。人皆小草讥安石，我故狂奴托子陵。道蹜何妨衣百结，雄谈聊复酒三升。高阳揖客为公重，莫使军门怪未曾？①

与南明初期许多游幕之士一样，阎尔梅满怀恢复河山的热情，两首诗歌都没有习见的客套之语，开篇即以自然界的波涛险恶与风雪严寒来形容当前局势的危急，而又以"良禽"、"狂奴"自许，直接表达了效力军前，为国分忧的迫切愿望。

扬州失守、南京陷落，弘光朝廷成立不到一年就灰飞烟灭了。游幕文士在南明覆亡后，常常通过诗歌的形式对幕主进行悼念。但与史可法幕下其他幕客怀念故主多表其忠烈不同②，阎尔梅对史可法未采其议始终不能释怀，曾作长篇《惜扬州》，引曰："予劝阁部西征，徇河南，不听。劝之渡河北征，徇山东，又不听。一以保扬州为上策。盖公左右用事诸人，家悉在南中故也。未几而扬州破矣。公之死与不死固未可知。扬州之惨则深有可惜者，作《惜扬州》。"《惜扬州》为七言古诗，全诗八十句，五百六十字，内容可一分为三，第一部分写道：

扬州今古称繁丽，本朝输转吭喉地。时当南渡守长江，阴雨更勤桑土计。议守长江先两淮，守淮先自河南议。河南江淮之上流，河南不守江淮弃。渡河径北是山东，江淮北藩于此寄。恢复中原岂易言，大抵两河均首事。史公督师入彭城，两河义士壶浆迎。人心如此即天意，命将西征或北征。缟素临戎直且壮，两河义士悉精兵。西收群塞图函谷，北联济邺指神京。左右有言使公惧，拔营退走扬州去。两河义士雄心灰，号泣攀辕公不驻。

诗歌细致分析了两淮、河南的地理位置，它们与扬州其实唇齿相依，

---

① 阎尔梅：《答史道邻阁部》，《白耷山人诗集》卷6，《续修四库全书》，上海古籍出版社2002年影印本，集部，第1394册，第327页。

② 姚康：《忆史相国》："十年推赤尽心忧，台阁生风遥壮酖。无下儿童知司马，谁问精魂贯斗牛。群生不造唯天命，一傅困难腾众咻。鼎沸未能成席倦，不无遗恨双婆眸。"转引自邓之诚《清诗纪事初编》卷1，上海古籍出版社1965年版，第113页；周岐《吊故相国史道邻先生》："举目河山势已更，当年百战此危城。恨留一矢浮图著，臂刺孤忠血迹明。掷杖长怜夸父没，挥戈难起鲁阳生。相看惟有庭前柏，犹宿栖乌向我鸣。"载《明诗纪事》辛签卷16，上海古籍出版社1993年版，第3195页。

欲守扬州，必守两河。所以当史可法挥师入徐时，"两河义士"对他寄予了厚望，壶浆相迎，若能在彭城建立根据地，向西可图关陕，向北可图京师，然而仅仅"左右有言"，便让史可法心生惧意，不敢久留，拔营而去，这让义士们心灰意冷，但即使"号泣攀辕"，史可法也拒绝留驻。诗歌的第一部分对幕主缺乏战略眼光和轻信人言提出了尖锐的批评。

> 公退扬州予奈何，携家远遁下邳阿。下邳人说扬州信，愤极无音涕泗沱。伤哉胡骑渡河南，杀人惟独扬州多。扬州习尚素骄奢，屠侩伦奴裤绛纱。廛市利秋耕稼嫩，贵介群争煮海艖。炊异烹鲜陋吴会，园池宅第拟侯家。绮筵歌妓东方白，画船箫管夕阳斜。扬州巨商坐金穴，青镪朱镠千担列。舳舻潮汐喧惊雷，开关唱筹中外彻。扬州游览竞文章，芜城短赋割离肠。谢公棋墅梅花岭，永叔诗勒平山堂。扬州仕宦众眈眈，廉者不来来者贪。铨部门前悬重价，夤缘蚤夜不知惭。扬州女儿肌如雪，珠翠罗纨恣媒嬻，深闺初未识桑蚕。碎剪犹嫌机匠拙，快意不从勤苦来。暴殄徒增脂粉蕈，一朝旗纛广陵飞。笳鼓声悲箫管歇。鸣刀控矢铁锋残，僵尸百万街巷填，邗沟泉流京观埋，乱漂腥血腻红湍。掠尽巨商掠贵介，裘马郎君奔负戴。缯帛银钱水陆装，香奁美人膻卒配。妇男良贱苦鞭疮，疾驱枯骨投荒塞。死者未埋生者死，鸭绿江头哭不止。

诗歌的第二部分一开始即表明诗人因对史可法彻底失望，不愿追随其去扬州，而是退居下邳，所以"扬州十日"的情形是由逃归的当地人口述而来。在诗人看来，清兵南下，"杀人惟独扬州多"不是没有缘由的，扬州承平既久，人们已经过惯了富丽豪奢、安居享乐的日子，它不是一座英雄豪杰的城市，完全不足以抵挡北方凶猛的"胡骑"。那令人发指的屠城、惨无人道的杀戮无情地降临在普通百姓身上，清兵不仅在城中烧杀掳掠，奸淫，而且还将大批人口驱赶至塞外，这场浩劫彻底摧毁了扬州的繁华。

> 长江全恃两淮篱，篱破长江今已矣。与其退守偾功难，毋宁决战沙场里。谁实厉阶问苍天，谋之不臧祸至此。公退扬州为公羞，公死扬州为公愁。死与不死俱堪惜，我为作歌惜扬州。①

---

① 《阎古古全集》卷5，民国八年铅印本。

诗歌的最后一部分以议论作结，当许多文人为史可法的殉难表示哀悼时，作者却坚持认为史可法的一味退守、不思进取的决策失误才导致了扬州惨剧的发生，所以毫不留情地写道："公退扬州为公羞，公死扬州为公愁"，诗人的"惜扬州"不是怜惜、可惜，是一种可以让人发尽上指的痛惜！

这首《惜扬州》以铺陈的笔法写尽扬州的繁华豪奢，反衬清兵屠城之惨，进而批判史可法守扬之策的失当。阎尔梅另有《庐州见传奇有史阁部勤王一阕，感而志之》，诗云："元戎新帅五诸侯，不肯西征据上游。今夜庐州灯下见，还疑公未死扬州。"① 表达的也是类似的感慨。关于史可法的是非功过，学界一直存在较大的分歧。客观地说，朝代的兴替是各种复杂因素共同作用的结果，并非只是一两个人物所能左右的，但史可法在战略运用与执政方式上确实存在较大的缺陷，对弘光政权的迅速覆灭亦应承担一定的责任。

谈迁

谈迁（1594—1657），原名以训，字仲木，号射父，浙江海宁马桥人。后改名为迁，字孺木，号观若。谈迁素以明清之际的重要史家而闻名，但他同时也是南明时期一位重要的游幕文人。

谈迁的游幕生涯始于崇祯十四年（1641），他的第一位幕主是时任南京户部尚书的张慎言，入幕则是得到了曾官左军都督同知的张道濬的推荐②。张慎言与谈迁一见如故，宾主相处甚为融洽，两人"共案而食，好对月落影，……欢极上下。"③ 谈迁作有《迎春曲》一诗，题注："壬午人日迎春，尚书张藐山先生贻饮市楼上。"诗云："晓光通万国，先得到江城。人日交初朔，卿云丽上京。尝新挑菜甲，索笑嗅梅英。赋客多留滞，春声候鸟鸣。"④ 笔触明丽轻快，可以想见诗人当时愉快的心情。张慎言离任时，又竭力将谈迁推荐给继任南京户部尚书的高弘图与时任南京兵部尚书的史可法，称他"博雅善料事，可辟记室"⑤，并曾专门给高写信称道自己的这位幕客："弟出山五年，取友自年兄外，亡逾此生。"⑥ 于

---

① 阎尔梅：《白耷山人诗集》卷8，《续修四库全书》，上海古籍出版社2002年影印本，集部，第1394册，第435—436页。

② 谈迁：《寄张都督书》，《谈迁诗文集》卷3，辽宁教育出版社1998年版，第144页。

③ 谈迁：《题冢宰张藐山先生手札》，同上书，卷5，第269页。

④ 同上书，卷1，第27页。

⑤ 谈迁：《入幕记》，同上书，卷4，第197页。

⑥ 谈迁：《题冢宰张藐山先生手札》，同上书，卷5，第269页。

是，谈迁成功入高弘图幕。谈迁对幕主张慎言是深怀感激的，其《感别张藐山先生》写道："公卿不下士，况我在泥途。吐握加前辈，观摩掖后儒。"① 张慎言对布衣之士能另眼相看，并想方设法地提携后进，其礼贤下士的风范与那些"公卿"之流形成鲜明对比。

经过一番曲折后，甲申四月末，逃难至淮安的福王朱由崧赴南京就任监国，史可法等一班重臣分别前往淮安、仪征迎驾，二十九日朱由崧乘船抵达燕子矶，五月初入南京城，也在迎候队伍中的谈迁作《甲申五月迎銮》，诗云：

> 欢声雷动吏民同，犹是讴吟玉帛中。白水真人原帝籍，大横佳兆本天宗。永踞建武狗遗迹，虎踞龙盘踵旧风。好上新亭休洒泪，夷吾江左有诸公。②

此诗大概作于四月二十九日，全诗表现了当日南京从官员到百姓拥立新君的高涨热情和诗人对未来政治图景的美好想象。就当时有资格继承大统的人选而言，朱由崧为神宗嫡孙，在亲疏伦序上最为合理。特别需要指出的是，谈迁是当时立君问题的亲历者，他曾记载：四月十四日史可法、张慎言、高弘图、姜曰广、吕大器等集议监国，"高、张之意属于洛阳（指福王，原封洛阳）；史颇不然之，意在卫辉（指潞王，原封卫辉府）。恐北耗未确，逡巡未决"。至二十七日，"史尚书之手札至，意专卫辉。寻又札云：'洛阳、卫辉并南下，当拊阉孝陵之前'云云。亡何，总督凤阳马士英书来，奉福王发淮安，将及矣。即日守备南京太监韩赞周出迎。二十九日，王舟泊燕子矶，诸公驰候"③。谈迁的两位幕主在继统之争中，都是主张立福王的，身为幕客的谈迁在其中有何建言及发挥什么作用不得而知，但从此诗看，谈迁也是非常赞同拥立福王的，并认为有史可法、高弘图诸人，堪比管仲之贤，因此不必学东晋新亭洒泪之举，他对形势的估计未免太过天真了，也说明当时南明洋溢着一种不切实际的乐观情绪，对危机四伏的局面缺少足够的警惕。

弘光新朝成立后，高弘图任礼部尚书兼东阁大学士，他对谈迁颇为赏识，欲推荐其入仕，不料却遭到这位幕客的拒绝。关于此事始末，谈迁有

---

① 谈迁：《题冢宰张藐山先生手札》，卷1，辽宁教育出版社1998年版，第28页。

② 谈迁：《谈迁诗文集》卷1，第53页。

③ 谈迁：《枣林杂俎》仁集"定策本末"条，中华书局2006年版，第101页。

详细的记载："甲申五月高胶州拜相，即语余曰：'近日草创，须置中书，亦徇情否？'余对曰：'中举方始，何言徇情。'相国曰：'若然，当荐足下。'余曰：'国家之祸，书生之荣，万不敢当。'相国色沮。余乃曰：'某岁贡亦近，何藉此为？'相国曰：'中书应举，亦不碍也。'自后相国屡以为言，屡辞谢。相国曰：'足下忧贫耶？裘马之费当少助，岁润亦可得二百金，勿忧匮矣。'至八月属余草疏。既脱稿，语余曰：'今日且填足下名。'余力辞，相国曰：'不佞虽去国，必以足下属相厚者，勿虞日后。'余曰：'士固有志，向尝言之矣。某在幕少效尺寸，非敢有他望。'相国曰：'然则足下亦为家计乎？'对以'分骨一具第安之耳'。因泣不自胜，相国默然而退。"①

高弘图推荐谈迁去担任的"中书"一职，即中书舍人，明代中书舍人分为三类：中书科舍人，制敕、诰敕舍人（简称"两房舍人"），文华殿、武英殿舍人（简称"两殿舍人"），从入选资格来看，中书科舍人与两房舍人要求较高，大多由科举"正途"出身，两殿舍人则大多由"杂流"出身②。谈迁之前，有不少的游幕文人即经由此任步入仕途，著名者如周天球、潘纬等，身为南明东阁大学士的高弘图之所以能够进行推荐，是因为明中期以后，内阁大臣往往将两房、两殿舍人视作自己的属官，甚至还垄断了人员的挑选。而谈迁为一介布衣，所能担任的职位应属于"两殿舍人"中的武英殿舍人，因为只有这一类舍人才允许"白衣"担任。值得注意的是，尽管"九流"入仕的中书舍人一般不能外调其他京官，但可加衔加禄、带衔办事，而且据高弘图所言，中书舍人一职"岁润亦可得二百金"。

从谈迁的记载，亦不难看出，大学士高弘图推荐谈迁实出于至诚，并且努力打消其种种顾虑，如此难得的机遇，谈迁为何一再加以拒绝，乃至"泣不自胜"？毕竟，受客观条件的限制，明代文人入幕很难有政治上的出路，当这样一个常人看来非常难得的入仕良机出现在面前时，谈迁却不为所动，这让幕主高弘图觉得不可思议。谈迁坚拒为官一事，是很值得我们认真分析的，笔者认为，谈迁之所以拒绝这一"美差"，原因有如下数端：

其一，谈迁并不热衷仕途。根据现在文献，谈迁只参加过一次乡试，

<hr>

① 谈迁：《高相国拟荐中翰泣谢》，《谈迁诗文集》卷1，辽宁教育出版社1998年版，第54页。
② 颜广文：《明代中书舍人制度考略》，《华南师范大学学报》1999年第6期。

在乡试失利后，他便自认"才笃"而"自放田间"①，也就基本放弃了科举。谈迁在推辞时曾表示："某岁考亦近，何藉此为？"高弘图则指明两不相碍，可见所谓岁考云云不过是托词而已。其二，"美差"其实不美。中书科舍人与两房舍人均有机会参与朝廷的行政决策，两殿舍人则纯粹抄写文书而已，至于白衣出身的武英殿舍人仕途迁转最为无望，"由白衣办事者，六年给冠带，又三年授序班"②。这对于已年过半百的谈迁而言，实在是缺乏吸引力。其三是与宿志不符。谈迁的平生志向是纂修国史，他自称"少读国史，辄仰名阀，谓安得身至浦阳，搜其遗范"③，显然很早便将主修元史的宋濂（宋为浙江浦江人，浦江旧称浦阳）视作自己的人生楷模。黄宗羲亦云："（谈迁）初为诸生，不屑场屋之僻固狭陋，而好观古今之治乱。其尤所注心者，在明朝之典故。"④ 高弘图也在《枣林杂俎序》中点出这位幕客的兴趣所在："谈子孺木有书癖，其在记室，见载籍相饷，辄然色喜。或书至猥诞，亦过目始释，故多采撷。"⑤ 作为幕客，虽不免翰墨之劳，但毕竟有较多的自由空间，而一旦进入官场，俗务缠身，难免身不由己，无法将时间与精力投入到自己钟爱的修史事业中去。最后，是对时局的绝望。谈迁在弘光初创时，一度抱有"中兴"的幻想，他曾描述其初见福王的景象："初迁闻王谒陵，出朝阳门外，万众伏候。见王乘辇角巾半污旧，手摇白竹扇，有陇亩风，窃心幸之"⑥，把刚登基的福王视作能够卧薪尝胆的君主。但不久，朝政的腐败与混乱就暴露无遗，谈迁后来回忆道："凡海内人望，无不罗织巧诋。贪夫佞人，无不湔洗拔用。票拟前后相反，铨政浊乱无章，而兵政为尤甚，白棍至都，即日可以为大帅。……大抵武弁之扬扬无忌，莫甚于此时，而囊橐尽倾以奉权要，亦莫若于此时也。"⑦ 身处乱政之中，谈迁不仅自己无意为官，甚至力劝幕主辞相去国："今当去有三：主眷也，物情也，事权也，俱阴移矣。"⑧

① 谈迁：《钱而介集序》，《谈迁诗文集》卷2，辽宁教育出版社1998年版，第107页。

② 《明会典》卷5《选官·中书舍人》，《续修四库全书》，上海古籍出版社2002年影印本，史部，第789册，第96页。

③ 谈迁：《与浦江郑维持书》，《北游录·纪文》，中华书局1960年版，第274页。

④ 黄宗羲：《谈君墓表》，《国榷·附录》，中华书局1958年版，第6225页。

⑤ 谈迁：《枣林杂俎》卷首，中华书局2006年版，第1页。

⑥ 谈迁：《枣林杂俎》仁集《逸典》，中华书局2006年版，第102页。

⑦ 谈迁：《国榷》卷103，中华书局1988年版，第6144页。

⑧ 谈迁：《入幕记》，《谈迁诗文集》卷4，辽宁教育出版社1998年版，第198页。

虽然无意于仕途，但谈迁在南京城破后，依然追随幕主高弘图，为弘光王朝尽最后一份努力。南京城破，谈迁与高弘图一起拜访浙江巡抚张秉贞、浙直总督张凤翔，商量对策，其《涉江记》记曰："弘光乙酉五月，故相胶州高公闻警，自姑苏来杭之北关，已闻镇江陷，益忧之。浙抚桐城张氏秉贞口不言兵，逶巡如平日，意可知也。总督浙直棠邑张公凤翔泊塘栖，故相同余登其舟。语及余可与计事，命余入，角巾伏竭（谒）。总督手起之，并坐问迎驾若何。对曰：'迎驾臣职也。事有经有权，国势方危，贵阳相之恶已熟，中外共愤。乘时密奏，得清君侧。下诏悔罪，或可纾旦夕之命。'总督曰：'子诚善计。何以御北敌？'曰：'宋函韩侂胄之首，谢金人罢兵。昨秋遣使通好，沮于贵阳。借其首请罪，……且事急矣。'总督曰：'即密奏，如从驾人众何？'曰：'驾出仓猝，度未众，即众而道多散亡。唐玄宗幸蜀，从官六军，至者千三百人耳。今厚犒所部以图之，何谋不克？'总督辞无兵。曰：'镇江溃卒，纷然而南，出片纸招之即吾兵也。'又辞无饷。曰：'先犒之，徐议其饷，未晚也。'总督叹曰：'子计甚善。如不肖被严旨何？'谓被征且下请室，盖巡抚霍鲁斋先知之者。余曰：'果严谴，则驾帖下，事甚秘，霍中丞何自知之？且诏使未至，转罪为功，时不容失。'总督唯唯，留同张都督、陈都督饮，各别。复留问计安出，具答如前。总督虽深然之，终不敢任。"

谈迁所谓效仿"宋函韩侂胄之首，谢金人罢兵"，实为书生之见。毕竟，南明与南宋所处形势完全不同，金朝已处衰落时期，自顾不暇，实无力南侵，故顺水推舟，达成和议；而满州贵族入主北京后，其吞并天下的野心绝不会因为区区一颗马士英的首级而受到丝毫的影响。不过，与布衣之士积极筹划、献计献策的热心形成鲜明对比的是，包括张秉贞、张凤翔在内的这些封疆大吏在社稷存亡的关键时期的无作为和百般推托，则明显缺少应有的担当和气节，心里只怕早已算计着如何效命新朝了。事实上，二张不久即先后降清，还在清王朝分别升至兵部尚书和工部尚书。而马士英，居然在逃亡之途，"犹骄语如初"，对弘光朝廷的覆灭全然没有丝毫的愧疚。这篇《涉江记》虽无一字褒贬，但对南明诸臣的讥刺仍然溢于言表，字里行间让人感受到作者内心强烈的愤懑。

对于幕主高弘图，谈迁则充满了同情与不舍，他在文末感叹道："噫！故相再涉江，跋履艰难，舆从不戒，或步或舴艋。征途尘汗，忘其饥渴，思与二三同志矢效万一。而我浙台司并贵阳私人，无一遗候。仅直指何纶见枉，又事綦重，未敢深言。……故相仆仆车航间，饮恨拊枕，江南竟无可为矣，悲夫!"① 一位忠心耿耿的老臣为了恢复之计，不顾年迈体衰，风尘仆仆，四处奔波求援，却遍遭冷眼而走投无路，怎么不让人伤感。

经此，谈迁对时局已不抱什么希望，自己也尽到了一个幕客的职责，与故主高弘图凄然分手后，独自回归故里。清顺治十年（1653），谈迁受聘入弘文院编修朱之锡幕，除迫于生计外，主要是利用游幕之机赴北京搜检文献和实地考察。到北京的第二年，他孤身一人，徒步百里，寻访思陵。谈迁"积恨十载"，终于亲见崇祯皇帝朱由检之墓，藏于心底的故国情怀顿时被眼前荒凉的景象深深地触动，他"所至泣拜"，"痛心疾首"②。谈迁没有做过明朝任何正式的官职，并不需要背负"失节"的痛苦与压力，南明的游幕经历让他对弘光小朝廷几乎没什么好感，但他始终对崇祯的自尽深感痛惜。应该说，无论是南明入高弘图幕，还是清朝入朱之锡幕，谈迁都是顺势而为，显得自然而然，没有特别的营求，也没有特别的勉强和抗拒，熟谙历朝掌故的他，早就认识到"秦汉转瞬间"③，因此对朝代更迭表现出很大的包容。南明游幕文人中有相当一部分志在恢复，矢志不移，还有一部分则对局势有着更为清醒的判断，像谈迁已看出国势不振、大厦将倾，无论是史可法，还是高弘图、张慎言，都无法挽狂澜于既倒，这从他力劝幕主解组归田和拒绝为官即不难发现。谈迁的襟怀眼界与人格操守，与明清之际的一般游幕文人明显大异其趣，他似乎更加平静坦然地接受自身乃至整个国家、民族的这种命运。应该说这与谈迁个人的人生定位有关，他很久之前就立志成为史家，因此他甚至比一般的游幕者更加珍惜自己的生命，这倒并非是惧怕死亡，而是对于一位史家来说，他活得越久，就越有机会见证鲜活的历史，尤其是乱世鼎革的巨大变迁。

---

① 谈迁：《谈迁诗文集》卷4，辽宁教育出版社1998年版，第200页。
② 谈迁：《北游录·纪文》，中华书局1960年版，第247页。
③ 谈迁：《长安道》，《谈迁诗文集》卷1，辽宁教育出版社1998年版，第4页。

第三章　明代文人游幕与诗歌创作

诗歌创作是历代文人游幕时最重要的文学活动之一，其主题倾向与具体内容则因处于不同的历史阶段而千差万别。本章从三个层面剖析明代游幕文人的诗歌作品，分别是：北地边塞与南疆海防、宴饮与唱和、相逢和别离。它们之间在情景描述、表现手法上虽不免有所交集，但还是有着各自较为分明的畛域，代表着明代游幕文人诗作内容的主流取向。

第一节　北地边塞与南疆海防

中国古代的边塞区域，气候恶劣，战争频繁，生存条件差，经济、文化相对落后，与中原等其他地区相比，在文学发展上也呈贫弱之势。不过，对边塞的关注又始终是历代诗歌中的重要题材之一，由此产生了大量的边塞诗。明代边塞诗历来不被研究者所重视，前有盛唐的辉煌，后有清诗的复兴，在文学史上它显得有些无足轻重。但如果我们摒弃先入为主的偏见，深入那些鲜活的作品中去，仍不难发现它的独特价值，而游幕文人正是明代边塞诗的主要创作群体之一。

受传统边塞诗的影响，提及"边塞"首先想到的是北部边地，明代所谓"九边"也基本是指这一区域，但由于嘉靖倭患的巨大冲击，明代的边塞诗还应包括海防诗，下面分别述之。

一　北地边塞诗

明代"九边重镇"东起鸭绿江，西抵嘉峪关，绵亘万里，包括辽东、宣府、蓟州、大同、太原、延绥、宁夏、固原、甘肃九个边防重镇。虽然明王朝在这万里疆域中重重设防，然有明一代，北方的边患从未真正停止过，战争的威胁长期困扰着历朝政府，人们亦不免将边塞视为畏途，鲜有涉足，因此文人游边经历了一个漫长的沉寂时期。从明初至隆庆，除了奉命赴边负责防务的文官外，具有边塞经历的布衣之士屈指可数，其中游幕诗人主要有唐愚士、谢榛和吴扩。唐愚士是于洪武二十年（1387）随李景隆征讨蒙古纳克楚部而得以游边，其诗作参见第二章。永乐以降，蒙古王公贵族的军队对内地的侵扰始终未曾间断，战事频繁，正统十四年（1449）的"己巳之变"和嘉靖二十九年（1550）的"庚戌之变"更加重了局势的紧张。嘉靖末，谢榛取道忻州，游代州、雁门关等边地，途中便曾遭遇风险，其《客中两经虏患，感而有赋》云："昔游京国虏尘中，今客三关忧思同。李牧祠前独怀古，疏林萧飒起悲风。"① 诗歌借缅怀赵国名将李牧来表达对边境形势的忧虑。谢榛此行所写的边塞诗数量可观，如《漠北词》、《居庸关二首》、《登代州城楼望老营有感》等都是不错的作品，称得上是嘉、隆以前成就最突出的布衣边塞诗人。除谢榛外，此间游边诗人可考的还有吴扩（昆山人，字子充），王世贞有《吴山人将遍游北边，谒予索诗，云元戎苏相公迎之》记其事，后吴扩以边塞诗相寄，王在表示赞赏的同时又因其数量偏少而感到遗憾："辱寄塞上杂诗，大有奇致可讽也，然仆窃恨其少。……山人慨然有封狼居胥意，投笔而策万里勋，不则亦采雄览之胜，成铙歌，张大皇度，山人何寥寥也？岂谓仆不足教，犹有秘耶？"② 毕竟，亲临边塞在时人看来殊非易事，似乎不多写点像样的作品便会辜负此行。

上述情形直至隆庆五年（1571）才得以改观，此年蒙古与明王朝达成通贡互市之议，史称"隆庆和议"。这项和议使得明朝军民终于暂时从蒙古各部的威胁中解脱出来，西北边境出现了前所未有的和平景象，《万历野获编》记云："自隆庆来，款市事成，西北弛备，辇下皆以诸边为外府。山人之外，一切医卜星相，奉荐函出者，各满所望而归。"③ 正是在这一背景下，文人游边的兴致空前高涨。在短短的几十年间，就有林章、徐渭、李贽、袁中道、王寅、沈明臣、叶子肃、方元淇、周天球、黄天全、王叔承、程可中、何白、郭造卿、何璧、茅元仪等数十位诗人来到塞外边陲，并在游幕之暇留下了各自的边塞诗作，数量颇为可观，从而掀起一时边塞诗歌的创作高潮。这些诗人对当时的和议之策一般都持肯定的态度，如程可中《上谷幕府九咏》其六《节省》："谁从庚戌说当年，瓯脱

---

① 谢榛：《谢榛全集校笺》卷20，李庆立校笺，江苏古籍出版社2003年版，第873页。

② 王世贞：《吴子充》，《弇州四部稿》卷128，《文渊阁四库全书》，台湾商务印书馆1983年影印本，集部，第1281册，第143页。

③ 沈德符：《武臣好文》，《万历野获编》卷17《兵部》，中华书局1959年版，第435页。

春回万井烟。近省度支三百亿，空传魏绛有钟悬。"① 言下之意，隆庆和议的成功，使得用于战争的边费大减，其效果比起昔日魏绛的和戎之策有过之而无不及。既无战争，边民就得以安居乐业，如袁中道《寿塞令公》所云"时无害马销戎隙，口不谈兵扰塞民"②，就连边塞长官的公务也随之闲适了许多，程可中又有诗云"三十五年闻父老，耕农多豫羽书稀"③，"年来烽静临边邑，仙令留宾早放衙"④，"秋来节钺提封内，除却椎牛一事无"⑤。徐渭《胡市》则不无幽默地写道："千金赤兔匿宛城，一只黄羊奉老营。自古学棋嫌尽杀，大家和局免输赢。"⑥ 这与历代边塞诗主战斥和、尚武邀战的政治倾向有着很大的不同。明代的边塞诗人既缺乏汉唐先辈们扩疆拓边的雄心，也没有宋代诗人收复失地的迫切愿望，作为布衣文人，他们更能从普通民众的感受出发珍惜来之不易的和平局面。

隆庆开始的这股游边之风到了明末清初，由于时局动荡、边塞地区不断为满洲贵族所蚕食而大为减弱。在那"天崩地解"的特殊年代，尽管边关塞外仍可觅到一些文人的身影，如屈大均"游塞外，北抵粟末，过挹娄、朵颜诸处，访生平故人，浪荡而返"⑦；阎尔梅两度出榆关，"还京，会顾炎武，复游塞外。至太原，访傅山，结岁寒之盟"⑧，但成规模的结群现象则基本消失了。

纵观明代游幕文人所创作的北地边塞诗，从内容倾向上可作如下的区分：

其一，描写西北、东北自然景观。

从边塞游幕文人的籍贯上看，大多来自南方，当他们平生第一次来到北部边陲，首先敲击其心灵的是地理上的巨大视觉差异，让他们忍不住要将这种新鲜的经历付之笔端。何白应榆林中路按察使郑汝璧之邀而游幕，自浙江一路北上，很快就目不暇接于陌生而富有历史内涵的西北景观，他

① 程可中：《程仲权先生诗集》卷10，《四库全书存目丛书》，齐鲁书社1997年影印本，集部，第190册，第79页。

② 袁中道：《珂雪斋集》，上海古籍出版社1989年版，第216页。

③ 程可中：《雁门关》，《程仲权先生诗集》卷6，《四库全书存目丛书》，齐鲁书社1997年影印本，集部，第190册，第68页。

④ 程可中：《送何叔度出居庸关因寄昌明府》，同上书，第53页。

⑤ 程可中：《上谷秋日杂书九首》之三，同上书，第56页。

⑥ 徐渭：《徐文长三集》卷11，《徐渭集》，中华书局1983年版，第361页。

⑦ 毛奇龄：《屈翁山诗序》，《屈大均全集》，人民文学出版社1996年版，第2120页。

⑧ 《清史稿》卷500《阎尔梅传》，中华书局1977年版，第13821页。

在《与王赞夫》中写道："弟从晋陵取道榆关，凡历驿程五千有奇，计日七十有七。已历关洛诸名胜地，旁谙樵牧秦宫汉阙于烟莽中，则不胜雍门承睫之悲；已鉴嵩少太华仙踪异迹，则飘然有佐卿控鹤之想；已经虎牢、潼关古战场，则令人发嗣宗广武之叹。……边塞苍莽，跃马骋望，便觉霍霍有激昂气。"① 这种"移步换景"的丰富感受促使他于旅途之中写下了数量颇丰的诗篇，如《大柳驿有感》、《渡黄河》、《入潼关》、《潼关山阁晚眺》、《中部晓发》、《晓渡无定河》等。这些诗歌大多细致描绘了途经地域富有北方特色的山形水貌和内心感触，如《入潼关》诗云：

> 赫连雪尽水增波，路出函秦古堡多。到海山形分紫塞，入关马首见黄河。雄图胜迹行边赏，容鬓年光客里过。羌笛寻常吹折柳，越人抽怨入劳歌。②

诗人在快到潼关之时，看到的是赫连山脉积雪消融，河流水位上涨，波涛汹涌，同时也看到了大量秦汉以来所遗存的用作防御的地堡工事，提醒人们这是一个兵家必争的古战场。入关之后，一下映入眼帘的便是壮观的黄河（潼关北临黄河），在游赏"雄图胜迹"时诗人也忍不住感叹年华易逝，行边已晚，尾联则巧妙地将自己的身份（越人）与边塞象征（羌笛）以音乐的形式融为一体。徐渭《往马水口宿烟麓陀庵》及《边词》、《上谷歌》、《下谷边词》等组诗中的许多作品，王寅的《潘家口望喜峰口》、《潘家口墩楼望月》、《宿喜峰口墩楼》、《宿汉儿庄》诸诗也都是这方面的游边纪行之作。苏轼曾称赞杜甫的纪行诗道："老杜自秦州越成都，所历辄作一诗，数千里山川在人目中。古今诗人，殆无可拟者。"③如果说时至北宋，以一首接一首的纪行诗来表现连续性行役景观的作品尚属罕见，那么通过上述所举诗作及本书第二章所列唐愚士纪行组诗，我们清楚地看到在明代游幕文人笔下，这种创作方式已经被进一步发扬光大。

在游幕文人大量纪行的诗作中，除了咏叹沿途的风光外，也常常喋喋不休地诉说边地的艰苦。毕竟，对于大多数南方幕客而言，边塞之行虽充满了雄奇的视觉享受，但也不得不忍受严酷的环境考验，这显然有别于寻常的山水之游。程可中有诗云："上谷西驰四百里，胡马夕鸣朝不已。南

① 何白：《汲古堂集》卷27，《何白集》，上海社会科学院出版社2006年版，第459页。
② 何白：《汲古堂集》卷16，同上书，第293页。
③ 苏轼：《苏轼文集编年笺注》卷75，巴蜀书社2011年版，第683页。

客柔脆未经习，鬓毛秃尽皮皴死。行旅假息弓刀上，居人寓炊冰雪底。草头烟抹一线黑，大同雄城云中峙。社土富尊千乘王，琛贝珍连万家市。停鞭四顾茫无暇，凋敝中原未有此。"① 诗中"鬓毛秃尽皮皴死"一句虽未必写实（陆游诗"鬓毛秃尽齿牙疏"，程氏或仿此而写），但在温暖湿润的环境里成长起来的南方文人，其体质的"柔脆"则是事实，北方气候的干燥与寒冷让人一时难以适应，皮肤变得异常粗糙干裂，这着实让诗人苦恼不已。如此的窘境，徐渭也曾遇到过，他有诗名《自岔道走居庸，雪连峰百仞，横障百折，银色晃晃，故来扑人。中一道亦银铺也，坐小兜，冒以红毡，疲骡数头，匣剑笈书相后先，冰气栗冽，肌粟垒垒，如南夏痱痤。苦吟冻肩倍耸，惫甚矣，却赢得在荆关图画中浮生半日》②，虽然笔下的内容仍然诗意盎然，但诗题的叙述让我们也看到了作者不堪忍受严寒的可怜模样。应该说，游幕文人在游边之前对可能的艰苦情况或多或少心理上会有所准备，但现实还是远远超出了他们的想象。这就意味着诗人在欣赏雄城壮伟、绝域风光的同时，也经历着一种前所未有的生存体验，后者或许是更为深刻的"边塞记忆"，而他们在诗中对旅途艰险略带夸张的描绘有时可以理解为这是他们将来向友朋"夸耀"的某种谈资。

　　中国古代的文人，但凡有些尚武情结的，无不做着放情关山、横剑塞上的梦，当他们一旦结束长途跋涉，来到边塞目的地，兴奋之情往往溢于言表，满身的疲惫与旅途的劳困也暂时抛诸脑后。北方边塞是古往今来的征战之地，有着自身独特的地域文化信息，面对雄奇的山川、苍茫的大地，来到此处的文人身不由己地被激发起内心的豪情。王寅《宿喜峰口墩楼》描写初到边关的感受：

> 万里秋风暮，华夷到此分。几年望紫塞，今日宿黄云。片月临关见，孤军击柝闻。燕歌争劝酒，强饮不成醺。③

　　诗人一直渴望游历塞上，时任蓟镇总兵戚继光的入幕邀请终于让他夙愿得偿，眼前辽阔的风光、耳边的燕歌和人们劝酒的热情都使他激动不

---

① 程可中：《至大同因投丘大所致鸥江王孙书》，《程仲权先生诗集》卷3，《四库全书存目丛书》，齐鲁书社1997年影印本，集部，第190册，第32页。
② 徐渭：《徐文长三集》卷7，《徐渭集》，中华书局1983年版，第255页。
③ 王寅：《十岳山人诗集》卷3，《四库全书存目丛书》，齐鲁书社1997年影印本，集部，第79册，第238页。

已，所获得的是不同于中原的异域感觉，笔端的大气与刚健不期然地流露了出来。

对许多游幕边塞的文人而言，这段历程是其人生中的头一遭，也可能是仅有的一次边关之行。因此，他们笔下的"第一感觉"便来得最为直观与真切。刚到边塞的徐渭，按捺不住心情的激动，一口气写下九首《上谷歌》，其中第一首写道："少年曾负请缨难，转眼青袍万事空。今日独余霜鬓在，一肩舆坐度居庸。"① 年轻时的徐渭满怀报国之志，效力于胡宗宪幕府，如今来到边关，却垂垂老矣，只能坐肩舆而过，不能不让人感到丝丝的惆怅。但他又很快就被边关奇异的景物所吸引，"居庸卵石一何多，大者如象小如鹅。千堆万叠无他事，东掷西抛只蹴踘"（《上谷歌》之二）；"塞外河流入塞驰，一般曲曲作山溪。不知何事无鱼鳖，一石惟容五斗泥"（《上谷歌》之七）；"橐驼本是胡家物，拽入人看似拽牛。见说辽东去年捷，夺得千头与百头"（《上谷歌》之九），下笔轻快，妙趣横生，最初的伤感已经烟消云散。和徐渭一样，李贽也是首次来到边塞，其《初至云中》诗云："锡杖朝朝信老僧，苍茫山色树层层。出门只觉音声别，不审身真到白登。"② 白登山位于大同城的东北处，汉高祖刘邦曾在此被匈奴围困达七日之久，诗人熟谙史书，乍到此地，忽然有时空交错的感觉。"音声别"自然是指方言的隔膜，它像是在提醒诗人这回是"真到"边塞了。可以看出，由于人生经验与现实处境的区别，不同的游幕文人对接触到的边塞信息的捕捉重点是不一样的，但相同的是都充满了新鲜的感受与兴奋的心情，并且"在最初的一次诗情迸发中达到以后无法越过的某种美"③。

在传统文化中，北地边塞是阳刚英武的符号，对这一符号的传达与诠释历来是边塞诗歌的重要组成部分，明代边塞游幕文人也不例外。何白《同金伯庚登旷观楼》诗写道：

> 绝塞风云岸帻高，牛羊斜日下平皋。天垂青海连穷发，地引黄沙入不毛。貂额健儿珠勒马，凤槽小部郁轮袍。飞扬跋扈论兵地，湖海元龙气自豪。④

① 徐渭：《徐文长三集》卷11，《徐渭集》，中华书局1983年版，第359页。
② 《焚书》卷6，中华书局1975年版，第241页。
③ 《斯达尔夫人论文学》，人民文学出版社1986年版，第39页。
④ 何白：《汲古堂集》卷17，《何白集》，上海社会科学院出版社2006年版，第307页。

　　诗人与友人一齐登上高楼，饱览塞外风光，此诗既描绘了牛羊成群、黄沙遍地的壮观景象，又突出表现了边民们崇兵尚武的精神面貌，充满了豪迈之气。徐渭《宣府教场歌》诗云："宣府教场天下闻，个个峰峦尖入云。不用弓刀排虎士，天生剑戟拥将军。"① 这首七绝以拟人化的笔法描绘出边塞雄奇的风光与气势，一样有着阳刚之美。即使日子久了，动了思乡之愁，此时游幕文人笔下的边塞景物，于幽怨之中仍能见张扬之气。如林章《秋日登易州城楼》诗云："拂剑歌残易水愁，燕山城上独登楼。黄沙草色遥生暮，紫塞笳声暗入秋。天地何人当北顾，英雄长自作西游。只今骏足多千里，更有黄金台上头！"② 虽然诗歌开篇透着思乡的情绪，但接下去的笔墨并没有停步于"西风客愁"的渲染，而是宕开一笔，描写燕山城楼远眺的风光，随着视野的开阔，展现在眼前的是一幅边漠秋风图，回旋于耳边的是胡笳的悲鸣，让人抑制不住地发出"天地何人当北顾，英雄长自作西游"的浩叹，我们看到，雄丽的边塞风光所引发的不仅仅是新奇的感受，更有许多像林章一样有着报国之志的文人们内心深处的豪情壮志。

　　但是，生存条件的恶劣也确实使一部分游幕文人人对边塞之行心生退意，袁中道《中秋渔阳道中》云："悔别丹溪与碧莎，黄沙拂面鬓先皤。闲随猎马穿荒碛，怕见寒鸦缀瘦柯。明月总圆无赏处，边风乍起奈秋何。篔筜谷里芬得夜，清露团团湛碧波。"③ 诗人来到塞外不久，边地的荒凉与落寞使他深深地陷入对南方山水的怀念之中，而现实的羁绊让他只能在清竹飘香、碧波荡漾的想象中得到勉强的慰藉。袁氏此诗还集中展现了北地边塞的空间元素：黄沙、猎马、荒碛、寒鸦、瘦柯、边风，这都与充满诗意的江南形成鲜明的对比，若联系他"生平有山水癖，梦魂常在吴越间"④ 一语，两者间的好恶取舍更是清楚。类似的描写比之唐诗"大漠孤烟直，长河落日圆"的阔大与雄浑的塞外景观，不免显得颓废了些，传统边塞诗昂扬向上的精神气质也随之而弱化，但同时它又是一种注重个人情性的合理表达，具有丰富边塞诗题材与内涵的意义。

　　其二，表现塞外人文风情。

---

① 徐渭：《徐文长三集》卷11，《徐渭集》，中华书局1983年版，第360页。

② 林章：《林初文诗文全集》不分卷"七言律"，《续修四库全书》，上海古籍出版社2002年影印本，集部，第1358册，第759页。

③ 袁中道：《珂雪斋集》，上海古籍出版社1989年版，第215页。

④ 袁中道：《游青溪记》，《珂雪斋集》卷15，上海古籍出版社1989年版，第639页。

　　明代西北地区除了蒙古族外，还有信仰伊斯兰教诸族，东北地区则有女真、朝鲜族、吉列迷人、苦夷以及鄂伦春、鄂温克、锡伯等族的先民。这些民族的服饰、饮食、妇女习俗等各种文化景观上都迥异于中原地区，对于初到边地的文人而言，足以引起他们浓厚的兴趣，从而付诸笔墨。传统的边塞诗表现战争主题和边地自然景观的居多，表现塞外人文风情则较少，明代游幕文人的此类作品一般是在与边塞少数民族亲身接触的基础上写就的，无论从文学角度还是从史学角度，都具有相当重要的价值。

　　让游幕边塞的文人感到惊奇的首先是少数民族的许多迥异于中原的生活方式，程可中《上谷秋日杂书》云："嘉馔土人烹硕鼠，薄寒胡帽制丰貂。妖姬不解愁砧杵，马上琵琶手自调。"（其一）① 当地土著以鼠为佳肴，诗人此前闻所未闻，而边塞妇女可以在马上悠闲地自弹琵琶，不用像中原女子那样辛苦捣衣，这样的情景也让他大开眼界。王寅《秋兴八首》："关门一望日西曛，城下单于散马群。石火割鲜烧白草，帐房醉酒宿黄云。"（其五）② 表现的则是蒙古族以畜牧为生，烤肉为食，帐房为居的生活习惯。徐渭《大寒岭啖新胡桃、频婆诸果（北游作）》一诗由"天险既已异，地产应亦殊"着笔，在边地饮食方面以今推古："易水非不迩，滦河不为迁，但求一寸鳞，如海求猿狙。遥想燕太子，食客焉得鱼？以知荆高徒，日嚼羊与猪。"③ 这也算是一种合理化想象吧。

　　当时西北边塞的蒙古族女子在装束与性情上完全不同于中原女子，徐渭《边词》之十二写道："八里庄儿一堡中，银镮小杏坠腮红。妆成自不撩人看，起莝黄刍喂铁骢。"诗中的这位蒙古族少女正在梳妆打扮，给耳朵戴上银镮，这镮上还有一枚小小的杏状饰物，在她红红的腮边晃来晃去，既美丽又可爱。装扮结束后，她没有像敏感的江南女子那样留心有没有人注意自己（或者是故意要引人注意），而只是转而专心致志地喂她那"铁骢"大马，美丽的蒙古少女与雄壮的"铁骢"相映成趣，构成边地特有的风情画面。徐渭此前虽然写过杂剧《雌木兰》，成功塑造过女英雄花木兰的形象，但来到边塞后才算是有幸目睹真正的女中豪杰。他在《边词廿六首》中连续用六首诗描绘了一位蒙古女子的飒爽英姿：

---

① 程可中：《程仲权先生诗集》卷6，《四库全书存目丛书》，齐鲁书社1997年影印本，集部，第190册，第56页。

② 王寅：《十岳山人诗集》卷4，《四库全书存目丛书》，齐鲁书社1997年影印本，集部，第79册，第259页。

③ 徐渭：《徐文长三集》卷4，《徐渭集》，中华书局1983年版，第109页。

　　汉军争看绣裲裆，十万弯弧一女郎。唤起木兰亲与较，看他用箭是谁长。

　　长缨办取锁娇娆，马上纤腰恐不牢。好把鸳鸯靴上脑，倩谁双缚马鞍鞒。

　　女郎那取复枭英，此是胡王女外甥。帐底琵琶推第一，更谁红颊倚芦笙。

　　老胡宠向一人多，窄袖银貂茜叵罗。递与辽东黄鹘子，侧将云鬟打天鹅。

　　汗血生驹撒手驰，况能妆态学南闺。姝将早帕穿风去，爱缀银花绰雪飞。

　　姑姑花帽细银披，两厣腮梨洒练椎。个个菱花不离手，时时站马上胭脂。①

　　这位武艺超群又擅长音乐的女子便是富有传奇色彩的蒙古族首领三娘子。她深明大义、独具慧眼，正是在她的积极推动下，蒙古与明王朝才终于化干戈为玉帛，于隆庆五年（1571）达成通贡互市之议。自"隆庆和议"后，从宣府、大同至甘肃，边陲晏然，数十年不用兵革。徐渭的这组诗其实不仅是对三娘子外在形象的赞美，更是对其历史功绩的由衷肯定，加之是亲眼所见，写来分外传神。

　　除了描绘各种风俗习尚之外，明代游幕文人对表现塞外人文风情最大的贡献是忠实记录了当时边地各民族和谐相处的难得景象。西北边境自隆庆和议之后，出现了前所未有的和平局面，基本上没有大的战事发生。李贽游幕大同，路经雁门关时便感慨道："尽道当关用一夫，昔人曾此扞匈奴。如今冒顿来稽颡，李牧如前不足都。"② 两个长年战争不断的民族能够摒弃前嫌，即使像李牧这样的名将也是难以做到的。沈明臣《边城乐》以轻松自得的笔调写道："汉家飞将控飞狐，漠北王庭万里逋。五月阴山消积雪，三秋瀚海罢吹箛。稻粱满眼群鸿集，苜蓿弥天匹马无。浑炙犁牛开犒宴，铜铛乱点野驼酥。"③ 徐渭《上谷边词》也写道："胡儿住牧龙

---

① 徐渭：《徐文长三集》卷11，《徐渭集》，中华书局1983年版，第363—364页。

② 李贽：《过雁门》之一，《焚书》卷6，中华书局1975年版，第241页。

③ 沈明臣：《丰对楼诗选》卷2，《四库全书存目丛书》，齐鲁书社1997年影印本，集部，第144册，第172页。

门湾，胡妇烹羊劝客飧。一醉胡家何不可，只愁日落过河难。"（其一）①
上谷是明朝在北方的军事重镇，是抵御蒙古骑兵的要塞，如今却可以让
"胡儿"自由地放牧，而女主人看见远方来的中原客人，特意烹羊款待，
在这样热情友好的氛围中，"一醉胡家何不可"的想法忍不住从诗人心底
吟唱出来。这组诗的第七首则写道："胡儿处处路边逢，别有姿颜似慕
容。乞得杏仁诸妹食，射穿杨叶一翎风。"诗歌表现的是一个蒙古少年在
远方客人面前卖弄射艺，一箭穿杨，但他并非为了炫耀武力，只是因为讨
得杏仁给妹子吃（诗下有注：虏最嗜糖缠杏仁）而带点讨好的意味。尤
其值得玩味的是，这首诗的开篇即渲染了一种祥和的气氛，如果仍像过去
那样兵戎相见的话，又怎会有处处相逢，仔细打量的情景呢？民族和解还
让失散多年的亲人得以重新团聚，徐渭有诗记云："沙门有姊陷胡娃，马
市新开喜到家。哭向南坡毡帐里，领将儿女拜袈裟。"②过去蒙汉交战，
这位"沙门"的姐姐"陷胡娃"，成了蒙古人的战利品，成为胡人之妻。
如今"马市"新开，和尚也有机会到胡地去探望亲人了。在蒙古毡帐中，
姐姐让她那一群儿女，哭着向久别重逢的和尚舅舅下拜行礼，这真是活生
生的一幕人间悲喜剧！

　　对于民族和解标志的"互市"，游幕文人的边塞诗中也有表现。程可
中《开市》诗云："太师申约马新裁，苜蓿风寒晓市开。银尾捎云时窣
地，郡中一半是龙来。"③互市也叫马市，一般是由明朝委任官吏定出马
的价格，然后用银、钞，或用内地手工业品折价来收购马匹。隆庆以前，
蒙汉互市时断时续，频率不高，规模不大，实现和平之后，互市贸易得到
空前发展，先后在大同得胜堡、新平堡、守口堡，宣府张家口，山西水泉
营等处开设马市，贸易的规模和维持时间之久，都远远超过前朝。程氏此
诗描绘的正是边塞互市的情形：天刚破晓，边境长官宣布完开市规则，等
待交易的良马便成群结队地涌入城中，长长的马尾不时地拂到地面，一派
生机勃勃的热闹景象。交往的加深也增进了各个民族间的彼此了解，从而
能够相互学习。沈明臣《边词》云："蕃言胡语习来便，生长儿孙只在
边。莫道沙场非乐土，从来渭北好屯田。"（其四）边地汉族居民因为与
周边少数民族频繁接触，对其语言早已非常熟悉，长期的定居生活也逐渐

---

①　徐渭：《徐文长三集》卷11，《徐渭集》，中华书局1983年版，第419页。

②　徐渭：《边词廿六首》之十二，《徐渭集》，中华书局1983年版，第363页。

③　程可中：《上谷幕府九咏》之五，《程仲权先生诗集》卷7，《四库全书存目丛书》，齐鲁书社
　　1997年影印本，集部，第190册，第79页。

让他们视边疆为"乐土"。又云："十岁胡儿学控弦，旧时风土至今传。三娘独爱南妆好，宝髻罗襦翠作钿。"（其十）① 蒙古族的儿童依旧像他们的祖辈那样自幼即学习射艺，但妇女们已经爱上"南妆"，开始像江南女子一样装饰打扮了。

明代边塞游幕文人的这些诗作有助于改变人们对传统边塞诗只反映酷烈征战的刻板印象，也表明战争从来也不能阻断在长期历史中形成的多民族的交往与融合，也从未真正造成民族间的心理隔阂，普通民众总是在内心期盼着和平相处与友好往来。

二　南疆海防诗

人们对传统边塞诗的认识一般界定其描写对象仅限于北方区域，不会涉及东南沿海，这样理解的合理性在于明以前建都中原的历代王朝所面临的首要威胁无疑都是北方游牧民族，海防从来不是朝廷的防御重心。但明帝国的敌人除了"北虏"外，还有"南倭"，事实上，倭寇问题几乎贯穿于这个王朝的始终，明人对倭寇可谓既怕且恨："终明之世，通倭之禁甚严，闾巷小民，至指倭相詈骂，甚以嚇其小儿女云。"② 意识到海上威胁的严重性，采取措施、落到实处便是重视海防，如《明史》所云："沿海之地，自乐会接安南界，五千里抵闽，又二千里抵浙，又二千里抵南直隶，又千八百里抵山东，又千二百里逾宝坻、卢龙抵辽东，又千三百余里抵鸭绿江。岛寇倭夷，在在出没，故海防亦重。"③ 需要指出的是，尽管从洪武至正德年间几乎每个皇帝在位时都有倭寇骚扰沿海的记录，但并未构成真正大的威胁，因而没有受到人们的普遍注意。及至嘉靖倭患，举国骚动，方才引起各阶层民众特别是文人的极大关注，也使得与倭寇相关的海防诗应运而生。

在游幕文人的海防诗中，有不少是反映当时倭寇肆虐的现实和揭露朝廷无能的。松江文人朱察卿时为钦差大臣赵文华幕中重客，他的《江南二首》其一写道："江南千里暗妖氛，野哭家家不可闻。落日群狐窥白骨，荒林万马卧黄云。将军不下征夷令，使客空传祭海文。试问九重宵旰

---

① 沈明臣：《丰对楼诗选》卷37，《四库全书存目丛书》，齐鲁书社1997年影印本，集部，第144册，第605页。

② 《明史》卷322《日本》，中华书局1974年版，第8358页。

③ 《明史》卷91《兵志三》，中华书局1974年版，第2243页。

处，殿头番气正氤氲。"① 作为来自倭患地区的诗人，朱察卿在诗歌中描绘了倭寇之乱给江南带来的千里惊扰、白骨曝野的惨况，而朝廷对此不迅速起兵征讨，却想出"祭海"这样的荒唐之举，史载："（嘉靖）三十三年春，倭寇浙江，工部侍郎赵文华请祷海神杀贼，遂遣文华如浙。"② 可见，赵文华便是"祭海"的始作俑者，"空传"一语即含蓄批评了幕主的行为；至于末句，则是在讥讽高高在上的嘉靖皇帝只知道崇信道教、希冀长生却不关心民生疾苦。由于政府军面对倭寇常常一触即溃，明廷不远万里征调了一些西南少数民族军队前来参战，《江南》之二云："万里迢遥征戍士，虎符星发路何赊。帐前竖子金刀薄，阃外将军宝髻斜。田父诛茅因缚犬，乞儿眠草为寻蛇。军储不惜人间供，愿斩鲸鲵净海沙。"诗题注云："时幕府征兵，广西有瓦氏携二孙下江南，有司以蛇犬供军中，故云。"③ 南疆少数民族军队在武器、服饰、饮食方面都迥异于中原，为了满足他们好以蛇犬为食的饮食习惯，百姓竭尽全力地去缚犬寻蛇。虽然诗人对这支奇特的军队抱有期望，但堂堂大明王朝，竟无制倭的良策，实在可悲可叹！另一游幕文人王稚登也曾从同样角度表达了对朝廷此举的无奈和不满，他的《海夷八首》其六云："五溪戎卒本诸蛮，木弩铜机出万山。铁骑悠悠屯海上，黄金日日出民间。尔曹荒服元亡赖，此日王师独厚颜。头白土官尤跋扈，玳延红粉不知还。"④

面对倭寇的肆虐，有的朝廷命官不仅未能尽到守土之责，反而作壁上观，其麻木不仁，令人发指。苏州嘉定文人王翘（字叔楚，嘉靖倭乱时，尝居幕府，赞军事）有《赏火谣》一诗，其序曰："吴城六门莫盛于西闾，六月初，贼举火焚枫桥，达昼夜，时宰坐睥睨，间饮酒顾望，无异平日。时烈风大作，烟焰蔽天，不辨咫尺，哭声遍城内外，或指城上云：勿啼哭，看城上赏火吁！有是哉?! 作《赏火谣》。"诗云：

> 金阊门外贼火赤，万室齐烧才顷刻。城头坐拥肉食人，对火衔杯如赏春。城中哭声接城外，宰独何心翻痛快？愤兵独有任公子，夜半

---

① 朱察卿：《朱邦宪集》卷3，《四库全书存目丛书》，齐鲁书社1997年影印本，集部，第145册，第619—620页。

② 《明史纪事本末》卷54《严嵩用事》，中华书局1977年版，第823页。

③ 朱察卿：《朱邦宪集》卷3，《四库全书存目丛书》，齐鲁书社1997年影印本，集部，第145册，第620页。

④ 《晋陵集》卷下，《王百谷集十九种》，《四库禁毁书丛刊》，北京出版社1997年影印本，集部，第175册，第14页。

巡城泪不止。缒城跃马出沙河，义师都向湖心死。①

倭寇在城外烧杀淫掠，百姓哭声震天，而官员们居然安坐于城头，觥
筹交错，像赏春一样看热闹，对这等"肉食者"已不是一个"鄙"字就
可以批判得了的。其对百姓生命的漠视，对倭寇的纵容，让人痛心疾首。
同时诗歌也高度赞美了一位挺身而出的"任公子"，带着"义师"（自发
组织的民兵）义无反顾地杀向敌人，他与昏庸无耻的地方官正形成鲜明
的对比。

时势造英雄，"立功岂必向沙漠，飞旌还欲穷沧溟"②，嘉靖倭乱也催
生了一批著名的抗倭将领，如胡宗宪、戚继光、俞大猷、吴成器等，游幕
文人因与之近距离地接触，他们也就成了大量诗歌描写的对象。王寅的
《平夷大合鼓吹十五首》和茅坤的《大司马胡公铙歌鼓吹曲十首》都以乐
府歌辞的形式浓墨重彩地渲染胡宗宪的赫赫战功，虽然这些作品不无为幕
主吹嘘之嫌，但也详细记录了当时抗倭战役的各个阶段：如王寅诗分
《石塘酒》、《出自嘉禾北门》、《截柘林》、《据鼋山》、《克南浔》、《克后
梅》、《北关敌台高》、《围桐乡》、《荡乍浦》、《围沈庄》、《焚舟山》、
《叛贾降》、《克乌沙》、《闽海平》、《江北平》；茅坤诗分《御史来》、
《王江泾》、《鼋山高》、《桐乡城》、《鲸之涸》、《王翠翘》、《舟山》、《王
直》、《淮海》、《大司马》，这些组诗既在整体上勾勒出一幅抗倭战役的全
景图，又在许多战争细节上有着精彩的描绘，如《舟山》写道："舟山亘
若带，错峙波涛间。中有一林薄，蒙茸不可攀。贼且引为窟，木樵相钩
联。一夫持机弩，猩狐昼啼关。壮哉王海使，饮马方盘桓。忽遇严霜雪，
夜突披巉岩。寒拥毡毳号，渴剖冰浆餐。大呼奋前击，渠答收如山。铭功
瀚海上，不减汉楼船。"③舟山群岛因其特殊的地理位置"错峙波涛间"，
可谓易守难攻，诗人形容是"一夫持机弩，猩狐昼啼关"，胡宗宪则巧妙
地运用疑兵之计，故意派人饮马盘桓于敌前（诗前小序云：公诚王海使
阳弛兵以懈之），暗中遣精锐部队乘雪夜袭其巢穴，一举破之。这些作品
一般都写得比较生动，非寻常阿谀奉承之作可比，除了诗人自身文笔的精
妙外，主要还是因为他们身在幕府，能够近距离地接触到前线战况，王寅

---

① 《明诗综》卷49，中华书局2007年版，第2492页。

② 梁辰鱼：《赠海上黄将军》，《鹿城诗集》卷12，《梁辰鱼集》，上海古籍出版社1998年版，
　第155页。

③ 茅坤：《茅坤集》，浙江古籍出版社1993年版，第8页。

便自承"从司马草檄军中",所以才"知始终之详"。

徐渭所作的《凯歌二首赠参将戚公（南塘）》则描绘了戚继光抗击倭寇侵略的功绩:"战罢亲看海日晴,大酋流血湿龙衣。军中杀气横千丈,并作秋风一道归。"(其一)诗歌以夸张而浓缩的手法表现了戚家军这支精锐之师的战场厮杀和得胜归来,主帅的勇猛与豪迈跃然纸上。另一首写道:"金印垒垒肘后垂,桃花宝玉称腰支。丈夫意气本如此,自笑读书何所为。"① 进一步描绘了诗人眼中神采飞扬的戚继光形象,而让人心生书生无用之感。沈明臣《从大将军戚元敬行边,由梅花所之镇东卫,夜宿焦山城中即事》诗云:"将军行部日,边草正萋萋。卤海人朝涉,荒城马夜嘶。大风吹石走,高浪卷天低。号令分明甚,三春无鼓鼙。"② 此诗首先刻画的是边塞自然环境之恶劣,实际上意在反衬戚继光治军有方,因为在这样飞沙走石、恶浪滔天的环境下,部队仍然军容严整、号令分明,诗歌含蓄之中蕴含着令人感喟的艺术力量。徐渭《赠府吴公诗》称颂的则是会稽典史吴成器,诗序称吴成器是一位屡立战功的下层官员,为人谦逊低调,其抗倭功勋竟然屡次被隐瞒不报,诗人深感不平,赋诗云:"幕中曾与众人群,幕外闲听说使君。破剑壁间鸣怪事,孤城海上倚斜曛。诙谐并谢长安米,懒散犹供记室文。把笔欲投还自笑,故山回首隔江云。"③ 正是徐渭的作品,才使得吴成器的功绩没有湮没无闻,并为后来史家所注意,其事迹被采入《明史》。

有的海防诗作注重表现普通将士的英勇无畏和战争的激烈残酷。如茅坤《过皂林吊战没诸将祠》:

> 渔阳突骑将,死日气犹生。战骨怒埋草,夷酋屈受缨。沙中刀剑血,江上鼓鼙声。伏腊村翁过,于今涕满膺!
> 当年冠军者,独数霍嫖姚。督战饿犹急,冲坚陷复枭。部中服飞将,海上泣天骄。独惜一偏裨,谁令疏汉朝!④

嘉靖三十五年（1556）夏,游击将军宗礼（河朔人）率部赴闽,途

---

① 徐渭:《徐文长三集》卷11,《徐渭集》,中华书局1983年版,第342—343页。
② 沈明臣:《丰对楼诗选》卷13,《四库全书存目丛书》,齐鲁书社1997年影印本,集部,第144册,第312—313页。
③ 徐渭:《徐文长三集》卷7,《徐渭集》,中华书局1983年版,第230页。
④ 茅坤:《白华楼吟稿》卷5,《茅坤集》,浙江古籍出版社1993年版,第68页。

经浙江。时徐海、陈东等引倭寇攻乍浦，掠嘉兴、皂林。总督胡宗宪、巡抚阮鹗发兵抗击，见宗部来，恳切邀留。宗礼与裨将霍贯道等即率客兵八百赴崇德急追徐海部数千人，一战于崇德，再战于石门，三战于皂林三里桥，三战三捷，后却因为粮饷不继和缺少向导，全部阵亡，这首诗歌深切表达了诗人对这些为国捐躯的将士的惋惜之情和沉痛悼念。

　　浙江鄞县文人沈明臣与茅坤、徐渭等同居胡宗宪幕下，他所作的《凯歌》（又作《铙歌》）是这些抗倭诗作中最为脍炙人口的名篇，诗云："衔枚夜度五千兵，密领军符号令明。狭巷短兵相接处，杀人如草不闻声。"关于此诗的创作情形，屠隆《沈嘉则先生传》有一番动人的描绘："胡公行部太末及七闽，先生皆从行。一日公燕将士烂柯山上，酒酣乐作，命先生作《铙歌鼓吹》十章，先生援笔立就，至'狭巷短兵相接处，杀人如草不闻声'，胡公矍然起，捋先生须曰：'何物沈郎，雄快若是！直视陈孔璋辈犹小儿！'至今刻石山上。"① 这首诗歌流传甚广，鲁迅先生曾在《"醉眼"中的朦胧》一文中引用过其中的末句："知道人道主义不彻底了，但当'杀人如草不闻声'的时候，连人道主义式的抗争也没有。"② 其实清代诗人即好在己诗中用此成句，如李佐贤《民失业》、王培荀《琉球刀》、郑官应《侠客行》③ 等，而各种明诗总集几乎都无一例外地选入该诗，并给予高度的评价，足见后人对它的喜爱程度。这首诗描写的是一次明军"夜袭"的战况：一支号令严明的部队乘夜渡河，刚刚登岸，便于狭巷中和敌人短兵相接、白刃交锋，战斗迅捷而惨烈。在一场狭路相逢的战役中，生命如草芥般地被夺去，却听不到任何的呐喊与哀号，全诗渲染出一种让人震撼的战争氛围。这首诗即使置于整个明代诗歌中，无论从布局结构上看，还是着眼于其内在的张力，均毫无疑问地属于上乘之作，清初诗家仇兆鳌在评注杜甫诗《戏作花卿歌》时曾将两者对比，称"狭巷短兵相接处，杀人如草不闻声"与"子璋髑髅血模糊，手提掷还崔大夫"两联可以"并树旗鼓"④。

　　徐渭《龛山凯歌》也是这方面的杰作，其诗云："短剑随枪暮合围，

① 屠隆：《由拳集》卷19，《四库全书存目丛书》，齐鲁书社1997年影印本，集部，第180册，第650页。

② 鲁迅：《鲁迅全集·三闲集》，人民文学出版社1981年版，第62页。

③ 李佐贤《民失业》："逆氛过处烟尘惊，杀人如草不闻声"；王培荀《琉球刀》："明季人寇兵腾骁，杀人如草不闻声"；郑官应《侠客行》："安得此君千百辈，杀人如草不闻声"。

④ 《杜诗详注》卷10，中华书局1979年版，第846页。

寒风吹血着人飞。朝来道上看归骑，一片冰红冷铁衣。"（其二）"无首有身只自猜，左啼魂魄右啼骸。凭将志译传番语：看尔来生敢再来！"（其四）诗歌的主要内容是描绘会稽典史吴成器在浙江毛山与倭寇浴血作战的情景，据史载："休宁吴成器由小吏为会稽典史。倭三百余劫会稽，为官军所逐，走登毛山。成器遮击，尽殪之。"① 可见这是一场痛歼来敌的全胜之役，第一首写道：明军枪剑并举，把倭寇团团围住，开始了激烈的战斗，殷红的鲜血在冰冷的寒风中四处飞溅，将士们奋战至凌晨才得胜归来，身披的铠甲也因鲜血的浸染而成了"红铁衣"。第二首则是以夸张的笔法描写断首的倭寇因死在异乡，魂魄对着残缺的尸体在哀号，诗人以坚决的口吻警告它们：你们来生若还敢侵略，便仍是这样的下场！这两首诗语言奇谲，刻画生动，给人印象深刻，正所谓"句句鬼语，李长吉之流也"。

战争总是残酷的，但诗人们这样描写除了在情感上对倭寇的痛恨之外，还有实际的原因，就是当时官军的战斗力远不及倭寇，倭寇作战勇猛，"倭贼勇而戆，不甚别生死。每战，辄赤体提三尺刀，舞而前，无能捍者"②。相比之下，明朝的官兵往往显得不堪一击，"士兵皆不习水战，每退缩奔还，投河溺死者无算。各处所募北地游僧，虽健勇而寡谋，倭人狡猾多防，每为其掩袭而败，官军技穷"③。我们看到在这场举国震动的抗倭斗争中，每一次的胜利不仅难得，而且都是付出了极大的血的代价才取得的，游幕文人身临前线，他们获得的信息比之在书斋里写"边塞诗"要来得真实全面得多，其艺术效果正如王夫之评价沈明臣《凯歌》时所论"自是实事，古今人道不及"④。

尤其值得注意的是，在游幕文人的海防诗中，还热情讴歌了许多平民英雄。如王寅《过宗兄朱顶鹤烈士墓有感》："倭奴浮海至，吴越肆纵横。守令徒忧难，儒生为请缨。当关千仞险，犯敌一身轻。虽有孤碑在，谁怜烈士名？"诗中的朱顶鹤只是一介儒生，但在危难之时，亦如同前引王翘《赏火谣》所描写的"任公子"一样，毫无畏惧地请缨杀敌，最后血洒沙场，为国捐躯。这些人物的英雄事迹，正如黄仁宇先生在《万历十五年》

---

① 《明史》卷 305《吴成器传》，中华书局 1974 年版，第 5419 页。

② 王世贞：《倭志》，《弇州四部稿》卷 80，《文渊阁四库全书》，台湾商务印书馆 1983 年影印本，集部，第 1280 册，第 337 页。

③ 严从简：《殊域周咨录》卷 2 "日本"，中华书局 2000 年版，第 77 页。

④ 王夫之：《明诗评选》卷 8，陈新校点，文化艺术出版社 1997 年版，第 392 页。

中描绘的那样：面对倭寇入侵，"一旦发生战斗，有的部队干脆望风而逃，……而可歌可泣的作战，却反而出现于仓猝集合的民兵以及各地生员所组织的保卫家乡之情景中"①。

明代游幕文人由于他们中的许多人身处战时幕府，亲历了抗倭战争的进程，对旷日持久、举国骚动的"倭患"有着更为直接的感受，这使得此类海防诗歌比之那些在书斋里完成的边塞诗显得格外真切动人，也为中国边塞诗史谱写了新的篇章。

第二节　宴饮与唱和

一　宴饮诗

中国古代的宴饮诗与宴饮文化一样历史悠久，《诗经》中即有专门以宴饮为描写内容的宴饮诗 20 余首，之后历朝历代文人创作的宴饮诗可谓不胜枚举。本节所讨论的是发生在游幕背景下的明代宴饮与宴饮诗。

明代前期，国事尚俭，除了皇帝赐宴外，很少看到关于民间宴饮尤其是官僚中的宴饮记载。明中叶以后，随着国家对社会控制的松弛、社会财富的积累以及奢侈之风的蔓延，宴会增多，并且逐步趋于奢华。何良俊便亲历了这种风气的变化："余小时见人家请客，只是果五色肴五品而已。惟大宾或新亲过门，则添虾蟹蚬蛤三四物，亦岁中不一二次也。今寻常燕会，动辄必用十肴，且水路毕陈，或觅远方珍品，求以相胜。"② 不过，宴饮之于游幕文人的意义并不在于有了一次大快朵颐的良机（尽管对于一些贫寒之士确实如此），更重要的是它为文人们提供了接触各层次官员的机会，因此不少宴饮更像是社交活动，同时也是诗歌创作与传播的重要场所。

明代游幕文人往往行迹不定，穿梭于各个幕府，他们的身影也因此出现在众多宴饮场合，留下数量不菲的宴饮诗作。下面对一些文人在游幕背景下所写的宴饮诗歌作一简略的统计与梳理：

王寅　《刘将军席上赠画师方痴》、《华亭冯御史席上》、《席上谢冯户部汝言》、《朱子价礼部席上分赠滇南槟榔十口兼长歌二十六句，率尔成

---

① 黄仁宇：《万历十五年》，中华书局 2007 年版，第 160 页。
② 何良俊：《四友斋丛说》卷 34，中华书局 1959 年版，第 314 页。

篇谢之》、《王工部西园席上》、《席上吟赠汪襄阳伯玉》、《戚都护元敬席上》、《临淮侯李惟寅席上》、《徐大夫子与席上看宝刀》、《席上谢徐太守子与解赠佩剑》、《燕京刘念庵席上留别社中诸友》、《童侍御仲良席上赠歌妓周碧云四首》、《汪司马席上寄五岳陈副使维扬二首》，约17首。

谢榛　《岁暮宴李太守于鳞宅二首》、《醉歌行崔太傅席上作》、《十六夜安庆王西池宴西林，喜晴》、《同李兵宪廷实、刘计部伯柬宴集，因谈五台山之胜，遂赋长歌》、《冬夜姜侍御守约招饮，赋此言别》、《薄暮赵户部良弼官署西园，同郑山人中伯醉赋五首》、《秋日同吴子有、朱伯邻、应瑞伯驾部、谢少安、周叔敬库部即席得江字》、《陈主簿招饮署中，因谈宛陵之胜，醉笔赋此》、《夜集汤将军莘夫宅》、《送冯户曹汝言之南都，即席赋得原字》、《庐江王园亭宴集应教》、《春日王侍御斯进招饮，值雪，得春字》、《白云楼同徐以言、沈宗周、徐汝思、李于鳞、徐子旋五比部夜酌，得留字》，约18首。

徐渭　《宴游烂柯山四首》、《奉侍少保公宴集龙游之翠光岩》、《从少保公视师福建，抵严，宴眺北高峰，同茅大夫、沈嘉则》、《集李侯宅得钟字》、《李长公邀集莲花峰》、《九月望日再集镇虏台》，约9首。

沈明臣　《腊日集司马公园分入字》、《七月晦夕集范司马十洲阁分吾字二首》、《宴顾四太守园中》、《集潘按察仲履署中分东字》、《司马湖园晚集》、《陪张司马月湖堂上饯送君房北上分得荃字》、《张大明府携鑴过陈将军园中饮，程孟孺文学同包九主簿、屠大比部、李五山人、君房、箕中两造士、张六秀才》、《徐明府善长衙斋夜酌》、《云间沈大参园晚霁主人携酒作》、《腊月四夜同王山人、徐司理、沈常熟、朱嘉定、鲁长洲集传吴县衙斋得开字》、《甲申人日饮潘方伯豫园》、《将入楚，张司马席上分韵留别得深字》、《沈使君应宿招同徐茂吴来饮来云阁，同用云字》，约14首。

王稚登　《至日谢将军席上作》、《重过陈金宪园林饮桂花上作》、《十五夜余、王二太史席上赠郭吏部》、《席上听王职方谈永嘉山水》、《席上赠孙将军》、《小至日陈使君邀同诸子宴腾蛟阁》、《袁尚宝招饮阆湖书院》、《包参军江楼燕集》、《大司马张公席上作》，约9首。

俞安期　《喻邦相至自豫章，冯开之泛桂舟招同徐茂吴、潘景升、钱象先、吴景先宴集，即事有纪，分得邪字》、《九日塞上宴周中丞幕府，时榆关大虏初退，次中丞韵二首》、《朱国华、王孙集诸同社宴李本宁于青溪水阁，分韵得十药》、《黄使君邀饮榴阴亭，以余不得醉，欲倩白将军为牴角戏，成短歌》、《西湖七夕篇何公露宪使邀饮同赋》、《李元祉明府招同王德载、彭孔嘉、鲁汝华、龙大章、祝无殊、姚砺石、徐仲和集双瑞堂赋得今日良宴会》、《同臧博士、王明府、齐王孙集于文若纳言署中，因谈河事，观弈棋，纳言善书工画，座客多不善饮，并及之》、《朱参戎席上赋得鹤顶杯》、《魏塘舟中夜饮邹彦吉兵宪山泉酒，因读其新著〈出山草〉》、《张侍御、周史部二方司农过集旅馆，席上分赋得春月》、《陈泰始侍御宅夜宴纪兴同陈振狂、曹能始、洪汝舍、胡白叔、俞清父、林异卿、郑维宁、邓道协分韵得十一真》、《林朝介司农载酒雨花亭招饮同方子及分韵作》、《同盛行父、虞质夫、沈景宸、盛元宰伯旋饮冯显父绿雨斋各用斋字》，约 14 首。

何白　《甲辰仲秋初度，郑中丞置酒清宁台为予寿，醉后拟杜公〈七歌〉，时予客中丞榆林幕中》、《七夕郑中丞宴请清宁台，命侍史度曲校射作》、《龙王庙同郑中丞、李督护燕集（庙在榆城驼山之半，泉极甘冽，古名饮马泉）》、《同郑昆吾中丞憩灵岩寺，周览平霞、展旗、天术、玉女、双鸾、蟾蜍、龙鼻、天窗、石屏、小龙湫诸胜，中丞约予筑室上方，醉后放歌》、《同郑昆岩中丞游雁山，张匡源讼君招饮西皋塔院，和郑公韵》，约 5 首。

黄克晦　《冬日盛仲文访余于黄参军仕学轩，晨雪既晴，寒风袭衣，因与飞觞剧饮，望钟山之佳气，谈匡庐之胜绝，各探二韵，赋诗纪之，效谢体》、《李使群席上咏瓶中梅花用韵》、《李户部席上送翟明府之桂林用亭字韵》、《同胡山人饮李明府吏隐斋得城字》、《重九日万方伯邀饮》、《黄参军席上分得红字》、《题瞻明楼同乃兄司徒公饮》、《同太史李本宁饮顾山人朗哉宅分韵得前字》、《博士欧祯伯招饮绣佛斋，魏季朗、郭建初、邵长孺、程无过、存上人同集得家字》，约 9 首。

上述统计的文人都是漂泊江湖的布衣之士，从这些宴饮诗中，我们首先看到他们与李攀龙、戚继光、汪道昆、徐中行、李维桢、冯惟讷、冯梦祯等各类文臣武将及至诸侯王的交游，中间感觉不到特别森严的等级，有的只是一起尽享歌舞诗酒之乐的平等论交。值得注意的是，虽然明代游于首辅、次辅等阁臣门下的文人并不鲜见，但极少看到他们间有一起宴饮的诗作，个中原因让人有些琢磨不透，或许是因为内阁大臣始终处于朝廷政治斗争的旋涡，故行为谨慎，不留诗作，以免成为政敌或言官攻击的口实？

就游幕文人在宴饮中所处地位而论，一般分两种情况，一是作为主角，游幕文人大多是应召而来，而幕府的主人对这些客人通常会加以款待，幕客们也得以尽享宴游之欢。如何白客郑汝璧幕，"筹划之暇，中丞、先生坐青油幕,饮葡萄酒。座设氍毹,筵开玳帽。健儿舞矟,迭奏铙歌,娈童持觞,新翻乐府。先生醉,则磨墨挥毫,草军书露布数十通以示。"①。另一种是作为陪客与会。官员幕府迎来送往本是常事,为了营造气氛,往往需要文人幕客的参与,一起谈古论今,一起赋诗唱和。无论是何种情形,对于幕主的盛情,游幕文人都感佩于心,并会不失时机地借一些宴饮诗来表达。程可中《王中丞幕府偕陈余二君宴集》诗云:"幕府风清五月秋,投戈能问布衣游。盆榴斗雨珊瑚碎,槛沼沿阶翡翠流。殊礼每劳虚左席,诸君何以借前筹。长城万里真相倚,北顾今纾圣主忧。"② 将幕主对自己的礼遇称为"殊礼",对幕主的功业亦不吝辞藻地加以赞美。谢榛《庐江王园亭宴集应教》亦云:"坐惊南北羽书频,帝子殷忧白发新。风雨出门能下士,池台授简重留宾。清觞几度邀华月,红药千丛驻晚春。莫道建安多赋客,于今沦落有徐陈。"诗歌先是描绘了庐江王忧心国事的模样,接着又称许主人礼贤下士的作风,其实一个饱食终日的藩王哪会了解什么时局,但宴饮时的夸赞在礼节上总是得体和必需的。

从明代游幕文人的宴饮诗中,我们还能感受到当时丰富的宴饮文化。幕府宴饮,少则两人小酌,多则十余人大集,在宴席上有机会分享南国的槟榔(王寅《朱子价礼部席上分赠滇南槟榔十口兼长歌二十六句,率尔成篇谢之》),也可以分享山水之游的乐趣,谢榛《同李兵宪廷实、刘计部伯崍宴集,因谈五台山之胜,遂赋长歌》写其席间纵谈冬游五台所见之奇景:"石罅松根出,云端山势来。地接龙荒莽无际,疏林但见冰花开。绝顶下连万丈雪,阴崖长积千年苔。……青山不断马头前,红日忽翻鸦背上。我来转折无尽时,奇处复奇难形状。焉得江南顾凯之,为予写成岩壑障!五台山高齐插天,开辟有色同苍然。平生想像劳梦寐,到时飘逸如登仙。"诗人的描绘让两位坐客也不禁动了游山之兴,只是官务在身,反不如布衣自由,"指点烟岚动广席,何当鹫岭共攀缘。二君壮图逢昭代,岂暇联辔游山川?向予叹息且酌酒,日下圭峰重回首"③。宴席之上,也往往有音乐助兴,包括各种形式的歌舞表演,俞安期《九日塞上宴周中丞幕府,时榆关大虏初退,次中丞韵二首》云:"名王遁沙漠,酒客命高阳。塞菊丛枝短,山萸艳颗香。胡雏双舞伎,少子数行觞。忽报传鲜

---

① 郑应曾:《何丹丘先生传》,《何白集·附录》,上海社会科学院出版社 2006 年版,第 771 页。

② 程可中:《程仲权先生诗集》卷 6,《四库全书存目丛书》,齐鲁书社 1997 年影印本,集部,第 190 册,第 56 页。

③ 谢榛:《谢榛全集校笺》卷 2,李庆立校笺,江苏古籍出版社 2003 年版,第 63 页。

至，玄熊射远荒。"① 诗歌描绘的是一次热闹的庆功宴饮，觥筹交错，宾主唱和，其中的"胡雏双舞伎"表现的是塞外的双人舞蹈。他的另一首《黄使君邀饮榴阴亭，以余不得醉，欲倩白将军为觭角戏，成短歌》表现的则是武士之舞了。在军事幕府中还可以看到骑射箭艺，何白《七夕郑中丞宴请清宁台，命侍史度曲校射作》云："小史停歌扇，分曹递射侯。乌号拾白羽，猿臂希青鞲。后队频看的，先鸣已报筹。"② 一场你争我夺的射箭比赛无疑为幕府宴饮增色不少。

宴饮时，酒酣耳热之际，甚至有拿出兵器来品鉴、赠予的，王寅《徐大夫子与席上看宝刀》："徐家匕首留传久，新买蛮刀百宝妆。醉后王郎歌砍地，一时四座冷飞霜。"③ 另一首《席上谢徐太守子与解赠佩剑》云："君自延津返，双龙闭匣中。百年赠交结，万里剖雌雄。阴风腥满座，斗气昼横空。莫谓侯嬴老，从来剑术工。"④ 徐中行为人所熟知多因他是明代诗坛后七子之一，但其在担任地方官时颇有政绩，甚至不乏武功，据《明史》记载："（徐中行）美姿容，善饮酒。由刑部主事历员外郎、郎中，稍迁汀州知府。广东贼萧五来犯，御之，有功"⑤。王寅的这两首宴饮诗除了表现自己的狂歌痛饮与布衣侠气之外，也能看出徐中行豪情尚武的一面。

即使在荒寒的塞外，不少宴饮的规模也是很大的。林章《元夕滦阳演武堂戚都护宴集，观九曲黄河灯，时大雪》便表现了当时边塞宴饮的盛况，其诗云："将军开宴对河濆，千里河流坐上分。海蚌放珠堪照夜，火龙衔烛欲烧云。擎杯月动金波影，说剑星摇玉斗文。何处笙歌天外度，东风吹落雪纷纷。"⑥ 诗中描写戚继光于元夕之日在黄河岸边设宴，宾主同观彩灯的景象，其环境的壮丽繁华并不逊于内地都城。还有的宴饮会在行船上举行，如俞安期的《魏塘舟中夜饮邹彦吉兵宪山泉酒，因读其新著〈出山草〉》便描绘了一次舟中宴饮的情形："楼船东下水萦回，风袅

---

① 俞安期：《翏翏集》卷27，《四库全书存目丛书》，齐鲁书社1997年影印本，集部，第143册，第248页。

② 何白：《汲古堂集》卷19，《何白集》，上海社会科学院出版社2006年版，第335页。

③ 王寅：《十岳山人诗集》卷4，《四库全书存目丛书》，齐鲁书社1997年影印本，集部，第79册，第282页。

④ 同上书，卷3，第227页。

⑤ 《明史》卷287，中华书局1974年版，第7378—7379页。

⑥ 《林初文诗文全集》不分卷"七言律"，《续修四库全书》，上海古籍出版社2002年影印本，集部，第1358册，第744页。

旌旗夹岸开。小队偶乘新月出，上尊还自故园来。徼霜夜剑寒初动，乱火春流暖欲回。谁道军中翻握管，铙歌吹曲有新裁。"① 宾主二人乘坐的是军用战船，晚上行舟，新月初上，旌旗在夜色中迎风招展，诗人一边在船上小酌，一边翻阅幕主的新诗，不能不说是生平难得的一种体验。

从上述诗作中，我们可以发现明代游幕文人宴饮诗的总体基调是欢快的，这主要缘于"宴饮"本身就是一个欢快的场合，康德《判断力批判》为了说明"快适的诸艺术是单纯以享乐为它的目的"，曾举了类似"宴饮"的例子："例如人们在筵席间享受到的一切刺激，有趣地说着故事，诱使坐客们活泼自由地高谈阔论，用谐谑和欢笑造成快乐气氛。在这场合，正如人们所说的，随便说些醉话，不负任何责任，不停留在一固定题目的思考和倡和里，只为了当前的欢娱消遣。"② 宴饮诗在某种程度也是构成"快乐气氛"、满足与会之人"欢娱消遣"的一部分，此时身份卑微的幕客如果不合时宜地写一些色调过于灰暗或情绪偏于愤激的作品就不免扫宾主的兴了。

不过，借宴游之欢来反衬思乡之愁仍是游幕文人此类诗歌的惯常表现手法。如前举何白《七夕郑中丞宴请清宁台，命侍史度曲校射作》，诗中有云："鹊桥当此夕，雁塞感先秋。坐见双星渡，仍嗟万里游。乡心关尺素，闺梦泣刀头。开府张清宴，登台散旅愁。"③ 幕主佳节设宴，对远游的文人本是一种慰藉，却无意中成为身在异乡的一种暗示，触发了诗人的羁旅之愁。又如袁中道《云中梅中丞招饮城南精舍，醉后登台有述，兼呈罗天池、唐仲文》诗云："笙箫隐隐下禅堂，五月登高一望乡。流落喜依严节使，逢迎重见蔡中郎。牛羊日暮千家戍，禾黍风熏百战场。极目平原思校猎，时清何处射天狼。"④ 诗人自比杜甫、王粲，而将幕主比作严武、蔡邕，但在宾主相得，畅饮尽欢的宴饮背景下仍难掩思乡之情。再如梁辰鱼《同袁荆州庾信楼宴集》："高宴登飞楼，乃有戚戚颜。楼下车马多，悲尔空往还。芳树罗长堤，闲云度寒潭。残阳原上没，秋风动边关。伤哉庾开府，羁此不得还。冉冉百年内，日夕哀江南。"袁荆州，即袁祖庚，字绳之，长洲人，嘉靖二十年（1541）进士，时任荆州知府。庾信

---

① 俞安期：《翏翏集》卷30，《四库全书存目丛书》，齐鲁书社1997年影印本，集部，第143册，第278页。

② ［德］康德：《判断力批判》，宗白华译，商务印书馆2009年版，第146页。

③ 何白：《汲古堂集》卷19，《何白集》，上海社会科学院出版社2006年版，第335页。

④ 袁中道：《珂雪斋集》卷2，上海古籍出版社1989年版，第51页。

在侯景之乱中曾逃亡荆州，后又羁留北方，梁辰鱼在诗序中说："（庾信）楼在江陵公安门外大堤上。开府拘留北土，登高望远，每有乡关之思，因作《哀江赋》，北人乃建斯楼。"① 诗人宴饮高楼，触景伤怀，虽为庾信而感慨，也表达了自己对乡土的思念，宴饮的欢会反而为此类诗作涂抹了一层感伤的色彩。

二　唱和诗

古代文人间的唱和诗是较量诗艺，表现个人才华和联络感情最常用的一种方式，根据唱和对象的不同，明代游幕文人的唱和之作可以分为三类：一是与藩王、内阁大臣、封疆大吏的唱和；二是与普通官员的唱和；三是与其他布衣文人的唱和。

我们以谢榛为例，他一生遍谒权豪，尤其是长年曳裾于诸藩王门下。众所周知，谢榛与赵康王（朱厚煜，号枕易道人）关系最密，深得赵康王器重，还于嘉靖十三年（1534）移居安阳，举家附之。另外，谢榛与镇康王（朱恬悼，号西岩道人）、沈王（朱恬烄，号西屏道人）、德平王（朱胤榿，号南岑道人）等都有频繁的交往，宾主间有许多唱和酬答之作。奉和赵康王的如《赵王枕易见寄（有"酒熟花香春未老，好携书剑早归来"）》，诗云："江海通元气，风云入浩歌。行人犹未返，芳草欲如何？沙晚闲凫雁，山春秀薜萝。淮南赋招隐，凄恻感情多。"② 从诗题注上看，赵康王寄诗于谢榛，促之早归，诗人感其情深，以儒雅好客的淮南王喻之。奉和镇康王的如《次镇康王西岩夜过之韵》："秉烛贤王过，传呼到榻边。衣寒坐来露，台迥醉中天。共话嫌宵短，相逢记月圆。伫看归驾远，城柳带朝烟。"③ 镇康王秉烛看望谢榛，在其床边一起夜话，让诗人大为感动，自然以"贤王"称之。再如奉和沈王则有《次沈王殿下秋夜小酌之韵》："为家云山色，凭高望几回。孤吟方露下，百感复秋来。夜爽风鸣树，天清月在杯。共言今子建，八斗不凡才。"④ 诗末以曹子建赞沈王，不无溢美。谢榛此类唱和之作，相对于其他作品显得较为平庸空洞，而且写来写去，无非是贤王下士、淮南梁苑之类，地位的过于悬殊以及过重的依附心理都影响到诗人才华的发挥。

---

① 梁辰鱼：《鹿城诗集》卷6，《梁辰鱼集》，上海古籍出版社1998年版，第98页。
② 谢榛：《谢榛全集校笺》卷4，李庆立校笺，江苏古籍出版社2003年版，第210页。
③ 同上书，卷10，第452页。
④ 同上书，第453页。

　　虽然同样以布衣身份去赋诗，但谢榛与朝廷其他普通官员间的唱和之作则要平实自如得多。谢榛有《和王比部喜浚人卢楠冤雪之作》一诗，此诗是与供职刑部的王世贞的酬唱诗，① 诗云："春从邹律动，近得破愁颜。心事孤灯下，年光万死间。赋成余白发，身在有青山。共尔烟霞约，飘然去不还。"卢楠，字次楩，河南浚县人，"博闻强记，落笔数千言"，负才忤县令，令诬以杀人，系狱数年。谢榛因爱惜其才，又同情其遭遇，遂入京师："见诸贵人，泣诉其冤状曰：'生有一卢楠不能救，乃从千古哀沅而吊湘乎！'平湖陆光祖迁得浚令，因榛言平反其狱。"② 可以说，卢楠的获释是靠谢榛多年游幕而积累下来的人脉关系，一介布衣能脱人于大狱，实非易事。当卢楠获释的消息传来，谢榛以和诗的方式一则表达了内心的激动；二则也回顾了奔走相救的艰辛，同时还表示了功成身退的想法，此诗足显其侠肝义胆和人品的高洁。

　　至于同功名较低及布衣文人间的唱和，作为当时诗坛的宿将，谢榛不仅可以与之平辈论交更不无"指点"的口吻，如《酬五岳山人黄勉之见寄》是与吴县文人黄省曾（字勉之，号五岳）的唱和诗，诗云："人壮三吴地，天开五岳图。神交江月迥，目极海云孤。老凤鸣琪树，秋花照玉壶。洞庭骚雅会，知尔说狂夫。"③《寄酬朱逸人尧治》："尔客信陵馆，夷山空复春。纵横战国士，疏懒圣朝人。对雨灯无焰，冲星剑有神。缄书曾寄我，千里意相亲。"④ 此诗是写给一位客居大梁的布衣文人朱尧治，与上一首一样，诗中以"尔我"互称，显出朋友间的亲密。其《酬马子端》是写给太学生马峦（字子端）的唱和诗，诗云："若木横西极，鲲鱼鼓北溟。壮图双鬓黑，不寐一灯青。曙朋低花苑，春烟澹石屏。上公开阁日，暂尔谢山灵。"⑤ 此诗则有期许鼓励之意。这些唱和之作都写得气韵流动、神采自然，非与权贵间的唱和诗可比。

　　谢榛的这三类唱和诗在明代游幕文人中是颇具代表性的，第一类唱和因卑微的心理而显得拘谨，第二类要气定神闲得多，第三类则更显出文人心胸旷朗、神旺气盛的一面。若联系谢榛关于作诗的三种气格之论，两者实有异曲同工之妙，他这样说道："作诗有三等语：堂上语，堂下语，阶

① 王世贞有《闻卢生将出狱志喜》共3首，见《弇州山人四部稿》卷23。

② 《明史》卷287《卢楠传》，中华书局1974年版，第7376页。

③ 谢榛：《谢榛全集校笺》卷8，李庆立校笺，江苏古籍出版社2003年版，第375页。

④ 同上书，卷9，第438页。

⑤ 同上书，卷8，第379页。

下语。知此三者，可以言诗矣。凡上官临下官，动有昂然气象，开口自别。若李太白'黄鹤楼中吹玉笛，江城五月落梅花'，此堂上语也。凡下官见上官，所言殊有条理，不免局促之状。若刘禹锡'旧时王谢堂前燕，飞入寻常百姓家'，此堂下语也。凡讼者，说得颠末详尽，犹恐不能胜人。若王介甫'茅檐长扫净无苔，花木成蹊手自栽'，此阶下语也。"① 虽然谢榛此处以诗论诗，谈的是诗歌本身的气韵格调，并未涉及诗人个人的社会地位，但在写诗的过程中，诗人的身份意识确实起着某种重要的心理暗示作用。

不过，我们强调唱和对象的选择对创作心态的影响，但并不意味两者有着必然的联系。因禀赋天性的不同，有的游幕文人即使与唱和对象地位悬殊，也可以突破心理上的障碍，自由地发挥出自身真正的才华，下面我们以徐渭为例来说明这一现象。

嘉靖四十一年（1562）秋，总督胡宗宪率部赴福建剿倭，途经浙江龙游县，于翠光岩开宴，胡宗宪赋诗首唱，作《季秋同幕客徐天池、沈勾章秀才翠光岩看渡兵》一诗云：

> 崇岩百尺俯清漪，胜地天留自有期。隔浦青山开锦障，悬崖红树列彤帏。垂鞭倚马看兵渡，引缆行舟觉岸移。幕客交游多意气，因将长剑镵丰碑。②

席上沈明臣、徐渭各有答诗，沈诗已佚，徐诗为《奉侍少保公宴集龙游之翠光岩》（诗题小注："命与沈嘉则同赋，时有闽之役"），诗云：

> 楼船几日下钱塘，胜地临江绮席张，虎帐山开萝作带，龙潭水积剑为光。芳羞自由船窗底，妙响偏宜舞扇傍，日映桅樯兼树密，风吹丝竹袅云长。渔郎贾客停何事，桂楫兰桡渡不妨，暂脱锦袍悬翠壁，忽抽彤管拂青缃。闲中国计筹能悉，醉后兵符发更详，宝马嘶群行杂锦，红旗悬的射穿杨。霜前下叶沙俱积，雨后残碑藓更香，野旷牙官分作队，林疏甲士补成行。松杉借翠连幢碧，橘柚分金映甲黄，羽扇周郎临赤壁，轻裘叔子在襄阳。庾楼无月人犹往，郤幕开风客不藏，远眺非关耽丽景，雄心先已到遐荒。建溪露布风雷急，沘水兵威草木

① 谢榛：《谢榛全集校笺》卷25，李庆立校笺，江苏古籍出版社2003年版，第1261页。
② 万历《龙游县志》卷9，民国十二年排印本。

扬，却与从行诸幕士，维舟九曲泛清觞。①

此诗从字面上看，除了描绘环境，渲染军威外，似乎只是在表现幕主从容行军、指挥若定的大将风度，如用"羽扇周郎"（周瑜）、"轻裘叔子"（羊祜）来形容胡宗宪，与胡氏首唱中"垂鞭倚马看兵渡"的自我形象相呼应，这与一般的幕客奉和之作并无两样。但仔细品读下来，发现此诗其实另有"玄机"。行军打仗本是极其严肃而需要慎重的事，怎么能"醉后兵符发更详"呢？而且此年倭寇大举侵犯福建，军情紧急（诗中也称"建溪露布风雷急"），身为前线统帅的胡宗宪又怎能够清闲得与文人幕客们"维舟九曲泛清觞"呢？这首诗可以说深得微讽之妙，既隐晦地揶揄了幕主的行事作风，又在公开场合给幕主留有余地（让人乍一读还以为只是粉饰之辞）。现场赋诗唱和，除了平时的积累外，更需敏捷的才思，徐渭的这首七言排律并没有因为是写给位高权重的幕主而用套语草率赋诗，而是借机微言劝谏，同时也体现了一位杰出诗人的不凡才华，只是诗中的深意性格粗豪的幕主未必能即时领会罢了。

第三节　相逢和别离

明代文人若是选择了游幕，便往往也注定选择了漂泊，伴之而来的是生命里各种各样的相逢和别离。作为文人，他们习惯于用诗歌书写其中的激情、痛快、苦楚与哀愁，严羽称："唐人好诗，多是征戍、迁谪、行旅、离别之作，往往感动激发人意。"② "征戍"、"迁谪"与明代游幕文人关联不大，而"行旅"、"离别"则是他们诗歌中常见的主题，本节主要讨论其相逢诗与赠别诗。

一　相逢诗

人生的相逢有千百种，文人成为幕客则是从与幕主的相逢开始的，而这种相逢所留下的诗歌作品很多其实是干谒诗。明代尤其是晚明布衣干谒之风很盛，张凤翼《与俞子如书》曾讥刺道："今时游食四方者，曾不识一丁，而托名诗章，乞书请谒，狐媚蛊惑，动充囊箧。缙绅甘饵，不知实

---

① 徐渭：《徐文长三集》卷9，《徐渭集》，中华书局1983年版，第322页。

② 《沧浪诗话校释·诗评》，人民文学出版社1983年版，第198页。

胜欲借其游扬，特为折节，缘以入贿，阳则为名，阴则为利者，在在有之。"① 虽言之过苛，但不能不承认，文人欲入幕则所投诗歌必然是带有较为强烈的功利性的，而要实现自己的目的，首先做的就是恰到好处地恭维甚至吹捧干谒的对象。沈明臣《奉寄潘尚书》是写给时任刑部尚书潘恩的，诗云：

> 坐啸犹能净海氛，鸿名岳岳四夷闻。诸郎汉署三公掾，大老明时万石君。南极星临吴越分，台阶垣动玉衡文。鹖冠自喜空言见，著就山经寄白云。②

诗歌开篇所渲染的主要是潘恩昔日在浙江左参政任上的事迹，据《明史》："（潘恩）按部海盐，倭猝至，围城数匝。恩与参将汤克宽、金事姜颐力御却之。"③ 潘恩在抗击倭寇方面是有功绩的，也是其感到自得的往事，沈明臣以此来领起全诗自然颇能唤起这位潘尚书的好感。接下去"诸郎汉署三公掾"一句也基本符合实情，潘恩次子潘允端、长子潘允哲先后举进士，一授刑部主事，一授新蔡县令，故用西汉大臣石奋的典故（石奋身为二千石，四子皆官至二千石，号为万石君）形容之亦为贴切。"南极星临吴越分，台阶垣动玉衡文"一联夸耀其文章，虽然应景，终是套语。末句则是诗人自我的写照，"鹖冠"，此处指隐士之冠，《文选·刘孝标〈辩命论〉》："至于鹖冠瓮牖，必以悬天有期。"李善注："《七略》：鹖冠子者，盖楚人也，常居深山，以鹖为冠，故曰鹖冠。"④ 游幕天下的沈明臣以"隐士"指称自己，不免略显滑稽，所谓"著就山经寄白云"，似乎不求闻达，当然这也只是表达上的一种以退为进的技巧而已。沈明臣的这首诗从艺术上论称不上是多好的作品，但若从诗的交际功能上看，仍可算是点面俱到的得体之作。

与沈作相似，梁辰鱼的《上礼部尚书尹相公三十韵》也是一首典型的干谒诗。诗云：

---

① 《处实堂续集》卷2，《续修四库全书》，上海古籍出版社2002年影印本，集部，第1353册，第401页。

② 《沈嘉则集》，《盛明百家诗》，《四库全书存目丛书》，齐鲁书社1997年影印本，集部，第308册，第460页。

③ 《明史》卷202《潘恩传》，中华书局1974年版，第5342页。

④ 《文选》卷54，中华书局1977年版，第747页。

南国申生日，中天岳降辰。风流传祖德，卓绝迈臣邻。少小金闺籍，逍遥玉殿身。赐持琼研早，诏夺锦袍频。视草趋青琐，谈经近紫宸。周庠敷教育，殷序正彝伦。万国陶熔久，诸生造就纯。乘风腾鹍路，随水上龙津。虽荷明王宠，能辞丞相嗔。衔恩离露陛，命驾出风尘。秘殿辞鸳鹭，留都领缙绅。江山南渡异，星斗北辰匀。礼乐司文物，春官坐讨论。棘闱收俊乂，郊庙协明禋。岁月淹良佐，年华属老臣。祥云笼四野，佳气庆千春。艳冶才过度，清和又及晨。温风翔海鹤，膏雨沐灵椿。桃李盈墙植，簪裾满座陈。参庭多幕客，入室半门人。兰草垂仙佩，榴花当酒巡。阶前罗玉树，堂下列麒麟。喜值再甲子，还期复丙寅。伫看终眷顾，定见极台钧。未学心何自，先生道久遵。太丘游茂苑，伯氏治江滨。吉水源方远，吴门化未湮。华封祈更切，嵩狱颂初申。海宇春如旧，家山日永新。普天同寿域，康济在斯民。①

此诗干谒的对象是尹台。尹台，字崇基，号旧山，江西永新人，嘉靖乙未（1535）进士。从诗中"喜值再甲子"一语判断，此诗应作于嘉靖四十三年甲子（1564），尹台时任南京礼部尚书。这首诗可以分作四段，第一段八韵十六句，述说尹台年少高中，深受皇帝恩宠。尹台出生于明武宗正德元年（1506），嘉靖十四年（1535）二甲第八名举进士，说他"少小金闺籍"并不夸张。初授翰林编修，并不时获得皇帝的垂青，"谈经近紫宸"、"周庠敷教育"等语是指尹台先后担任翰林院侍讲、国子监祭酒等职，对于刚届而立之年的尹台来说，仕途可谓一片光明。第二段六韵十二句，"虽荷明王宠，能辞丞相嗔"一句是全诗的一个转折，也是尹台在仕途上的一次波折，据邹元标《洞麓堂集序》，尹台"立朝多劲挺，与诸佞幸为敌。护持杨忠愍一事，流注士人口吻，尤伟"②。则尹台是因支持杨继盛而得罪首辅严嵩。但大概是同乡的缘故，严嵩并未对其采取什么严厉的手段。诗中"衔恩离露陛，命驾出风尘"一句接紧"丞相嗔"之后，让人以为尹台是获罪而被赶出京城，而实情却是在嘉靖三十四年（1555）即杨继盛被弃市的当年（此时杨已系狱三年），尹台还以国子监祭酒改詹事府少詹事兼翰林院侍讲学士，并且"供玄撰"，又于次年升为南京吏部

① 《鹿城诗集》卷23，《梁辰鱼集》，上海古籍出版社1998年版，第287页。

② 邹元标：《洞麓堂集序》，《洞麓堂集》卷首，《文渊阁四库全书》，台湾商务印书馆1983年影印本，集部，第1277册，第403页。

右侍郎。当然这也可以理解为明升而暗降，但若与同科进士赵贞吉因忤严嵩而遭廷杖夺官相比，实不可同日而语，只是比起那些阿附严嵩者，尹台仍算是有节操的官员。第三段六韵十二句，此段用了大量华美的词藻，无非是形容其门人众多，声望甚隆，并无多少实质内容，显得空洞。第四段八韵十六句，主要是表达对尹台的祝愿，其中"嵩狱颂初申"一句袭前故技，似乎尹台也是严嵩掌权的受害者，如今才终于重受重用，但巧的是尹台由南京吏部右侍郎升为南京礼部尚书也是在嘉靖四十二年（1563），恰好发生在严嵩倒台之后。梁辰鱼如此表述，在当时一片倒严之风中无疑替尹台增加了政治筹码，为不久的将来受召回朝营造声势，只是未免一厢情愿罢了。尤其带有讽刺意味的是，嘉靖四十五年（1566），尹台遭御史王同道弹劾，罪名是"贪鄙不职"，结果被夺职为民。

　　梁辰鱼这首诗有着内容苍白、饾饤堆砌之病。不过，站在一个干谒者的角度，面对平庸的官员，既要讨得干谒对象的欢心，又实在没有什么政绩可写，剩下的选择就只能是用一些华丽的辞藻来修饰，结果反而显得愈加的空洞。同样的例子在谢榛的干谒诗中也比比皆是，如其《走笔效太白歌行寄上沈王殿下》："天地无言覆载我，两鬓全白齿半堕。匣中宝剑蓄龙精，四海历游无不可。时逢厚俗且为家，宁羡淮南丛桂花。人生知遇非偶尔，枚马聚散殊堪嗟。"[1] 自我的哀怜加上对藩王陈腔滥调的赞美几乎构成了所有此类干谒诗的共同特征，而类似的干谒之作往往成为时人及后世嘲讽这一群体的某种根据。

　　不过，若是以更加宽容与审慎的态度来看待游幕文人的干谒诗，我们也会发现，在这些作品中，诗人对干谒对象的仕途履历甚至家庭背景都几乎了如指掌，对于一个远离朝政的布衣文人而言，不能不说是费了不少心思的。从中我们也能看出，明代游幕文人所写的干谒诗尽管充满了富艳的辞藻，不能免阿谀奉承之俗，但也并非信口开河，而是在对干谒对象有着较为充分了解的基础上润色而成，所以其价值倒也并不能一笔抹杀。

　　此外，若是应召游幕，幕主礼数在先，此时所写的干谒诗，与主动投奔，其况味又不相同。晚明著名书画家、诗人程嘉燧作有《戚都督再枉书招余，白下归，赋此投谒》，诗云："京国寒风敝客袍，何缘物色访蓬蒿。遥传礼数将军重，更枉征求使者劳。懒慢不堪供草檄，从容傥许事钤

---

[1]　谢榛：《谢榛全集校笺》卷3，李庆立校笺，江苏古籍出版社2003年版，第158页。

韬。无家渐欲思田舍，惭愧当年淮海豪。"① 此诗虽名为"投谒"，语辞却不卑微，面对这位戚都督的盛情邀约，诗人不仅没有立即应允，反而以"懒慢"、"思田舍"相推辞，这一方面可以理解为文人的自矜，另一方面也与游幕者的社会声望有关。

一旦干谒成功，有了入幕的事实，有了宾主的情谊，当再次重逢时，游幕文人写下的诗篇就可以暂时放下恭谨的面具，而洒脱许多。沈明臣隆庆初年曾游戚继光幕，十九年后与昔日幕主重逢于吴江，欣然写下《吴江客舍适戚少保见过，喜而有作》，诗云：

> 秋霜落江枫，闭门守空巷。健步忽走谒，将军实天降。相迎且未揖，把手各问状。见君须眉苍，君喜我无恙。忽忽十九年，中间坐浮诳。天地旷南北，彼此一惆怅。书生气不凋，将军神独王。飞马追流星，长风破高浪。往事虽已然，来期尚堪畅。②

两位老友久别重逢，用不着俗礼，连互揖都免了，一个是叱咤风云的边帅，一个是漂泊江湖的布衣，地位是何等之悬殊，"把手各问状"，又是何等之亲密！他们互相打量着对方，沈明臣眼中的戚将军已经是"须眉苍"，戚继光则为故人无恙而高兴。十九年的沧桑岁月，因地理的阻隔"天地旷南北"，故友难聚，如今各自垂老，怎能不让人心生惆怅，何况此时戚继光正处在事业的低谷。万历十年（1582），一向支持戚继光的首辅张居正病殁，反对派群起攻之，戚继光也受到牵连，于次年从经营多年的蓟州调往广东。然而在诗的末处，诗人并未诉说双方迟暮飘零的悲哀，没有让消极情绪继续蔓延，反而鼓励幕主，表示追随之意，并以"来期尚可畅"开朗自信的态度作结，从而在情感上喷薄出壮阔的波澜。

相对于带着功利取媚心态干谒而开始的相逢，对于游幕文人而言，布衣与布衣间无论初见还是重逢都要显得自然而富有人情味。

徐渭游宣府时新结识丹徒诗人茅溱（字平仲，有《四友斋集》），不胜欣喜，其《与茅山人溱集龙槐下得君字》诗云："客思惨无忻，边中况少文，俄从大雄寺，得遇小茆君。有水冰俱咽，无风日偶熏，邀将槐树

---

① 《松圆浪淘集》卷7，《续修四库全书》，上海古籍出版社2002年影印本，集部，第1385册，第641页。

② 沈明臣：《丰对楼诗选》卷3，《四库全书存目丛书》，齐鲁书社1997年影印本，集部，第144册，第190页。

下，宛见蚁封分。冻落千条翠，乾盘五丈云，阅人知几辈，得赏始吾群。"① 在缺少文人氛围的边塞之地能结识志同道合的文学之士，的确是人生一大幸事。有的诗人在惺惺相惜中，还会适时地融入个人的身世之感。王寅于戚继光幕府第一次遇到福清诗人郭造卿（字建初），写下了《三屯营留别郭建初》一诗，诗云：

> 闽海才名何赫赫，蓟门久作将军客。将军广结号怜才，紫骝郭郡迎余来。与君长揖惊相顾，把手神交道情素。幕下尊前十日欢，别离先逐都门路。君胡尚为将军留，万里边塞愁深秋。西风白苎吹早裂，御寒谁肯轻貂裘。知己相逢良不易，犹有中藏丈夫事。羞同阮籍泣途穷，仰天别洒忧时泪。咫尺都门还与期，黄金台下来休迟。郭生惟许燕昭识，举世苍茫谁得知。②

作者与郭造卿神交已久，但一直未能谋面，这次终于在边塞相逢，"与君长揖惊相顾，把手神交道情素"，欢喜之情溢于言表；然而这种相逢又是极其短暂的，诗中"知己相逢良不易，犹有中藏丈夫事。羞同阮籍泣途穷，仰天别洒忧时泪"数语其实在惜别之外，更道出了王寅一生的漂泊之悲、难遇之痛。

王寅另有《蓟门逢行甫》一诗，诗云："忆昔相逢少保府，弱冠明经仍好武。久别重逢都护营，依然短褐一书生。胡为大嗔不称意，南北纷纷羽书至。愿借怀忠七尺身，随场莫作时人事。眼前貂锦闻不闻，嗟哉谁是真将军。国家正睹灵长运，谈笑乘时可策勋。"③ 它显然是故友重逢之作。这位好武之士曾与王寅相识于胡宗宪幕府，塞上重逢本应分外高兴，但他志不获展，人生并不得意，故而牢骚满腹。尽管诗人其实一样的穷愁潦倒，仍然对朋友加以宽慰，激励其为国家建功立业。

文士游幕所遇的布衣之友，大多是和自己身份相似的幕客，彼此在情感上可以很容易相互沟通，引发共鸣。陈伯陶《胜朝粤东遗民录》卷四《梁稷》记载："梁稷，字非馨，……出塞居督师袁崇焕幕中为重

---

① 徐渭：《徐文长三集》卷8，《徐渭集》，中华书局1983年版，第306页。
② 王寅：《十岳山人诗集》卷2，《四库全书存目丛书》，齐鲁书社1997年影印本，集部，第79册，第200页。
③ 同上。

客，……浙人王予安亦客崇所，稷于听画角胡笳时同作越吟，至相得也。"① 何白《塞上逢金伯庚有赠》诗云："无定河边柳乍舒，逢君立马一踌躇。解纷未借聊城矢，著论应过《越绝书》。岂向平津厌脱粟，耻从幸舍叹无鱼。银罂马湩频堪醉，几许乡愁与破除。"② 何白与金伯庚都是浙江人，此前或许曾经谋面过，但又记忆不深，"逢君立马一踌躇"很生动地写出两人相遇时欲识还疑的情景。金伯庚也正在郑汝璧幕下，自然更觉亲切，"平津"二句点明了他们一样的幕客身份，而同乡的关系则正可以共抒乡愁。

此外，朋友相逢，有时免不了礼物相赠，边塞之上，军幕之中，兵器无疑是一种不错的选择。王寅《谢方景武双吴钩》诗云："闻君家有双吴钩，得之何人乃戚侯。水火阴阳铸何代，珍惜不受千金求。北游见余知侠节，白首相逢始交结。穷途何用赠兼金，丈夫刚肠托片铁。一笑许诺赠不迟，出囊一雄与一雌。雌雄并落王郎手，得主新依跃龙吼。尊前拂拭大叫夸，掌上尺五烂雪花。乾坤照见不平事，冷风忽地吹胡沙。踪迹聚散真飞絮，蓟门谢佩吴钩去。倘若相思南望予，斗躔气射丹虹处。"③ 诗人与方元淇（字景武）也是初次相识，但两人很快意气相投，后者更以吴钩相赠。吴钩是中国古代一种传统兵器，形似剑而曲。春秋吴人善铸钩，故称。李贺曾诗云："男儿何不带吴钩，收取关山五十州。"辛弃疾则有词云："把吴钩看了，栏杆拍遍，无人会，登临意。"历代诗人的吟咏赋予了这件兵器特殊的意蕴，并成为男儿建立功勋的象征。虽然此时的王寅早就韶华已过，但见到这对吴钩，仍旧高兴万分，爱不释手，诗人用了连续的比喻和夸张的笔调写出了内心的欢愉之情。在绝域边塞的文化背景下，游幕之士彼此间的交往与友情亦显得格外的激昂慷慨、痛快淋漓。

二 赠别诗

在交通不发达的古代，由离散到聚合总是那么的不易，正所谓"相见时难别亦难"。对于常常漂泊异地的游幕文人而言，伤离惜别更是屡屡遇到的，赠别诗便成了他们离别之际情感表达与寄托的一个重要载体。

---

① 《清代传记丛刊》卷4，周骏富辑，台湾明文书局1986年影印本，第70册，第406页。

② 何白：《汲古堂集》卷17，《何白集》，上海社会科学院出版社2006年版，第306页。

③ 王寅：《十岳山人诗集》卷2，《四库全书存目丛书》，齐鲁书社1997年影印本，集部，第79册，第200页。

"古之人有行则歌诗以送之"①，明代游幕文人在"游幕"这一特定语境下所创作的赠别诗可以分为两类：一是送人游幕之作；二是送人离幕之作。前者最常见的诗题模式是"送某某游某地"、"送某某"、"送某某往某地谒某某"，如顾圣少《送吕中甫游青州》：

> 庄岳街前雪未干，兔园词客驾征鞍。东游时过田单垒，留得聊城
> 一箭看。②

宋登春《送句吴豪士游大梁》：

> 魏王台上草纷纷，落日中原低暮云。匹马浪游孤剑在，酬恩谁说
> 信陵君？
> 汴水东流接大河，曾经帝里问铜驼。春风二月旗亭酒，落日夷门
> 一放歌。
> 沙尘风起昼冥冥，二月黄河尚带冰。桑柘夕阳村店路，同谁走马
> 吊韩陵？③

王稚登《中秋日送钱象先游豫章》：

> 西风征雁不堪闻，病里题诗思送君。月与离樽今夜满，秋将行色
> 一时分。匡庐木落山如黛，彭蠡霜寒水似云。公子西园宾客盛，好陪
> 飞盖共论文。④

谢榛《送郭山人次甫游秦中》：

> 马上吴歌壮尔行，度关非是弃繻生。黄金剩买新丰醉，红树遥含
> 故国情。地出三峰雄陕服，天分八水杂秦声。霸陵纵目多秋兴，日夕

① 刘基：《送章三益之龙泉序》，《太师诚意伯刘文成公文集》卷5，《四部丛刊初编》，上海商务印书馆1919年影印本，集部，第1519册。
② 《明诗纪事》己签卷20，上海古籍出版社1993年版，第2217页。
③ 宋登春：《送句吴豪士游大梁》，《宋布衣集》卷2，《文渊阁四库全书》，台湾商务印书馆1983年影印本，集部，第1296册，第567页。
④ 《明诗纪事》己签卷16，上海古籍出版社1993年版，第2125页。

雕飞蔓草平。①

沈明臣《送吕山人中父》：

> 与君同庚复同里，四十五年才识尔。……昔年尝走齐鲁间，紫霞高冠白云履。兔园上客比邹枚，长揖侯王傲天子。侠骨能令壮士香，高怀可使狂生耻。②

尤嘉在《送刘舍人往太原谒梁、李二使君》：

> 平原日落雁声寒，送子西游岁欲残。共惜异乡裁别赋，更于何处解征鞍？山横熊耳尖如削，路绕羊肠曲似盘。自是陈蕃能下榻，匣中长铗不须弹。③

此类诗作在整个明诗中占有相当大的比重，从中亦不难感受到其时布衣游风之盛。诗的作者都是著名的游幕文人，送别的对象也都抱有游幕的目的，因此这些诗歌在表达要素上便有了一定的趋同性，其中有两样常常是必不可少的：一是要表明被送者的游幕身份，一般会用"兔园"（汉梁孝王事）、"夷门"（魏信陵君与侯嬴事）、"西园"（魏信陵君事）、"弃繻"（汉终军事）、"弹铗"（战国冯谖事）等语；二是要点明此行的目的地，渲染东西南北的不同的地域景观，以示远行之意。可以看出，这些诗歌的具体内容"虚"者多而"实"者少，毕竟明代私人聘幕方式让文人游幕面临着更大的不确定性，诗人对赠别对象游幕成功与否无法预知，只能以一些比较俗套的典故来表示忧虑或者寄以美好的祝愿。

不过，如果诗人对赠别对象的游幕情形比较熟悉，那么此一类赠别诗的情感力度则会获得提升，其艺术表现也更为丰富与多样。浙江文人叶子肃两赴戚继光幕，一次南下福建，一次北上蓟镇，徐渭分别赋有《送子肃再赴闽幕》与《送子肃赴三团营》，诗云："我昔曾操记室文，君今又作幕中宾。共怜踪迹随萍梗，谁道词章动缙绅？杨柳自抽离客思，樱桃初

---

① 谢榛：《谢榛全集校笺》卷13，李庆立校笺，江苏古籍出版社2003年版，第577页。
② 沈明臣：《丰对楼诗选》卷5，《四库全书存目丛书》，齐鲁书社1997年影印本，集部，第144册，第211页。
③ 《明诗综》卷49，中华书局2007年版，第2492页。

学美人唇。此时欲别难为别，况复啼莺弄曲新。"① 又云："万里从戎赴朔屯，新秋骑服杂凉温。南人煤火满京国，东道高牙璧蓟门。貂贱不妨吹季子，剑长久已识王孙。客中如此良堪住，枉说风沙昼夜昏。"② 第一首诗题有"再赴"字眼，第二首诗题注有"戚总，其旧主也"，均说明叶子肃与其幕主戚继光是旧相识，游幕成功概率很高，诗人也不必表达什么无谓的祝愿和担忧，而能直抒胸臆，并提醒其客居的困顿与幕府驻地气候条件的艰苦，同时也寄寓了同病相怜的感慨。

与此仿佛，潘象安与王寅同为歙县文人，曾共组诗社，相交颇深，潘数度北上，游于大学士李春芳门下，临别之际，王寅均有诗相赠。潘象安初次北游，大约肇行于杭州，王寅则欲南下福建，两人一北一南，分路而行，其《武林送潘象安北游》诗云："余即挂帆指闽海，君还策骑向燕畿。雌雄龙剑难常合，南北冥鸿各自飞。世路久知谁荐士？风尘何事未忘机？贫交斗酒无能饯，早共青山赋采薇。"③ 此时潘象安幕主未定，王寅亦独自飘零，物质上的匮乏使得饯别亦显冷清，这种贫贱相交的布衣之谊，让人心酸而又无奈，故而诗人发出"早共青山共采薇"的浩叹。王寅另作有《送潘象安再赴李相国之招》，诗云："别日中秋近，长途一叶飞。复趋丞相府，暂罢老莱衣。知己非弹铗，娱亲可采薇。持杯愁不饮，去住两依依。"④ 这首诗中虽然仍用"采薇"之典，却多了几分乐观，毕竟如今的潘象安已是当朝大学士李春芳的幕客，并再度受邀，生活境遇有所改善，社会地位也得到了提高，诗人自然不能以"弹铗"之客视之。不过，由于诗人对潘象安家庭相当熟悉（潘少孤，有老母在堂），便也委婉地提醒他早归侍母。诗歌写得深情而实际，非挚友不能道此。王寅还有《送潘象安三游燕台歌》一诗，写道："王潭梨花照环堵，君忽题书寄蓬户。为报遥随太史槎，怀旧还归丞相府。羡君三作燕台游，四十年华正黑头。吟诗草赋已盈箧，投刺长揖交公侯。人生富贵意方适，啧啧空名何所益？君于俗世且浮沉，转眼吁嗟头易白。余亦海内多相知，麋鹿任性那能羁？不肯低眉务奇节，徒染缁尘走路歧。怜才谁是古人度？往事翻嗤乃自误。书剑乞售惭市门，田野躬耕苦迟暮。余言余言良不迁，富贵乘时君自

① 徐渭：《徐文长逸稿》卷4，《徐渭集》，中华书局1983年版，第819页。

② 同上书，第812页。

③ 王寅：《十岳山人诗集》卷4，《四库全书存目丛书》，齐鲁书社1997年影印本，集部，第79册，第269页。

④ 同上书，卷3，第236页。

图。老骥难甘终伏枥，燕台期与醉当垆。"① 比起前两首，这首赠别诗对潘象安的游幕之行多了几分艳羡之情，然而并无嫉妒之意，更多的是诗人对个人境况的自省之语。虽然都是游幕者，一个已是"人生富贵意方适"，一个则因"不肯低眉"的难羁之性而让人生充满了坎坷。当然诗人也非真的对此感到后悔，只是对潘象安所选择的道路持包容的态度，并称"富贵乘时君自图"，这份宽容让我们看到王寅身上那种可贵的品质，即坚持、张扬自我个性的同时又充分理解、尊重他人的个性与行止。

从徐渭、王寅诗作不难发现，在诗歌有限的篇幅中，略去了陈言旧典，其感染力与思想内蕴便可以得到更大程度的保证，正如渥兹渥斯所说"一切好诗都是强烈情感的自然流露"②，这也是此类赠别诗歌的艺术性一般要优于虚应故事之作的原因所在。

游幕文人创作的另一类型赠别诗是送人离幕之作，这些诗歌因为彼此"幕友"的身份和共事的经历，且多为贫贱之交，境遇相似，正所谓"白头灯下别，又各向风尘"③，自有深沉的感慨，这些作品也大多写得更加情真意切，感人肺腑，并往往能直接以更多鲜活的内容来呈现。何白《送朱伯隆文学还广陵，和来韵二首》之一："秦关并马日过从，形胜河山百二重。月上高城闲鼓角，参横西第罢歌钟。缔交雅爱朱公叔，持论谁如陆士龙。二十四桥归路近，美人相忆采芙蓉。"④ 此诗当是何白客榆林郑汝璧幕时所作，送别的对象是广陵文人朱伯隆。诗歌在雄伟壮丽的边塞背景下描绘了他与这位幕中好友日夕过从、并马游关的交谊，接着以东汉朱穆（字公叔，写过著名的《绝交论》）与三国陆云（字士龙，以能言善辩著称于时）来称赞这位幕友的人品和学识。末句笔锋一转，以婉约柔美的维扬景象作结，既点明了朱伯隆的家乡，又与开篇情境形成阳刚、阴柔的对比，而且对于诗人来说，这份离别让仍身处塞外的自己由衷地生出了一片向往之意，犹如李白的名句"烟花三月下扬州"。黄克晦《送康山人裕卿南归》："悔将白发博诗名，立马都门别友生。万里人归春草色，千峰路入暝猿声。轻航一任浮沧海，尽室依然住赤城。我欲天台寻道侣，

---

① 王寅：《十岳山人诗集》卷2，《四库全书存目丛书》，齐鲁书社1997年影印本，集部，第79册，第198页。

② 《〈抒情歌谣集〉序言》，《十九世纪英国诗人论诗》，人民文学出版社1984年版，第6页。

③ 沈明臣：《别仲房》，《丰对楼诗选》卷14，《四库全书存目丛书》，齐鲁书社1997年影印本，集部，第144册，第319页。

④ 何白：《汲古堂集》卷17，《何白集》，上海社会科学院出版社2006年版，第307页。

知君荷锸出花迎。"① 这是在"尽逐在京山人"的时事背景（参见第二章）下写就的一首赠别诗，山人康从理迫于朝廷禁令而离京，本是一件无奈而凄凉的事情，心中难免不万分懊恼，故曰："悔将白发博诗名"，但是诗人却为其勾勒了一幅欢乐而轻快的返乡画面，并且告知对方自己就算不遭遇同样的命运，也会主动寻访故友，待到重会之日，只怕现在落落寡欢的康从理到时早已习惯了悠闲自在的田园生活了。全诗对未来充满了美好的希冀，丝毫见不到基于同病相怜的凄楚和忧伤，而是以乐观的精神为友人送上心灵的慰藉，在同类赠别诗中别具一格。

　　袁中道的《别陈孝廉》也是一首离幕作品，不过，与何、黄之诗不同，这次是诗人自己要离开边塞，赠友以诗，属赠别诗中的留别之作。诗歌写道："同是萧条易水年，两人幕府共床眠。山游且学邹从事，米价难支白乐天。杯里杨花胡地雪，梦中芳草锦城烟。陆郎已上班骓去，带草离离伴郑玄。"② 诗人与陈姓友人共同生活在幕府，结下了深厚的友谊，"山游"一语用的是西晋名将羊祜的典故，邹从事指的是时任从事中郎的邹湛（字润甫），据《太平御览》卷四十三引《十道志》："羊祜常与从事邹润甫共登岘山，垂泣曰：'自有宇宙，便有此山，由来贤达胜士登此远望如我与卿者多矣，皆湮灭无闻，不可得知，念此使人悲伤。我百年后，魂魄犹当此山也。'"，邹湛是羊祜的幕僚，与两人身份一致。山游是轻松惬意的，但后接"米价"一语则以白居易的故事表明经济的窘迫，或许是暗示自己离幕的原因吧。《乐府诗集·清商曲辞四·明下童曲》："陈孔骄赭白，陆郎乘斑骓。"诗歌末句化用此语，以南朝陆瑜喻己，而以郑玄喻友，不仅抒发了浓郁的惜别之情，还为友人设想自己离开后的寂寞处境，显得饶有趣味。袁中道的另一首《密云署中赠别周子还里》，也写得新颖别致，不落窠臼："中人之仕少良谋，轻将朝市换林丘。下泽为车款段马，乡里善人称少游。令公纛下士如云，扫门行炙上将军。晓骑材官可唾取，君却掉头如不闻。自言身世无所羡，离家既久思乡县。有头慵着进贤冠，有手懒控大羽箭。夜踏月光听水泉，朝冲浩露看原由。归去闭门教儿子，长养山中草木年。"③ 密云是当时蓟辽总督蹇达的驻地，诗人客于其幕下达数月之久，自然免不了结朋交友，他在这首赠别诗中塑造了一位淡漠功名的周姓高士形象。在

① 黄克晦：《黄吾野先生诗集》卷4，《四库全书存目丛书》，齐鲁书社1997年影印本，集部，第189册，第744页。
② 袁中道：《珂雪斋集》卷4，上海古籍出版社1989年版，第180页。
③ 同上书，第182—183页。

"晓骑材官可唾取"、连"扫门行炙"都能博得美官的边塞幕府里，他却"掉头如不闻"，一心回乡，闭门教子，这样的人物在明代后期游幕文人中实在是不多见的，同时这首诗也没有渲染离情别绪。

和其他诗歌类型受创作环境影响一样，游幕文人所写的赠别诗也会因幕府所处地理环境的不同而产生风格上的差异。如诗人身处荒寒的北部边塞或者受赠者正欲前往该地，赠别之作必多"秦关"、"易水"、"风沙"之语，反之，南方的曲水舟楫便会跳动于字里行间。茅坤离开浙江胡宗宪幕府，徐渭赋诗相送，诗中有云："彩鹢停风维晓岸，断鸿随雨入秋冥。江堤芳草霜中尽，明日将谁寄别情。"① 王寅《送沈嘉则游闽谒汪中丞、戚都护》一诗中的主角沈明臣要赴福建，送别地在杭州："梅雨昨渡西陵舟，临安别我事邀游。樟亭驿前即挂席，维缆留君不肯留。……九曲知君南入闽，三千里外有通津。"上述二诗都有着浓郁的南方气息。沈明臣所作的《予游于吴令傅伯俊，久将去归，复有延陵之役，赋诗叙别》也是一首典型的南方赠别诗，此诗是赠予时任吴县县令傅光宅（字伯俊）的，叙留别之意，诗云："绿树正扶疏，凉飙动秋气。越客思南归，何堪久留滞。旦暮怀远途，临流需揭厉。胡为复前征，名区引高睇。酌泉惠峰麓，试屐君山霁。浮云荡我胸，飞鸟决我眦。领略江介风，鼓棹转吴会。是时黄口衰，口前判君袂。愿有盈尊酒，眷言酬凤契。"② 绿树凉飙、惠峰君山、浮云飞鸟、江风鼓棹，组成了一幅婉丽的山水画卷，江南的赠别诗往往因着这婉丽的山水而多出几分诗情画意，这些诗情画意似乎也在一定程度上冲淡了游幕诗人的漂泊之感与别离之痛。

幕主与幕客长期相处，宾主间不乏感情深厚者，临别前幕主也会赋诗相赠。翁万达送胡思岩有《送胡思岩》③；周光镐送俞安期有《送俞羡长从塞上东归》④；徐学谟送王翘有《送王叔楚归罗溪》⑤、送宋登春有《送宋山人归荆州，因讽之他徙》⑥；戚继光送郭造卿有《送文学郭建初归

---

① 徐渭：《徐文长逸稿》卷4，《徐渭集》，中华书局1983年版，第817页。

② 沈明臣：《丰对楼诗选》卷3，《四库全书存目丛书》，齐鲁书社1997年影印本，集部，第144册，第189页。

③ 《翁万达集》，上海古籍出版社1992年版，第10页。

④ 《明农山堂集》卷9，民国《甲寅》刊本。

⑤ 徐学谟：《徐氏海隅集》诗编卷22，《四库全书存目丛书》，齐鲁书社1997年影印本，集部，第124册，第375页。

⑥ 徐学谟：《徐氏海隅集》诗编卷14，《四库全书存目丛书》，齐鲁书社1997年影印本，集部，第124册，第336页。

闻》①、《仙舟洞送郭建初》②、李言恭送康从理有《送康裕卿山人南还》③，郑汝璧送何白的有《送何无咎还永嘉并简木父诸君》④，赵康王送顾圣少有《送句吴茂才顾圣少北上》⑤，等等。此外，不少赠别诗是由宾主双方唱和的方式出现的，如潘纬客大学士李春芳幕长达十年之久，宾主相得，"李公食必并席，少别，为之挥涕，其见重如此"⑥。李春芳《贻安堂集》中有不少诗歌即是写给自己府中这位年轻幕客的，如《赠别潘象安》云："何处平津馆，能淹高士车。只缘重然诺，因以误居诸。胜有马卿赋，曾无韩子书。宁亲暂言别，迟尔承明庐。"又，"直苑西夜，相依独有君。翠华天上杳，清梵梦中闻。行藏惭我道，述作羡奇文，去去齐云回，停杯怅夕曛。"⑦ 在这首赠别诗中，李春芳把潘纬比作是司马相如，对他的才华褒奖有加，同时肯定了这位幕客给予自己的帮助，表达了不忍其离去的依依惜别之情。潘纬对此自然不能无动于衷，其《奉别李少傅相公次韵二首》便以次韵和诗的形式感谢幕主对自己的恩情，诗云："偶辍山南耒，来持蓟北车。只怜非白璧，不敢耻沾诸。客舍甘弹铗，君门懒上书。食鱼恩未报，肯去卧吾庐？"又，"敢谓青衫贱？无媒谒圣君。《子虚》曾未赋，汉武岂能闻？门长登龙价，山移怨鹤文。五秋归始得，犹自恋余曛。"⑧ 值得注意的是，诗人在第二首诗中写道"《子虚》曾未赋"，称自己没有像司马相如写《子虚赋》那样的才华，字面上是一种谦虚态度，但其实是含蓄表达了自己"无媒谒圣君"的遗憾，毕竟在科举大盛的明代，游幕终究不是文人晋身的"正途"，幕客做得再成功，也不过是替人作嫁。

---

① 《横槊稿》上，《止止堂集》，中华书局 2001 年版，第 58 页。

② 同上书，第 59 页。

③ 《明诗纪事》己签卷 18，上海古籍出版社 1993 年版，第 2178 页。

④ 郑汝璧：《由庚堂集》卷 4，《续修四库全书》，上海古籍出版社 2002 年影印本，集部，第 1356 册，第 464 页。

⑤ 钱谦益：《列朝诗集》乾集《赵康王》，许逸民、林淑敏点校，中华书局 2007 年版，第 1 册，第 85 页。

⑥ 黎民表：《别潘象安》，《瑶石山人稿》卷 2，《文渊阁四库全书》，台湾商务印书馆 1983 年影印本，集部，第 1277 册，第 23 页。

⑦ 李春芳：《贻安堂集》卷 2，《四库全书存目丛书》，齐鲁书社 1997 年影印本，集部，第 113 册，第 72 页。

⑧ 潘纬：《潘象安诗集》卷 2，《四库全书存目丛书》，齐鲁书社 1997 年影印本，集部，第 189 册，第 298—299 页。

第四章　明代文人游幕与骈文、散文创作

　　与诗歌一样，明代文人游幕与骈文、散文创作的关系也非常密切。由于幕府环境的影响，其作品的文体选择、内容取向与文笔特征和幕主的朝廷交际、官场应酬及宦海沉浮有着较为密切的关联，因此具有趋于实用的功利性倾向。不过，带有明显游幕文学烙印的作品并不仅限于此类，文人在幕中也会为其他官员、幕友代笔，同时还会创作一些基于游幕生活体验的小品文。考虑到文人入幕并非专门从事某一类文体的写作，带一定的随意性，故本章将散文与骈文一并叙述。

第一节　幕府代笔

　　代幕主起草各种书启、章奏之文，是一种历史悠久的幕府制度，像我们熟知的建安七子中的陈琳、阮瑀处曹操幕，"军国书檄，多琳、瑀所作也"①，明代游幕文人也继承了这种写作传统。嘉靖间，著名文人郑若庸久客赵王邸，幕主称："予之笺奏表启与夫应对书札、告谕教令，半出君手"②。南明弘光朝，新建文人欧阳斌元客吏部左侍郎吕大器幕，"为吕公草《二十四罪疏》，特纠马士英，士英探知出斌元手。……斌元惧祸不敢归，就督师史公可法于淮阳幕府。"③谈迁居阁臣高弘图幕中，亦时常为

---

① 《三国志》卷21，中华书局1971年版，第600页。
② 朱厚煜：《上国风云诗叙》，《北游漫稿》附录，《四库全书存目丛书》，齐鲁书社1997年影印本，集部，第144册，第138页。
③ 彭士望：《书欧阳子十交赞后》，《耻躬堂文钞》卷9，《四库禁毁书丛刊》，北京出版社1997年影印本，集部，第52册，第160页。

其草疏①，而著名的史可法《复多尔衮书》实际上也出自其幕客王纲之手②。清兵南下浙江时，鄞县董志宁、王家勤、张梦锡、华夏等六人拥戴明故刑部员外郎钱肃乐起兵反清，这些人虽然因此都入了军幕，但多数是文弱书生，他们所能做的便是："皆司书檄，奔走其间"③。此外，明代科举以八股"时艺"取士，因此很多入仕为官者并不熟悉古文辞写作，而官场交际、送赠贺启之礼又偏偏多用之，"其势不得不取诸代"④。俞安期专门编纂《启隽类函》一书，收录各类笺疏表启，他在该书《凡例》中称："江陵秉政，凡笺、启中得一二警语，立跻显要。"⑤ 这些情形均使得代笔在明代成为一种普遍的社会风气，虽然有时也能让下属官员代劳，但一者这些官员本身才华和文笔能否胜任是个问题，二者真正有才华有声望的官员又不免心高气傲难供驱使，如李攀龙就曾因不满于上司檄其代撰奏章及送行序而上疏乞休⑥，对于游幕文人而言，这正是他们的日常"功课"和施展身手的空间。

在代笔之文中，青词是明代游幕文人独有的代笔行为，这是由嘉靖朝特殊的政治文化环境所造成的，关于当时的青词风尚参见本书的第二章。这些青词作品，如昆山文人王叔承代大学士李春芳所作："洛水灵龟单献瑞，阳数九，阴数九，九九八十一数，数通乎道，道合元始天尊，一诚有感；岐山威凤两呈祥，雄声六，雌声六，六六三十六声，声闻乎天，天生嘉靖皇帝，万寿无疆。"⑦ 又如郑若庸代笔的《万寿圣节建醮青词》内容也如出一辙，其文曰："混一函三，福禄宣培乎大道；虚无妙有，忧悃可彻夫由衷。希圣寿以齐天，展臣心于爱日。切念臣脉膰末属，樗栎凡材，赤社苴茅，少长荷一人之泽，黄图带砺，屏藩翊万载之基。方彩虹流渚之

① 谈迁：《高相国拟荐中翰泣谢四首》，《谈迁诗文集》卷1，辽宁教育出版社1998年版，第54页。

② 罗忼烈：《史可法〈复多尔衮书〉考》，《云南师范大学学报》1990年第三期。关于《复多尔衮书》的执笔者，历来有侯方域、柚城何亮工、沔阳黄曰芳、乐平王纲、新建欧阳五敕等说，笔者以为，王纲说最为可信。此外，无论作者为谁，《复多尔衮书》系史可法幕客原创，由史润笔则无疑义。

③ 全祖望：《明故张侍御哀辞》，《鲒埼亭集》卷8，《全祖望集汇校集注》，上海古籍出版社2000年版，第170页。

④ 徐渭：《抄代集小序》，《徐文长三集》卷19，《徐渭集》，中华书局1983年版，第536页。

⑤ 《四库全书总目》卷193，中华书局1965年版，第1761页。

⑥ 《艺苑卮言校注》卷6，罗仲鼎校注，齐鲁书社1992年版，第346页。

⑦ 沈德符：《万历野获编》卷2《嘉靖青词》，中华书局1959年版，第59页。

昌辰，正玉兔经躔之嘉会，祥开旷世，兆卜永年，显天眷之有徵，信帝图之无极，益切升恒之望，爰申悃款之私，九奏聿宣，百灵遥格，伏愿：昭昭上帝，鉴飰神、飰心、飰命之诚；皇皇我君，履得寿、得福、得禄之祉——同坚金石，并久乾坤。"① 这些青词的文字技艺，无非是在如何吹捧明世宗上下功夫，其文学价值几乎可以忽略不计。不过，青词的创作虽然是文学发展史上的一种畸形现象，却在一定程度上促使传统的骈文获得某种意义的复兴。沈德符曾云："四六虽骈偶余习，然自是宇宙间一种文字。今取宋人所构读之，其组织之工、引用之巧，令人击节起舞。本朝既废词赋，此道亦置不讲。惟世宗奉玄，一时撰文诸大臣，竭精力为之。如严分宜、徐华亭、李余姚，召募海内名士几遍。争新斗巧，几三十年，其中岂少抽秘骋妍、可垂后世者！惜乎鼎成以后，概讳不言。然戊辰庶常诸君，尚沿余习。以故，陈玉垒、王对南、于谷峰辈，犹以四六擅名，此后遂绝响矣！"② 这段文字揭示了明代骈文由衰至盛复而衰的历程，而其中的一个关键因素正是青词。

除青词用骈体之外，明代官场上许多应用文体如书启、章奏以及对官吏的考评也多用雅致工整的骈文来写，如《明史·周嘉谟传》所云："上官注考，率用四六俪语。"③ 相比较而言，游幕文人代笔的书启、章奏虽不免缋章绘句之病，但整体艺术价值要比青词高出很多，其中亦不乏"抽秘骋妍、可垂后世"的优秀之作，考虑到徐渭在胡宗宪幕府中的代笔之作的丰富性，我们首先以其作品为例。

徐渭幕中代笔之作不仅数目可观，"记文可百篇"，而且内容非常广泛，有的是代撰祭文，如《代督府祭王封翁文》、《代祭阵亡吏士文》、《代督府祭赵尚书文》；有的是代撰疏文，如《为请复新建伯封爵疏》；有的是代撰谢表，如《代胡总督谢新命督府表》、《代擒王直等降敕奖励谢表》、《代被论蒙温旨谢表》、《代闽捷赐银币谢表》、《代考满复职谢表》；还有的是代撰贺启，如《代贺严阁老生日启》、《代贺李阁老生日启》、《代贺徐阁老考满启》，等等。可以说，它们几乎涵盖了幕主胡宗宪社会交往、朝中应酬的各个方面。

在这些作品中，为徐渭最早博来幕主赏识和士林声望的是著名的

---

① 郑若庸：《北游漫稿·文》卷下，《四库全书存目丛书》，齐鲁书社 1997 年影印本，集部，第 144 册，第 134 页。

② 沈德符：《万历野获编》卷 10《词林》，中华书局 1959 年版，第 270 页。

③ 《明史》卷 241，中华书局 1974 年版，第 6259 页。

《代初进白牝鹿表》，简称《白鹿表》。关于此表的写作过程，陶望龄《徐文长传》有详细的记载："胡少保宗宪总督浙江，或荐渭善古文词者，招致幕府，笔书记。时方获白鹿海上，表以献。表成，召渭视之，渭览罢，瞠视不答。胡公曰：'生有不足耶？试为之。'退具稿进。公故豪武，不甚能别识，乃写为两函，戒使者以视所善诸学士董公份等，谓孰优者即上之。至都，诸学士见之，果赏渭作。表进，上大嘉悦。其文旬月间遍诵人口。公以是始重渭，宠礼独甚。"当时在朝为官的张翰曾看到此表，说它"表语精工，一时称最。由是臣下各进表文，赞颂功德，不可胜计矣"[①]。可谓倡一时之风气。袁宏道更是形容道："表上，永陵喜，……是人主知有先生矣。"后四库馆臣评价《徐文长集》，亦云："中多代胡宗宪作，进白鹿前后二表，尤世所艳称。"[②] 这里将《代初进白牝鹿表》部分内容移录于下：

> 臣谨按图牒，再纪道诠，乃知麋鹿之群，别有神仙之品，历一千岁始化而苍，又五百年乃更为白，自兹以往，其寿无疆。至于链神伏气之征，应德协期之兆，莫能馨述，诚亦希逢。必有明圣之君，躬修玄默之道，保和性命，契合始初，然后斯祥可得而致。恭惟皇上，凝神沕穆，抱性清真，不言而时以行，无为而民自化，德迈羲皇之上，龄齐天地之长。乃致仙麑，遥呈海峤。奇毛洒雪，岛中银浪增辉；妙体搏冰，天上瑶星应瑞，是盖神灵之所召，夫岂虞罗之可羁。且地当宁波定海之间，况时值阳长阴消之候，允著晏清之效，兼昭晋盛之占。……觅草通灵，益感百神之集，衔芝候辇，长迎万岁之游。[③]

白鹿只是较为罕见的鹿种，在徐渭的笔下，却成了有一千五百年寿命的神兽仙麑，而它的出现，也是由于"明圣之君""躬修玄默之道"所带来的天地感应，因此是不折不扣的"祥瑞"，这样荒诞不经的说辞能够"旬月间遍诵人口"，本身就是极为荒唐的异事。

由于《白鹿表》深得皇帝之欢心，嘉靖三十九年（1560），胡宗宪再度进献，这次的主题是"白龟灵芝"，一样由徐渭代笔，文曰：

---

① 《松窗梦语》卷5，中华书局1997年版，第96页。
② 《四库全书总目》卷178，中华书局1965年版，第1606页。
③ 徐渭：《徐文长三集》卷13，《徐渭集》，中华书局1983年版，第430—431页。

　　臣顷者遍求灵芝，献充御用。乃有浙民邵祥入山，觅得灵芝凡一十本，高大殊常，方掘地起芝，见一白龟蹲蛰根下……窃惟玉龟应图，宝册书瑞，必也时逢圣世，然后特产嘉休，用召至和平，应时昭显，导引呼吸，与天久长。至于穴处山中，乃复潜蛰芝下，则史册所未载，古今所未闻，奇而又奇，瑞而又瑞者也。恭惟皇上，道光帝尧，功迈神禹。皇天示象，永符万世之斯文，洛水同符，载锡九畴之秘典。是以介虫将见，芝草开先，蟠以托身，待惟延颈，珊然素雪，应堪莲叶之巢，覆以青云，正合著茎之守。臣灼知此物，必非虚生，属天意之攸存，斯地宝之不爱，是用恭函藻室，副以仙葩，登荐素资，仰赞玄德，四灵毕致，敢嫌进献之再三，万寿无疆，预卜遐龄于亿兆。臣无任云云。①

　　文章思路与《白鹿表》如出一辙，借稀见罕得之物，称颂皇帝治国有方，功德无量。今天看来，这类作品除了对仗整饬、语辞工丽等形式上的美感之外，实在找不出更多让人心动的东西，它们之所以在当时引起轰动，主要还是因为迎合了世宗笃信祥瑞和希冀长生的心理，可谓典型的奉承之作。

　　徐渭后来经袁宏道等人的大力宣扬之后，其作品深受晚明文士的推崇，但一些有识之士仍然对此类代笔之文持批评态度。张岱曾校辑整理过《徐文长佚稿》，书成后，他对没有听从别人注意精简的建议而感到非常后悔。在给王思任的信中，张岱写道："某以年少，务在求多，不能领略。今见佚稿所收，颇多率笔，意甚悔之。今二集俱在，求年祖大加删削。"并特别强调："某谓幕中代笔，如《白鹿表》之类，悉应删去。"②其实，即使像徐渭本人又何尝没有这样的"自知之明"，他在《幕抄小序》中便坦承道："予从少保胡公典文章，凡五载，记文可百篇，今存者半耳。其他非病于太谀，则必大不工者也。噫！存者亦谀且不工矣。"③代笔之作，为人作嫁，往往言不由衷，而杰出的文学创作无疑需要真情实感，这是此类作品价值偏低的根本原因。

　　需要指出的是，徐渭原本是一个个性很强的文人，大量作这样的代笔之文，对他而言，实在是种痛苦的身心折磨，更何况还要违心地写下献给

---

① 徐渭：《徐文长逸稿》卷11，《徐渭集》，中华书局1983年版，第881页。
② 张岱：《王谑庵年祖》，《琅嬛文集》，岳麓书社1985年版，第139页。
③ 徐渭：《徐文长三集》卷19，《徐渭集》，中华书局1983年版，第536页。

权奸严嵩的阿谀之辞。①。他在《抄代集小序》中这样写道："古人为文章，鲜有代人者，盖能文者非显则隐……渭于文不幸若马耕耳。"② 由于不甘心于此，他曾不止一次地提出辞幕，但"百辞而百縻"，最后仍不得不"往来幕中者五年"。

不过，幕中的这些作品毕竟也是徐渭才华的体现和心血的凝结，所以他自己终不忍一朝弃之，先后将它们编为《抄代集》、《幕抄》和《抄小集》，其间的感受正如他在《抄小集自序》里所形容的那样："山鸡自爱其羽，每临水照影，甚至眩溺死弗顾。孔雀亦自爱其尾，每栖必先择置尾处。"③ 我们如果认真阅读此类代笔之作，还是能发现一些气格较高的佳作，如《代奉景王启》：

> 伏惟殿下，金玉粹资，藩屏盛德。春秋鼎盛，就封楚甸之雄，侍卫云从，取道淮流之顺。职礼当表率僚属，趋候经临，但念长江与浙海而接流，浙海实长江之外护，其联络之形如人有腹心手足，即手足知其通乎腹心。其制维之道，如家有堂奥门庭，备门庭正以卫乎堂奥。而况入春风汛，乃丑夷犯顺之期，插羽星驰，又将帅戒严之候。职躬亲督率，岂敢远离，夙夜提防，不遗余力，必使岛屿之外，绝无窥伺之奸，然后江淮之间，可免风涛之警。鸾旗遥指，就坦道以徐行，龙舸轻移，向安流而遄迈。职有此关系，无由趋迎，遥想威严，不胜驰恋。④

这封书启致信的对象为景王朱载圳，是嘉靖帝庶四子，其藩国在承天府（今湖北省安陆市），但他久居京城，与裕王有夺位之嫌。景王并不为嘉靖所喜，下旨令其就国，载圳领旨，不敢违抗，即赴承天。时刻关注朝廷动向、消息灵通的胡宗宪当然了解这一点，所以没有亲迎。不过，朱载圳毕竟是亲王，不能因失礼而留下隐患，故命徐渭代笔此文。文章首先揄扬景王高贵的出身以及壮年就藩的气势，表示礼当"表率僚属，趋候经

---

① 清人方浚师《蕉轩随录》卷 7 引徐渭所作寿严嵩生日启，称其"谀词满纸，且有'知我生我'、'昊天罔极'等语，可谓廉耻丧尽。……足为文人无行者戒。"持论不免过苛。《蕉轩随录》，清同治十一年刻本。

② 徐渭：《徐文长三集》卷 19，《徐渭集》，中华书局 1983 年版，第 536 页。

③ 同上。

④ 徐渭：《徐文长三集》卷 15，《徐渭集》，中华书局 1983 年版，第 443 页。

临"，接着则强调自己未能迎候的原因是倭寇的入侵，只有"夙夜提防，不遗余力"，才能确保景王的安全。东南倭患，天下共知，而身居京师、养尊处优的朱载圳当然搞不清当时抗倭的具体情形，一番言之凿凿的恫吓足以让他对胡宗宪表示理解，自然也不敢取道浙江，骚扰地方。这篇书启使用骈体，语言典雅从容，不卑不亢，颇有大臣之体，是明代游幕文人代笔中比较优秀的作品。

胡宗宪尽管在抗倭战争中指挥得力，赢得一次又一次的胜利，但仍多次遭到政敌的弹劾，只是正当用人之际，故嘉靖帝常置之不问。胡宗宪对此自是感激涕零，每次得旨，均上表陈情称谢，而这些借"谢上"作自我辩白与感恩的作品大多也是出自徐渭之手。谢表是章奏的一种，徐渭为胡宗宪所写的谢表皆为四六骈体，这也是唐宋以后的写作传统，如吴讷所言："窃尝考之，汉晋皆尚散文，盖用陈达情事，若孔明《前后出师》、李令伯《陈情》之类是也。唐宋以后，多尚四六。其用则有庆贺、有辞免、有陈谢、有进书、有贡物，所用既殊，则其辞亦各异焉。"① 其《代被论蒙温旨谢表》写道：

> 众论纷纭，几成投杼，圣心莹彻，洞照覆盆。荷再造之深仁，实余生之殊幸。窃念臣自叨重寄，颇有微功，顷缘计缚渠魁，因以扫平残孽。正当驱策之际，动遭疑似之诬，固尝上疏以自陈，仰希见察，终恐孤臣之远迹，无由自明。皇上摘发如神，照临并日，始焉广询兼听，付公道于诸臣，既而独断亲裁，自明见乎万里。闵微劳之在昔，谅丛谤所由兴，不特赐以矜原，抑且坚其责任。丁宁弥切，眷顾益隆，历举明主之待远臣，鲜有见其如此，即使慈父之怜爱子，更复何以加之。邸报下闻，辕门跪读，恩深感极，恍既绝而更生，德厚酬难，愧有施而徒受。三军环听，万口腾欢，人咸恩奋以争先，虏亦惊闻而欲遁。臣也不乘此机会，亟图进趋，奖帅偏裨，布分水陆，投鞭断岸，填沧海以绝流，拔帜坚营，据县崖而鸣鼓，务使片帆不返，余祲全消。及兹再试之仁，少答更生之德。②

此表名为谢恩，实则对幕主胡宗宪所处的微妙政治环境作了曲折委婉的揭示。开篇"众论纷纭，几成投杼"即让人感受到朝廷的暗流涌动，

---

① 《文章辨体序说》，人民文学出版社 1998 年版，第 37 页。
② 徐渭：《徐文长三集》卷 13，《徐渭集》，中华书局 1983 年版，第 433 页。

之所以是"几成"而没有"终成"，全赖所谓"圣心莹彻，洞照覆盆"。但是，以曾子之贤与曾母之信，一再的谣言最后还是动摇了对亲人的信心，何况一臣子？所以徐渭在表中反复代幕主以"孤臣"、"远臣"自称，正是担心因远离朝廷，"无由自明"，从而成为谣言的牺牲品。一个征战在外的统帅，怕的就是同僚的掣肘，胡宗宪也正是出于这样的顾虑，方才厚结严嵩，当然最不可少的是获得皇帝的信任。想要取得和巩固这种信任，一方面固然要靠严嵩等人的支持与声援，另一方面通过"谢表"这种方式直接向皇帝倾诉衷情、表达忠心也非常关键。此外，毕竟是呈给皇帝亲阅的，如何拿捏好分寸尤为重要，此表着力点有三：一是表明胡宗宪抗倭的巨大功绩"计缚渠魁"（指俘获王直事）；二是恳请皇帝本人要"独断亲裁"，不能相信臣下的蛊惑；三是提醒皇帝，虽然抗倭战争取得重大进展，但战事还远未结束，只有在继续获得信任的前提下，才可能真正取得"余烬全消"的最终胜利。这篇谢表无论在"陈情"还是逻辑条理上，皆有可观之处，想必对嘉靖帝应该会有所触动。

徐渭之友沈明臣客戚继光幕时，曾作《为戚都护自陈疏》，文曰：

> 切念臣介胄末流，叨承豢养，谬蒙先帝不以臣为驽下，曲赐鞭策，起自卫尉，递迁总兵，待罪闽越，盖已十三年于兹矣！每仗天威，因人成事，功微恩渥，莫罄涓埃，但臣貌不逾乎中人，力实怯乎超距，本为北产，历任南荒，水土之性既违，暑湿之师不避，故虽有犬马之心，亦尝有犬马之病矣。荣卫俱耗，药石莫瘳，岁月淹延，精神瞀乱，幸凭庙算，稍保方隅，救画寡谋，未臻宁谧，论四郊将帅奉职无状者，莫有如臣之甚者也。扣心有脑，久怀量退之私，畏兹简书，不敢乞骸自便。今蒙明诏下颁，辄敢冒渎天听，恭惟皇上圣神御宇，化理维新，伏乞轸念八闽遥控百粤，海岛之鲸鲵叵测，山谷之狐鼠无常，实不可以鳏旷之臣误陛下边事，将臣亟赐罢斥，别选才贤，庶几疆圉赖长城之托，陛下免南顾之怀，臣无任战栗竦惧恳陈之至。①

从此疏内容上推断，其写作时间应为隆庆元年，当时戚继光年方四十，正当壮年，远未到"荣卫俱耗""精神瞀乱"的程度，而且东南抗倭战事顺利，为何突然要自请罢官？这乍看让人无法理解，但如果联系嘉靖

---

① 沈明臣：《丰对楼文集》卷1，清沈光宁抄本。

四十五年戚继光所上《题奏经略广事条陈勘定机宜疏》，则可以从中看出些许端倪，他在该疏形容自己的苦况道："以一身周旋各省三军门之间，身难分投，才乏合从，联远为近，斡异为同，委非所能，亦非所职也。"①言辞可谓充满了焦虑甚至不满，而朝廷在是否调任戚继光北赴蓟州练兵尚犹豫不决。由于倭乱基本平定，戚继光在东南已经没有多少用武之地，若想一展宏图，只有到北方。所以这篇《自陈疏》显然是沈明臣在幕主的授意下，代其渲染悲情，倾吐牢骚，也不排除是对朝廷的一种柔性的"要挟"，最终要达到调防的目的。那么，如何掌握好分寸，不致弄巧成拙，这都是代笔者在构思时所要仔细斟酌的，从文章上看，他一则强调戚继光在南方时间之长："盖已十三年于兹矣"；二则有功于社稷："每仗天威，因人成事"；三则点明戚氏"本为北产"，却"历任南荒"以致水土不服，言下之言自然是回到北方更合适。通篇外示谦卑内则委婉表功，行文恳切而有分量，应该说达到了理想的效果。

如前所论，文人幕客的代笔之作是代幕主立言，因缺乏创作主体的真情实感而损害其最终的价值判断。但事情不能绝对化，如果所叙事实本身自有情趣，再辅以作者的生动描绘，纵然代笔，未必不出精品。戚继光《止止堂集》里有一篇《沧州儒学训导梁玠遇寇纪事》，此文文末注明："光（戚继光）闻而伟之，乃属墨卿传其事，使记室揭焉。"所以文中虽以戚氏口吻叙述，但系幕客代笔无疑。这篇散文将一位久困场屋却又天性达观的老书生写得惟妙惟肖，跃然纸上，特节录如下：

> 直隶沧州文学掌故梁先生，名玠，字廷瑞，蓬莱县义堂社人也。父雄，雅称善人，享高寿。先生生质颖异，结发明义经，至长博洽，古今载籍，多所览睹。督学袁公试，以第一人充博士弟子员，声称藉甚。凡九举于乡不得，隽学士士称屈。居常教授乡里及门之徒，多所造就。光十三，尝受书先生所，先生不以光为不肖，过督之。光今一字一句，皆先生授也。光十五，先将军弃去，光复有官政，家贫，出入不能戒舆从，志高非大车驷马不出；欲就外傅，不能徒行。先生乃谓曰："汝世官，今幸仕矣，不废学而愿师人，孺子可教也。吾盍成汝志？"于是先生日来就光馆，光得日禀学焉。光具飧，先生怒曰："汝先君清白无遗赀，安得办此？吾岂为汝受飧耶？"竟斥去。光遂不复具飧。光性颛蒙，不乐习章句，亦不乐趋矩矱，旦暮坐书舍

---

① 戚祚国：《戚少保年谱耆编》卷6，中华书局2003年版，第173页。

中，令小苍头抽架上书阅之，偶与意会便忻然。读竟卷，即不合，弃去之，率为常。先生每为光玄解若扣钟然，大小应也。

已而，先生名日起，而先生自负益奇，尝语人曰："儒人读书治文章，取甲第，当如反掌。兹不意屡举不中，奈何？"至第五举复不第，归署其书舍，楬云："五科不第，天故留余耶？"光过从，见先生署书，乃戏进曰："秋又高矣，先生老翮当奋，今年幸勿易署中书'五'为'六'耶！"先生笑而恕之。至六举七举八、九举，果屡易署中书不休。至十举，先生倦矣。

先生乃以贡上京师，既授文学掌故，将就道之官，乃曰："儒人所不能振者有故也。垢衣、敝履、颖车、羸马、跛躃风尘中，人望见之，知为穷措大也。其自视亦馁然矣，何能复振人耶！"于是尽出橐中装，市鲜丽纨绮、物具、袍笏、冠履、朝制服御诸属种种办，乃载橐出长安，问道所由去。

有顷，盗者侧目之，谓"为宦而归者，橐固硕如是"。遂尾之。行至古亭驿东，盗剽掠之，发矢左胁。先生乃下马立，徐谓盗者曰："汝何不智，当世清明，吾持金钱何为？吾乃某学训导也，初授官之任耳，乌得钱。"盗者怒斥先生跪。先生笑曰："我学士师也，恶得跪汝辈？吾跪汝辈，又何师诸学士？"卒不一屈膝。盗者复发矢，中先生右胁，先生亦不动，尽解橐与之。又徐谓曰："汝为盗，不过利得人财耳。乃必欲杀人以自快，于汝何益耶？汝心讵无天耶？吾橐既与汝，我无赍不能前，讵非必死我耶？汝辈何忍至是？"盗者亦感动，乃分数金还先生，裹疮，扶先生上马去。

嗟夫！先生事亦奇矣。人至与盗相值，且重伤则乞哀求死，命屈体拜跪，奚恤也。请怜者，当靡弗至矣，乃复从容与之论辩，而卒不一屈膝，以易生死之介，难乎，不难乎？观是则先生之概可睹也，处难若夷，他日当大事，临大节，必大有可述者。[①]

人们一提及屡试不中的老秀才，每每会联想到《牡丹亭》中陈最良和《儒林外史》中周进、范进那样的迂腐酸呆的人物，但明代游幕文人的这篇代笔之作，则给我们塑造了另一种勇于自嘲、达观从容的有趣形象。这位梁老先生是戚继光的启蒙老师（"光今一字一句，皆先生授也"），师生间的有着很深的感情和默契，梁先生因为知道戚继光丧父家

---

① 《横槊稿》中，《止止堂集》，中华书局 2001 年版，第 126—128 页。

贫，拒绝了戚家为其"具飧"，也由于了解戚继光"不乐习章句，亦不乐趋矩矱"的性格，故而因材施教，不作强求。老师没有惯常"师道尊严"一本正经的面孔，弟子也可以开老师的玩笑，梁老先生五举不第，自署楹联曰"五科不第，天故留余耶？"颇有乐观心态和幽默精神，调皮的弟子偏偏给老师"揭短"："秋又高矣，先生老翩当奋，今年幸勿易署中书'五'为'六'耶！"对于弟子的调侃，老师并未恼羞成怒，而是"笑而恕之"。但科举终究是古代士人实现个人价值的唯一途径，生性豁达的梁玠也不得不"六举七举八、九举"，终于"至十举，先生倦矣"，这些苍白的数字下面，有着言说不尽的辛酸和苦涩。最后，梁玠以贡生的身份获得训导一职，虽然只是"文学掌故"类的微末小官，但他不愿以"穷措大"示人，而是鲜衣怒马出京赴任。谁料"尽出囊中装"购来的一身昂贵装束，竟意外地被盗贼误认为是"为宦而归者，囊固硕如是"，结果遭到了劫掠。面对穷凶极恶的盗贼，梁玠却从容镇定，不卑不亢，反说正说，居然还感动了盗贼，"乃分数金还先生，裹疮，扶先生上马去"。这番充满传奇性又有戏剧性的故事，让代笔者不禁由衷地感叹，像梁玠如此的涵养和定力，"他日当大事，临大节，必大有可述者"。面对一再的失败，人是需要有一点自嘲精神的，梁玠是一位品性纯良而又略带一些滑稽色彩的人物，他总是以风趣的态度化解自己人生所遭遇的种种不幸，这为今天的人们提供了明清时期别样的书生类型。全文叙述宛转，摇曳生姿，堪称明代人物传记中的佳作。

另外，一篇优秀的代笔之作，不仅倾注了幕客的心血，也可能包含了幕主的识见和修饰，所以幕府的代笔之文常常同时收录于幕主和幕客各自的文集之中。那么，谁才是此类文章的"真正作者"？恐怕是后人不得不面对，又难以得出确论的问题。如果我们暂时撇开对"真正作者"的追问，就文论文，仍可发掘这种烙上了幕主身份与语气印记的文章价值。程可中《宣府内教场记（代）》云：

> 穆皇帝末年，开关受虏而与之市，不特塞上健儿策怒马，而京营驿传皆利焉。减太仆寺劳费不訾，司计者执筹而量，款后用市赏，视款前用兵饷，各二十年，省户部帑银四千万两，而免军民于膏血，原野以牧耕获之利不可以万亿计。初，谋国者鉴山西、宣大数中虏，扶伤养痍不暇，欲假和市十余年，以振励吾废弛，乃人狃于偷安，以为虏不我疾矣。遂举其战阵骑射，坐作进退而并忘之。设一旦有猝，视此不习之众，而张空拳，欲无决裂，得乎？乃者虏已稍易，恫喝挟盈

其欲，我不能制，而饮忍应焉者非一岁矣。会广平王公开府出填，而某来分守口北道，王公力抑之，某间有一辞之赞，虏遂帖尾，不敢逾格以请。譬诸就扰之兽，不饵则不驯，不挺则不畏，不有挺威，彼且以人为饵。某不武，是以日讨有众而训之，不惮韎韦跗注，与之俱肆。宣府大教场在南门外，前临洋河形胜，传为诸缴第一，惟是春秋耀吾军旅，大将、参游而下，莫不桓桓纠纠，举悦诗书而敦礼乐。健儿死士，骠捷疾赴，弓无枉矢，马勘蹶跽，能肃军容而销虏气，宣府近其庶哉！第讲武钜典，非卜期申令阅藉，数甲不轻举，而思于宴游暇豫之际，令不忘超距越乘而乐也，是以有内教场之设焉。镇城西偏，故有隙地，环单户落落不成市隧。予出帑羡辟之，纵布武三百而衡缩其七，缭而垣之，所建屋若干楹。于是文武协和，风日丽爽，退食之暇，酒馔往焉，而简集其骁锐，悬彩物其前，下令马先及得之，矢命中得之，技击胜得之。岁无废弛，月有暇日，坐作进退，从容合度，则习之之利也，然则内教场不为赘设也审矣！王子曰：甚哉！冒机而任臆者之蔽也。汉庭诸臣，缙绅言和亲，介胄言征伐，此其臆犹各以其职所守为解。比学士先生动引喙讥驳塞臣："奚不信挞伐之威，以国家有限之币，给无厌之虏？"不知虏生养马上，所以惟刀鋋弓矢而不能尽废衣食，又呆不辨生死，举剽掠是利，岂暇计丧其元哉！开市之图，古人宁得已者？皮币犬马珠玉之事，其智岂今学士先生之不若？汉高、唐太，千古英武之君，率先为之，彼其审之，必无善逾此者，第所以制其和者，恃吾有战之具而已。夫和则虏利于币，我利于马，各中所乏，奚不可者？而必欲两物命于锋镝而为快，则蔽之甚矣。卫、霍之功，实竭汉帑而又不有智武绝伦如陵、广者，可鉴哉！予窃谓汉唐御虏之蔽，不在和亲而在徼功，惟赵宋见虏而靡，乃遗千古愤恨耳。后之寓目乎此者，亦图鉴宋之靡与汉唐之徼功，以事我圣天子万年。四夷之守，以善二饵挺之用，则予有厚望焉。①

教场是古代操练和检阅军队的场地，宣府则是明朝最为重要的边防重镇之一，宣府教场名列于当时著名的"口外四绝"，面积广袤，"其纵十里，横四十里，每督臣视师，及巡关御史三年大阅，所调山西宣大三镇将

---

①　程可中：《程仲权先生文集》卷5，《四库全书存目丛书》，齐鲁书社1997年影印本，集部，第190册，第109—110页。

士至，俱不满一角，盖宇内无两"①。徐渭游边时也曾作有《宣府教场歌》（参见前文），从这篇《宣府内教场记》中所称"会广平王公开府出填，而某来分守口北道"来判断，程可中代笔的对象正是其幕主王象乾（"广平王公"是指王世扬，北直广平人。万历中任宣府巡抚，时王象乾晋右参政，把守口北道）。由于中原王朝一直受到北方游牧民族的现实威胁，边防问题历来受到各个王朝的高度重视，本文开篇总结了隆庆和议后的边疆形势，充分肯定了开关互市之后明、蒙"双赢"的局面，同时也指出久和忘战所潜伏的隐忧，从而点出宣府教场"肃军容、销房气"的重要性，即使在和平形势下，"内教场不为赘设审矣"。此文结尾处，回顾历代王朝处理民族关系无非"和亲"与"征伐"两途，但执其一端，则均有偏颇之处，阐述了"和"要建立在"战"的基础之上的中心立场，作为边防战略，要吸取"宋之靡"与"汉唐之徼功"的教训，只有练兵自强，在拥有强大的军事实力的前提下制定有针对性的民族政策才能保证国防安全。此文视野开阔，条理清晰，富有说服力，既有宏观的战略主张，又有教场功用的细节描写，处处凸显出幕主重修宣府教场的重要意义。

除了为幕主代笔之外，幕客在幕府中有时也会应他人之请而代笔。这些作品不必处处摹其口吻，也不必刻意地隐藏自己的著作者身份，可以在文末明言此为代撰，如"谋余言以赠之"云云。另外，没有了位高权重的幕主所造成的无形压力和官场交际的种种约束，幕客在写作时文笔可以更加自由、洒脱，有时还可以"借他人酒杯，浇自己块垒"。如名为《陶宅战归序》的代笔之文，是徐渭代王寅所作的，他于文中描绘了一位能谋善战的明军下层军官"会稽尉吴君"的形象。在与倭寇的陶宅之战中，这位"吴君"先是提出"道险而远，须间道察虚实，指地形，令人各晓畅，乃始逐程逼以进"，这本是很好的建议，但"主者不然之"，结果吃了败仗，"越十日再入，又败"。"然战时独君能令两健足，裸走视贼巢中，……始纵击贼杀六十人，斩十二级，复以身殿他道之败兵"，这场战役中，"其所部七百人无一死者"，并且"以己所乘马脱兵备副使"。直到此时，当道者才"恨不早用君之言"。徐渭于文中大发感慨云："嗟夫，世独忧无善言耳，然或有言而不能用，或能用而不察言之是非，大抵能言者多在下，不能察而用者多在上，在上者冒虚位，在下者无实权，此时所以日敝也。"② 这种带有现实批判色彩的文字在为幕主代撰的朝廷交际之

① 沈德符：《万历野获编》卷24《畿辅》，中华书局1959年版，第612页。
② 徐渭：《徐文长三集》卷19，《徐渭集》，中华书局1983年版，第529页。

文中自然是无法见到的。

第二节　幕府上书

　　历代游幕文学中，幕客给幕主的上书占到一定的比例，在明代游幕文人的此类作品里，除了传统干谒之文外，最引人注目的是劝谏和陈策之文。过去，由于幕客与幕主有着较为森严的官阶差异，敢于直言劝谏并形之于文的现象比较鲜见，而明代的游幕文人与幕主间有着更为随意的宾主关系，故往往能大胆地直抒己见，从而留下不少见解独到、言辞犀利的名篇佳作。

　　张居正幕下的华亭文人宋尧俞[①]曾作有《上张居正书》，它称得上是明代政论散文中比较有代表性的一篇。万历五年（1577）十月，内阁首辅张居正身陷"夺情"的政治旋涡之中，进退两难之际，幕客宋尧俞上书曰：

　　伏闻哀讣，朝野震惊，何天不憖夺吾相公之速耶？又闻诸道路，天子下旷世之典，相公将不得终丧。仆愚谓相公留，天下苍生幸甚；相公去，天下苍生幸甚，请得毕其词。武宗之世，民以慢，世庙纠之猛，而穆宗济之宽，民少偷矣。相公谨奔竞，汰滥竽，征不恪，诛侵渔，简才德，轨文词，祖宗以来法纪，稍弛而旋振者，相国力也。居庸以西，嘉峪以东，胡马不嘶，塞烟静色，辽阳之捷日至，青、齐之道无虞，江海之防岁饬，巩国祚于金汤，孰能有其功乎！民和年丰，国无灾害，鬼神歆禋祀而祚生灵，燮理成矣。两宫以合不以离，主上以德不以邪，内侍忘于奸，百司忘于惰，竭忠贞矣。夫建威立法，主圣民安，此忠臣志士，劳心焦思，庞眉坠齿而不得者，相公屏危疑而奏速效，上以报先皇，下以谢四海，进无愧于殿墀，退有辞于僚寀，自今以往，将三王不足拟，而五帝不足方，此愚所谓相公留则天下苍生幸甚者也。功已成矣，名已遂矣，身可退矣。天其或者，爱相国而夺尊大人以年乎？欲留者情，必去者礼，君子爱人以德，礼，德之纪也，今相国欲徇两宫之命，自附于温骠骑之传，不顾天下万世之非，

---

　　① 宋懋澄《先府君本传》、陈子龙《宋幼清先生传》、吴伟业《宋幼清墓志铭》俱作"宋尧俞"，《国榷》作"宋尧愈"。

是得无以礼乐犹未克兴，仁德犹未悉布，威法犹未尽施，而两宫之命屡下，主上之眷方深，一旦任礼恝然，何以谢先帝慰主上乎？语曰："国尔忘家。"相国之谓也。然而相国之情也，已知之鬼神鉴之，智谋之士识之，人心无形，鬼神无声，愚者不情，四海之内，百岁之后，增增焉，究究焉，不以相国之自信者信相国，而以不肖之心度相国，浅言之则曰，鱼不可脱于深渊，骑虎之势不得下也；深言之则曰，能忍于父，又何爱于君？又深言之则曰，彼先为非礼以动民也。夫鱼虎之论，浅不足辨，苟群臣以疑乐羊之心动主上，则主上疑，主上与群臣交疑，而合之以风影之事，异日虽百口，无以自别于非礼矣。国家当土木之后，安危系于肃愍，然恳志终丧，景皇莫夺。况今覆盂安澜之日，正相国行礼知足之时，且令天下后世以为口实，曰："昔有江陵相公者，两宫留之不获，主上挽之不获，庶民思之不获，礼不可违如是。"一举而名教重，风俗敦矣。诚以此时飘然魏阙，服除之后，主上不忘老臣，安车屡命，而后从容就途，以洗汉、唐之陋，以复含鼓之风，岂非上臣之盛轨与？即不幸身去，而谤讪蜂起，两宫之口足征，主上之鉴如日，老臣之迹可按也，亦何藉要津利器，以防民之口哉？故当去而去，即受祸祸微；欲去不得去，即祸不及身，其祸重。抑人有言："择祸莫若轻。"愚恐初丧之乱方寸，而惑于先帝、两宫、主上之眷，而不忍以礼况也，故敢以书对。若夫忍割于情，自外于礼，而处己于非，取议于世，相国筹之孰矣，仆虽愚，不至以忘亲疑相国，故不论当丧，而特陈去就之说，伏惟少留意焉。①

　　宋尧俞在此文中对时局及幕主的政治处境作了极为透彻的分析，一方面充分肯定其功绩，认为"相公留则天下苍生幸甚也"；另一方面，又认为在当下朝野舆论压力下，应以"名教"为重而急流勇退，再图后举。"故当去而去，即受祸祸微；欲去不得去，即祸不及身，其祸重"，可谓当头棒喝，令人警醒。整篇文章，不仅善于铺陈排比，营造气势，而且言辞宛转，态度恳切，处处为幕主着想，足见其用心之良苦。张居正阅后，不禁大为动容，叹曰："大将军（指戚继光，当时也劝张守制，并出谋以

---

① 宋懋澄：《先府君本传》，《九钥集》卷6，中国社会科学出版社1984年版，第138—140页。谈迁《国榷》所引文与之略有区别。

徐阶暂代相位）良爱我，日者宋生亦然，人心固如是耶！"① 只是由于司礼监掌印太监冯保的反对，其议遂寝，而大批反对夺情的官员纷纷被逐出朝廷。在整个事件中，张居正虽然取得一时的胜利，巩固了权位，却为清议所不容，自我形象因此破坏殆尽，个人威望一落千丈，也为将来政治改革的失败埋下了隐患。再联系张居正死后其全家遇祸之惨，更不能不让人佩服宋尧俞"即祸不及身，其祸重"的先见之明。

天启二年（1622），孙承宗升任为礼部右侍郎，幕客茅元仪上书曰：

> 伏见庙堂所以用相公者，一如梦寐，仰冀此二祖十宗之灵，实式凭之。又伏读大疏，事核理微，言至机捷，使管、葛回顾且为悚然。然辱相公国士之知，今宜有一言补佐吐哺之余，但剔隐搜幽，毫发难益，敢即绎疏旨、条析要，着语至平而关系至大，适以启他人之齿，而或足以当相公之万一也，唯相公过听焉。一曰定将权。今责文臣以谋议供饷，责武吏以军事，圣人复起不能易也。然重其责，必明其权，军需百费皆在文臣之手，使武吏之威令不能行于文臣，而欲文臣俯而听命，不可得也。今既委托以封疆，则权之重为封疆，非为兜牟，必使其所催督一以军兴法行之。法令初更，必有强项，须朝廷特为申法，以起百年之敝习。昔镇守行于司道曰仰，而今则手本；昔郡邑见元戎手版，而今则长刺；昔之巡抚曰参赞，而今曰抚道镇将；昔日都、布、按三司，而今曰布、按、都；昔郡守必让挥使之坐，而今节推即挞千兵。尝见杨文襄于世庙初年有疏曰："今武臣之体太卑，司道抗体总戎，郡邑平交守把。"以今观之又倍屣矣。此争于名分者小，而关于事权者大，愿相公昼一而速颁之幸甚！一曰明将礼。前所言者权也，而未言礼。权在国则大，礼在身则小。然《戴记》有言"班朝治军，非礼不行"，则国家既欲鼓武吏之气，先宜明武吏之礼。参游以下在腹内犹以司道之礼见巡按，而九边则头抢地矣；副将在九边犹以主宾之礼见部司，而京师则长跪于职方之前矣，参游而下在九边亦屈礼矣，此法耶？制耶？近见隔省之抚台责别省副将以属礼，此法耶？制耶？元戎之与巡抚犹申主宾之礼，见制台则奴隶矣。镇与抚并即当以待抚之礼待镇，此礼所甚明也。以元戎之难抗，而设总理、设提督，昔戚总理犹申主宾于谭司马，李提督犹申主宾于邢司马，而近日逆经且逼王提督以奴隶矣，此非天壤间异事耶？相公不急明此

---

① 谈迁：《国榷》卷70，中华书局1988年版，第4321页。

礼，而欲天下有志之士屈首而从戎，不能也，愿相公画一而速颁之幸甚！一曰练兵胆。练兵先练胆，老生能言之。然试问胆安所练？虽宿将亦语塞。或曰艺高则胆大，固也。然有艺而无器，则艺不能用；有艺而无甲，则艺不及用。夫责兵局于有司，而用者非制者之人，则矢人、函人俱不竭其巧。今欲募兵必先使不逃，欲使不逃，固当重结以恩义，而尤宜示以坚甲利兵，使愚于有利而无害。今见御史募兵，兵集一岁而尚未制器造甲，或欲责令自办，此皆以兵为戏。今宜即委器甲于募兵之人，使自辟幕僚监造，然非精心敏力之士不可办此。即当借才朝臣，不妨以原官使受节制，如此而器可精、甲可固，器精甲固，而后兵之胆可练也，愿相公急图之幸甚！一曰足兵食。频年请饷，原欲以自饱而非以饱士。今京师饷士至一两五钱，辽左饷士至三两，糜费金钱亿万而兵之贫愈甚，何也？粟贵故也。不惟粟贵，而百货之贵亦如之。今山海粟米价至九分一升，中人所食以一升五合为率，而去银一钱四分矣，士安得宿饱耶？今欲其贱，亦反掌事耳。有可以官运者，有不必以官运者，粟之下最急者煤柴，煤柴之下最急者衣装，明开利牖，使众趋之，此干吏之所能，而莫肯任之者，以赏罚之不明，而人无奋激之心也。今宜给饷先足本色，必不使籴于市，而后为措置煤米衣装，使价不腾涌而宽然于用，方可以减国用而惠三军，愿相公急图之幸甚！仪辱相公国士之知，而其言止此，相公虽素爱仪，亦必为之启齿，然不易此辙，而能副相公劢勤之盛心，塞庙堂倚眷之至意，未必然也。仪死罪。①

　　明代士人有谈兵之风尚，至晚明尤盛，其间既有"文士独好武"的传统情结，也有边关形势的激发，然而往往为一时之兴趣，所"谈"所"论"切中时弊者少，"纸上谈兵"者多。茅元仪的这篇上书则绝非出于单纯的热情和冲动，他熟谙古今用兵方略和本朝边事，专门撰有《武备志》、《廿一史战略考》等兵书，而且一生以平定边患为志，曾言"天下日夕所患苦者奴虏，元仪日夕所欲诛夷者奴虏"②，因此文章有的放矢，言之有物。文中，茅元仪向幕主条陈四事：定将权、明将礼、练兵胆和足兵食，都是基于对明朝军事现状长期观察和独立思考的结果。"定将权"

①　《上孙高阳相公书三》，《石民四十集》卷61，《四库禁毁书丛刊》，北京出版社1997年影印本，集部，第109册，第498—500页。

②　同上书，第501页。

与"明将礼"涉及当时"重文轻武"的政治制度和时代背景，有明一代，文臣、武臣地位的变化，有一过程，吴晗有过详细的论述："明初开国时，武臣最重，英国公张辅兄信，至以侍郎换授指挥同知。武臣出兵，多用文臣参赞，……正统以后，文臣的地位渐高，出征时由文臣任总督或提督军务，经画一切，武臣只负领军作战的任务。""从此文臣统帅，武臣领兵，便成定制。在政府的用意是以文臣制武臣，防其跋扈。结果是武臣的地位愈来愈低。正德以后幸臣戚里多用恩幸得武职，愈为世所轻。在内有部、科，在外有监军、总督、巡抚，重重弹压，五军都督府职权日轻，将弁大帅如走卒，总兵官到兵部领敕，必须长跪，'间为长揖，即谓非体'。到了末年，卫所军士，虽一诸生，都可任意役使了。"① 这些都可以与茅元仪的描述相互印证，此情此景之下，欲武臣为朝廷效死力难矣，所谓"定将权"与"明将礼"就是要提高武臣，尤其是边关将领的政治地位，以维护他们的尊严和体面，从而有利于文武协和，共同御敌。"练兵胆"和"足兵食"则旨在保障基层兵士的凝聚力和提高他们的战斗力，茅元仪给出的具体建议分别是"重结以恩义，而尤宜示以坚甲利兵，使愚于有利而无害"和"宜给饷先足本色，必不使籴于市，而后为措置煤米衣装，使价不腾涌而宽然于用"。前者通过加强官兵间的感情联络和改善士兵的装备以增强他们临阵的勇气，后者在后勤保障上通过市场化手段使士兵得到实惠。

这篇上书的文风朴实无华，茅元仪亦自言"着语至平"，但所陈对策富有针对性，贴近时局，切实可行，得到了幕主的高度赞同。孙承宗在不久之后呈给明熹宗朱由校的奏疏中称："迩年兵多不练，饷多不核。以将用兵，而以文官招练。以将临阵，而以文官指发。以将备边，而日增置文官于幕。以边任经抚，而日问战守于朝。此极弊也。今天下当重将权，择沉雄有气略者，授之节钺，得自辟置偏裨以下，勿使文吏用小见沾沾陵其上。边疆小胜小败，皆不必问，要使守关无阑入，而徐为恢复计。"② 两相对照，不难看出，此疏的内容是充分吸收了茅元仪"定将权"、"明将礼"、"练兵胆"和"足兵食"的建议而成，足见孙承宗对这位幕客的信任和倚重，也间接反映了明代文人幕客的政治影响力。

在明代游幕文人写给幕主的上书中，阎尔梅的《上史阁部书》也是非常有影响的名篇，全文洋洋洒洒三千言，议论尖新，感情充沛，并且颇

---

① 《明代的军兵》，《吴晗史学论著选集》卷2，人民出版社1986年版，第218—219页。
② 《明史》卷250，中华书局1974年版，第6466页。

能体现许多游幕之士张扬自我的个性与独立的人格。作品前面有引文专门介绍此书的由来，曰："予以乙酉正月十六日赴阁部史公之聘，十九日至白洋河，相见时，兴平伯高杰新为许定国所杀，河南大乱。予劝公西行镇抚之，公惧甚，逗遛不进。二月十七日抵徐州，杰诸将约束待公命，公为设提督，统其众，处分草草。又用左右计，退保维扬。予苦留之，勿听，且欲挟予同行，盖二月初九日事也。予审其必败，托言渡河取家属，遂归湖上，以书贻之云云。"可知，此篇文章是作者因不满于意见未被采纳而写的辞幕之作。

文章开篇即不加任何掩饰地进行了一番自我剖白：

> 梅生平无长才，不能修饰边幅，与时人周旋。惟兢兢先人家训，好名节，又好读书稽古，遇古人有气谊事功文章者，辄慨然欣慕。其卑不足道者，心鄙夷之，或形之诗歌以诋刺之。至处目前乡党师友，以及先达上官，皆复如是。先座师姚现闻公尝诫梅曰："子嫉恶太严，面折人过，喜辩难，召爱憎，非明哲保身之道。"梅心志之，然终不能改也，谓：世无知己，则爱之憎之，举不足为轻重也。

这样，一个恃才傲物、直言无忌的书生形象已经跃然纸上，他好的是名节，好的是古人之风，无论"乡党师友"，还是"先达上官"，他都面折其过，他不懂得将人得罪，他不懂得明哲保身，因为他早已将世俗的褒贬爱憎置之度外，他看重的是一个能够真正了解自己、欣赏自己的知己。

> ……
>
> 师相来书云，曾二云诸君子言之云云，夫曾公识梅为何人哉？必诸君子中有为公言之者也，然则曾公亦未尝知梅，为曾公言之者知梅也。假使诸君子言之曾公，曾公言之师相，师相不加之物色，将奈何？惟师相加之物色，而后诸君子不徒托之空言也，然则诸君子亦未尝知梅，知梅者仍独归之师相也。而梅犹谓见知者浅，此何以故乎？古之君相，所以称知人则哲者，非徒知其人之姓名而已也，固将所以用之。用之而或以为其人虽贤，未必大有造于天下，则姑且置之，是其意盖易之也；用之而或以为其人虽大有造于天下，但有人从中毁之者，则又姑且置之，是其意盖疑之也。斯二者，用人之大弊也。若师相与梅，其易之、疑之欤？抑敬之，信之欤？易之、疑之，而奈何征之？征之而易之、疑之也，并其征之之意，举不足以生知己之感

矣！师相必不然也。师相业已征之，则必将有以用之。苟其易之、疑之也，师相之庭，岂复有梅之迹乎？且古贤士所以重知己之感者，不重其恩，重其心也。重其恩者众人，重其心者贤士，重其心之爱之者众人，重其心之敬之信之者贤士。豪杰之士，宁为人所不爱，不肯为人所不敬、不信，则知己之故，盖难言之也。

史可法的来书转引别人的话来肯定作者，这原是文人间习见的客套，但阎尔梅对此深表不满，在他看来，如果幕主只是听信别人的推荐而未予亲自物色，其实并不真的了解作者本人。作者也据此认为史可法并不"知人"，因为知人者善用人，用之而不易，用之而不疑，但史可法对自己的态度则且疑且易，不肯尽用其言。

　　虞翻之言曰："天下有一人知己，死可不恨。"韩愈之言曰："一日而九迁其官，感恩则有之矣，知己则未也。"夫天下人之所最恶者，莫如死，所深愿而不可必得者，莫如一日而九迁其官，而二子以为不可与知己者并较，是其视知己也何如哉！梅则以为此犹不如越石父之言之深也，越石父之言曰："士诎于不知己而信知己，知己而无礼，固不如在缧绁之中。"夫他人之所谓知己，不过文章延誉，仕进提携，以及患难贫乏，意气殷殷耳。游侠之士，慕虚名，广结纳者，皆能为之。然不知有所为礼也，礼之中，有敬之之意焉，有信之之意焉，甚则有杀之之意焉。施伯荐管夷吾，公叔痤荐卫鞅，皆云："君能用则用之，不能用则杀之。"夫荐人于人，用不用听之耳，何为复使之杀之哉！梅以为古今知己之感，更无有深于此者也。何也？天下漫无关系之人，用不用无益也，杀不杀亦无益，惟豪杰之士，抱负既殊，言论丰采亦异。虽或幽囚落寞，而神明沉湛，瞻视非常，识者一见，即隐然有敌国外患之惧焉。用其所不得不用，斯杀其所不得不杀。杀之者，敬之、信之，非易之、疑之也。易之，疑之，则亦不足杀矣。敬之、信之者，礼也。用之礼，杀之亦礼也。人但知用之之为礼，而不知杀之之为礼。是但知用之之为知己，而不知杀之之为知己也。但杀之之为知己，则感其杀之之意，视感其用之之意，不更深乎？孟子之言曰："谏行言听，膏泽下于民，此之谓有礼焉。"越石父之所谓礼，特就晋接威仪间论耳，孟子则直以谏行言听当之。

此段议论层层深入，虞翻之言、韩愈之言都是强调知己的难得，知己的可贵，作者却认为他们的话并不如越石父"知己而无礼，固不如在缧绁之中"一语来得深刻，从而揭示了知己之道在于一个"礼"字，表现为敬之、信之，甚至可以杀之，"能用则用之，不能用则杀之"，杀之反而是真正珍惜、了解人才的知己者。

> 夫君子之仕于人国也，固将以行其道也。欲行其道，必先行之于其君相，谏者所以匡其君相之非，言者所以佐君相之不逮。深谋说论，一出于道德仁义之途，其君相遂相与敬而信之，以为此真可与共心腹、托安危，而后乃奉社稷以从也。苟谏未必行，言未必听，虽厚以筐篚，宴之瑟笙，而其中之易之疑之者，夫固已多矣。穆生之去，果醴酒不设之故哉？正以谏不行，言不听，有易之疑之之意。忠臣去国，不洁其名，故责其小失，而托之以行，所以全宾主之交，成先王之义也。今天下夷寇交讧、陵畿沦没、志士抚膺、贞夫抱恸之秋。草泽山林间，隐如风后，贱如傅说，戎如由余，穷加宁戚，刺如聂政，老如侯嬴，逋如范雎，侠如剧孟，狂如郦生，童如弱军，进履如张良，策仗如邓禹，击楫如祖逖，扪虱如王猛，奇材异能，在在有之，顾所以礼之者何如耳？不可谓海内遂无人也。师相当念先帝之仇，必不可以不报；祖宗疆土，必不可以不复。屏除谄佞，裁抑贪庸，进骨鲠之臣，崇智谋之士，决战守之策，收果断之功。若复犹豫迟回，轻疑轻信，效宋人乞和之覆辙，只足以沮忠义之心、短英雄之气耳。恐奇材异能者闻之，相与踌躇太息，裹足而不前也。[①]

由于地位、经历及性格的差异，幕府宾主间也会不时出现这样那样的冲突，但一般幕客给幕主上书，即使是批评意见，措辞亦相当谨慎委婉。阎尔梅此文则截然不同，他以相当激切的方式无遮无拦地表达自己的观点，这固然可以理解为作者急于效力而不被信任，意见得不到采纳，借此宣泄内心不满的情绪。而更深层次的原因则在于：甲申之变，国亡之责应该由谁承担？士人阶层普遍认为这是身居高位的当权者昏聩无能、自私贪婪所致，如钱澄之述姚康作《太白剑》的缘起时称："先生雅不喜宋儒高谈理学，而又于当时之主持国是者，多所不平。盖尝久客京师，以局外冷眼，窃睹诸公之负国、植私背公，有非外人之所得尽知，故慷慨愤懑，一

① 《白耷山人文集》卷下，《续修四库全书》，上海古籍出版社 2002 年影印本，集部，第 1394 册，第 524—527 页。

切发摅于此书。"① 所以对执政者的道德水准、意志能力普遍抱有不信任感，再联系当时布衣文士何光显直接上书朝廷乞斩马士英、刘孔昭事件②，我们看到这一群体难抑的激愤与怒火，阎尔梅的这篇《上史阁部书》在很大程度上也代表着士人阶层共同的呼声。除了态度坚决、笔力矫健和言辞犀利之外，文章对"知己"的阐释，非常发人深省，其论事说理，无不持之有故，且纵横反复，曲尽其意，颇有纵横家之气势。而且，从后来形势发展看，阎尔梅关于渡河先复山东、进军河南及固守徐州等建议，绝非书生空谈，而史可法却弃而不用，采取了极为消极的退保扬州的战略，最后一败涂地。可见，作者的辞幕之举并不是一时冲动、意气用事，而是对史可法完全失望后的必然选择。

第三节　刻画幕主的传记与哀祭之文

传记是我们了解历史人物的重要文本来源，其中不乏文学性较强的"传记文学"作品，在古代文体中，具有传记类属性的还包括行状、行实、行述、实纪、行要、行迹记等。此外，古人的哀祭之文，也大多会像传记一样记述死者世系、籍贯、生卒年月和生平概略，可以说是"传记"的某种变体。传记类文章有褒有贬，以褒为主，哀祭之文更是以对死者的褒扬为主，绝少有贬抑之辞，如赵翼所言："古人于行状原有核实之法。然人已死，而子孙及故吏为之，自必多溢美，而主其议者亦多以善善欲长，谁肯与刻核之举?"③ 虽然如此，它们仍然是今人触摸历史的主要媒介，而游幕文人所创作的此类文章尤其值得重视，因为文人的幕客身份有助于获得第一手的资料，他可以相对客观而又全面深入地去描述幕主的生平。其文往往叙述详尽，而且真实性也更加可靠，非道听途说者可比，故多为史家所采，下面我们即以俞大猷幕下文人李杜所作的《征蛮将军都督虚江俞公功行纪》一文来说明这一现象。

李杜，字思质，号云台山人，福建文士。与俞大猷本为旧友，俞"走币山中，迎杜至明州，为其子师，客于是堂（注：即俞大猷居所正气

---

① 钱澄之：《太白剑序》，《太白剑》卷首，《四库禁毁书丛刊》，北京出版社1997年影印本，集部，第106册，第618页。
② 计六奇：《明季南略》卷1"十二月甲乙总略"，中华书局1984年版，第114页。
③ 《陔余丛考》卷32，中华书局1963年版，第686页。

堂)”，可见他是塾师兼幕客的身份。俞大猷因忤总督胡宗宪被逮入狱，临行前除以妻子相托外，还将平生经略之迹嘱咐其付刻传世。俞大猷出狱后，又再次招之入幕。所以李杜对俞大猷可谓知之甚深，他所写的《征蛮将军都督虚江俞公功行纪》全面展示这位一代名将的成长经历、杰出事迹与人格风范。

文章记其幼时禀性的与众不同，有睥睨一切之气象：

> 公生而颖异倜傥，甫髫发时，出语辄欲转乾坤、昭日月，推倒一时，洞视千古，以豪杰自命，人或诧之，则怫然作于词气，以为举世皆缩蓄柔曼，无复烈丈夫之风。

记其少好读书，转益多师，且有主见：

> 家酷贫，日或不再爨，太夫人杨氏剺发，纲未就，公诵读不辍就，乃鬻米以归。益剋志攻举子业，云得借阶青紫，当与稷、契、皋、夔较功焉。时泉中名师一曜王先生宣、云衢林先生福、虚舟赵先生本，学俱博雅方正，受《易》于蔡虚斋先生者也，王先生常即《易》以论古今治乱兴衰之迹，林先生常即《易》以明心性忠孝仁义之奥，赵先生常即《易》以衍兵家奇正虚实之权，公皆师之，而其默契神会，尤能总统融贯于三师之意，而阐其所未论。尝言人心之撰，四端而已，四端之变，不可胜穷也。……故绝不信神仙飞升、佛氏轮回、占相兆梦、祷祠禬祟、支干孤虚、云物氛祲、妖魔星术、堪舆奇遁之说。

记其弃笔从戎、习骑射击剑与用兵之法：

> 爱松公薨，袭其官，始学骑射，指能知簇辄命中。从李良钦击荆楚长剑法，既得，良钦故批公手，公还与斗，良钦释剑谢曰：“公异日剑术天下无敌者。”公既尽剑术，益悟常山蛇势以为兵法之数，起五犹一人之身有五体焉，虽将百万之兵，可使合为一人也。

记其治理金门、匡扶民风：

> 金门剽悍嚣讼，最号难治。公既至，饮耆老于乡，延明师于塾，

导以孝让，申以诗书，民有讼者，虚心听之，不入束矢，各得其平。复以朔望，聚民于乡约所，申白其中是非之，公与众共之，非者大愧，悔前之为。公在金门五年，人无以讼闻于司府，司府亦不闻发一牒于金门勾摄某人也。

记其善赈灾民：

丙申大饥，殍死相望，有司发赈，县官多议审户，则里胥墨冒施不当，饿尽召赴州郭，则离乡舍次，不可旦夕得食，死者转众矣。公所领赈，同安东偏也，速出教令，民各按其乡，每诣一乡，令民敷地而坐，遍行坐间，审其为饿者也，以药识其额就，授以票使得受谷于官。盖三日之内，凡骨立色菜无不得谷者。又得以其数日之粮，资贸贩与艺作而自食其力，其瘠惫者亦得以其票资于有力者，给赈以归，其尤急者得以片纸贷升合之粟于乡邻，盖所活者万余人，非若他邑聚民为粥，使民日守一粥，而不得操其数日之粮资贸贩与艺作以自食其力，而反死于赈者也。

记其谋略果断：

其秋，有司发兵捕官澳盗，顾扰民。公率兵欲往止之，率（卒）与遇而两发刃以斗，公亟令我兵坐，彼兵乃不斗，竟治，其兵长无敢扰民者。

……

公驰至廉州，则贼具临冲梁厉，昼夜攻城，而当事诸公委其事于俞将军以去者数人矣。公曰："今兵未集，且当有以缓之。"遣账下陈子莘、王仕擢奉檄驰入贼营，呼云："我天朝钦命俞大将遣我斋谕书谕汝国人，若子仪悔祸，偕我诣军门乞降，便不加兵，尽赦尔无知数万人之命，且为尔处分。不者，大兵压境，无噍类矣。"贼惧，是夕散去。

记其远见卓识，却反遭上司羞辱：

时闽广海寇不过数百辈，乘风游劫，不足为地方大患。有司因仍玩惕，不扑灭于早，公虑其终也，上书金宪伍山陈公，论兵二弊二便。陈呵之曰："若武人，何以书为！"杖之，夺其篆。

记其毛遂自荐，当仁不让：

> 癸卯，□寇三晋张甚，诏选天下有将帅材者。御史南湖徐公宗鲁集诸司博选武臣于庭，承平久，人不知兵，武臣见选有苦之者。公独整冠扶带，趋跄而前，慷慨而言曰："台下奉明诏选边帅，无逾于俞大猷者矣！俞大猷于九边形势虚实无所不知，古今兵法韬略无所不究，且以忠孝诗书运于其间，朝廷大用之当见大效，小用之当见小效，计以塞明诏无逾猷者！"时御史固心然之。

记其原本无心却身不由己地被多次卷入朝廷党争之中：

> 初，严公以其孙效忠为寄于欧阳公，希封赏也，欧阳公不与，故公虽中律，不得侯焉。……初，公论柘林用兵十难，人持以示相国徐公，严公怪公之不以关白己，而以关白徐公也，衔之。八月，张公论死，督府诸公人人自危，贼来如飞蓬纷絮，在在而是，东扑西炽，水陆战败，争以其罪委公。庙堂诸公曰：俞帅一身，岂能在海复在陆哉？严公欲遣中校逮公，诸公谓严公曰："俞帅自为将，所将兵俱漳人，漳人受其拊循久矣，今遽如这，漳人必有不安之心，不如先散漳人而后可收俞帅也。"严公乃止，公坐落职，夺其祖官。

此篇文章不仅展现了俞大猷"抗倭英雄"之外的许多鲜为人知的一面，还涉及其他一些重要历史人物的评价问题，如记陆炳之救俞大猷：

> 会有樊御史将论胡公者，胡公惧，遂论公违节制、不穷追。有旨召公赴诏狱，闻命之日，囊不满百金，妻子客于明州，傈如也。……陆武惠公炳阴出千金为助，五鼓抵严府中，叩阍而入，阍人曰："太尉诣何早耶？太师、侍郎当昕正睡，非内旨无敢传告者，太尉宜归，且复来耳。"太尉曰："吾数夜不睡矣，吾斋宿焚香，既卜且筮，谓今早见太师、侍郎必允所请也。"阍人入者久之，侍郎乃出，搔犍欠伸而言曰："姻长来何早耶？吾方睡耳。"太尉曰："炳不睡数日矣，斋宿焚香，既卜且筮，谓今早见太师、侍郎必允所请也。"侍郎曰："为谁？"太尉曰："为俞帅耳。"侍郎曰："公何党俞帅哉？俞帅徒负

空名，违制无功，轻蔑政府，厚交徐武英而不及愚父子，何也?"太尉曰:"俞帅知误矣，始白徐武英，以武英松人告以松事耳。今自知获谴太师，不可解，故阴有致于炳，炳也请于太师、侍郎，以为炳德也。"时太尉典法司，权既重，上信之，严氏亦乐其与己同污也。心已许，及太师出，则语太尉如侍郎语，太尉语太师亦如告侍郎者，太师亦悦。太尉出，疾呼俞帅人去谒侍郎，侍郎亦令俞帅人往谢太尉，太尉明晨复驰入太师府中，八拜数十顿首而起，严氏父子为之动容。①

　　文中的陆炳时任锦衣卫都督同知，因有救驾功，深受宠信，在嘉靖朝也是一个炙手可热的权贵。朝廷斗争中曾多次与严嵩沆瀣一气，《明史》将之归入《佞幸》传，然亦曰:"帝数起大狱，炳多所保全，折节士大夫，未尝构陷一人，以故朝士多称之者。"② 救俞大猷于危难便堪称侠义之举，为了一个得罪首辅、身陷诏狱的军官，陆炳竟然自掏腰包，"阴出千金为助"，且向严世蕃、严嵩再三卑辞相求，事成后又以"八拜数十顿首"的大礼相谢，无怪乎严氏父子都不禁为之动容，这让我们充分看到了历史人物丰富复杂的一面，仅此而论，这篇《征蛮将军都督虚江俞公功行纪》也具有珍贵的史料价值。

　　此外，若将《征蛮将军都督虚江俞公功行纪》与《明史·俞大猷传》相比较，无论从叙事时间，还是主干线索上都明显看出后者基本上是对前者的剿袭与缩略，这除了因为李杜文章的细致详尽外，也是缘于《明史》编撰者对其幕客身份的看重。与此相类，由明人钟兆斗润色的《乌槎幕府记》记载的是"丰阳冯先生任广东，平倭夷及海寇、峒贼"诸事③，钟氏指明此文原始出处"为乌槎营中幕客所记"，因"所记颇为详悉"，保存下来可以"备异时国史采录"④，这同样说明了文人幕客的幕主传记所具有的史学意义。类似的例子还有茅坤的《徐海本末》，此文虽以徐海为题，其实主要都是记述幕主胡宗宪平倭事迹，胡实为传主，《四库全书总

① 《正气堂集》卷首，《正气堂集》卷首，《四库未收书辑刊》，北京出版社 2000 年影印本，第 5 辑第 20 册，第 51—63 页。
② 《明史》卷 307，中华书局 1974 年版，第 7894 页。
③ "丰阳冯先生"应为冯皋谟，字明卿，海盐人。嘉靖庚戌进士。时任广东布政司分守岭东道左参议，后官至福建布政司参政，有《丰阳先生集》传世。
④ 《钟秉文乌槎幕府记》，《盐邑志林》，商务印书馆 1937 年影印本，第 44 帙。

目》将之归入史部，称："坤好使兵，罢官后值倭事方急，尝为胡宗宪招入幕，与共筹兵计。此编乃纪宗宪诱诛寇首徐海之事，皆所亲见，故叙述特详，与史所载亦多相合。"①注重的也是茅坤的幕客身份，故而《明史·胡宗宪传》多采其事，《剑桥中国明代史》评述道："虽然有些晚明的历史学者对这些记述的真实性和可靠性持怀疑态度，但正史的编者却认可了它们。正史胡宗宪传中写他对徐海和王直的处置，几乎全部取材于茅坤的作品。"②

由于此类传记的执笔者为幕客，故于正传之外还往往会补叙其与幕主的亲密关系，如袁中道《梅大中丞传》在详述梅国桢生平后，又对两人间的友谊予以介绍，并回忆自己第一次游幕边塞，与幕主狩猎宴饮、宾主相得的难忘情景：

> 方公之开府云中也，予时客长安，公以字来讯。予答以学道未契，汲汲求友。公复以书来云："贯城之帝，有日中之市焉。虽无奇瑰异物，而抱所欲者，各恣取以去，求友亦若是耳。公欲于此处求友，显灵宫古柏，婆娑委地，作虬龙形。东便门外，奈子花如锦幄，可容二十余人。晋阳庵中，有唐铸观世音相。沙窝水葛道士毯，顺城门守门老中官射，亦不佞数十年内所得友也。公倘欲之，便以相赠。"其持论盖如此。后邀予至云中晤言。予少时有奇气，相见直坐上坐，扪虱而谈。公待之益恭。每有所论，公退而疏之。一诗成，公曰："真才子也！"尝于水磨河置酒，大合乐，泛舟，辩论锋起。公自谓数十年来无此乐。率将佐出猎，公与予并马笑谈，千骑围绕，笳管清路，呼声震地，箭如俄鸱叫。抵幕而归，灯火晃耀，居民摩肩以视。大略如子瞻游西湖，从涌金门外入也。予偶与诸客野饮，公忽至，遂共坐，与诸人调笑，略无忤意，亦不问姓名而去。③

对于一介布衣的书生，身为边疆大臣的梅国桢热情相邀。在幕中，宾主二人相互辩论，梅国桢不仅没有因为幕客的失礼而加以责怪，反而称"数十年无此乐"。即使素不相识的普通人，他也能彼此调笑，最后"不

---

① 《四库全书总目》卷65，中华书局1965年版，第577页。

② ［美］牟复礼、［英］崔瑞德：《剑桥中国明代史》，张书生等译，中国社会科学出版社1992年版，第853页。

③ 袁中道：《珂雪斋集》卷17，上海古籍出版社1989年版，第718页。

问姓名而去"，其宽厚大度的胸襟与率性真诚的性格不由让人为之神往。需要指出的是，这样的补述对于更加完整地勾勒出传主的人格与形象是非常必要的，而且比之一般的传记文字更让人觉得亲切与可信。

　　哀祭之文如诔辞、哀辞、祭文等，都是寄托生者对死者的哀思，一者，列述死者德行，故与传体有相通之处，章太炎《国故论衡·正赍送》中认为，"诔"是后来"行状"之源，"自诔者出者，后有行状"①。二者，随着后来文体功能的变化，许多哀祭文的叙事性被淡化，而重在抒情了。游幕文人对幕主事迹了解较多，又受其恩惠，有着密切的私人情感，故幕主的哀祭之文多出于他们之手，明代一些藩王、大臣的哀祭之文便是由其文人幕客写就的，如郑若庸为赵康王作《祭赵康王文》②、沈明臣为胡宗宪作《少保胡公诔》、何白为郑汝璧作《祭郑司马昆岩先生》③、王稚登为袁炜作《祭袁文荣公文》、谈迁为高弘图作《哭高相国文》④、《高相国诔》⑤ 等，这些作品都将幕主视作"生平知己"，对亡者哀痛至深，富有感染力。其中沈作与王作哀悼的对象都是当时和后世颇有争议的人物，尤为引人注目。

　　王稚登《祭袁文荣公文》曰：

　　　　呜呼！女悦为容，士悦忘死。忘死者何以徇知己？甲子之岁，薄游燕山。黑貂蒙茸，黄尘满颜。宝刀天寒，一尺雪片。筑傍睥睨，酒人勾践。未识项斯，公何以称。一见握手，欢如平生。布衣来登，平津之阁。风动帐开，翛超入幕。丞相怜才，书生薄命。骨如垂杨，马卿善病。我病公忧，我瘥公喜。公来问病，病亦良已。昊天不吊，丧我严君。峡猿三声，邻家畏闻。公曰：王生戚，何益也，勿以亡者而易生者。皋鱼泪丝，沾袖成血。生我知我，寸肠双结。柳色折下，青青可哀。苟无相忘，何日能来。千里还家，崩嵬碎嵬。贫里穷苦，门外无客。公病莫闻，一日心动。山川不隔，蝴蝶入梦。飞鸿嘹嘹，云里一札。或沉或浮，公胡不答？马上邮书，公乞骸骨。天言慰留，勉

① 《国故论衡》，上海古籍出版社 2003 年版，第 96 页。

② 郑若庸：《北游漫稿·文》卷中，《四库全书存目丛书》，齐鲁书社 1997 年影印本，集部，第 144 册，第 101 页。

③ 何白：《汲古堂集》卷 28，《何白集》，上海社会科学院出版社 2006 年版，第 474 页。

④ 谈迁：《谈迁诗文集》卷 5，辽宁教育出版社 1998 年版，第 236 页。

⑤ 同上书，第 240 页。

旃药物。表馈名醪，银罂翠釜。命医络绎，诏使帝午。寸疏涕泣，恩深未忍。柴毁日削，三上乃允。楼船渡河，大星忽坠。云汉夜黑，流光委地。去年端阳，江雨江烟。白帻哭公，甘露寺前。盖棺事定，橐装如水。既为公悲，亦为公喜。辒车过门，鸡黍不设。非敢独后，以待临穴。昔公面命，子定吾诗。后世谓谁，谁当相知。阳水之托，庶几努力。岂以黄泉，负此白□。浣灰以布，濯锦以鱼。畴能益公，尽此区区。山水重重，曹江禹门。六月生刍，挥汗来奔。焚公之诗，酌酒一斛。公岂不知，而不能读。匣中赤精，丘壑自卫。挂公墓木，芙蓉憔悴。烈士无泪，泪为明珠。今日数行，为公目枯。呜呼哀哉！①

　　袁炜在明代首辅中虽无严嵩之恶名，但也绝称不上贤相，《明史》说他"诡词媚上"，赖青词邀宠，而且在朝廷树敌颇多，"炜自负能文。见他人所作稍不当意，辄肆诋诮。馆阁士出其门者，斥辱尤不堪，以故人皆畏而恶之"②，却偏偏对王稚登这样一个布衣书生青眼有加，堪称知己。袁炜殁后，面对可能的政治风波，其幕客大多惧怕受到牵累，"京师故尝为袁公客者谕稚登：'稍自讳，毋得言袁公门人。'稚登谢曰：'主臣有之，庶几冯欢、任安知我哉！'"③亦可见王稚登不忘旧恩，这才有了这篇《祭袁文荣公文》。

　　如果说王稚登看重宾主之情、不避时讳的话，沈明臣所作的《少保胡公诔》则要冒更大的政治风险。胡宗宪是明嘉靖间抗倭名臣，但因阿附严嵩，两次被逮，后瘐死狱中。隆庆改元后，阁臣徐阶主修《世宗实录》，继续丑诋胡宗宪。其幕客沈明臣对此大为不平，于隆庆二年（1568），"走哭墓下，持所为诔，遍告贤士大夫曰……"④此外，他还与众多同情胡宗宪的友人共编了一部替胡氏鸣冤的诗文集——《孤愤集》⑤，并请汪道昆作序。汪道昆在其序中称："胡司马有社稷功，中憾者，卒死

---

① 《客越志》卷下，《王百谷集十九种》，《四库禁毁书丛刊》，北京出版社1997年影印本，集部，第175册，第237页。

② 《明史》卷193，中华书局1974年版，第5118页。

③ 王稚登：《燕市集序》，《燕市集》卷首，《王百谷集十九种》，《四库禁毁书丛刊》，北京出版社1997年影印本，集部，第175册，第51页。

④ 屠隆：《沈嘉则先生传》，《由拳集》卷19，《四库全书存目丛书》，齐鲁书社1997年影印本，集部，第180册，第650页。

⑤ 《孤愤集》，明隆庆刻本。《孤愤集》除收录沈明臣诗文外，另收汪道昆、王寅、陈有守、江珍、汪道昕、汪道贯、汪道会七人诗作，共计20余首，皆为胡宗宪而作。

请室。今上毕录先帝故臣功状，置司马不以闻。司马藁葬山中，诸门下士若故人无一至者，沈山人为司马诔，则自四明走墓下哭之，……往岛夷起吴越，率以泽量人。司马提三尺剑，全活之何论亿兆，及司马不辜死，卒无能发一辞，非山人则皆喑者矣。"① 在明代激烈的党争中，沈明臣敢于挺身而出，为昔日幕主作一番辩白，是需要莫大勇气的。《少保胡公诔》有千字长序，首述胡宗宪冤死，朝野唏嘘，天下百姓都陷入悲痛之中，其云：

> 维嘉靖四十有四年仲冬日，明故光禄大夫少保兼太子太保兵部尚书兼都察院右都御史奉敕总督浙直江福四省军务新安胡公以逮诣，卒于京师。呜呼哀哉！三台中坼，大星告殒。夷夏同悲，黄稚走哭。耕夫为之释耒，织妾爰以下机。舍佩捐珥者充闾，辍相与谣者载路。虽哀邓劈面，而慕羊罢市，蔑以过也。呜呼哀哉！

接着细述胡氏一生行迹：

> 公进士高等，筮知益都。服阕补令余姚，旋擢监察御史，出巡穷边，继临旧楚。声高避马，光烛埋轮。皇朝著令：凡宦履所先之地不得重为巡察，而公乃以殊异重来。渐水增波，镇山借色。于时卉服，侵疆□犷。内扇鲸鲵，肆毒吴越。兵墟瓯闽，江淮流血成海。朔方、中山、韩魏、齐楚之甲，巴蜀、番禺、麻阳、永顺、保靖、容美、思田之足。椎结鬓首，负毒弩而横戈；投石超距，挽强弓以挥戟。士马四集，幡旗蔽野。虽控弦十万，水犀三千，何足以云。然一贼犷弩，百吏不前，譬之匹禽负矢而百群皆奔矣。故陆战则僵尸千里，水战则浮骸蔽江。剽城攻邑，剥掠虔刘。缙绅屠戮，士女蒙污。虽非析骸易子之危，实有负汲然眉之困。于是天子震怒，临朝不怡。提兵绾符，一二大吏咸伏法受诛焉。公乃慨然忘死，誓不遗贼。爰声大义则张胆明日，迭出奇策则潜虑密谋。延揽英豪，选锐授甲。劝以赏赐，纠以刑罚。于时贼逼橴李，而公适行部赤城，边遽告急，轻驰星赴，灼贼可饵，瓮酒于毒，贼果自餧，不战而毙。于是授画苗兵，歼之王江泾上，斩首三千，流尸万计，军威大振，士气倍百。于是我兵始知贼亦易与，兢思踏军，搴旗坎墉先登之绪矣。

---

① 《孤愤集序》，《太函集》卷21，《续修四库全书》，上海古籍出版社2002年影印本，集部，第1347册，第53页。

旧吴遂有罂脰、陆坝、横泾之捷，东越遂有清风、仙居、龟山之捷。皇陵四抗，夷魄尽裾。牛蹄之鳞，悉委命于涸辙矣。状闻天灭殆霫，手降褒纶。超序中司，载贰夏部。枣南军务，悉委总督。公私计祸本不剃，东裔之难未夷；内蠹犹存，南国之清无日。乃用侦谍，饵以重贿。剪徐海、叶明、陈东于吴境，购王直于松浦。东收金塘、后梅、翁洲之绩，西奏乍浦、维场之功。于是六合荷清尘之期，而四海罢晏间之警矣。天子嘉乃于襄之勋，使正圻父之位。秩崇官保，荣晋台孤。赠先叙后，光融异常。丰功显赏，岂不于赫乎！昭灼于一时者哉，然风波潜骇，危机密发。朝霞启晖，太阳戢曜。葱聚来代牧之命，昌国脱走赵之身。公乃诣阙，请辜分、填沟壑。天子明圣，下诏放归。隐悼播越，及于宽政。虽无忘存阙之诚，亦庶几首丘之志矣。无何复有言者，盖克霍而返，谗言弥兴，庸人上变，污连亚夫。于是有槛车之征，不免相国之系。时天子虽发重问之诏，而实存议劳之仁。惜左右寡邮，良鉴鸠之，公遂卒于狱焉。

上文从胡宗宪进士出身写起，依次列其宦迹：历任益都、余姚知县，又以御史巡按边陲重镇，后重回浙江任巡按监察御史。之所以打破官场旧例"凡宦履所先之地，不得重为巡察"，实因朝廷对其从政经验和能力的充分信任。胡宗宪临危受命，接连挫败倭寇，并最终取得抗倭斗争的胜利。与此同时，胡宗宪也受到皇帝的格外嘉奖，青云直上，步步高升。不料，大功告成之日，却是他厄运降临之时，因"谗言弥兴，庸人上变"，最后竟屈死于狱中。序文最后表明诔文之所由作：

呜呼哀哉！兰苣倾顿，桂林移植。激情风烈，愤意云踊。是故士治受诬于王浑，安西含冤于钟会。眦睚积衅，功不偿死，盖自昔而已然矣！呜呼哀哉！属者先帝宾天，今上继序。旧冤俱刷，万品咸新。地下无吞声之鬼，人世多扬眉之夫。公独衔恤黄原，覆盆寝日，伏阙跂吕强之书，段频之功莫发；吁天乏朱勃之疏，马援之罪谁明？呜呼哀哉！臣也昔叨记室，谊辱门生。提章惭郭亮之风，变服愧魏邵之节。使公之伟烈不着于旗常，而微过未湔于圣世，不亦悲乎！乃退而作诔，以自伤焉。

作者尖锐地指出，在新帝继位，"旧冤俱刷，万品咸新"的情形下，为抗倭立有不世之功的胡宗宪却依然沉冤未雪。朝廷众臣，明哲保身，无人肯为胡宗宪仗义执言，最后却由一介布衣的幕客来为其辩白。全序由骈文写成，内容详赅，对仗工稳，颇具文采。

《少保胡公诔》诔文亦可分作三段，其一叙述胡宗宪的族系、德行与宦迹云：

天禀上才，为国纲纪。岳渎降灵，虞帝攸祉。封陈归姓，爰谥从起。炎策流声，子孟伯始。首察孝廉，奸收御史。操行洁清，质威父子。安定汉居，新安晋徙。代鸿阀阅，家袭青紫。显矣集英，大鄣发迹。祠事庐江，实光祖德。卓卓令公，英英悊选。犀角丰盈，高明昭显。磊荦慨慷，闳廓深远。经术起家，策名霄汉。扬芳飞文，龙章虎黉。再绾邑符，青越名令。廉能奉公，班宣法政。踔迁御史，惠文执法。百僚师风，三楚澄辙。悬镜不疲，覆案虚实。

其二述胡宗宪的抗倭功业：

于时吴越，申祸无良。东鳀鼓浪，短发跳梁。士孽内讧，陈叶徐王。大乱之剡，苛我陲疆。东国南纪，萧条万里。惨酷荼毒，城邑崩毁。野绝青烟，关门昼键。官无完寺，卒不一战。虎符四祭，征兵满地。悬师费亿，旷积年岁。覆军殄将，知勇俱废。隳法干典，逋诛大吏。骇薄旧京，皇帝震赫。譬彼疾病，大风苛毒。传化上下，良医所恧。天子曰吁，恶用六师。不有三尺，执为我持。廷议众集，维宪尧之。危事不齿，雄敢先对。昔有条章，简帝之内。帝曰汝宪，汝其往治。越禁取能，以救时弊。绣斧再临，起我百废。慎用六柄，为民统纪。纠刑明罚，肇未竱本。誓清江裔，以报天子。公曰瞿瞿，椎牛飨士。均服振振，勇不逃死。王泾出奇，军始作气。捷凯屡收，群凶就殪。东土底平，万国宁谧。繄昔王泾，何战之鏖。装露桡船，供储酒醪。穴毒瓶瓻，酲湎群枭。三军斗志，阚虓百倍。露布日扬，贼为燋碎。肉薄登陴，鼓行而进。席娄胜威，雷击霆震。于铄令公，后归先出。擐甲扬锋，申明军率。诛赏亟行，功罪靡失。大战十余，小战千百。知不及谋，勇不程力。玩弄掌股，目无全贼。阻险在心，前筹处画。褊裨授策，战士用命。出凿凶门，刻期取胜。用裕头屑，使当履舄。宣法勤身，以定南国。罢枕霜戈，饥啜江渌。夜不蓐寝，重茧驱逐。死不敢请，夷无筋骨。伏弢峈血，鼓音不息。噫嗟令公，四海承风。畅于异类，臣节以共。凯奏帝阙，奉觞上寿。帝曰在廷，孰居宪右。御众牧人，文武具才。中丞司马，进序棘槐。以率受爵，觳闻便宜。公曰臣宪，死不敢辞。受命忘家，抱鼓忘身。简服士卒，约束重申。建节衔命，以明四方。拊循和辑，以肃戎行。若换耳目，弗移声章。于时内孽，叫嚣狂哟。穴里外伏，直乃魁渠。奸轨逞志，继祸鼓衅。心不可畜，偷生以殉。维我令公，殚心作图。谲谋博画，独运神枢。柔远刚迩，左牝右牡。迭用周旋，机弗恒究。赇成间使，呓坚文降。约辞逸志，厚交贰党。飞渡溟渤，贼落吾掌。孤城围解，罪人伏辜。惶怖归死，执馘献俘。揃铲大憝，京观彰功。除残去秽，六合同风。弭其百苛，娆其谉愿。江海环之，民无改易。陆人居陆，水人居水。击草除田，囊弓卧鼓。安居乐业，甘食美服。田野市井，游敖嬉遂。鸣鸡吠狗，烟火相属。民命在天，挈悬我公。公实再造，东岱匪庸。勋载铭府，彝镂鼎镌。方仲颜行，伊尚随肩。锡与蕃渥，位尊九列。三孤崇阶，青宫并揭。式胙茅上，庶征高伐。公曰明圣，百神以和。帝天灵赫，庙算孔嘉。先王钟鼓，讵敢自多。威忾夷夏，功名发闻。

其三述胡宗宪被谗枉死经过：

谗人侧目，载祸及门。造作飞条，竞欲咀嚼。争宠害能，薰胥怨即。内寡休休，外乏谔谔。抹摋鸿巨，指索纤薄。谓功为罪，移清以浊。天皇圣明，不罪言者。雠功宽过，放在草野。回受诽谤，投杼以三。群轻折轴，悲何以堪？乃衅于难，卒死于谗。呜呼哀哉！飞章申构，赤车来征。投杯而起，束身归庭。上书自理，庶回天听。谁为主图，以免尹铎。怨若怨焉，夫哉伯乐。今也不然，罚善宝恶。卒忤贵臣，祸在不测。积不相能，玉雪难白。呜呼哀哉！昭私难作，昔人攸慨。微基厚塝，崇朝而坏。逐句以戈，善逃安在。呜呼哀哉！若卢决命，符彼新丰。绝食廷尉，条侯倧恫。衔凄呜咽，鸟尽藏弓。岂无圣主，天听则灵。伏波薏葬，薏苡未明。功臣骨解，天下涕零。与哀殡丧，我心怦怦。呜呼哀哉！小物不勤，大患终掇。不善过宾，家覆身殁。鱼也死贿，食其亡羊。蓄怨滋厚，咎岂在明。呜呼哀哉！成天地功，子孙必章。斯理不欺，吾信其常。呜呼哀哉！①

---

① 《国朝献征录》卷57，《续修四库全书》，上海古籍出版社2002年影印本，集部，第528册，第128—130页。

"诔"由"谥"而来，《说文》曰："诔，谥也。"与同属哀祭文的"哀辞"相比较，诔体有"定谥"之意。由于《少保胡公诔》创作之时，胡宗宪并未得到朝廷的宽恕，谥号也无从谈起，而作者不厌其烦地对诔主的生平事迹进行详细叙述，正有为其"争谥"的动机。此篇诔文的感情色彩极为浓烈，长歌当哭，对诔主的功业与德行推崇备至，称其"威忾夷夏"，对东南百姓有"再造"之恩，另一方面对陷胡宗宪入狱的大臣口诛笔伐，斥其为"庸人"、"谗人"，称他们"争宠害能"、"指索纤薄"，"谓功为罪，移清以浊"，考虑到当时许多旧臣依然身居高位，沈明臣的言论不禁令人咋舌。

《少保胡公诔》问世后，在士林中引起很大的反响，曾先后被《国朝献征录》、《文章辨体汇选》、《明文在》等收录。这篇诔文其实交织了公义与私恩，作者曾向汪道昆等人回忆幕主昔日对待自己的特殊礼遇："司马多大度，憎喜自如，当意辄予千金，不当辄嫚骂，臣非礼弗食，故千金不及臣。然坐客多贤豪贵人，司马目摄之，不为礼，比臣在坐，意独属臣，臣居与居，臣起与起，其所严事者，宜莫如臣。"① 因此，可以说《少保胡公诔》之所以出色，是作者长期的感恩、悲痛和激愤之情的一次总爆发，正如李贽所论："世之真能文者，比其初皆非有意于为文也。其胸中有如许无状可怪之事，其喉间有如许欲吐而不敢吐之物，其口头又时时有许多欲语而莫可所以告语之处，蓄极积久，势不能遏。一旦见景生情，触目兴叹；夺他人之酒杯，浇自己之垒块，诉心中之不平，感数奇于千载。"② 胡宗宪曾为平定倭乱做出过重要贡献，虽被列为"严党"，但过不掩功，他的死主要是朋党倾轧的结果。胡宗宪后来被平反，除了朝廷政治气候的变化外，与沈明臣等幕客的奔走呼号亦不无关系。明人高汝栻曾感慨道："自市道交兴，而下阱石、溺死灰者遍天下矣！……是时如王世贞、徐中行之于杨继盛，王稚登于袁文荣，沈明臣于胡宗宪，朱察卿于赵文华，虽得失互异，要皆诚心为质，不欺死友者。"③ 除王世贞、徐中行外，其余均为幕客与幕主的关系，在幕主殁后，能不避风险而仗义执言，让后人看到明代文人幕客身上人性的光辉。

---

① 汪道昆：《孤愤集序》，《太函集》卷21，《续修四库全书》，上海古籍出版社2002年影印本，集部，第1347册，第53页。

② 《焚书续焚书》，中华书局1975年版，第97页。

③ 《皇明法传录嘉隆纪》卷6，明崇祯九年刻本。

第四节　抒发个人情性和记录游踪的小品文

　　小品文之于明代是一个重要的文化符号，尤其至晚明而发展至极盛，游幕文人中即有不少小品文的名家，如徐渭、袁中道、屠隆、陈继儒等。我们在这里所关注的重点并非是他们小品文的总体成就如何，而是去努力体察游幕生活对文人笔下小品文创作之影响，特别是那些抒发个人情性的小品文，它们为游幕文学吹去一阵清新之风。

　　在明代游幕文人笔下，有不少尚未为人所注意的佳作杰构，如朱察卿的《顾汝和种梅记》就是这样一篇思想性和艺术性都可与龚自珍《病梅馆记》相媲美的优秀小品：

> 　　吴中人善植花木，植以市利者，辄戕贼桑条作屏障状、盘盂状，或肖马远所画。奇树惟松、桧、梅易施巧力，即长不满尺，已束缚于瓦缶中，亭亭若林矣。顾舍人汝和十年前得一梅，二干齐起，枝虬曲附，丽若连理花，时置几上，召客环坐赏之。以还朝故，移植于地间巨石长松间，诚园丁时其灌溉。今汝和使鲁，中过家，追忆昔年花时故事，复移植于缶，当秋雨疏疏，冠芝冠衣，祗裯持锸，与园丁杂作，去土舁梅，根已扶疏龙茸矣。乃芟其最蔓者，令强处缶中。予适偕二客，与汝和俱笑：苦梅矣！客曰：何苦梅也？予曰：物与人等耳，贵适其故性也。山泽之夫，蓬首徒跣，卧起自便，饥食脱粟，渴酌清泉，日闭户，聊聊然。世之揖让结梯之劳，熏鞠污灊之味，率皆谢之不知，虽赤贫亦至适矣。一旦强而坐于王公贵人右，纤体强躬，终日不敢换色，即陈肥厚而方丈华错，若加缠索，盘骸拘挛不能捉，七不乐也。予山泽人也，故知梅苦耳，况梅比德贞士，山泽人又下矣，故为梅劳苦。①

　　文中的顾汝和，即顾从义，字汝和，南直上海人，著有《义法帖释文考异》十卷，是当时著名的书法家，嘉靖间诏选入直，授中书舍人。顾汝和是一个爱梅之人，但他欣赏的梅花也是束缚于瓦缶之中的，而非自

---

① 朱察卿：《朱邦宪集》卷6，《四库全书存目丛书》，齐鲁书社1997年影印本，集部，第145册，第658—659页。

然之梅。因人朝离乡，将盆中之梅移植于园中，等返家时，又强使梅树再移入缶中，作者目睹之，忍不住感叹道："苦梅矣！"下文即由梅而及人，以乡野村夫为例，即使物质条件再差，但精神是自由的，"虽赤贫亦至适矣"；而一旦入权贵之门，纵使饫甘餍肥，却处处拘束，毫无快乐可言。这篇小品充分体现了许多晚明文人的人生观与价值观，与物质享受相比，精神上的自适来得更为重要。作者朱察卿因其父与大臣赵文华有旧，曾被召入幕，"尚书迎劳苦：'生欲官乎？'谢无所事官，'欲金钱乎？'谢无所事金钱。尚书大笑：'而翁呆，固有种哉！'然心益奇邦宪。治军暇，则与投壶雅歌，甚适也。邦宪念尚书汰侈，争之不得，业以酒解，所默挽救不少矣。"① 亦可见其本人即是一位不慕荣华、洁身自好的高士。

　　无论主旨意象，还是托物言志的艺术手法，朱察卿的这篇小品文都与龚自珍《病梅馆记》有着较高相似度。作为脍炙人口的名篇，《病梅馆记》早在 20 世纪初刘法曾、姚汉章主编《中华中学国文教科书》时即将它编入其中，时至今日，大陆与台湾的中学教材也都不约而同地选录了此文。相比较而言，两篇文章的情感色彩是有差异的，一者激烈，一者平和；一者由梅及己，化身为梅，一者由梅及人，以护梅者自任，朱文中所表达的人生理想似乎尚未脱嵇康《与山巨源绝交书》中任性自如的草野山泽之形象，龚文则表现出更强的历史使命感与忧患意识，一言以蔽之，朱文在己，龚文在人。如果说朱文在情感的烈度逊于龚文，一是由于实施害梅伤梅的顾汝和是作者的友人，不可能像龚自珍用如此激切的言辞，二来两位作家所处的时代大不相同，朱察卿所在的嘉靖朝虽然国势已大不如前，但还不至于像龚所处的道光朝那般岌岌可危。虽然有着诸多的不同，但对"病梅"的同情则一，护梅则一，以梅喻人的主旨则一。我以为，这篇小品文之所以优秀正是作者朱察卿从依附人的游幕生活中获得的人生体验和感悟，它虽然没有像《病梅馆记》那样上升到斥责统治阶级摧残人才的高度，但对畸形审美的批判和对自由人格的追求，其思想性与《病梅馆记》殊途而同归，可称双璧，甚至有理由怀疑龚作或许在一定程度上受到了此文的启发。

　　明代游幕文人撰写的小品文种类繁多，包括短小精悍的人物传记，如宋登春所作的《海岱耕夫传》，文章描写了一位自得其乐的隐士：

---

① 王世贞：《朱邦宪传》，《弇州四部稿》卷 84，《文渊阁四库全书》，台湾商务印书馆 1983 年影印本，集部，第 1280 册，第 380—381 页。

　　海岱耕夫者，讳颐坲，泗上公叔子也。禄薄不足以给妻孥，退耕
于野，因自谓海岱耕夫。性木讷，厌嚣嚣，被草衣褐，蔬食水饮，晏
如也。日诵古文数篇及高士列传，独喜陶征君为人，辟隙地，植菊数
十本，花时摘园蔬，沽时醪，招友于摺故旧，清言永夕，祝太平天子
万年。宾主庆膺祉福，居常牧鸡豚，供父母养。暑则拖杖策荫茂树，
抱子弄孙；寒则拥败絮高卧，或数月不出户庭。人莫窥其蕴，时饭牛
商歌，若出金石。噫！古隐君子之流也。其志行不能悉举，此记其大
略也。①

　　此文传主号称隐士，但身份又比较特殊，文章开头即交代此人是
"泗上公"之侄，宋登春另有《泗上公传》，他是"鲁靖王之后，乐陵宣
懿王裔子，太祖高皇帝七叶孙也"②，据此推论，自号海岱耕夫的传主也
是位"天潢贵胄"。不过，这位太祖八世孙的处境有点尴尬，既为宗藩，
便可享受国家俸禄，但"禄薄不足以给妻孥"，不得已，只好"退耕于
野"。顾炎武在论及明代宗室时，曾谓："为宗藩者大抵皆溺于富贵，妄
自骄矜，不知礼义。至其贫者则游手逐食，靡事不为，名曰天枝，实为弃
物。"③ 应该说，顾氏所论的确一针见血地指出了这一寄生阶层的本质。
朱颐坲身为宗室，却能自食其力，而且以陶渊明为榜样，甘愿过一种逍遥
自在的隐士生活。他虽然生活艰苦，比之"弃物"般的同宗兄弟们不知
高出多少倍。宋登春之所以非常了解其处境，是因为他长年游幕于乐陵王
门下，与藩王后裔交往频繁。当然，将一个宗室子弟写成几无人间烟火气
的山中高士，多少有点借题发挥，有作者自寓与想象的成分。这篇《海
岱耕夫传》以白描为主，简洁朴素，诚如四库馆臣对宋登春之文的评价：
"文章简质，可匹卢楠《蠛蠓集》，而奇古之趣胜之"④。
　　作为私人书信的尺牍，因其篇幅短小、章法灵活而又趣味横生、怡人
性情，是构成明代小品文的重要部分。文人幕客与幕主间的尺牍往来，便
同样成为我们考察小品文创作的一个有意味的窗口。以徐渭为例，他曾因

---

① 宋登春：《海岱耕夫传》，《宋布衣集》卷1，《文渊阁四库全书》，台湾商务印书馆1983年影
　印本，集部，第1296册，第551页。
② 宋登春：《泗上公传》，《宋布衣集》卷1，《文渊阁四库全书》，台湾商务印书馆1983年影
　印本，集部，第1296册，第550页。
③ 《日知录集释》，岳麓书社1996年版，第424页。
④ 《四库全书总目》卷172，中华书局1965年版，第1516页。

各种机缘先后游于胡宗宪、张元忭、李如松等人幕下，彼此间书信往还不断。其《答张太史（当大雪晨，惠羔羊半臂及菽酒)》云：

> 仆领赐至矣。晨雪，酒与裘，对症药也。酒无破肚脏，罄当归瓮；羔半臂，非褐夫所常服，寒退拟晒以归。西兴脚子云："风在戴老爷家过夏，我家过冬。"一笑。①

其《答李长公》云：

> 刘君来，得长公书，并银五两。前此亦叼惠矣，何勤笃乃尔耶？令人不可当。顾念老病渐逼，灰槁须臾耳，无可为报。如轮回之说不诬，定庶几了李源圆泽一段公案。闻勋业日隆，大用在即，即披甲跃马，三发小侯，破的而饮羽。买韩卢五明马适至，便牵往莲花峰顶，浮大白不计斗石。侍儿抱琵琶，枨枨响万谷中，俨然突骑出塞之为者。此等豪筋侠气，定勃勃长在掌股间。正今日囊锥时事也。如相忆伯嗜，便可呼虎贲坐饮耳。临书三叹。②

这两封书札，都是徐渭因获得幕主的馈赠而写的回信。馈赠并不算丰厚，但张元忭送的酒和羊裘（"半臂"又称"半袖"，是古人一种无领或翻领的短袖外衣）正可御寒，徐渭戏称为"对症药"，而且酒一到就喝没了，进了自己的"破肚"，不过空空的酒瓮还是一定要还的。至于羊皮毛裘衣，不是"我"这样的穷人所应该消受的，但一样要等到冬天过去后才能晒好归还。末了，引用当时脚夫的一句"风在戴老爷家过夏，我家过冬"的流行谚语作结，这里有几分自嘲的味道。毕竟，于富贵人家来说，风是盛夏的一抹清凉，而于文长这样的贫寒书生而言，风却更像是为冬的凛冽助纣为虐。张元忭是明隆庆五年（1571）的状元，如今在朝为官，而文长屡蹶于科场，到老不过一依人过活的白发穷儒，人生的境遇如此的不同，普通人不免要大发感慨了。但徐渭终究是徐渭，他以一种略带萧索的嬉笑调侃了一下幕主，也释放了自己的失落与不羁。而面对李如松不远千里托人送来的五两银子，徐渭心中却只有感动了，这位戎马倥偬的大将军能够惦记着远方一个年老力衰的落魄文人，的确称得上知己了。

---

① 徐渭：《徐文长逸稿》卷21，《徐渭集》，中华书局1983年版，第1017页。
② 同上书，第1018页。

"无可为报"是客套语，却也是事实，尺牍中用了一个著名的典故，即唐代僧人圆泽与李源相知，后转世再见的故事。徐渭把自己比作圆泽，把李如松比作李源，言下之意，李如松的厚爱只能来世再报答了。书札并不长，但寥寥数语，却把一位跃马张弓、意气鹰扬边塞将领的形象刻画得栩栩如生。

徐渭的这两封尺牍，一者轻松幽默，一者豪放潇洒，无论风格如何，都能反映作者超然自如的心态。我们试将之与其昔日居胡宗宪幕下所写书札进行一下比较，会发现虽同样是写给幕主的，两者却差距巨大，《奉答少保公书》云："前日禀辞明公，疾已发作，道远天暑，抵家益增。今者伏奉使书，其人亲见渭蓬跣不支，亲友入视，送迎之礼全废。渭有此阻滞，自信不欺。"又云："今者使人入门，突然见渭仍旧蓬跣，并非饰诈，缘此不敢弃远家室，冒暑涉途。渭谨昧死请乞再假旬余之期，天气稍凉，病或消减，渭即驰赴函丈，伏聆德音，陈谢谨伸，谴责甘受。"① 言辞谦卑，近于哀求，在此窘境中他仍表示要带病完成胡宗宪交付的代笔任务，唯恐引起幕主的不满。这般谦卑的口吻，和今日的淡然与坦然已不可同日而语，一个经历了各种人生苦难后的徐渭，除了真情，已经没有什么可以撼动他的意志与心灵了。

明人好游，好山水之趣，其中既有无功利的游玩，也有以游幕为目的的离乡远游，一段辛苦之后，幕府文人总会以独到而精彩的文字将自己的游踪记录下来。袁中道《塞游记》记云：

> 梅中丞镇云中时，过听龙湖老人语，且得予《南游稿》读之，甚激赏。闻予在伯修邸中，数以字见召。予以书贻之，曰："明公厩马万匹，不以一骑逆予，而欲坐召国士，胡倨也？"后梅公以符至，始于四月终自都门发。明日，过昌平，出居庸关。关路在两山中，如一綖。山上危石壁立，杂以丹碧之华，古木丛生。傍岩有泉，曰琵琶峡，流声汨汨。郦道元曰："湿余水出上谷居庸关东。溪之东岸，有石屋三层，其户牖扇扉悉石也。盖古关之候台矣。"今所见者，即道元所云湿余水也。出关至土木，为先朝北狩处，徘徊久之。已过上谷，见山隆隆起，讯之，为摩笄山。昔赵襄子以姊妻代王，因取代，姊遂摩笄自刺。予谓此简主志也，恒山之望何为哉？自土木至上谷，岭出左掖，长城蜿蜒岭上，如一缕素丝。以暑夜行，月色如昼。行至

---

① 徐渭：《徐文长三集》卷16，《徐渭集》，中华书局1983年版，第459页。

荒野，草色无际，月益白。有黑云从后起，上薄月。从者曰："疾雷猛雨至矣！去堡尚远，无可避者，当奈何？"急策马，雷声从马首落，电光铄人目睛。时以月为命，度云之不至月者仅丈许。正忧悸，忽有声自西北来，激怨哽咽。邮卒曰："此胡笳也，去堡近矣！"顷之至堡，月隐，雨如倾。明日霁，见道旁田作者，宛似江南。又明日，抵云中。梅公候予于大寺。①

梅中丞即梅国桢，时任大同巡抚，相关情形已见前文。作者交代完此行缘由后，便以粗豪跌宕的笔墨将读者引向边关塞外，过昌平，出居庸，至土木，经上谷，抵云中，虽然是一次长距离的跋涉，但由于笔触的轻快，反而给人以"移步换景"的紧凑感。在大开大阖，气势磅礴的叙述中，也适时穿插了一段凄楚的摩笄山典故和马首惊雷、电光铄目的意外遭遇。文章以不到五百字的篇幅记录了一次游幕之行，张弛有度，疾而不乱，是明代游记小品文中的优秀之作。

第五节　幕府助兴的寿辞、贺序、别序文

明代幕府饮宴，除了吟诗唱和外，也常常用辞赋来助兴，尤其逢幕主寿辰、加官晋爵或饯送远客之时，更需文人幕客挥毫泼墨，一展身手。下以卢楠、茅坤、林章等人的作品为例。

卢楠系狱多年，为谢榛所救，出狱后在谢的引荐下游于诸藩王之府。著有《蠛蠓集》五卷，其中有辞赋一卷，赋二十篇，王世贞曾评价道："赋至何李，差足吐气，然亦未是当家。近见卢次楩繁丽浓至，是伊门第一手也。惜应酬为累，未尽陶洗之力耳。余与李于鳞言：'卢是一富贾胡，君宝悉聚，所以乏陶朱公通融出入之妙。'李大笑以为知言。"② 其中有不少即是游幕之作，如《酬德赋（并序）》（序称："昔谢宣城作《酬德赋》以报沈侯，……壬子冬，楩既以上命平反，乃如赵朝谢。"）《寿成皋王赋》《梁苑仙人赋（有序）》（序曰："赵王客李九河同王昆泉饮周孔问园亭，时余在坐，酒酣谈兔园事，感慨悲恨有加焉。"）《梦洲赋》（文曰："赵王遣使币聘卢楠，往就见之……"），《寿成皋王赋》是为成皋王

---

① 袁中道：《塞游记》，《珂雪斋集》卷12，上海古籍出版社1989年版，第528页。
② 《艺苑卮言校注》卷6，罗仲鼎校注，齐鲁书社1992年版，第310页。

朱载堉祝寿之辞，其曰：

> 梁孝王燕宾兔园，相如在位，王授简于相如曰："寡人寿，愿为我赋之？"相如避席再拜曰："唯唯！夫寿天地之希龄，大王知寿，然未闻王之寿大，庶人之寿小也。"王曰："庶人之寿何如？"对曰："庶人凡夥，品类各异。若夫奇商巨贾，征戍之客。鬷工浮游，田父踶踽。黄冠元牝，缁衣闲适。每遇诞期，佳思聿兴。肴酒秒设，招致友生。缛藻匪施，湮碧无倾。帷幔起兮露色寒，琴调急兮霜华凝，曾为欢之几何？旋纷扰而咿嘤。若大王之寿，元辰未届，百司豫启。琼珠之宫，金华之里。象栖屏鸾，茵犀几穷。奇怪兽含香上馨，云气四散，化为仙灵绮丽，慌忽夺人目精。于是石渠金马之士，遝坐骈至，充乎后庭。炮翠麟，脼霜鲸，宴素日，张金灯。攘皓腕之鸳袖，映绣柱之鸿筝。调采菱之艳谱，发遏云之新声。歌曰：帝子降兮金井寒，集瑶池兮骖白鸾。隋遐龄兮千万岁，与佳人兮长盘桓。尔乃分曹投博，飞觥举白。促席交膝，簪珥狼藉。玉衡斜汉，金虬水涩。然后敛仪肃容，悄然言别，扬旆离馆，回銮东阙。此所谓大王之寿，非夫凡氓所得拟也。"王乃释位就相如坐，以酒觞相如曰："寡人之寿若是其大，微子之言，寡人弗知也。"是后益亲幸，以相如为上大夫。①

这篇寿赋虽然篇幅不长，却是结合司马相如的事迹，模仿其《子虚赋》而作。据史载：相如"以赀为郎，事孝景帝，为武骑常侍，非其好也。会景帝不好辞赋，是时梁孝王来朝，从游说之士齐人邹阳、淮阴枚乘、吴庄忌夫子之徒，相如见而说之。因病免，客游梁。梁孝王令与诸生同舍，相如得与诸生游士居数岁，乃著《子虚之赋》"②。卢楠栖于成皋王幕，正如当年相如游于梁孝王所，身份相似，处境仿佛，故以梁孝王喻成皋王，而以相如喻己。《子虚赋》以齐、楚的对比为主线，《寿成皋王赋》则是对所谓"庶人之寿"与"大王之寿"进行了比较性形容，两者都注重铺陈与夸张。《寿成皋王赋》的结构虽不及《子虚赋》来得宏大，但辞藻之富丽、气势之充沛并不逊色多少。《明史》称卢楠出狱后，客诸王

---

① 卢楠：《蠛蠓集》卷3，《文渊阁四库全书》，台湾商务印书馆1983年影印本，集部，第1289册，第820页。
② 《史记》卷117《司马相如传》，中华书局1982年版，第2999页。

幕，"酒酣骂座如故"①，不过，就此篇而论，他还是很善于结幕主之欢心的。

茅坤作为唐宋派的代表人物，当时与徐渭、沈明臣、王寅等同处幕下，也有一些游幕之作存世，其中比较著名的如《贺宫保胡公序》。据文末所记，此文是因"郡守张君征余文以贺"，而作者又"特怜公负盖世之气以捍国家，而犹为时所嫉，故特叙其本末"，故虽为代笔，亦出于己愿。文曰：

> 古者两垒而战，覆其将于矢石之斗也易，夺其将于帷幄之算也难。何者？当其矢石之斗，可以力攫，可以气慑，而帷幄之间，非我之善战，有以死彼之心而不吾抗，则彼必不听于我；非我之襟度有以死彼之心而不我贰，则彼必不信于我。余故尝按传记，若汉高皇帝之百战以有天下，当时所从诸将，若绛、灌之属，其矢石所覆不可胜道。已而，独韩王信、中行说辈两人者，教单于日夜候汉利害处，汉所当冒顿之患遂与高皇、孝文相终始。当是时，汉之将有能夺信与说于毡裘之庭，而返之中国，则汉可无患矣。顷者，王直、徐海两人，导海上诸夷以蹂躏我中国，圣天子赫然震怒，檄天下诸名将，及所故称敢战之士以尝之，然辄败去。特采百官议，悬之以通侯之爵、万金之赏，诏中外，情亦亟矣。而我总督胡公，累然起而收之。予尝较王直、徐海两人本末，按公所以缚两人者，其说有二：盖海之资也悍，直之资也黠。海之资也悍，故以敢战斗力，先诸夷而遂为首难；直之资也黠，故能以忠信慷慨之气羁诸夷若属国然，而烽燧所向，犹不以逆名。由今计之，方海之拥夷酋数万，裂州郡而战，公之收卒不满千人，而欲以翱翔其间，其危也固矣。然譬则斗虎也，饵之以羊豕，或槛而缚之矣。当是时，公以直为媒，故其弋海也犹易；及海既缚，而直之资也故黠，譬之惊弓之猱矣。当是时，公以海为醢，故其弋直也尤难，而公于其间独能后先缚之以献于天子，嗟乎！公是时岂以力掘魁垒之气与力，袭而虏之哉？盖自海上小大数十百战以来，公故有以死海之心与直之心，而其开襟所向，杀海而不吾怨，故及并缚直而不吾忌耳，嗟乎，此其际微矣！绛、灌诸将所不及一谋于汉，而公独能两获之以报天子，顾世之好訾者，犹嚣然而起，中朝以外汹汹也，而

---

① 《明史》卷287《卢楠传》，中华书局1974年版，第7376页。

卒赖天子明圣，特下所司议，遂及册公为元勋，于乎，盛矣哉！①

文章高屋建瓴，开篇即点出"帷幄之算"要难于"矢石之斗"，并引证汉朝史事来说明。在茅坤看来，胡宗宪之所以成功地擒获徐海、王直这两个肆虐东南的倭寇头领，正在于"帷幄之算"，即统帅的智慧在整个战役中起到了决定性作用。作者还指出，这种"帷幄之算"绝不仅仅是取巧，因为要让敌人相信你，既要"善战"，"有以死彼之心而不吾抗"；又要有"襟度"，"有以死彼之心而不我贰"。胡宗宪则两者兼备，一方面，"自海上小大数十百战以来，公故有以死海之心与直之心"；另一方面，"其开襟所向，杀海而不吾怨，故及并缚直而不吾忌耳"。全文见解深刻，发人深思，而且布局谨严、气势不凡，是贺序文中优秀之作。

福清文人林章处戚继光幕下时，"作《滦阳宴别序》，挥毫立就，语惊四筵，……将军欣服下拜，以千金紫貂为先生赠"②。这篇《别序》真可谓"千金之赋"，我们将它引录如下：

> 汪长公腹藏百万甲兵，投笔入卢龙之塞；钱仲子手运三千礼乐，担簦过涿鹿之乡。四海萍踪，越鸟吴云自适；一言兰臭，燕风朔月相宜。愧一介学异怀蛟，未卖黄金之赋；幸二君精均得兔，遂承白璧之盟。奏流水而赏知音，占聚星而忻促膝。夜雪开尊临北极，觉汉渚之非遥；春花拥棹泛东湖，望瀛洲其何远！有怀天地，偶此同襟。不谓风尘，忽当分袂。皇华歌而使君出，芳草赋而王孙归。或言省亲闱，剑指卧龙之岭；或载勤王事，旌飞□马之峰。鸿雁分行，骊驹在道。于时梧秋已判，云带露而愁凝，树含霜而惊落。孤城寒角起封疆，动壮士之思；万户暮砧鸣岁序，系远人之感。有情斯触，无物不怀。山怜断而回岫西关，水怅流而停波南浦。顾芙蓉之不媚，乃倚槛以如辇；彼蟋蟀其何悲，亦吟阶而似叹。车脂弗驾牵，辗转于河梁；马秣犹维嘶，徘徊于歧路。于是瞰金城以开帐，坐召虎于三屯。把银汉以流觞，醉元龙于百尺。胡姬掩扇，清歌落八月之梅；赵女拂衣，妙舞斗三春之柳。玉山筵上倒，气翻牛渚之涛；宝剑斗边横，光动龙沙之徽。振衣而爽欤发，秋声客思同清；舒啸而惊鸿回，物态人情俱警。

---

① 茅坤：《茅鹿门先生文集》卷11，《茅坤集》，浙江古籍出版社1993年版，第424—425页。

② 林国炳：《林初文先生全集叙》，《林初文诗文全集》卷首，《续修四库全书》，上海古籍出版社2002年影印本，集部，第1358册，第572页。

连床而话，不两何凄。击筑以歌，因风益慷。十年壮胆，照青灯以独明；千古愁颜，染绿醪而尽破。今宵疑对影，恍如蝴蝶枕边飞；明月问行踪，多是凤凰山下宿。喜故人之共发，折杨柳，莫唱渭城之词；况新事之相将，听琵琶，岂下江洲之泪。若夫努力前修，争一鞭于先着；论心后会，念两盖之初倾。或破浪乘风，图麟而纪绩；或攀鳞附翼，望题雁以蜚声。拟结绶于青春，看联镳于紫陌，是所愿也，可不云乎？嗟夫！江南花鸟，久无主人；塞北风霜，尚多游子。君俱去，我独留。临水登山，谁识送归之意；当歌对酒，翻成惜别之期。皎月出而窥筵，无亦眷余之孤影；花开而侍榻，愿言赠子以清芬。①

明滦阳城在蓟镇重地喜峰口附近，戚继光在此设宴款待两位即将远行的客人（诗题下有注："戚大将军席上送汪伯耳奉使还吴、钱汝元省亲归越"），身为幕客的林章侍坐陪宴，于是挥毫献赋，写下了这篇《滦阳宴别序》。文中既描绘了滦阳城周围富有边塞特色的风物景观以及席上歌舞宴饮的热闹情景，又充分表达了依依惜别之情和对两位客人的美好祝愿，在结尾处还借题发挥，点出了自己的羁旅之愁。全文词采绚丽，对仗工整，气势豪迈又不失清新洒脱。时人称林章"先生具兼才，少习举子业，即喜谈天下大政，有王佐大志"②，从此文即不难感受到作者才华之横溢、意气之慷慨。后人将这篇《滦阳宴别序》与王勃的《滕王阁序》相提并论，称"庄重并驾《滕王》，而俊逸过之"③，虽不免溢美，但它确实是明代辞赋中不可多得的佳作。

---

① 《林初文诗文全集》不分卷"序"，《续修四库全书》，上海古籍出版社 2002 年影印本，集部，第 1358 册，第 704—705 页。

② 薛冈：《林初文先生集序》，《天爵堂文集》卷 1，《四库未收书辑刊》，北京出版社 2000 年影印本，第 6 辑 25 册，第 459 页。

③ 林国炳：《林初文先生全集叙》，《林初文先生全集》卷首，《续修四库全书》，上海古籍出版社 2002 年影印本，集部，第 1358 册，第 572 页。

余　论

《礼记·射义》云："男子生，桑弧蓬矢六，以射天地四方。"① 宋代学者胡翼之称："学者只守一乡，则滞于一曲，则隘吝卑陋。必游四方，尽见人情物态，南北风俗，山川气象，以广其见闻，则为有益学者矣。"② 游幕首先给予古代文人的正是一个"游四方"的机会，并逐步达到开阔视野和广泛交友之鹄的，而游幕之于文学的意义便在此过程中慢慢得到体现。简单来说，一是丰富文学创作的题材与内容，二是增加文学作品传播的空间，这对于历代游幕之士都是相通的。但由于不同时期文人所面临的实际境遇往往大相径庭，大到政治、文化环境，小到幕府待遇，因此游幕生活在文学层面上的反映自然也会种种不一。深入地看，研究文人游幕与文学的关系，最终是在探究文学生成、接受与传播的环境与条件问题。对这一游幕群体及相关文学创作予以关注，无疑是明代文学研究一个值得继续开拓的领域。笔者前面主要从发展史和文体学的角度对明代游幕文人与文学关系进行了纵向与横向上的考察，但由于涉及的问题太多而掌握的材料又有限，尚无力建构一个更为宏大完整的历史叙述。在此余论中，拟就明代"游幕文学"的定义边界问题、游幕文人与明代主流诗歌发展进程的关系、明代游幕文人群体的地域构成和成因以及这一群体人格的时代特征等方面对本课题予以必要的总结并加以适当的补充。

一

明代文人游幕与文学关系的研究，必然要涉及"游幕文学"的概念。"游幕文学"（有的研究者将它称为"幕府文学"，两者意义相近，但侧重

---

① 《礼记译注》，杨天宇译注，上海古籍出版社1997年版，第839页。
② 王铚：《默记》卷下，中华书局1997年版，第51页。

有所不同，前者侧重于游幕者的文学创作，后者则将宾主双方的创作均包含在内，并同等考量）是中国古代文学史上长期存在的一种文学现象，可以说，只要有文人游幕，就必然会有"游幕文学"的出现。而且，尽管历朝历代的文化背景、幕府制度和幕客群体构成等存在着差异，"游幕文学"的基本范围，即包括幕府文体、写作的时间与空间以及传播途径等却未发生根本的改变。这意味着，虽然此处是在明代语境中对"游幕文学"的范围进行界定，但它的共性特征仍是非常突出的。"游幕文学"有广义、狭义之别，狭义的"游幕文学"专指游幕者在"幕府"这一特定的空间内完成的文学作品，而从广义上讲，凡由游幕者创作的与其幕府生涯相关的所有文学作品均可以被称为"游幕文学"。它的时间起点可以从文人为入幕而献上干谒诗或干谒文开始（完全被动型的入幕者一般也会以诗文的方式将事件记录下来），其主体部分是从入幕到辞幕之间创作的作品，至于游幕者后来怀想自己游幕生活的作品亦游走于"游幕文学"的边缘。很显然，当我们使用广义的"游幕文学"概念来探讨游幕与文学之关系时，可以获得更为开阔的视野，也有助于更为全面、客观地认识游幕文学的艺术特点和整体风貌。

基于上述理解，我们对"游幕文学"的研究起点比一般意义上的"幕府文学"更加前移。因游幕所引发的文学活动，往往自游幕者起了"游幕之兴"并成功地动身赴幕就算正式产生了。游幕，在行为方式上首先是"游"，是从自己熟悉的小环境迈向相对陌生的大环境，尤其是远游，它所产生的新奇感常常能激发游幕文人强烈的创作欲望。当然，幕府与游幕者家乡地理距离的远近是能否构成"远游"的基本条件，事实上有不少游幕活动远离游幕者的家乡。在古代简陋的交通条件下，文人辞乡远游，不能不算一件大事，以诗文相赠便成为一种习见的饯行方式。如明万历间，何白应榆林中路按察使郑汝璧之邀远赴榆关，众人前来送行，诗人描述当时热闹的场面道："故人出城闉，为我理行榜。入林谐笑谈，风期何散朗。各携所赠言，披析共欣赏。流讽四五通，山泉答清响。知我关洛游，奇怀寄遐想。"① 其中"各携所赠言，披析共欣赏"云云，所描绘的正是一个富有文学意味的游幕开端。昆山文人吴扩应宣、大总督苏祐之召，北上云中，临行前，皇甫汸、谢榛、王世贞三人都曾赋诗相赠，分

---

① 何白：《甲辰献岁后八日，古田舍录别（四首）（时治装西塞，赴郑中丞昆岩先生之招）》之三，《汲古堂集》卷6，《何白集》，上海社会科学院出版社2006年版，第108页。

别是《送吴子充游北岳兼赴塞上谒苏司马》①、《送吴山人子充游云中》②
和《吴山人将遍游北边，谒予索诗，云元戎苏相公迎之》③，从王世贞所
作诗题上看，还是吴扩主动去索取赠诗的。毕竟，像唐元和明清那样广大
的疆域，北方遥远的边关塞外对于许多普通的文人，尤其是生活在南方的
文人而言，恐怕一生都无法涉足，或只能存在于想象之中，所以面对这样
的机会才会如此郑重其事。

　　同样因为交通条件的限制，目的地较远的游幕文人通常无法迅速到
达，而明代文人入幕在时间上又无特别严格的要求，故沿途的山山水水、
人物风情尽可以赋之于诗文。四明文士薛冈曾应陕西按察使张维新之邀，
从京师出发，历时近两月，方行至塞外边陲，他感叹道："是役也，历
燕、赵、韩、魏、郑、卫、中山、周、秦之地，为里三千有奇，行始癸卯
竟戊戌，为日五旬有奇。凭吊数千年古人遗迹，可悲可喜、或笑或泣者，
不可胜数。"④ 而这些"可悲可喜、或笑或泣"的经历便形成了一部日记
体散文——《关陕纪行》。

　　"游幕文学"的主体应该是直接反映幕府生活的作品，在时间上它
可以在幕中写就也可以在辞幕之后完成。幕府生活的具体内容因幕府层
级、所在地域的不同会有很大的区别。层级高的幕府，如大学士幕、督
师幕、督抚幕等，身处其中的游幕文人有机会接触一些军国大事，故茅
坤能将胡宗宪诱杀寇首徐海的经历编述成视野开阔、资料翔实的《徐海
本末》，而在诸如府（州）县幕等层级较低的幕府时，游幕文人则无缘
于此。另外，因地域环境、人文条件、主导事务等诸多差异的存在，幕
府还可以分作边塞幕府与京师幕府、南方幕府与北方幕府、军事幕府与
非军事幕府等。这些反映到游幕文人的作品中，便会有题材、内容与风
格上的分别。

---

① 《皇甫司勋集》卷28，《文渊阁四库全书》，台湾商务印书馆1983年影印本，集部，第1275
　 册，第682页。
② 谢榛：《谢榛全集校笺》卷3，李庆立校笺，江苏古籍出版社2003年版，第164页。
③ 王世贞：《弇州四部稿》卷30，《文渊阁四库全书》，台湾商务印书馆1983年影印本，集部，
　 第1279册，第378页。
④ 薛冈：《关陕纪行》，《天爵堂文集》卷7，《四库未收书辑刊》，北京出版社2000年影印本，
　 第6辑第25册，第539页。

二

明代文人的游幕生涯中，文学创作是具有群体标识意味的常见行为。只是拣出这些游幕之作殊非易事，没有"大块"的现成资料可供使用，而研究对象的作品又大多没有编年，因此广泛深入地进行个案研究，切实考订出这些游幕文人的生平、交游与创作经历是开展研究的必要前提。在解读这些作家作品时，笔者深感"游幕"对于普通文人创作道路的影响之大。以徐渭为例，游幕以前，他只是一个普通的生员，社交不广，诗名不彰。在胡宗宪幕府期间，他则不仅写下了许多著名的抗倭诗歌和名噪一时的代笔之文，而且结识了唐宋派的代表人物茅坤，并加深了与唐顺之的交往，也受到了他们的推许，同时还与布衣诗人沈明臣、王寅等成为挚交好友。他们彼此唱和答赠，诗文往还，成为明代文人游幕史上的一段佳话。万历初，徐渭远赴边塞，入宣府巡抚吴兑之幕，这是他人生中又一个创作高峰期，他所撰写的大量边塞诗歌不仅内容丰富，而且鲜活生动，可以在古代边塞诗歌史上占据重要的一席之地。尽管从徐渭的自述中，我们了解到此次游幕的实际所得并不高，但是如果没有游幕所提供的基本经济与生活保障，一个贫寒的文人远赴边塞，光路费的筹措就相当的困难，更遑论要在边塞作较长时间的停留了。这就意味着，没了游幕，包括徐渭在内的广大中下层文人也就少了开拓新的创作领域的机会。

除了对创作本身的影响之外，游幕与否，还直接关系到布衣文人的机遇和声名，谢榛就是显例，吴国伦曾云："今天下布衣之士能言诗者不少矣。乃独弘、嘉间孙、谢二子诗最近古，又率附当时诸名公以传，遂得贾重一时。"[①] 孙一元游踪难考，姑且不论，谢榛则是典型的游幕之士。特别值得一提的是，受古代落后的交通与信息条件所限，即使同为才华出众的布衣之士，长在偏远之地与身处文化中心仍有天壤之别，泉州文人王朝佐，"能诗，善书画"，文徵明见其作品后，感慨道："此人生在泉州，可谓黄金与土同价"[②]。对于那些身处边鄙的文人而言，因"游幕"而产生的地域流动对其文学声望的获得和提高显然有着至关重要的意义。

---

① 吴国伦：《罘罳集序》，《罘罳集》卷首，《四库全书存目丛书》，齐鲁书社 1997 年影印本，集部，第 143 册，第 3 页。

② 《闽书》卷 127《英旧志》，福建人民出版社 1994 年版，第 3791 页。

　　我们还注意到，由于明代游幕文人中的绝大多数是幕主"私聘"而来，两者间所建立起的私人关系比之过去要亲近得多，随之而产生的相互影响可以表现在政治观点、情趣喜好乃至人格追求等诸多方面。很多情况下，这些影响与交流是通过诗文等文学形式实现的。与此同时，在游幕者的内心深处，人身依附与追求独立人格的矛盾也始终存在，诗文同样成为他们抒发心情的重要载体。虽然任何一种生活经历、情感体验都可以外化为文学作品，但对于那些科场蹭蹬、缺少晋身之阶的明代文人，游幕常常是其中最深刻的记忆。

　　在明代游幕文人所创作的诸类作品及其所阐发的文学思想方面，诗歌创作与诗歌理论显然具有更为清晰的身份辨识度。就游幕文人与当时有着鲜明诗学主张的主要文学集团间的关系而论，两者往往密不可分。这表现在两个方面：一方面，他们有的是其中的主要成员、骨干分子或先驱。如谢榛游幕京师时结识李攀龙、王世贞等，在结社之初，谢榛以布衣执牛耳，为七子领袖，他的诗学理论和批评，很大程度上对当时尚"茫无适从"的诗社中人起到了一种引导作用，钱谦益称："（七子）具称诗之指要，实自茂秦发之。"① 朱彝尊亦云："七子结社之初，李、王得名未盛，称诗选格，多取定于四溟。"② 胡宗宪幕下文人茅坤则为唐宋派代表人物，至于同为胡幕之客的徐渭，清代四库馆臣称他"为公安一派之先鞭"③，虽不免有言过其实之嫌，但袁宏道《徐文长传》将这一布衣诗人置于万众瞩目的光环之下，客观上也起到了为公安派造势的作用。而且，《传》有意强调了传主的幕客身份，以夸张的笔法写了许多徐渭在胡宗宪幕府"恣意谈谑，了无忌惮"的言行，并称"胡公间世豪杰，……幕中礼数异等，是胡公知有先生矣"，将幕主的赏识上升到徐渭精神上的知己，这些言辞和内容赋予了徐渭更多的传奇色彩，也更易于引起人们的兴趣和关注。这种经过"包装"后的徐渭实际上某种程度成了公安派宣传自己文学思想的一种策略，但同时也推动了诗坛对文长诗歌及诗论的认知和摹习，从而对晚明诗歌发展产生了深远的影响。

　　另外，游幕文人中许多是前后七子、唐宋派、公安派和竟陵派的忠实追随者，也是其诗论主张的积极实践者和传播者。黄省曾倾心于李梦阳，

---

① 钱谦益：《列朝诗集》丁集《谢山人榛》，许逸民、林淑敏点校，中华书局 2007 年版，第 4347 页。

② 朱彝尊：《静志居诗话》卷 13，人民文学出版社 1990 年版，第 386 页。

③ 《四库全书总目》卷 178，中华书局 1965 年版，第 2474 页。

钱谦益《列朝诗集》称："南方之士北学于空同者，越则天保，吴则黄省曾也。"① 他曾盛赞梦阳道："独见我公天授灵哲，大咏小作，拟情赋事，一切合辙。……往匠可凌，后哲难继，明兴以来一人而已。"② 王寅早年即欲追随李梦阳，"少走大梁，问诗于献吉，不遇"③，虽未得指授，但其诗作无不以盛唐为宗，陈文烛称其摹习李、杜二家："仲房师供奉而得其逸，师工部而得其雄，如集中所刻近体歌行是也。"④ 王寅《新都秀运集序》云："我明诗始自弘治李、何诸公，奋然力洗宋元之习，上尊盛唐汉魏，历正德、嘉靖，又变而为初唐六朝，今又变而浸为中唐矣。"⑤ 对李梦阳、何景明诸人可谓推崇备至，同时，王寅对复古派诗学主张的发展变化也一样体察入微。歙县布衣程诰（字自邑）曾学诗于李梦阳，王寅评其诗曰："李副使梦阳力开诗运，弘治间自邑商寓大梁，及门受业，其后遂厌商浪游，而足迹大半天下矣。故其诗体裁俱全，篇章过富，而山川之助为多。若'雨雪临关满，风云按剑深'，'云指真人气，风歌猛士词'，'风腥水神过，月黑山鬼啼'，'雾变初晴雨，蝉吟未夏秋'，皆称盛唐希句，近镌藏稿不驳俱收，珠以沙迷，识者含憾。"⑥ 此番评论，颇有"爱屋及乌"之义。

除黄省曾和王寅外，沈明臣、朱察卿、方元淇、顾圣少、郭造卿、黄克晦等游幕文人也都与前后七子的成员有着密切的交往。郭造卿为戚继光幕客，亦从徐中行游，徐《同欧桢伯、黎惟敬送门人郭建初南还赋》称许郭道："洛阳推贾谊，北海重王生。构思《三都》就，传经六馆倾。"⑦ 徐另有《沈嘉则、沈惟贤过访分韵》、《年家陈玉叔廷评方子及刺史李元甫李本宁二吉士，方景武秀才过集，得"年"字》、《答朱邦宪》、《饯宾州太守叶化甫还罗浮，同顾季狂、郭建初分韵得"花"字》诸诗，则是

---

① 钱谦益：《列朝诗集》丙集《周给事祚》，许逸民、林淑敏点校，中华书局 2007 年版，第3529 页。

② 《寄北郡宪副李公梦阳书一首》，《五岳山人集》卷 30，《四库全书存目丛书》，齐鲁书社1997 年影印本，集部，第 94 册，第 782 页。

③ 朱彝尊：《静志居诗话》卷 14，人民文学出版社 1990 年版，第 420 页。

④ 陈文烛：《十岳山人诗集序》，《十岳山人诗集》卷首，《四库全书存目丛书》，齐鲁书社 1997年影印本，集部，第 79 册，第 117—118 页。

⑤ 《新都秀运集》卷首，清康熙刻本。

⑥ 《新都秀运集》卷上，清康熙刻本。

⑦ 徐中行：《天目先生集》卷 5，《四库全书存目丛书》，齐鲁书社 1997 年影印本，集部，第121 册，第 653 页。

与沈明臣、方元淇、顾圣少等分韵赋诗而作。吴国伦有《赠沈嘉则山人》、《顾季狂、沈嘉则至自武夷，夜集斋中用"河"字》、《席上赠朱邦宪还松江》、《方景武茂才从季狂见访》、《赠方景武》、《季狂、景武夜过郡斋，席上赋得"天"字》、《夏日黄山人孔昭过访》等诗，也是彼此交往、诗歌唱和之作。

王稚登与王世贞也一样交谊匪浅，王世贞曾为其《客越志》作序，并将他列为平生"臭味略等"的四十位友人之中，赏叹道："百谷命世才，兴文自绮岁。"① 王稚登则在诗歌创作实践上自觉地向复古理论主张靠拢，他年轻时游幕京师，所成《燕市》诸作即"有类七子者"②，其《送钱象先游楚》一诗，王夫之亦评价道："拈手即盛唐，非关临拓。"③此外，俞大猷幕下文人李杜，何乔远《闽书》称其"与王参政慎中游，其为文榘矱慎中"④，追随的则是唐宋派代表人物王慎中。福建福清文人何璧游幕四方，尤与竟陵派人物交往密切，钟惺作有《看梅送何玉长入楚》。

反过来，当时文坛主盟的领袖也时常对这些游幕文人作出褒奖式的评述。李梦阳曾表达对黄省曾的怀想之情："吴下元多士，黄生更妙才。心常在五岳，名已动三台。系自汝南出，文从西汉来。各天难见汝，翘首独徘徊。"⑤ 王世贞在《艺苑卮言》点评过谢榛、卢楠、顾圣少、周天球、王稚登等，并曾取卢楠骚赋、俞允文五言古诗和谢榛近体诗合刻为一编⑥，又对沈明臣赞赏有加，称"能抑才以就格，完气以成调，几于纯矣！……其于文益奇，有秦汉风"⑦，"四明沈嘉则者，任侠负才气，文多作两汉家言，诗歌横逸不可当"⑧。吴国伦则在写给王世贞的书信中极力

① 王世贞：《四十咏·王太学稚登》，《弇州续稿》卷3，《文渊阁四库全书》，台湾商务印书馆1983年影印本，集部，第1282册，第36页。

② 《诗源辩体》后集纂要卷2，许学夷著，杜维沫校点，人民文学出版社1987年版，第429页。

③ 王夫之：《明诗评选》卷5，陈新校点，文化艺术出版社1997年版，第236页。

④ 《闽书》卷127《英旧志》，福建人民出版社1994年版，第3791页。

⑤ 《怀五岳山人黄勉之》，《空同先生集》卷26，明嘉靖刻本，台湾伟文图书出版有限公司1976年影印。

⑥ 《艺苑卮言校注》卷6，罗仲鼎校注，齐鲁书社1992年版，第342页。

⑦ 王世贞：《沈嘉则诗选序》，《弇州续稿》卷40，《文渊阁四库全书》，台湾商务印书馆1983年影印本，集部，第1282册，第527—528页。

⑧ 王世贞：《吴明卿》，《弇州四部稿》卷121，《文渊阁四库全书》，台湾商务印书馆1983年影印本，集部，第1281册，第56页。

夸赞朱察卿、王稚登二人："朱邦宪博雅君子，元美作传殊佳（指王世贞所撰《朱邦宪传》），此生可不朽矣！王稚登故相门食客，顷从朱帙中见其所作，大非吴下阿蒙，天下士岂可以皮相哉！"① 又将俞安期称为"一时布衣之雄"②。王慎中对嘉靖间游幕京师的文人沈仕亦赞不绝口，引南京顾璘语，誉之为"江湖诗人第一流"，称其诗如"骈珠编玉，夺目骇视"③。汪道昆在写给徐中行的信中盛赞王寅"雅不下于麟、元美"④，对俞安期也是"遍赞交知"⑤。这些称许在一定程度上加强了游幕文人与主流诗派的向心力，从而使这一群体有机会成为更重要的羽翼，如朱彝尊论俞安期："羡长之名，由元美、明卿、伯玉而成，诗亦兼综三家。"⑥

　　不过，需要指出的是，游幕文人群体并非铁板一块，即使是游幕文人个体，也一样存在诗学思想发展变化的现象。以王寅为例，虽然他早年对复古派倾慕不已，但在其后来的诗论中也流露出对一味模拟古人的不满，转而强调"独悟"、"深遵幽境，玄搜独赏"的写诗理念，实开明末竟陵一派之先河："噫！诗之道岂易易哉？岂易易哉？先声容而后神趣，能摩拟古人之声容而不究彻独悟之神趣，虽能诗似曹、似谢、似李、似杜，不过其似而已。诗能传耶？履道坦坦，周旋矩度，有足者皆能达之。若夫别寻一蹊，深遵幽境，玄搜独赏，难以语人，是乃诗道之妙机也。"⑦ 所以我们在看到游幕文人与主流诗派贴合的同时，也不难发现这一群体并未完全被后者所主导，有的还出现某种"反动"。像嘉靖游幕文人王逢年曾与王世贞诸人一起论诗谈艺，王世贞曾为其诗集作序，"盛相推挹"，王逢

① 《报王敬美祠部》，《瓶甀洞稿》卷50，《四库全书存目丛书》，齐鲁书社1997年影印本，集部，第123册，第299页。
② 吴国伦：《翏翏集序》，《翏翏集》卷首，《四库全书存目丛书》，齐鲁书社1997年影印本，集部，第143册，第3页。
③ 王慎中：《沈青门诗集序》，《遵岩集》卷9，《文渊阁四库全书》，台湾商务印书馆1983年影印本，集部，第1274册，第217页。
④ 汪道昆：《徐子与》，《太函集》卷100，《续修四库全书》，上海古籍出版社2002年影印本，集部，第1348册，第216页。
⑤ 俞安期：《憨知（并序）》，《翏翏集》卷1，《四库全书存目丛书》，齐鲁书社1997年影印本，集部，第143册，第12页。
⑥ 朱彝尊：《静志居诗话》卷18《俞安期》，人民文学出版社1990年版，第535页。
⑦ 王寅：《刻潘象安三咏集序》，《潘象安诗集》卷首，《四库全书存目丛书》，齐鲁书社1997年影印本，集部，第189册，第251页。

年后来却"时时指摘王、李诗，嗤为俗调"，结果"元美怒而排之"①。此外，徐渭在为游幕文人叶子肃所作的诗序中写道："人有学为鸟言者，其音则鸟也，而性则人也；鸟有学为人言者，其音则人也，而性则鸟也。此可以定人与鸟之衡哉？今之为诗者，何以异于是？不出于己之所自得，而徒窃于人之所尝言，曰某篇是某体，某篇则否；某句似某人，某句则否。此虽极工逼肖，而已不免于鸟之为人言矣。"② 这番议论既可以说是在旗帜鲜明地反对当时笼罩诗坛的复古派模拟之风，也能理解为明代布衣独立文学意识的一种觉醒。至于俞安期，更有论者认为他"虽依元美辈以成名，其诗未必尽受羁勒也。明卿、伯玉之才，去羡长远甚，羡长安肯俯就？惟贫士依人，不得不稍为假借"。③ 言下之意，是游幕者的身份先天决定了其在诗坛的地位，而非诗歌创作成就本身。

当然，我们从更宏观的视角观察，一些游幕文人看似与主流诗派"反动"的主张，事实上则对整个明代主流诗歌进程的发展起到了推动作用。从这个意义上讲，无论是宗唐复古，还是从复古转向本色性灵，游幕文人的诗歌创作主张和实践从未游离于明代主流诗歌进程之外，有些杰出文人还是风气转变的关键，考虑到游幕文人较为卑微的社会身份，这也在一定程度上反映了明代文学话语权的某种下移。

三

在中国古代文人游幕史上，明代是一个转折时期，它揭开了文人新型游幕方式的序幕。自正德、嘉靖以后，游幕文人群体日渐壮大，游幕之风由微而炽，最终在明末清初达到顶点。通过对文人个体的游幕行踪进行追寻，笔者统计出明代游幕文人共 370 位，其中洪武至崇祯间 225 位，南明时期 145 位。这一数字虽然是在借鉴前贤成果的基础上通过爬梳大量原始文献而得出的，但由于笔者所经眼的资料仍然相当有限，自不免挂一漏万。就目前的研究结果而论，明代文人游幕的整体规模尚不及清代，但其入幕方式、宾主关系、幕中活动和幕僚来源等都对后者产生了深远的影

① 钱谦益：《列朝诗集》丁集《玄阳山人王逢年》，许逸民、林淑敏点校，中华书局2007年版，第5020页。

② 徐渭：《叶子肃诗序》，《徐文长三集》卷19，《徐渭集》，中华书局1983年版，第519页。

③ 《明诗纪事》庚签卷25，上海古籍出版社1993年版，第2693页。

响。可以说，明代文人的游幕其实是为清代文人"幕业"的兴盛作了有力的铺垫。

明帝国继承了元朝广袤的疆域，同时也继承了长久以来的南、北地域文化差异，由此而产生的文人分布、作品特色乃至文学家族与地域关系之研究越来越受到重视，明代文人游幕同样也呈现出比较明显的地域特征。

笔者根据本书附录《明代文人游幕表》进行统计和分析，《游幕表》收录的洪武至崇祯间 225 位游幕文人中（由于南明的军政形势与之有所不同，故分开统计），除籍贯无考者，以南直隶最多，66 人；浙江次之，58 人；江西再次之，26 人；以下依次为福建 14 人，湖广 7 人，山西 5 人，北直隶 3 人，山东 3 人，广东 2 人，河南 1 人，四川 1 人，贵州 1 人，云南 1 人。明代科举分南、北、中三大区域："南卷，应天及苏、松诸府，浙江、江西、福建、湖广、广东；北卷，顺天、山东、山西、河南、陕西；中卷，四川、广西、云南、贵州及凤阳、庐州二府，滁、徐、和三州也。"① 这大致可以视作明人的南北地域观念，那么据此划分，"南卷"即地处东南的南直隶及浙江、江西、福建、湖广、广东五个布政司共 166 人，占总数（籍贯可考者，下同）的 92%；"北卷"即地处北方的北直隶及山东、山西、河南、陕西四布政司共 13 人，占总数的 7%；"中卷"即西南地区的四川、贵州、云南、广西四布政司，有 3 人，为总数的 1%。

南直隶（含南京）的 63 位游幕文人的分布情况是：苏州府 33 人，松江府 10 人，徽州府 9 人，常州府 2 人，应天府 3 人，扬州府 2 人，镇江府 2 人，庐州府 1 人，安庆府 1 人。

浙江 58 位游幕文人的分布是：绍兴府 18 人，宁波府 14 人，嘉兴府 10 人，温州府 6 人，杭州府 3 人，湖州府 3 人，台州府 3 人，金华府 1 人。

江西 26 位游幕文人的分布是：吉安府 18 人，赣州府 3 人，南昌府 1 人，临江府 1 人，抚州府 1 人，饶州府 1 人，南安府 1 人。

可见，明代的游幕文人的地域分布是极不均衡的，其绝对主力来自于东南地区。但这一地区也主要集中于南直隶、浙江、江西和福建，这四处的游幕文人数量分别占到总数的 36%、32%、13% 与 6%，共占总人数的 87%，为南方地区的 95%。南直隶又以苏州府文人最多，占本省总人数的 49%。

---

① 《明史》卷 70《选举二》，中华书局 1974 年版，第 1698 页。

　　北方的游幕文人集中在山西、北直与山东，这三处的游幕文人人数虽然只占到总人数的3％、2％和2％，却占了北方地区的92％。

　　另外，根据《明代文人游幕表》南明部分进行统计和分析，《游幕表》收录的南明游幕文人共145位，除籍贯无考者，也以南直隶最多，45人；浙江次之，32人；江西再次之，9人；以下依次为福建7人，湖广5人，河南4人，陕西3人，四川2人，山东2人，贵州1人。"南卷"地区共98人，占总数（籍贯可考者，下同）的89％；"北卷"地区共9人，占总数的8％；"中卷"地区有3人，为总数的3％。

　　《明史·文苑传》为明代223位文学家立传，其中南直隶作家居首，浙江其次，再其次为江西。另外，研究者曾对明代阁臣的省籍进行统计，结果是浙江与包含今江苏、安徽在内的南直人居前两位，分别是27人与26人，占阁臣总数的15.8％，紧随其后的也一样是江西人①。我们看到，明代游幕文人南北省籍所占比例与这两者排序的吻合度是相当高的，考虑到游幕文人以布衣居多，在一定程度上更具说明性。另外，作为晚明游幕文人主力军的山人群体也带有这样明显的地域特征，时人称："今之为山人者林林矣，然皆三吴两越，而他方殊少，粤东西绝无一二。"②造成这种现象首先与文化发达程度有关，明代南方较之北方，有着更为繁荣的经济基础和更为雄厚的人才储备，尤其在涉及赋诗作文的"才华"方面，南人胜于北人是当时的某种"共识"。明洪熙间，大学士杨士奇提出科考南北分卷，他的一个重要理由便是"长才大器，俱出北方，南人虽有才华，多轻浮"，故主张"科举当兼取南、北士"③。面对此议，明仁宗一方面认为"北人学问远不逮南人"，另一方面也承认"科举之士须南北兼取，南人虽善文词，而北人厚重"④。无论这些言语的表述方式及背后的动机如何，"才华"、"善文词"都是明代南方文人被公认的文化标识，若进一步而言，南直隶的吴人又被时人视作更胜越人一筹，汤显祖在一封书信中曾借客之言曰："吴士文而吾乡质。"⑤明末，著名史学家谈迁（浙江海宁人）也坦承："吴人娴于文词，赢出其上为难。"⑥这些观念与认知构

---

① 谭天星：《明代内阁政治》，中国社会科学出版社1996年版，第190页。

② 邹迪光：《与陈小翮》，《石雨斋集》卷20。

③ 《明史纪事本末》卷28《仁宣致治》，中华书局1977年版，第420页。

④ 《明仁宗实录》卷9下，洪熙元年四月庚戌，台湾"中研院"历史语言研究所1962年影印本，第290页。

⑤ 汤显祖：《答王澹生》，《汤显祖诗文集》卷44，上海古籍出版社1982年版，第1234页。

⑥ 谈迁：《梅里集序》，《谈迁诗文集》，辽宁教育出版社1998年版，第110页。

成了幕府征辟南方尤其是苏州府文人的重要动因之一。

此外，中国古代政治文化中历来有注重"乡谊"的传统，在明朝即使权倾一时的刘瑾、严嵩也不例外，像名列"阉党"的兵部右侍郎陈震、户部左侍郎韩福、户部左侍郎胡汝砺皆为刘瑾同乡，又，《明史·吕柟传》："刘瑾以柟同乡欲致之，谢不往。"[①] 另，《明史·罗洪先传》云"严嵩以（罗洪先）同乡故，拟假边才起用"[②]，等等。明末，同属东林党的所谓"清流"官员也一样有着很强的乡谊观念，史载："东林中，又各以地分左右。（魏）大中尝驳苏、松巡抚王象恒恤典，山东人居言路者咸怒。及驳浙江巡抚刘一焜，江西人亦大怒。"[③] 明代幕府"私聘"的特点更决定了幕主在自主用人上会倾向于招纳具有地域亲近感的文人。像胡宗宪与幕客王寅、罗龙文、汪应晴，俞大猷与幕客李杜，郑汝璧与幕客何白、金伯庚，梅国桢与幕客袁中道，黄克缵、林云程与幕客黄克晦，方有度与幕客程嘉燧，孙承宗与幕客鹿继善，陈良谟与幕客李芳泰，刘泽清与幕客丁耀亢，等等，这些宾主之间均或远或近存在乡谊关系。而私聘的幕客一般并不担任朝廷命官，也使得幕主在作出延揽决定时少了一些士论上的顾忌。就游幕文人而言，他们在干谒时亦经常会打着"乡谊"的旗号，反过来，官员邀约文人入幕，亦以乡谊之情动之。《明代文人游幕表》所统计的南方籍幕主的人数要远远超过北方，这样就势必影响到入幕文人的地籍分布。

同时，一些重大历史事件也对明代游幕文人的省籍差异产生了一定影响。像朱宸濠之乱发生于江西境内；嘉靖年间的倭乱，先是在今天的江浙一带肆虐，后又波及江西、福建等地，各级战时幕府往往"就地取材"，这也造成一时一地幕府人才的集中。像王阳明的战时幕府几乎是清一色的江西人，胡宗宪幕府文人共 27 位，其中南直、浙江两地的文人就有 20 位，比例高达 74%，余下的文人则来自于江西、福建。

至于南明时期，南直、浙江、江西等南方省籍的文人幕客依然占了绝大多数，这除了历史因素之外，主要是由于清兵入关后，一方面北方地区如陕西、河北等地逐渐"沦陷"，北方文人南下入幕的难度空前加大；另一方面南明包括弘光政权、隆武政权、鲁王监国、绍武政权及永历政权在内的各个小朝廷，均以南方地区为主要统治区域，就近招致当地文人入幕

① 《明史》卷 282《儒林一》，中华书局 1974 年版，第 7243 页。

② 《明史》卷 283《儒林二》，中华书局 1974 年版，第 7279 页。

③ 《明史》卷 244《魏大中传》，中华书局 1974 年版，第 6334 页。

成为一种常态。

四

相较而言，明代游幕文人整体的生存处境是历代游幕者中最差的。他们既无法像宋元以前的游幕之士那样"姓名达于台阁，禄秩注于铨部"，幕脩又远比不上清代充分职业化的刑名、钱谷师爷们①，奔波劳苦却有过之而无不及，如同沈明臣所言"百年强半是奔波"②。

徐渭的诗友叶子肃，是戚继光的幕客，戚先后担任福建、蓟镇等处总兵，每换一地，子肃亦随幕转徙，终因劳累过度死于途中。徐渭分别赋有《送叶子肃再赴闽幕》、《送叶子肃赴三团营》和《子肃再赴戚总戎所，未至，死于都下》诸诗，末首为悼亡之作，诗曰："幕中宾客盛文词，幕府黄金君再持，共拟归来作生计，不堪老去哭相知。一春绿草飞蝴蝶，千里黄沙暗鼓鼙，两地分明谁苦乐，游魂莫遣到家迟。"③ 新安文人方文僎（字子公）曾做过吴县知县袁宏道的幕宾，后来袁宏道"补铨曹，子公抱病往依之。至临清，病不能前，遂卒"。④ 身为故主的袁宏道亦作有《方子公自真州入燕，客死清源，诗以哭之》表示哀悼："贫死何足悲，所悲为贫死。奄奄一息身，奔驰二千里。泣辞钟山云，梦渡吕梁水。百死到清源，闻歌犹蹶起。"⑤ 何璧诗云："挟策干时任转蓬，壮夫曾悔学雕虫。荒年有客愁炊桂，薄俗何人惜爨桐？士到出山谁不贱？术惟游世最难工！长安官道原如发，只有狂生叹路穷。"⑥ 诗歌可谓道尽了游幕文人的失意与

---

① 汪辉祖《病榻梦痕录》称："余初入幕时，岁修之数，治刑名不过二百六十金，钱谷不过二百二十金，……松江董君非三百金不就，号为'董三百'。壬午以后，渐次加增。至甲辰、乙巳有至八百金者。"（卷上）即使考虑到物价浮动等因素，明代一般游幕之士也难望其项背。

② 沈明臣：《戏赠客游者》，《丰对楼诗选》卷29，《四库全书存目丛书》，齐鲁书社1997年影印本，集部，第144册，第498页。

③ 徐渭：《徐文长三集》卷7，《徐渭集》，中华书局1983年版，第266页。

④ 袁中道：《游居柿录》卷3，上海远东出版社1996年版，第70页。

⑤ 袁宏道：《破研斋集》卷3，《袁宏道集笺校》，钱伯诚笺校，上海古籍出版社1981年版，第1396页。

⑥ 何璧：《金陵寄沈千秋》，《列朝诗集》丁集《何侠士璧》，许逸民、林淑敏点校，中华书局2007年版，第5091页。

郁愤，朱彝尊《静志居诗话》评"士到"二句曰："足当阮生之泣矣！"①
李贽在《又与焦弱侯》曾强烈讽刺一位游幕者"黄生"（实即惠安游幕文
人黄克晦②）如何"舍旧从新"、到处抽丰的行径，却也不得不形容其
"冲风冒寒，不顾年老生死"③。恶劣的游幕环境往往使漂泊在外的文人心
生退意，王逢年游于京师，赋诗云："黄尘向晚蓟门深，白石行歌无好
音。万里登楼今夜月，三秋落木半河砧。山空嬴女吹箫泪，天远梁鸿去国
心。世路不如依漂母，且投书剑卧淮阴。"④ 不难想象其游幕时所遭遇到
的挫折和内心的怅惘。

　　这些游幕者实为明代游幕文人的一个缩影。与此同时，他们又有着前
代幕客所不具有的来去自如的"人身自由"，在这一历史背景下的游幕文
人，其群体人格也呈现出较为明显而又复杂的时代特点。

　　明代游幕文人的主体是布衣及赋闲落职的中下层官员，而明朝的开国
政权本就是建立在"彻侯名卿半起于吹箫贩缯"⑤ 的布衣统治基础之上
的，因此并没有像有些朝代那样受到名阀巨族之累，科举制的完善则保证
了普通士人能够像唐宋时期一样通过自身努力，实现"朝为田舍郎，暮
登天子堂"的从政理想与身份转变。受这种政治—文化环境的塑造，无
论是主动投谒还是应召入幕，明代游幕文人都是属于积极入世者，最初都
有着澎湃的济世之心。对于纷纷扰扰的世事，他们无法做到超然物外和冷
眼旁观，如同深受儒家思想浸染的前辈士人一样，他们中的大多数仍将修
齐治平作为自己人生价值的最高实现，这也就形成了入世型的群体人格
特征。

　　明代游幕文人的这种入世型人格的重要表现之一是有着较为炽热而持
久的政治参与热情。关于隆、万以后，京师游幕文士对朝廷政治介入之
深，本书第二章已经论及。就其更具普遍性的人生理想而言，明代游幕文
人大多用世之心热切，又常自负命世之才，如林章"具兼才，少习举子

---

① 朱彝尊：《静志居诗话》卷 18《何璧》，人民文学出版社 1990 年版，第 539 页。
② 陈存广：《李贽非议"山人"与黄生其人》，《李贽研究》，光明日报出版社 1989 年版，第
　313 页。
③ 《焚书》卷 2 "书答"，中华书局 1975 年版，第 49 页。
④ 王逢年：《蓟门城楼玩月》，《明诗评选》卷 2，王夫之评选、陈新校点，文化艺术出版社
　1997 年版，第 311 页。
⑤ 谈迁：《徐氏族谱序》，《谈迁诗文集》卷 2，辽宁教育出版社 1998 年版，第 125 页。

业，即喜谈天下大政，有王佐大志"①；王寅"负气亮直，有古风，好谈天下大计"②；韩霖"学兵法于徐光启，学铳法于高则圣，务为当世有用之士"③；薛论道"善属文，补弟子员，习兵家言，自负知囊说剑"④；蔡鼎"好易学，著《易蔡》等书，博通象纬"⑤；董应举亦称郭造卿"至于文章，作者代兴，争诧不朽。然而综事实、苞经济，施之世而可用，垂之后而可法，不为馨悦浮藻，则吾未知其谁与？"⑥ ……这些文人拥有多元而丰富的知识结构，一旦入幕，无不以能在各级幕府出谋划策、运筹帷幄为荣，后世对他们入幕事迹的讲述亦往往会特别予以提及，那些杰出人物的谋略之才也不时引发后人的追慕之情，明末徐光启就曾慨叹："然则今者果有握边算、佐庙筹，如鹿门先生之于胡公者乎？"⑦ 风雨飘摇的明王朝已经没有了像茅坤这样的优质幕客人才。

值得注意的是，"入幕"与否也会成为世人对文士进行价值评判的一种标准，黄濬《花随人圣庵摭忆》称："余尝谓幕客，即士人之得志者，不得志者，即举幡之太学生也。……治世，仕宦不能尽容，散而为幕为宾客；乱世，则挟策走四方，为张元、钱江之流。其实皆一也。"⑧ 虽然不能说所有的幕客都是"士人之得志者"，尤其在明代，借幕府之地一展平生抱负的文人少之又少，但游幕行为本身就是一种积极用世的姿态。至于具体的"用世之才"，则又包括军事、经济、文学乃至占筮之术，游幕文人可以学有专长也能身兼多才，当然，他们的理想能否实现则有赖于幕主的地位及宾主双方遇合的程度。

明代游幕文人入世型人格表现之二则是因境遇艰难而转化为对个人尊严的高度敏感。他们尽管在潜意识中都有着较为远大的抱负，对自身的才

---

① 薛冈：《林初文先生集序》，《天爵堂文集》卷1，《四库未收书辑刊》，北京出版社 2000 年影印本，第 6 辑 25 册，第 459 页。

② 梅鼎祚：《歙王山人寅》，《鹿裘石室集》诗集卷 5，《续修四库全书》，上海古籍出版社 2002 年影印本，集部，第 1378 册，第 505 页。

③ 《山西通志》卷 140《人物》，《文渊阁四库全书》，台湾商务印书馆 1983 年影印本，史部，第 546 册，第 757 页。

④ 《畿辅通志》卷 74，《文渊阁四库全书》，台湾商务印书馆 1983 年影印本，史部，第 505 册，第 814 页。

⑤ 《枣林杂俎》义集"技余"，中华书局 2006 年版，第 296 页。

⑥ 董应举：《跋郭建初先生文集》，《崇相集》"序一"，《四库禁毁书丛刊》，北京出版社 1997 年影印本，集部，第 102 册，第 239 页。

⑦ 《阳明先生批武经序》，《徐光启集》卷 2，王重民辑校，中华书局 1963 年版，第 65 页。

⑧ 《民国笔记小说大观》第 4 辑，山西古籍出版社 1999 年版，第 400 页。

华也有着相当的自信，但科举仕途上又往往是失意者，像徐渭八试而不得一中，卢楠"才高，好古文辞，不能俯而就绳墨，为博士诸生业，以故试辄不利"①，王逢年"少为诸生，试经义，多入古文奇字，为有司所黜"②，李经敷"一摈于试，遂弃去"，胡宗宪也曾形容王寅"高才奇气，屡试不第。……纵缙绅先生折节与为知己者，稍不合则飘然拂衣而去，不复顾"③。理想与现实的冰冷距离比较容易造成他们分外重视个人尊严与荣辱。

一方面，游幕文人对赏识他们的幕主表现出强烈的感戴意识。

这些文人时常会用诗文等方式来进行表达，王稚登《答袁相公问病》云"古来惟有报恩难"④；潘纬《奉别李少傅相公次韵》亦云"食鱼恩未报，肯去卧吾庐？"⑤ 这些诗作都流露出对各自幕主浓厚的知恩图报思想。即使幕主逝后，幕客心怀旧恩，也往往以诗凭吊，吕时臣因曾"受知于辽蓟徐、杨二幕府，礼为上客"，后来两位幕主因戎事论死，"山人哭之极哀，欲上书白其事不得"，愤懑为诗，诗中有"徒抱死人心，仰天不敢白"之句⑥。王寅《胡少保新祠行》描述自己"痛哭拜其前"⑦，纪念的则是胡宗宪，他另有诗曰："少保生平苦爱才，幕中多出越王台。十年宿草埋长剑，匹马秋风独尔来。""平海功高马伏波，枕戈万死奈君何？孤忠近表休孤愤，哭向空山客渐多。"⑧ 而同为胡幕揖客的沈明臣凭吊胡宗宪的悼亡诗数量最多，其《哭胡司马二首》："平生双涕泪，不易洒衣裳。此地竟何土，嗟余来断肠。高天行日月，深谷隐冰霜。一哭寒山裂，凄风

---

① 王世贞：《卢楠传》，《弇州四部稿》卷83，《文渊阁四库全书》，台湾商务印书馆1983年影印本，集部，第1280册，第371页。

② 钱谦益：《列朝诗集》丁集《玄阳山人王逢年》，许逸民、林淑敏点校，中华书局2007年版，第5019—5020页。

③ 胡宗宪：《十岳山人诗集序》，《十岳山人诗集》卷首，《四库全书存目丛书》，齐鲁书社1997年影印本，集部，第79册，第116—117页。

④ 王稚登：《燕市集》卷上，《王百谷集十九种》，《四库禁毁书丛刊》，北京出版社1997年影印本，集部，第175册，第58页。

⑤ 潘纬：《潘象安诗集》卷2，《四库全书存目丛书》，齐鲁书社1997年影印本，集部，第189册，第298页。

⑥ 朱察卿：《赠吕山人中甫（序）》，《朱邦宪集》卷2，《四库全书存目丛书》，齐鲁书社1997年影印本，集部，第145册，第610页。

⑦ 王寅：《十岳山人诗集》卷2，《四库全书存目丛书》，齐鲁书社1997年影印本，集部，第79册，第203页。

⑧ 《孤愤集》，明隆庆刻本。此二首《十岳山人诗集》未收。

忽满堂。"（其一）"衣冠灵气在，风动素帏尘。事去千秋泪，时危百战身。有天回白日，无地葬孤臣。冻草犹含雨，青怜满谷春。"（其二）① 又有《再哭胡司马二首》："回首东南日，伤心天地间。鲸鲵吹大海，罴虎笑空山。独洒青天泪，谁凋白日颜。阴霾今已坼，流水自潺湲。"（其一）"南极多铜柱，北风摧玉门。攒眉看宇宙，雪涕洗乾坤。实有鸥夷感，空招宋玉魂。悲风何惨淡，落日下荒村。"（其二）② 另有《过胡司马故里》："千载空山无哭声，相过故里不胜情。萧条旧业题名在，犹自龙章捧日明。"③ 这些诗作都写得异常沉痛，让人不难感受到宾主间深厚的情意，某种程度上也是对自身感戴意识的一种高调宣示。

除了诗文之外，文人幕客也常常会有一些非言语行为来表达内心的感激。

钱谦益《列朝诗集》称俞安期："少客于龙君扬，受国士之遇。君扬被遣，入楚慰之。谴戍永安，又入豫章送之。……海内归义焉。"④ 由于普通幕客能力有限，无法在幕主生前做出更多的实际报恩举动，所以它也多发生于幕主过世之后。像沈明臣因胡宗宪的冤死而奔走呼号，并于隆庆二年（1568），"走哭墓下，持所为诔，遍告贤士大夫……"⑤ 王稚登在幕主袁炜"病困以没"，"客多自匿避，至莫敢名为袁公门人"之时，却"絮酒冒暑雨，与所厚善管生者，奔其丧，哭之恸，为经纪其遗文以归"⑥。徐中行和戚继光曾竞相邀请福建文人郭造卿入幕，郭表示："徐公于我厚，厚在我亲，盖俎豆我父，旌表我母，我不可不往。"于是入徐幕，徐去世后，郭造卿"为治丧，立后传其遗文，去之其固所守郡汀，哭徐公祠下，绘像树碑，复为请祠于其乡，乃曰：'吾于徐公盖尽矣。'"⑦ 郭因重恩情而选择入徐幕，并在幕主逝后为其料理后事、树碑立祠，这些

① 沈明臣：《丰对楼诗选》卷 13，《四库全书存目丛书》，齐鲁书社 1997 年影印本，集部，第144 册，第 306 页。

② 同上书，卷 14，第 321 页。

③ 同上书，卷 37，第 607 页。

④ 钱谦益：《列朝诗集》丁集《俞山人安期》，许逸民、林淑敏点校，中华书局 2007 年版，第5878 页。

⑤ 屠隆：《沈嘉则先生传》，《由拳集》卷 19，《四库全书存目丛书》，齐鲁书社 1997 年影印本，集部，第 180 册，第 650 页。

⑥ 王世贞：《客越志序》，《弇州四部稿》卷 65，《文渊阁四库全书》，台湾商务印书馆 1983 年影印本，集部，第 1280 册，第 142 页。

⑦ 《闽书》卷 126《英旧志》，福建人民出版社 1994 年版，第 3781 页。

都是一种感戴意识在行为上的表达。徐渭因杀妻入狱,张元汴营救最力,出狱后,张为他提供居所,并邀其参与《会稽县志》的修撰,但因性格不合,徐遂拂袖而去。张殁后,近十年未出户的徐渭着白衣,径入灵堂,"抚棺大恸,道惟公知我,不告姓名而去"①。类似非言语行为的表达方式,并非是游幕者有意为之,但客观上则为他们赢得更高的士林声望,永嘉文人康从理曾入将军刘子高幕,"会刘子高病将革,思见裕卿。裕卿亟驰赴,为之经纪后事,扶其梓至武林,复还金陵。当是时,远近之士无不义裕卿者"②。谈迁受知于南明阁臣高弘图,清兵南下,高绝食而死,临死前以公子托之,"得免于越东之难,可谓不负死友"③。这些文人幕客的行止,均称得上是"一死一生,乃见交情"的最好诠释。

另一方面,游幕文人对轻视怠慢他们的幕主则给予激烈的回应。昆山文人王逢年拜谒大学士袁炜,袁以礼相待,又请其起草应制文字,稿成之后,袁炜有所更窜,王逢年即退而上书,云:"阁下以时文取科,以青词拜相,恶知天下有古文哉?"④ 幕主修改幕客文章本是再正常不过的举动,但王逢年却无法接受,还报以过激的言辞。无独有偶,另一位昆山文人王叔承曾因郑若庸的推荐而入赵康王幕,因他察觉到赵王对自己并没有真正的待士之意,便很快辞幕,并赋诗明志道:"壮心欲别逢知已,羞向侯门待晚餐。"⑤ 南明时期,沛县文人阎尔梅几番献计史可法,不被采纳,深感失望,愤而上书辞幕。其实这些幕主的行为还远远称不上羞辱,但对于内心脆弱的游幕文人而言,仍是无法容忍的。

另外,哪怕事不关己,游幕文人也会在耳闻目睹"同行"受辱时表现出特别的敏感,像徐渭对李攀龙、王世贞等人排挤谢榛的做法即表达了强烈的义愤:"谢榛既举为友朋,何事诗中显相骂?乃知朱毂华裾子,鱼肉布衣无顾忌!"⑥ 其情绪的触发点正是因为同为游幕文人,同样有过寄食于人的遭遇。

① 张汝霖:《刻徐文长佚书序》,《徐渭集·附录》,中华书局 1983 年版,第 1349 页。

② 《康山人传》,王叔杲撰,张宪文校注,《王叔杲集》卷 11 "传",上海社会科学院出版社 2005 年版,第 245—246 页。

③ 吴骞:《枣林杂俎跋》,《愚谷文存》卷 6,《续修四库全书》,上海古籍出版社 2002 年影印本,集部,第 1454 册,第 241 页。

④ 钱谦益:《列朝诗集》丁集《玄阳山人王逢年》,许逸民、林淑敏点校,中华书局 2007 年版,第 5020 页。

⑤ 《四库全书总目》卷 178,中华书局 1965 年版,第 1605 页。

⑥ 徐渭:《廿八日雪》,《徐文长三集》卷 5,《徐渭集》,中华书局 1983 年版,第 143 页。

　　无论是对政治的热情，还是对个人尊严的高度敏感，明代游幕文人都无法摆脱在衣食上取仰于他人的现实处境，看似"自由"的职业，却无法获得经济上真正的自立，更不用说是政治上的自觉了。因此，这些游幕四方的文人最终是无法发展成超越自我、超越环境的独立人格的，也因此，所谓入世型的群体人格依旧是被限制在古代士人委身皇权的依附型人格的范畴之内。不过，此种人格上的悲剧与其说是明代游幕文人群体的，不如说是整个古代知识阶层都无法挣脱的困境，只不过反映在游幕文人身上似乎更加凸显罢了。

　　在中国古代漫长的文学发展史上，一个朝代整体文学景观的形成，既需要大家巨擘的支撑，也离不开众多普通文人的积极参与。而且，某个文人、文人群体的文学成就与文学声望，在很多情况下未必就是成正比的。例如，包括幕府文人在内的唐代文人群体的巨大声望与影响固然源自本身，但同时也是因为历经了宋元以后一代又一代人们的检视和发现才最终获得的。相比较而言，尽管明代文学研究已经日益受到重视，然而对明代文人群体及其作品的关注与体察尚远远不够，对其文学价值的发掘亦很不充分。明代文人游幕与文学有着密切的关系，虽然其密切程度尚不及唐宋与清代，但必须看到，许多明代文人一生最得意或最具声誉的代表作品都与游幕经历有关，如王稚登的《禁中牡丹》，沈明臣的《铙歌》、《少保胡公诔》，茅坤的《徐海本末》，徐渭的《白鹿表》，袁中道的《梅大中丞传》等，即使有应景延誉的成分，却也同样真实地反映了明代文人生活、心灵与创作状况，具有重要的历史价值、认识价值和美学价值。因此，明代游幕文人与文学关系研究，实际上是试图开启一扇观察明代文学生态的新的窗口。这一文人群体以韦布之士为主，他们在诗文创作等文学活动与文学思想上，既尊奉主流，又勾连多派，从而成为当时一支不容忽视的文学力量，对明代文学的整体发展有着重要的推动意义。

　　首先是有力促成了文学话语权的进一步下移。在庞大的明代游幕文人群体中，有85%是没有功名或只有低级功名的普通士人，但其中许多布衣之士在文学影响力上，并不逊色于身居高位的官僚文人，这不仅反映在像梁辰鱼、徐渭、沈明臣等文人个体的文学建树上，而且其结群效应在构建明代文人的精神空间和塑造明代文人时代气质方面，也都有着密切的关联。因为相比较唐宋幕僚文人和清代师爷群体所要承担的案牍之劳，明代游幕文人是比较悠闲自在的，也因此始终是稳定的文学创作群体，并逐渐成为文学话语权的掌控者之一，对于诗文传统的存续和传播，他们始终是在场者。

其次是凝聚和强化了明代文学的地域特征，同时又促进了不同区域文学流派相互间的交流与互动。明代文学的发展具有鲜明的地域特征，如前所述，明代幕府有着深厚的乡谊氛围，幕主的地域身份往往会吸引大量同域文人的聚集、交游和唱和。另外，幕府又为不同区域的文人在同一时空下的情感激发、砥砺琢磨乃至性格碰撞提供了更具活力的文学活动场景。即使幕府由于种种原因解散之后，这种基于共同经历而形成的集体记忆与身份认同，仍会长时间地成为文人文学创作的主题。

最后是促进了文学功能的多样化。明代文学作品，尤其是诗文作品时常遭人诟病的原因，一是拟古主义的盛行；二是应酬与代笔之作的泛滥，破坏了文学自身的审美价值。但同时我们也应看到，上述两种倾向也在一定程度上将文学从所背负的"载道"重任中解脱出来，并带来了相应的文学功能的转变。明代游幕文人是此类作品创作主力之一，他们所从事的代笔之作除了满足政治与日常生活的需要外，其中大量的作品价值也有重估的必要。比如作为敲门砖的"时文"对明代文学生态的恶劣影响众所周知，而游幕文人对"古文辞"的擅长和模拟性创作，在相当程度上起到了某种抗衡和消解的作用，而且不乏文学的乐趣，这是我们在评判明代游幕文学时应该加以考虑的。

附录　明代文人游幕表

凡　例

一、本表名《明代文人游幕表》，分为两部分：一是洪武元年至崇祯十七年（1368—1644）间文人游幕情况；二是南明（1644—1662）时期文人游幕情况。若同一人在崇祯年间与南明时期均有游幕行为，则归入南明，而文人于南明时期游于清政权幕府者可参见尚小明《清代士人游幕表》，本表不录。

二、本表主要根据《明实录》、《明史》、《清实录》、《清史稿》、《北京图书馆藏珍本年谱丛刊》、"四库"系列丛书、《元明史料笔记丛刊》、《清代史料笔记丛刊》、《中国方志丛书》、《中国地方志集成》等文献中有关明代文人游幕资料编纂而成。

三、本表由游幕文人的姓名、字号、籍贯、生卒年、功名、游幕事迹及资料来源等栏目组成。

四、表中所收游幕文人主要按入幕时间先后排列，但为体现一些幕府的规模与影响力，兹将游于该幕的文人集中于一处。

五、表中"籍贯"一栏以明代的行政区划为依据。

六、表中"功名"一栏为该文人游幕之前所具有的科举功名，功名无载者留空。

七、表中"游幕事迹"一栏，一般按照该文人游幕活动的时间先后列出。

八、表中"资料来源"一栏，所举书籍主要以时代远近罗列，其版本详见本文最后的"参考文献"。

洪武元年至崇祯十七年（1368—1644）

姓名	字号	籍贯	生卒	功名	游幕事迹	资料来源
刘炳	字彦昺号懒云翁	江西鄱阳	1331—1399		洪武初，从事大都督府，先后为曹国公李文忠、西平侯沐英僚属	刘炳：《西平沐公挽诗》，《石仓历代诗选》卷306 刘炳：《哀曹国公》，《鄱阳五家集》卷15 张廷玉等：《明史》卷285《刘炳传》
钱芹	字继忠	南直吴县			洪武初，辟大都督府掾，从大将军徐达出北平，至大漠，凯旋。建文初，从曹国公李景隆北征，咨谋军事	姜清：《姜氏秘史》卷2 张廷玉等：《明史》卷142《姚善传附》
王行	字止仲号半轩、楮园、澹如居士	南直吴县	？—1393		洪武间，凉国公蓝玉延之西塾，并资问益，后玉诛，行亦坐死	杜琼：《王半轩传》，《半轩集》卷末 张廷玉等：《明史》卷285《王行传》
唐之淳	字愚士号萍居道人	浙江山阴	1350—1401		洪武间，曹国公李景隆延之，待以宾友礼，征行四方皆与俱	方孝孺：《侍读唐君墓志铭》，《逊志斋集》卷22 王世贞：《弇山堂别集》卷20《史乘考误一》
王绅	字仲缙号继志斋	浙江义乌	1360—1400		洪武二十五年，蜀献王闻其贤，驰书币聘致，待以客礼	符验：《革除遗事》卷5
俞贞木	字有立	南直吴县	1331—1401		洪武末，苏州知府姚善礼之，为备宾主礼，参幕中画	王世贞：《俞贞木像赞序》，《弇州续稿》卷146
杨范	字九畴	浙江鄞县			宣德间，宁波府知府郑珞、鄞县县令张铎咸宾致，以访政事	徐象梅：《两浙名贤录》卷2《儒硕》 过庭训：《本朝分省人物考》卷70 胡文学：《甬上耆旧诗》卷4《栖芸杨先生范》
周鼎	字伯器号桐村	浙江嘉善	1401—1487		正统十三年，朝廷大征"闽寇"，刑部尚书金濂参赞军务，辟置幕下，议进取方略，多见用	史鉴：《桐村兰室盖石文》，《西村集》卷7 钱谦益：《列朝诗集》乙集《周沐阳鼎》 张廷玉等：《明史》卷160《金濂传》

续表

姓名	字号	籍贯	生卒	功名	游幕事迹	资料来源
王训	字继善 号寓庵	贵州贵阳	？—1497	举人	正统十三年，兵部尚书王骥征麓川，辟置幕下，佐赞军事。次年，又入贵州总督侯琏幕，多所谋划	嘉靖《贵州通志》卷9 莫友芝：《王教授训》，《黔诗纪略》卷1
李道远		湖广宜章		举人	正统十三年，王骥征麓川，奏置幕下，数与计事，乃画平蛮八策上之，悉中事机，甚见器重	倪谦：《送李教授赴广州府学序》，《倪文僖集》卷16
兰茂	字廷秀 号止庵	云南嵩明	1403—1476		正统十三年，王骥征麓川，咨其方略	光绪《续修嵩明州志》卷7《人物》 张廷玉等：《明史》卷171《王骥传》
马士权		南直泰州			天顺间，客大学士徐有贞幕，受其牵累而下诏狱，受刑濒死，不肯妄招	焦竑：《玉堂丛语》卷8 张廷玉等：《明史》卷171《徐有贞传》
冯益	字损之	浙江慈溪	？—1461		天顺间，出入昭武伯曹钦之门，时进密计	沈德符：《万历野获编》卷18《冯益枉死》
冯璩	字伯玑 号梅庄	浙江海盐			成化间，随威宁伯王越西征，赞画机务	冯皋谟：《桐林二祖墓记》，《丰阳先生集》卷8
张珍	字羽翱	浙江仁和			弘治①间，潘蕃视师南粤，迎之幕中	田汝成：《西湖游览志余》卷8 张廷玉等：《明史》卷186《潘蕃传》
王佐	字仁甫 号古直	浙江黄岩			成化、正德间，游京师，客公卿间三十年	李东阳：《王古直传》，《怀麓堂集》卷36 倪岳：《赠台人王古直次韵》，《青溪漫稿》卷7 钱谦益：《列朝诗集》丙集《王山人佐》
范府	字季修	湖广宜城		举人	正德间，都御史林见素召置戎幕，一切章奏口授代草，抚剿机宜预议	过庭训：《本朝分省人物考》卷115

① 原文为宣德，误，据《明史》改。

续表

姓名	字号	籍贯	生卒	功名	游幕事迹	资料来源
唐寅	字伯虎 号六如 居士	南直 吴县	1470—1523	举人	正德九年,应宁王朱宸濠聘,察其反状,佯狂以脱身	王世贞:《弇州续稿》卷91 丁元荐:《西山日记》卷下《文学》
谢时臣	字思忠 号樗仙	南直 吴县	1488—?		正德间,宁王朱宸濠延之	王世贞:《弇州续稿》卷91
李士实	字若虚	江西南昌	?—1519	进士	原为右都御史,致仕家居,宁王朱宸濠延请至幕,附之反.	《武宗实录》卷175
刘养正	字子吉	江西吉安	?—1519	举人	正德间,客宁王朱宸濠幕,与谋反,草伪檄	王阳明:《王阳明全集》卷33 《武宗实录》卷175
黄省曾	字勉之 号五岳 山人	南直 长洲	1490—1546	举人	正德十二年,客南京兵部尚书乔宇幕,代撰《游山记》、《建业大内记》	黄省曾:《临终自传》,《五岳山人集》卷38
龙光	字冲虚	江西 吉水	1470—1554		正德十二年,入赣南巡抚王阳明幕,阳明以之为军门参谋,在幕中效力最久	罗洪先:《明故直隶滁州判官北山龙君墓志铭》,《念庵文集》卷16
冀元亨	字惟乾	湖广 武陵	?—1522	举人	正德间,赣南巡抚王阳明延之教子,宁王朱宸濠怀不轨,而外务名高,贻书阳明问学,阳明因使侦之	王阳明:《咨六部申理冀元亨》,《王阳明全集》卷17
许璋	字半圭	浙江上虞			正德间,入赣南巡抚王阳明幕,阳明擒赣州"诸盗",平朱宸濠之乱,多藉其谋	丁元荐:《西山日记》卷下《高隐》 黄宗羲:《许半圭先生璋》,《明儒学案》卷10"姚江学案" 光绪《上虞县志校续》卷8《人物》
胡述	字敬夫	江西上犹		诸生	正德间,王阳明征剿"輋贼",辟为赞画,授冠带,及宸濠之变,复召至军前,有赞画功	同治《南安府志》卷17《武略》

姓名	字号	籍贯	生卒	功名	游幕事迹	资料来源
雷济		江西赣县			为王阳明幕中之士，参谋军事，平横水、桶冈、三浰"诸贼"，计画居多，亦参与平朱宸濠之乱	《王阳明全集·年谱二》钱德洪：《征宸濠反间遗事》，《王阳明全集》卷34 康熙《江西通志》卷94《人物》
萧禹		江西赣县			同上	同上
黄表				诸生	处王阳明幕下，往谕"各贼"及"贼首"池仲容	王阳明：《浰头捷音疏》，《王阳明全集》卷11
王懋中	字与时	江西安福		进士	原为南京右都御史，镇抚滇南，因遭忌而恳疏乞归。朱宸濠反，应王阳明之召，力赞讨之	王阳明：《江西捷音疏》，《王阳明全集》卷12 王阳明：《开报征藩功次赃仗咨》，《王阳明全集》卷31 《明一统志》卷56
邹守益	字谦之	江西安福	1491—1562	进士	原为南京大理评事，告归养病。谒王阳明，讲学于赣州，朱宸濠反，与阳明军事	王阳明：《开报征藩功次赃仗咨》，《王阳明全集》卷31 张廷玉等：《明史》卷283《邹守益传》
张鳌山	号石盘	江西安福		进士	原为巡关御史，丁忧归。适朱宸濠之乱，从王阳明勤王，凡檄奏文移多所草创	王阳明：《开报征藩功次赃仗咨》，《王阳明全集》卷31 《江西通志》卷78 蒋一葵：《张鳌山》，《尧山堂外纪》卷95
曾直	字叔温	江西吉水		进士	原为刑部郎中，忤宦官张锐，引疾去。朱宸濠反，与王阳明协谋讨之	王阳明：《开报征藩功次赃仗咨》，《王阳明全集》卷31 《江西通志》卷78
罗循	字遵道	江西吉水		进士	原为徐州兵备副使，裁革去职，朱宸濠反，赴王阳明军	王阳明：《飞报宁王谋反疏》，《王阳明全集》卷12 《江西通志》卷78

续表

姓名	字号	籍贯	生卒	功名	游幕事迹	资料来源
罗侨	字维升	江西吉水		进士	原为大理右评事，曾忤刘瑾而去官，瑾败，召复官，引病去。朱宸濠反，王阳明起兵吉安，侨首赴义	王阳明：《开报征藩功次赏仗咨》，《王阳明全集》卷31 张廷玉等：《明史》卷189《罗侨传》
刘蓝	字子青	江西安福		进士	先后为广东、浙江按察司金事，时赴部调用。朱宸濠反，应王阳明之召，协谋军事	王阳明：《开报征藩功次赏仗咨》，《王阳明全集》卷31 《江西通志》卷53 《浙江通志》卷118
刘逊	字时让	江西安福		进士	原为福建按察使，致仕。朱宸濠反，王阳明招之入幕，待以宾师之礼，托以咨决之事	王阳明：《牌行吉安府敦请乡士夫共守城池》，《王阳明全集》卷17 王阳明：《江西捷音疏》，《王阳明全集》卷12 王阳明：《开报征藩功次赏仗咨》，《王阳明全集》卷31
黄绣	字文卿	江西清江		进士	原为山西右参政，致仕家居。宸濠之变，王阳明举勤王师，知绣魁垒多智，聘至军中计事	王阳明：《开报征藩功次赏仗咨》，《王阳明全集》卷31 《江西通志》卷74 《武宗实录》卷81
刘昭	字仲贤号东崖	江西庐陵		进士	原为嘉兴知府，时罢官里居。宸濠叛，王阳明起兵进讨，延昭入幕，与参谋议	王阳明：《开报征藩功次赏仗咨》，《王阳明全集》卷31 《江西通志》卷78 王圻：《续文献通考》卷163
郭持平		江西万安	？—1556	进士	正德十二年举进士，省亲居家，王阳明延之入幕	王阳明：《开报征藩功次赏仗咨》，《王阳明全集》卷31 《明清进士题名碑录索引》《世宗实录》卷438
王思	字宜学号改斋	江西吉安	？—1524	进士	原为翰林院编修，上书言政，谪潮州三河驿丞。王阳明讲学赣州，思从之游。及讨朱宸濠，檄思赞军议	王阳明：《开报征藩功次赏仗咨》，《王阳明全集》卷31 张廷玉等：《明史》卷192《王思传》

姓名	字号	籍贯	生卒	功名	游幕事迹	资料来源
李中	字子庸	江西吉水		进士	时忤武宗，谪广东通衢驿丞。王阳明抚赣州，檄中参其军事，预平宸濠	王阳明：《开报征藩功次赃仗咨》，《王阳明全集》卷31 张廷玉等：《明史》卷203《李中传》
谢源					御史，为王阳明奏调，留置幕下，谋画居多	王阳明：《留用官员疏》，《王阳明全集》卷12
伍希儒	字汝贞	江西安福			同上	王阳明：《留用官员疏》，《王阳明全集》卷12 《万姓统谱》卷78
郭诩	号清狂道人	江西泰和		弃诸生	正德间，为王阳明幕中之士，阳明以宾礼优之	王阳明：《题寿外母蟠桃图》，《王阳明全集》卷24 王阳明：《题郭诩濂溪图》，《王阳明全集》卷29 查继佐：《罪惟录》"列传"卷27 《养一斋诗话》卷6 褚人获：《坚瓠集》甲集卷3
岑伯高		广西上林		诸生	嘉靖初，原为指挥使王佐幕客，王阳明提督两广，岑亦入其幕中，助平思、田之乱	王阳明：《犒奖儒士岑伯高》，《王阳明全集》卷18 张廷玉等：《明史》卷319《广西土司》
张文冕		南直华亭		黜诸生	正德间，入宦官刘瑾幕，矫旨皆出其手	王世贞：《弇山堂别集》卷95《中官考六》 谈迁：《国榷》卷48
张佑	字天佑	广东广州	？—1532		嘉靖初，卢苏、王受乱田州，总督姚镆召至军中，待以宾礼，多所裨赞。后王阳明代镆，询抚剿之宜	张廷玉等：《明史》卷166《张佑传》
刘东山		北京			嘉靖间，为昌国公张鹤龄、建昌侯张延龄门客	沈德符：《万历野获编》卷18《刘东山》
顾仲言		南直松江			嘉靖间，客大学士夏言幕	刘献廷：《广阳杂记》卷1

姓名	字号	籍贯	生卒	功名	游幕事迹	资料来源
吴扩	字子充 号之山	南直昆山			嘉靖间，曾客首辅严嵩幕。 万历间，远赴塞外，游宜、大总督苏佑幕	王世贞：《吴子充》，《弇州四部稿》卷128 王世贞：《吴山人将遍游北边，谒予索诗，云元戎苏相公迎之》，《弇州四部稿》卷30 皇甫汸：《送吴子充游北岳兼赴塞上谒苏司马》，《皇甫司勋集》卷28 朱之蕃：《盛明诗家名氏爵里考》，《盛明百家诗选》卷首
顾天臣		南直 苏州			嘉靖间，客赵康王幕	谢榛：《送顾天臣还吴》，《谢榛全集校笺》 王兆云：《皇明词林人物考》卷9《谢茂秦》 李攀龙：《送顾天臣还姑苏》，《李攀龙集》
顾圣少	字季狂	南直苏州			嘉靖间，游燕、赵、齐、鲁，客诸王邸中	郑若庸：《赠张子顺斋序》，《北游漫稿·文》卷上 钱谦益：《列朝诗集》丁集中《顾山人圣少》 王兆云：《皇明词林人物考》卷9《顾季狂》
谢榛	字茂秦 号四溟	山东临清	1499—1579		嘉靖间，客赵康王幕，数游京师，与李攀龙、王世贞等结社	谢榛：《诗家直说》 王世贞：《明诗评》卷1 王兆云：《皇明词林人物考》卷9《谢茂秦》
尤嘉	字子嘉	浙江 嘉兴			嘉靖间，客赵康王幕	朱彝尊：《明诗综》卷49
周同	字一之	南直 苏州			嘉靖间，甘肃总兵仇鸾檄之人幕	王世贞：《周一之墓志铭》，《弇州四部稿》卷91 谢榛：《送周一之从大将军出塞》，《谢榛全集校笺》
卢楠	字次楩 号浮丘	河南浚县	1507—1560	监生	嘉靖三十一年，赴赵康王聘	卢楠：《梦洲赋》，《蠛蠓集》卷3
仲春龙	字原仁	浙江秀水			嘉靖间，游京师，客于公卿间。后与谢榛同为赵康王座上客	钱谦益：《列朝诗集》丁集上《仲山人春龙》 宋荦：《跋仇十洲沧溪图卷》，《西陂类稿》卷28

姓名	字号	籍贯	生卒	功名	游幕事迹	资料来源
王逢年	字舜华、明佐	南直昆山		黜诸生	嘉靖间，客大学士袁炜幕	张大复：《昆山人物传》卷9"王逢年" 钱谦益：《列朝诗集》丁集中《玄阳山人王逢年》
王稚登	字百谷	南直武进		诸生	嘉靖间，客大学士袁炜幕，为其撰写青词。 万历八年，客青浦令屠隆署	李维桢：《王百谷先生墓志铭》，《大泌山房集》卷88 屠隆：《庚辰五月沈嘉则、王伯毂、冯开之、田叔见枉青浦署作》，《白榆集》卷3
秦锃	字茂宏	浙江慈溪			嘉靖间，应大学士袁炜之召，游京邸，与其门下士宴游唱和，名动辇毂	乾隆《宁波府志》卷216 光绪《慈溪县志》卷28
潘纬	字象安	南直歙县		诸生	嘉靖间，客大学士李春芳幕十年，深受器重而无所干请	黎民表：《别潘象安》，《瑶石山人稿》卷2 许国桢：《潘象安诗序》，《潘象安诗集》卷首 钱谦益：《列朝诗集》丁集中《潘舍人纬》
朱察卿	字邦宪号象冈、醉石居士	南直上海	1524—1572	监生	嘉靖三十三年，工部侍郎赵文华奉旨祭海，延为幕府上客，参赞军务，治军之暇则相与投壶雅歌	王世贞：《朱邦宪传》，《弇州四部稿》卷84 潘恩：《故太学生象冈朱君墓志铭》，《朱邦宪集》附录 沈明臣：《黄浦先生传》，《朱邦宪集》附录 王稚登：《朱先生传》，《朱邦宪集》附录 沈德符：《万历野获编》卷17《武臣好文》
莫叔明	字公远	南直长洲		诸生	嘉靖间，苏州知府金城辟为掌书记	茅坤：《莫叔明传》，《茅坤集》

续表

姓名	字号	籍贯	生卒	功名	游幕事迹	资料来源
郑若庸	字中伯号虚舟	南直昆山	1489—1577	诸生	嘉靖三十年，应赵王朱厚煜之聘北上，次年客诸幕。嘉靖三十三年，应吏部尚书李默、太子詹事程文德之请至京，严嵩父子闻其至，召之，不往。次年自京师返邺。客赵时，曾为赵王撰《类隽》三十卷	詹玄象：《蛣蜣生传》，《蛣蜣集》卷首 郑若庸：《祭陆贞山文》，《蛣蜣集》卷4 王兆云：《皇明词林人物考》卷12《郑虚舟》 钱谦益：《列朝诗集》丁集中《郑山人若庸》 徐朔方：《晚明曲家年谱·郑若庸年谱》
方景孟		福建			嘉靖间，客赵王府右长史方正梁署，与郑若庸、江宁王朱载墿交往密切	郑若庸：《北游漫稿·文》卷上 朱载墿：《送方景孟归闽中》，《绍易诗集》卷2 徐朔方：《晚明曲家年谱·郑若庸年谱》
王叔承	字承父、子幻	南直吴江	1537—1601		嘉靖间，客于大学士李春芳幕，为草青词和游仙诗。万历间，游蓟辽总督顾养谦所	王兆云：《皇明词林人物考》卷12《王叔承》 钱谦益：《列朝诗集》丁集中《昆仑山人王叔承》 钮琇：《觚剩·续编》卷2
沈仕	字子登号青门山人	浙江仁和			嘉靖间，游京师边徼，诗画赠贻，累千金辄尽	徐沁：《明画录》卷4
陈鹤	字鸣野、鸣轩、九皋号海樵		？—1560		嘉靖间，为云南参政梅守德客	朱孟震：《与玄草序》，《鹿裘石室集》卷首 张岱：《石匮书》卷207

姓名	字号	籍贯	生卒	功名	游幕事迹	资料来源
颜钧	字子和号山农	江西永新	1504—1596		嘉靖三十五年，应邀赴大学士徐阶府第论学。嘉靖三十六年，因弟子程学颜之荐，入总督胡宗宪幕，献计倒溺百千倭寇于海。胡宗宪奏旌指挥，不就。隆庆三年，遣戍福建，两广总兵俞大猷取聘为军师。策征海寇曾一本，计擒山寇韦银豹	颜钧：《自传》，《颜钧集》卷3 贺贻孙：《颜山农先生传》，《颜钧集》卷9 尹继美：《颜山农先生遗集凡例》，《颜钧集》卷9
程学颜	字宗复号后台	湖广孝感		举人	嘉靖三十六年，在胡宗宪幕中用事，先后举荐颜钧、何心隐二人入幕	颜钧：《程身道传》，《颜钧集》卷3 耿定向：《里中三异传》，《明文海》卷399 黄宗羲：《明儒学案》卷32"泰州学案"
蒋洲	字信之号龙溪	浙江鄞县	？—1572	诸生	嘉靖三十四年，入胡宗宪幕，同年奉命出使日本，劝降王直，嘉靖三十六年返回杭州	李诩：《戒庵老人漫笔》卷5 黄宗羲：《蒋氏三氏传》，《黄宗羲全集》册10
陈可愿	字敬修	浙江鄞县	？—1578	诸生	嘉靖三十二年，为操江都御史蔡克廉之幕客。嘉靖三十四年，与蒋洲同奉胡宗宪之命出使日本，先归，参与计擒徐海	郑若曾：《江南经略》卷3下"太仓州倭患事迹" 李诩：《戒庵老人漫笔》卷5 沈明臣：《挽陈将军敬修》，《丰对楼诗选》卷26
蔡时宜		浙江鄞县			嘉靖三十二年，与陈可愿同为操江都御史蔡克廉之幕客。嘉靖三十四年，与蒋洲、陈可愿一同奉命出使日本，劝降王直	郑若曾：《江南经略》卷3 采九德：《倭变事略》卷4

姓名	字号	籍贯	生卒	功名	游幕事迹	资料来源
茅坤	字顺甫 号鹿门	浙江 归安	1512—1601	进士	嘉靖间，总督胡宗宪知其善兵，延之入幕	朱赓：《明河南按察副使奉敕备兵大名道鹿门茅公墓志铭》，《茅坤集·附录1》 屠隆：《明河南按察司副使奉敕备兵大名道鹿门茅公行状》，《茅坤集·附录1》
田汝成	字叔禾	浙江 钱塘	1503—1557	进士	嘉靖间，入总督胡宗宪幕，军前赞画	沈德符：《万历野获编》卷10《四六》 陆凤仪：《督臣欺横不法疏》，《皇明嘉隆疏钞》卷19
沈明臣	字嘉则 号句章山人	浙江鄞县	1518—1596	弃诸生	嘉靖间，胡宗宪东南平倭时辟置幕下。又曾入大学士徐阶幕。万历八年，客青浦令屠隆署	屠隆：《沈嘉则先生传》，《由拳集》卷19 屠隆：《庚辰五月沈嘉则、王伯毂、冯开之、田叔见枉青浦署作》，《白榆集》卷3 沈德符：《万历野获编》卷23《恩诏逐山人》 钱谦益：《列朝诗集》丁集中《沈记室明臣》
徐渭	字文长 号天池	浙江山阴	1521—1593	诸生	嘉靖三十七年，入南直浙闽总督胡宗宪幕，作《代初进白牝鹿表》等，此后客胡幕长达五年之久。嘉靖四十二年，应礼部尚书李春芳之召入京，次年二月即辞归。万历四年，应宣府巡抚吴兑之召北上入幕	徐渭：《畸谱》，《徐渭集》 钱谦益：《列朝诗集》丁集中《徐记室渭》 徐朔方：《晚明曲家年谱》
王寅	字仲房 号十岳山人	南直歙县	1506—1588	弃诸生	嘉靖间，客总督胡宗宪幕。隆庆六年，北上游戚继光幕	胡宗宪：《十岳山人诗集序》，《十岳山人诗集》卷首 王寅：《梁燕二子歌》，《十岳山人诗集》卷2 俞安期：《八子咏·新都王仲房》，《翏翏集》卷7

姓名	字号	籍贯	生卒	功名	游幕事迹	资料来源
周述学	字继志 号云渊	浙江山阴			嘉靖间，锦衣卫同知陆炳礼聘至京。总督胡宗宪征倭，私述学于幕中，谘以秘计	黄宗羲：《周云渊先生传》，《黄宗羲全集》册10
金丹		浙江嘉善		诸生	嘉靖三十五年，奉总督胡宗宪之命，与罗龙文等入巢诱降，离散其党	沈德符：《万历野获编》卷17《金丹说客》 采九德：《倭变事略》卷4 万历《秀水县志》卷6
何心隐	字柱乾 号夫山	江西永丰	1517—1579		嘉靖三十八年聘入胡宗宪幕，赞谋帷幄	邹元标：《梁夫山传》，《何心隐集》附录 耿定向：《里中三异传》，《耿天台先生文集》卷16
汪应晴	字季明	南直歙县	诸生	嘉靖间，入胡宗宪幕，赞画军前	乾隆《歙县志》卷12
吕希周	字师旦 号东汇	浙江崇德		进士	嘉靖间，入胡宗宪幕，预谋议	冯汝弼：《当湖剿寇纪事》，《明文海》卷380 光绪《桐乡县志》卷15
吕光（吕需）	号水山	浙江崇德			嘉靖间，与徐渭、沈明臣同客胡宗宪幕府，时称"幕中三山人"。后游京师，曾以复河套之策干曾铣，又被大学士徐阶延为幕宾	丁元荐：《西山日记》卷上《深心》 沈德符：《万历野获编》卷8《吕光》 潘衍桐：《两浙輶轩续录》卷1
濮文起	字三槐	浙江濮院		诸生	嘉靖间，总督胡宗宪引兵至崇德，延请问计	光绪《桐乡县志》卷15
俞献可	字九河、子自	江西信丰			嘉靖间，胡宗宪辟为幕客，与徐渭、唐顺之、茅坤友，宗宪平倭及制三边诸纪绩碑文多出其手	道光《信丰县志》卷9《人物志上》 梁辰鱼：《寄信丰俞子自》，《鹿城诗集》卷20
范大澈		浙江鄞县			嘉靖间，倭人入寇，居总制胡宗宪幕中，多与筹画	雍正《宁波府志》卷20《鄞县人物》

姓名	字号	籍贯	生卒	功名	游幕事迹	资料来源
许汾		南直江阴			嘉靖间，曾以布衣居胡宗宪幕	钱谦益：《明故南京国子监祭酒赠詹事府詹事翰林院侍读学士石门许公合葬墓志铭》，《有学集》卷28
邵芳	号樗朽	南直丹阳			嘉靖间，入胡宗宪幕，参与编撰《筹海图编》	郑若曾：《筹海图编》卷首
蒋孝	字惟忠	南直毗陵		进士	嘉靖间，入胡宗宪幕	陆凤仪：《督臣欺横不法疏》，《皇明嘉隆疏钞》卷19
计江		南直吴江			嘉靖间，入胡宗宪幕，有谋画功	同治《苏州府志》卷105
张鸣教		浙江山阴			嘉靖间，客将军刘某之幕	朱察卿：《寄张鸣教》，《朱邦宪集》卷1 朱察卿：《句章联句序》，《朱邦宪集》卷5
郑若曾	字伯鲁号开阳	南直昆山		贡生	嘉靖间，胡宗宪辟为赞画，并受命编撰《筹海图编》等	茅坤：《刻筹海图编序》，《茅坤集》 光绪《昆新两县续修合志》卷30
罗龙文		南直歙县	？—1565	监生	嘉靖间，入胡宗宪幕，为擒获徐海、麻叶和王直诸事出谋划策，并充当说客。后入严世蕃幕，甚亲密，并为其品第古董宝玩	潘之恒：《罗龙文传》，《亘史》外纪卷6"侠部" 沈德符：《万历野获编》卷18
李贤	字邦臣	浙江定海			嘉靖间，浙江总兵卢镗延置幕府	乾隆《宁波府志》卷26
金文通				诸生	嘉靖四十二年，赞画浙江巡抚赵炳然幕	戚祚国：《戚少保年谱耆编》卷4 谭纶：《官兵追剿大势倭贼三战三捷地方底宁疏》，《谭襄敏奏议》卷2 吴廷燮：《明督抚年表》卷4

姓名	字号	籍贯	生卒	功名	游幕事迹	资料来源
陈第	字季立	福建连江	1541—1617	诸生	嘉靖末，俞大猷招致幕下，教以古今兵法、南北战守方略，尽得其指要。后弃笔从戎，从谭纶、戚继光为部将	钱谦益：《列朝诗集》丁集中《陈将军第》
梁辰鱼	字伯龙	南直昆山	1519—1591		嘉靖三十四年，客辽王朱宪㸅所。嘉靖四十一年，赴胡宗宪幕，未果。万历十年，客青浦令屠隆署	王世贞：《赠梁伯龙》，《弇州山人诗集》卷35 顾允默：《长歌行送梁伯龙赴越镇之辟》，《顾伯子集》，见《盛明百家诗》 王稚登：《送梁伯龙谒胡尚书》，《金昌集》卷3 徐朔方：《晚明曲家年谱》
吕时臣	字中甫	浙江鄞县	1518—1588？		嘉靖间，尝受知于蓟辽徐、杨二幕府，礼为上客。晚年至青州，久客于衡府，衡庄王朱厚燆爱其诗，为刻《甬东野人稿》一册	沈明臣：《送吕山人中父》，《丰对楼诗选》卷5 沈明臣：《闻吕中父客死河南涉县以六韵哀之》，《丰对楼诗选》卷43 王兆云：《皇明词林人物考》卷11 钱谦益：《列朝诗集》丁集中《吕山人时臣》
杨伯仁					嘉靖间，为辽王记室	吕时臣：《上辽王》，《甬东山人稿》卷1
李杜	字思质号云台山人	福建晋江		弃诸生	嘉靖间，俞大猷聘入幕府，校刻《正气堂集》。谭纶亦曾礼为记室	李杜：《正气堂集序》，《正气堂集》卷首 何乔远：《闽书》卷127《英旧志》 乾隆《泉州府志》卷54
康从理	字裕卿号晓山山人	浙江永嘉	1524—1581	弃诸生	嘉靖间，入将军刘子高幕，佐其抗倭，刘死，为之经纪后事。万历初，再游京师，出入朝贵之门	王叔杲：《康处士墓志铭》，《王叔杲集》卷16 王叔杲：《康山人传》，《王叔杲集》卷11 张元凯：《解嘲堂饭治兵使者幕客康从理》，《檀斋集》卷12 钱谦益：《列朝诗集》丁集中《康山人从理》 姜准：《岐海琐谈》卷4

续表

姓名	字号	籍贯	生卒	功名	游幕事迹	资料来源
胡思岩		浙江天台			嘉靖间，入梧州知府翁万达幕。嘉靖十七年，翁万达擢为广西按察副使，率军征讨安南，契思岩同往，剿抚谋划，多所咨询	翁万达：《赠胡思岩山人序》，《翁万达文集》卷1
张天复	字复亨号内山	浙江山阴	1513—？	诸生	嘉靖间，徐阶延之，命襄阅试卷	张岱：《家传》，《琅嬛文集》卷4 《浙江通志》卷173
汪子建				诸生	曾游戚继光幕	梁辰鱼：《送汪子建出卢龙塞谒戚大将军》，《鹿城诗集》卷22
宋登春	字应元号海翁晚号鹅池生	北直新河	？—1584		嘉靖间，初客江陵辽王邸，后被荆州知府徐学谟延之入幕	徐学谟：《鹅池生传》，《徐氏海隅集》文编15 钱谦益：《列朝诗集》丁集中《鹅池生宋登春》 邢侗：《山人宋鹅池蹈海序》，《来禽馆集》
王翘	字时羽、叔楚号小竹山人	南直嘉定	1505—1572	弃诸生	嘉靖间，入荆州知府徐学谟幕，为书记	徐学谟：《赋寄邵将军海上草堂并忆书记王叔楚》，《徐氏海隅集》卷14 徐学谟：《王山人墓志铭》，《徐氏海隅集》文编卷17
程诰	字自邑	南直歙县			嘉靖间，汉、襄枣阳王延之，礼为上客	侯一麟：《程山人传》，《龙门集》卷19
薛论道	字谈德号莲溪居士	北直定兴	1531？—1600？	诸生	嘉靖间，许论①开府密云，辟为参谋	光绪《定兴县志》卷11《人物》
俞允升	字阶甫	南直昆山		诸生	嘉靖末，被苏州知府王道行延为上客，时与议事	俞允文：《亡兄阶甫埋石志》，《俞仲蔚先生集》卷13

① 原文幕主为"许襄毅"（许进，1437—1510），但年代明显不符。据所载事迹，应为其子许论（谥恭襄，1495—1566），嘉靖间曾任右金都御史、抚蓟州，却敌捷闻，进右副都御史。以疾归。再起抚山西，亦有军功，擢兵部尚书。参见汪道昆《许恭襄公论传》，《国朝献征录》卷57，《续修四库全书》，上海古籍出版社2002年影印本，集部，第528册，第120—122页。

续表

姓名	字号	籍贯	生卒	功名	游幕事迹	资料来源
叶子肃					嘉靖、隆庆年间，曾客戚继光幕	徐渭：《送子肃赴三团营》，《徐渭集》 徐渭：《子肃再赴戚总戎所，未至，死于都下》，《徐渭集》
方元淇	字景武号浮麓山人	福建莆田			隆庆初，戚继光受命北调，戍守蓟镇，元淇入幕随行，戚继光为其刻《蓟门稿》	畲翔：《寄方景武》，《薛荔园诗集》卷2 戚继光：《蓟门稿序》，《止止堂集》 戚继光：《秋日邀山人歙王十岳、越叶一同、莆方浮麓、文学郭海岳同登三屯之阴山》，《止止堂集》 王世贞：《调方景武方长仅三尺而为戚大将军幕客》，《弇州山人四部稿》卷39 王寅：《寄方景武蓟门二首》，《十岳山人诗集》卷4 谢肇淛：《小草斋诗话》卷5
周天球	字公瑕号幼海	南直长洲		诸生	隆庆四年，应工部尚书朱衡聘，赴京修《河功志》。亦曾游戚继光幕	王世贞：《赠周公瑕应尚书朱公聘修河功志》，《弇州山人四部稿》卷38 戚继光：《登塞上台和幼海周山人韵》，《止止堂集》
洪孝先	字从周	浙江永嘉			隆庆间，游保定巡抚张佳胤幕。万历初，游于京师，出入朝贵之门	张佳胤：《洪山人甲乙集小序》，《居来先生集》卷36 姜准：《岐海琐谈》卷4
周启明		浙江永嘉			万历初，游于京师，入太监孙某幕	姜准：《岐海琐谈》卷4
裴邦奇	字庸甫号巢云	山西平阳			万历间，游蓟辽总督张佳胤幕	张佳胤：《裴山人谒余太原，赠之》，《居来先生集》卷8 张佳胤：《裴山人庸甫归平阳》，《居来先生集》卷22 民国《闻喜县志》卷17《独行传》

姓名	字号	籍贯	生卒	功名	游幕事迹	资料来源
黄天全	字全之号黄石山人	福建莆田		弃诸生	隆庆、万历间曾游戚继光幕，被辟为记室	汪道昆：《黄全之小集引》，《太函集》卷24 郑方坤：《全闽诗话》卷7"黄天全"条 戚继光：《夏日邀婺川令毛仪之、山人黄全之、方景武、文学钱子见游山庄，为邦龄赋别，兼呈诗社林君白诸君子》，《止止堂集》 黎民表：《赠黄石山人黄全之》，《瑶石山人稿》卷12 黎民表：《送黄全之归莆阳》《瑶石山人稿》卷12
林章	字初文号寅伯	福建福清	1551—1599	举人	万历初，游塞上，为戚继光上客，作《滦阳宴别序》，挥毫立就，语惊四筵，戚以千金紫貂酬之	林国炳：《林初文先生全集叙》，《林初文先生全集》卷首 钱谦益：《列朝诗集》丁集中《林举人章》
郭造卿	字建初号海岳、玉融山人	福建福清	1532—1593	诸生	嘉靖间，总督胡宗宪、巡抚李遂分别礼致之，后又被福建巡抚汪道昆延为上客。万历初，江西左布政使徐中行召之入幕。徐殁，郭助治丧立后，传其遗文。万历八年，戚继光聘之入幕，修《燕志》，享以千金，后又为辽东巡抚顾养谦延入幕中	戚继光：《送文学郭建初归闽》，《止止堂集》 王寅：《三屯营留别郭建初》，《十岳山人集》卷2 戚祚国：《戚少保年谱耆编》卷12 沈德符：《万历野获编》卷17《武臣好文》 朱国祯：《四少保》，《涌幢小品》卷9 叶向高：《海岳郭先生墓志铭》，《苍霞草》卷17 李清馥：《郭建初先生造卿》，《闽中理学渊源考》卷45
钱子见					隆庆、万历间，客戚继光幕	沈明臣：《与钱子见郭建初登瑞岩》，《丰对楼诗选》卷14 戚继光：《夏日邀婺川令毛仪之、山人黄全之、方景武、文学钱子见游山庄，为邦龄赋别，兼呈诗社林君白诸君子》，《止止堂集》

姓名	字号	籍贯	生卒	功名	游幕事迹	资料来源
王受吾					同上	沈明臣:《王受吾从蓟州还携戚将军书至赋之》,《丰对楼诗选》卷14
吉懋初					同上	俞安期:《过云中使寄吉懋初于戚大将军幕中》,《翏翏集》卷30
稽元夫	字长卿号竹城	浙江归安		诸生	万历初,客大学士高拱幕	朱彝尊:《静志居诗话》卷18《稽元夫》丁元荐:《西山日记》卷下《高隐》
殷都	字无美号斗墟	南直嘉定	1532—1602	举人	万历初,入总兵郭成幕,为记室	徐学谟:《送殷无美赴郭督府幕》,《徐氏海隅集》卷14王世贞:《送殷无美聘郭将军记室作》,《弇州四部稿》卷37唐时升:《奉政大夫兵部职方司郎中殷公墓志铭》,《三易集》卷17乾隆《嘉定县志》卷10《贤达》
方与时	字湛一	湖广黄陂		弃诸生	万历初,因避仇而入大学士高拱幕	黄宗羲:《明儒学案》卷32"泰州学案"
徐爵					万历初,客秉笔太监冯保幕,善笔札,习刑书,与张居正款密,凡帝手敕优奖江陵者,皆出其手	沈德符:《万历野获编》卷21《儒臣校尉》高拱:《病榻遗言》张廷玉等:《明史·张居正传》
宋尧俞	字叔然	南直华亭		举人	万历初,客大学士张居正幕,曾上书劝其解职服丧	谈迁:《国榷》卷70陈子龙:《宋幼清先生传》,《安雅堂稿》卷13吴伟业:《宋幼清墓志铭》,《吴梅村全集》卷47
乐新炉		江西临川	?—1591	监生	万历初,入太监张宏幕,称契厚,曾为宏排挤冯保而出力。万历十九年,刑科给事中王建中疏奏其捏造蜚语,被逮,死于立枷	沈德符:《万历野获编》补遗卷3《山人蜚语》《明神宗实录》卷243

续表

姓名	字号	籍贯	生卒	功名	游幕事迹	资料来源
宋尧明	字宪卿号霞峰	南直华亭		举人	万历间，因坐擅用库钱被劾，谪成铁岭。入大将军李如松幕，从之出塞，斩十七级以归	宋懋澄：《叔父安远令愚卿君本传》，《九籥集》文集卷5
诸葛元声	号味水外史、东海澹仙	浙江会稽		诸生	万历九年，客云南临元道贺幼殊幕	王泮：《两朝平攘录序》，《两朝平攘录》卷首咸丰《南宁县志》卷7《人物·流寓》
俞安期	字羡长	南直吴江			万历二十一年，游宁夏巡抚周光镐幕	俞安期：《出塞先寄周国雍中丞》，《翏翏集》卷33俞安期：《中秋奉同周中丞塞上对月》，《翏翏集》卷33周光镐：《送俞羡长从塞上东归》，《明农山堂集》诗卷9
吴明济	字子鱼号玄圃山人	浙江会稽			万历二十六年，客兵科给事中徐观澜幕，后随之东援朝鲜，交广朝鲜文士，编选《朝鲜诗选》	吴明济：《朝鲜诗选序》，《朝鲜诗选》卷首祁庆富、权纯姬：《关于明代吴明济〈朝鲜诗选〉的新发现》，《当代韩国》1998年秋季号
薛冈	字千仞号织屦道人	浙江四明	1561—？		万历间，应陕西按察使张维新之召，游于塞上	李维桢：《天爵堂集序》，《天爵堂文集》卷首薛冈：《织屦道人传》，《天爵堂文集》卷8薛冈：《关陕纪行》，《天爵堂文集》卷7
胡之骥		湖广蕲水			万历间，客怀庆知府朱期至幕	汤显祖：《送胡山人归楚依朱子得》，《汤显祖全集》"诗文"卷10
张之象	字元超号王屋山人	南直上海		监生	万历间，青浦令屠隆聘修邑志，品叙详雅，为世所推	嘉庆《松江府志》卷52《古今人物传》光绪《青浦县志》卷19《人物》
何璧	字玉长	福建福清			万历间，受知于新安县令张涛，延为上客，后涛升任辽东巡抚，璧从之	钱谦益：《列朝诗集》丁集中《何侠士璧》《福建通志》卷51

续表

姓名	字号	籍贯	生卒	功名	游幕事迹	资料来源
胡怀玉		湖广			万历间，游于京师，后遭刑科给事中王建中疏奏纠劾	《明神宗实录》卷243
王怀忠		福建			同上	同上
汪鈫		徽州			同上	同上
袁度	字微之	南直华亭		诸生	万历间，客唐王幕	宋懋澄：《袁微之传》，《九钥集》卷5
张炳芳	号三娥	浙江山阴		诸生	万历间，先后佐地方官何士抑、许芳谷幕	张岱：《家传·附传》，《琅嬛文集》卷4
陆应阳	字伯生	南直上海	1542—1624	斥诸生	万历间，入首辅申时行幕，时行降礼为布衣交	沈德符：《万历野获编》补遗卷23《恩诏逐山人》 光绪《青浦县志》卷19
朱元芳					万历间，赴河道总督李化龙之招，为书记	汤显祖：《送朱山人元芳赴总河于越李公之招》，《汤显祖全集》"诗文"卷15
李经敕	字明典	浙江永嘉			曾随刑部侍郎金昭入京师，游于幕下	何白：《李后峰先生传》，《汲古堂续集》卷6
郑可贞					万历间，应锦衣卫郑云岩之聘	何白：《〈西爽斋集草〉序》，《汲古堂续集》卷6
何白	字无咎	浙江永嘉	1562—1642		万历三十二年，应榆林中路按察使郑汝璧之招入幕，助校郑氏的《由庚堂全集》，修《榆林志》	何白：《甲辰献岁后八日，古田舍录别四首（时将治装西塞，赴郑中丞昆岩先生之招）》，《汲古堂集》卷6 何白：《游榆塞，江上临发，别社中诸子》，《汲古堂集》卷22 光绪《乐清县志》卷8
金伯庚		浙江四明			万历间，郑汝璧延之，与何白同修《榆林志》	何白：《塞上逢金伯庚有赠》，《汲古堂集》卷17 光绪《乐清县志》卷8
邵不朋				举人	万历间，客郑汝璧幕	何白：《和邵不朋孝廉寄远韵七首》，《汲古堂集》卷22 何白：《雪霁偕邵不朋、汪鼎父登清宁台，……并呈中丞郑公，用不朋三字韵》，《汲古堂集》卷11 郑汝璧：《送邵不朋孝廉还京省觐期首春过我》，《由庚堂集》卷3

续表

姓名	字号	籍贯	生卒	功名	游幕事迹	资料来源
汪鼎父					万历间，客郑汝璧幕	何白：《三子诗，别邵不朋、郑仲仁、汪鼎父》，《汲古堂集》卷6 何白：《雪霁偕邵不朋、汪鼎父登清宁台，……并呈中丞郑公，用不朋三字韵》，《汲古堂集》卷11
方日新	字汤夫	浙江永嘉			万历间，福宁判官刘志选延之，刘擢合肥令，复邀偕行，后病逝于幕中，刘为之敛赙甚厚	何白：《方汤夫传》，《汲古堂集》卷26
韩子綦					万历间，客将军高某幕下，从之出上谷、适幽州、登涿鹿	何白：《燕越壮游序，送韩子綦还白岳》，《汲古堂集》卷23
金朗	字玄朗	南直吴县			万历间，游京师，尝为礼部尚书董伯念幕客	王兆云：《皇明词林人物考》卷12
黄之璧	字白仲	浙江山阴			万历间，游京师，西宁侯宋世恩延为记室。后为弹章波及，归卧武林	周晖：《买太史公叫》，《金陵琐事》卷3 王兆云：《皇明词林人物考》卷12
郑琰	字翰卿	福建闽县			万历间，闽中词馆诸公争延致之，高文典册，多出其手	《福建通志》卷51《文苑》 郑方坤：《全闽诗话》卷8《郑琰》 朱彝尊：《静志居诗话》卷18《郑琰》
方文僎	字子公	南直新安	？—1609		万历间，经袁中道推荐，至吴县县令袁宏道处作幕	袁中道：《送方子公附中郎舟南归》，《珂雪斋集》卷5 袁中道：《游居柿录》卷3
车任远	字远之号栀斋	浙江上虞		廪生	万历间，上虞县令徐待聘闻其贤，延修县志	光绪《上虞县志校续》卷9《人物》
葛晓	字云岳	浙江上虞			同上	同上

姓名	字号	籍贯	生卒	功名	游幕事迹	资料来源
程可中	字仲权	南直休宁			万历间，客宣府巡抚王象乾幕	程可中：《宣府普济桥缘起》，《程仲权先生文集》卷6 吴廷燮：《明督抚年表》卷2
黄次龙					同上	程可中：《上谷夜投黄次龙弥陀寺，昔余与次龙客王中丞府中，时齐年者四人，今独余，衰甚》，《程仲权先生诗集》卷6 程可中：《昔与次龙大醉中丞幕中，今忽八年，自中丞受命营蜀事，以渊谋鉴识不协于同案，上谷房亦有小隙，与次龙话次，不胜今昔之感》，《程仲权先生诗集》卷6
黄克晦	字孔昭 号吾野	福建惠安	1524—1590		万历间，客刑部员外郎黄克缵邸，与俞大猷交好，亦从汝宁知府林云程游	李贽：《又与焦弱侯》，《焚书》卷2 嘉庆《惠安县志》卷26
黄惟楫	字说仲	浙江天台			万历间，入漕运总兵王承勋幕	胡应麟：《赠黄山人说仲二首（时居王新建幕中）》，《少室山房集》卷60
潘之恒	字景升 号鸾啸生	南直歙县	1556—1622	监生	万历十六年，客右司马王世贞邸	钱谦益：《列朝诗集》丁集下《潘太学之恒》 汪效倚：《潘之恒年表》，《潘之恒曲话·附录》
李登		南直上元			万历二十年，上元县令吴三省聘纂《上元县志》	焦竑：《上元县志序》，《焦氏澹园集》卷14 张慧剑：《明清江苏文人年表》
汤有光	字慈明	南直通州		诸生	万历二十年，蓟辽总督顾养谦延入幕中	光绪《通州直隶州志》卷13《人物志》
盛敏耕	字伯年	南直上元			同上	焦竑：《上元县志序》，《焦氏澹园集》卷14 张慧剑：《明清江苏文人年表》 黄虞稷：《千顷堂书目》卷26
陈桂林		南直上元			同上	焦竑：《上元县志序》，《焦氏澹园集》卷14

姓名	字号	籍贯	生卒	功名	游幕事迹	资料来源
沈惟敬		浙江嘉兴	？—1599		万历二十年，兵部尚书石星募之使倭议和	张燮：《东西洋考》卷6 邹元标：《石星传》 谷应泰：《明史纪事本末》卷62
金相		南直吴县			万历二十年，明军援朝平倭，兵部职方主事袁黄赞画军前，将其罗致幕下	钱谦益：《东征二士录》，《初学集》卷25
冯仲缨		浙江山阴			同上	同上
李贽		福建泉州	1527—1602	举人	万历二十五年，应大同巡抚梅国桢之召，游云中，编著《孙子参同》	袁中道：《李温陵传》，《珂雪斋集》卷17 刘侗、于奕正：《畿辅名迹》，《帝京景物略》卷8
袁中道	字小修	湖广 公安	1570—1622	举人	万历二十二年，受大同巡抚梅国桢之邀，北上游幕。 万历三十五年，客于蓟辽总督蹇达所	袁宏道：《家报》，《锦帆集》卷3 袁中道：《梅大中丞传》，《珂雪斋集》卷17 袁中道：《塞游记》，《珂雪斋集》卷12 袁中道：《游居柿录》卷1
李茂修					万历间，曾游南京某督府幕	程嘉燧：《醉中走笔送茂修赴留京督府幕》，《松圆浪淘集》卷6 程嘉燧：《送李茂修还山省母》，《松圆浪淘集》卷6
施翰	字季鹰	浙江鄞县			万历间，游辽左，为边帅李成梁客	乾隆《鄞县志》卷16《人物》
季子微		浙江会稽			万历间，应宁武总兵李如松之召赴边	徐渭：《送季子微赴李宁武总兵之约》，《徐文长三集》卷7 徐渭：《送季子微北上》，《徐文长逸稿》
宋懋澄	字幼清号雅源	南直华亭	1569—1622	监生	万历间，多次客于京师，受知于沈时来、杨继礼等诸官员，结文酒之交	宋懋澄：《荐沈杨两公疏文》，《九籥集》文集卷4

姓名	字号	籍贯	生卒	功名	游幕事迹	资料来源
张自慎	字敬山 号就山	山东 商河		诸生	万历间，入兵部尚书萧大亨幕	于慎行：《送张就山西游赵国及赴萧大司马之召》，《谷城山馆诗集》卷9 周郢：《萧大亨年谱》，《明代名臣萧大亨》下编
程嘉燧	字孟阳 号松圆	南直 歙县	1565—1644		万历四十六年，应山西长治县令方有度之召，赴晋游幕，后又随之入京	程嘉燧：《与方季康》，《松圆偈庵集》卷下 钱谦益：《列朝诗集》丁集下《松圆诗老程嘉燧》
郭天中	字圣仆	福建莆田			万历末，扬州知府杨嘉祚延致之	钱谦益：《列朝诗集》丁集中《郭布衣天中》 郑方坤：《全闽诗话》卷8《郭天中》
汪文言		南直歙县	？—1625	监生	万历末游京师，用计破齐、楚、浙三党，后入太监王安幕。光宗即位，王安多用其言劝帝行诸善政	张廷玉等：《明史》卷305《王安传》 陈鼎：《东林列传》卷3 陈鼎：《东林列传》卷末下
张思任					天启初，辽东经略袁应泰召入幕府，参军事	钱谦益：《送张处士思任赴辽东参谋序》，《钱牧斋全集》
朱祖文	字完天 号三复 居士	南直长洲	？—1626	诸生	天启间，客吏部主事周顺昌所。顺昌被逮，为之奔走称贷，后闻其死讯，哀痛病亡	茅元仪：《乾坤北海亭记》，《畿辅通志》卷98 陈鼎：《东林列传》卷3
鹿善继	字伯顺 号乾岳	北直 定兴	1575—1636	进士	天启二年，辽东经略孙承宗奏调幕中，分理军需	鹿善继：《张苍庵武隽序》，《认真草》卷15 茅元仪：《督师纪略》卷1
宋献					天启间，孙承宗疏请入幕	茅元仪：《督师纪略》卷1
王则古					天启间，孙承宗辟为赞画	张廷玉等：《明史》卷250《孙承宗传》
孙元化	字初阳 号火东	南直嘉定		举人	天启间，居孙承宗幕下，赞画军需	茅元仪：《督师纪略》卷2

续表

姓名	字号	籍贯	生卒	功名	游幕事迹	资料来源
茅元仪	字止生 号石民	浙江归安		诸生	天启间，携己著《武备志》游京师，名动公卿。孙承宗自请督师，邀之入幕	茅元仪：《督师纪略》卷5 钱谦益：《列朝诗集》丁集下《茅待诏元仪》
蔡鼎	字可挹 号无能	福建晋江		诸生	天启间，居孙承宗幕下，参赞军务	蔡鼎：《孙高阳前后督师略跋》，《荆驼逸史》本
周文郁	字蔚宗	南直宜兴			天启间，谒孙承宗于关门，首建四卫之议，被留幕中，参预谋议	钱谦益：《紫髯将军传》，《钱牧斋全集》
王思任	字季重	浙江山阴		进士	天启间，川黔总督蔡复一檄之入幕，未久即归	张岱：《王谑庵先生传》，《琅嬛文集》卷4 吴廷燮：《明督抚年表》卷5
江似孙					天启间，赴平辽总兵毛文龙幕	程嘉燧：《江似孙赴朝鲜毛帅幕府感赋》，《松圆浪淘集》卷17
邓桢	字伯乔				天启间，为辽东巡抚袁崇焕幕客	李孙宸：《李烟客附舟入北赴袁辽抚招因赠》，《建霞楼诗集》卷5
李云龙	字烟客	广东番禺		诸生	天启间，入辽东巡抚袁崇焕幕	李孙宸：《李烟客附舟入北赴袁辽抚召因赠》，《建霞楼诗集》卷5 屈大均：《广东新语》卷12
傅于亮	字贞甫				为袁崇焕幕客	欧必元：《送别傅贞甫、纯甫（二首）》，《璙玉斋稿》卷4
王予安		浙江会稽	1587—？	诸生	为袁崇焕幕客	屈大均：《王予安先生哀辞》，《翁山文抄》卷10
程于古					天启间，为中书舍人吴怀贤幕客	谈迁：《枣林杂俎》和集《丛赘》
梁稷	字非馨	南海			天启间，出塞居袁崇焕幕中，为重客	陈伯陶：《梁稷传》，《胜朝粤东遗民录》卷4 黄宗羲：《思旧录》，《黄宗羲全集》册1

续表

姓名	字号	籍贯	生卒	功名	游幕事迹	资料来源
周锡圭					崇祯初，为督师袁崇焕幕客	张岱《石匮书后集》卷10《毛文龙传》 汪楫：《崇祯长编》卷22
沈璜	字璧甫	南直苏州			崇祯初，游辽左，督师袁崇焕延致幕下，剧论兵事，往往屈其坐客	钱谦益：《列朝诗集》丁集下《沈山人璜》 同治《苏州府志》卷87《人物》
程本直	字更生				崇祯初，为袁崇焕幕客，袁蒙难时，上书鸣冤，甘愿同死	程本直：《白冤疏》，《袁督师遗集·附录》
沈自征	字君庸	南直吴江		监生	天启末入京师，居十年，为诸大臣筹画兵事，皆中机宜，名声大振，而囊中亦累数千金。 崇祯三年，永平副使张椿聘居幕府	邹漪：《沈文学传》，《启祯野乘》卷6 乾隆《吴江县志》卷32《文学》
朱履正	字仲中	南直苏州			崇祯三年，粮储参政王象晋知履正才，召致幕中，条列事宜，多被采用	同治《苏州府志》卷87《人物》
陈尧德	字安甫	浙江嘉兴			崇祯间①，曳裾王门，后受知于光化县令王维新	沈季友：《檇李诗系》卷18《陈布衣尧德》
周敏成	字政甫	南直太仓		举人	崇祯间，宁前兵备道陈祖苞辟至幕府，赞画辽东军务	归庄：《周参军家传》，《归庄集》卷7
蒋之翘	字龙友	浙江山阴		诸生	崇祯间，尝客龙溪令徐某所，狱事多决之	黄宗羲：《蒋氏三氏传》，《黄宗羲全集》册10

---

① 沈季友《檇李诗系》卷18《陈布衣尧德》称陈尧德与卜舜年（1613—1644）诸人结社，故作此推定。

续表

姓名	字号	籍贯	生卒	功名	游幕事迹	资料来源
陈情表	字圣鉴	浙江绍兴			崇祯间，为祁彪佳幕僚，随之赴京	祁彪佳：《祁忠敏公日记·涉北程言》 祁彪佳：《喜陈圣鉴入社各赋五言限"社"字》，《远山堂诗集》"五言古"
陈震祥	号空谷居士	四川涪州			崇祯间，为绥阳县令詹淑所聘，辟县治、修城垣，一切文记皆出其手	《黔诗纪略》卷18《陈震祥》 道光《遵义府志》卷38
盛顺		南直金坛			崇祯间，客大学士周延儒幕	文秉：《烈皇小识》卷7
董廷献					同上	文秉：《烈皇小识》卷8
李元功					同上	黄宗羲：《明儒学案》卷55《诸儒学案下三》 张廷玉等：《明史》卷258《吴执御传》
蒋福昌					同上	黄宗羲：《明儒学案》卷55《诸儒学案下三》
万元吉	字吉人	江西南昌	1603—1646	进士	原为永州推官，崇祯十三年，督师杨嗣昌奏辟为军前监纪	张廷玉等：《明史》卷140《杨嗣昌传》
方文	字尔止	南直桐城			崇祯十四年，入庐州兵备蔡如蘅幕，授经兼任记室	范景文：《送方尔止传经蔡兵宪幕中并司记室》，《文忠集》卷11 李楷：《嵞山集序》，《嵞山集》卷首
顾所受	字性之号东吴	南直长洲	？—1645	诸生	崇祯十五年，龙泉令刘汝谔请为幕宾，画战守具甚备	计六奇：《明季南略》卷4《苏州顾所受投泮池》
黄鼎	字玉耳	南直六安		诸生	崇祯十六年，入凤阳总督马士英幕，破李自成军	徐鼒：《小腆纪年》卷2 同治《六安州志》卷27《人物志》

姓名	字号	籍贯	生卒	功名	游幕事迹	资料来源
章旷	字于野	南直华亭	1611—1647	进士	原为沔阳知州，崇祯十六年，李自成部将郝摇旗攻占其城。旷走免，谒总督袁继咸于九江，署为监纪	张廷玉等：《明史》卷280《章旷传》
支长仁					崇祯末，为江西总督袁继咸幕客	文德翼：《九江死事传》，《求是堂文集》卷11
汪光翰	字文卿	江西婺源			崇祯末，客川南道副使胡恒幕	王士禛：《汪光翰传》，《带经堂集》卷79 徐鼒：《小腆纪年（附考）》卷8 《江南通志》卷160
徐振芳	字大拙	山东乐安			崇祯末，客总兵邱磊、刘泽清军中	（咸丰）《青州府志》卷46 邓之诚：《清诗纪事初编》卷2
韩霖	字雨公号寓庵居士	山西绛州		举人	崇祯十六年，山西巡抚蔡懋德聘之至太原三立书院，讲战守、火攻、财用、河防诸事	丁宝铨：《傅青主先生年谱》
桑拱阳		山西平阳	？—1644	举人	同上	丁宝铨：《傅青主先生年谱》
魏权中		山西武乡		贡生	时任武乡知县，崇祯十六年，与韩霖、桑拱阳等同为山西巡抚蔡懋德所聘	丁宝铨：《傅青主先生年谱》 雍正《陕西通志》卷53
傅山	字青主	山西阳曲	1607—1684	廪生	崇祯十六年，与韩霖、桑拱阳等同为山西巡抚蔡懋德所聘。崇祯十七年，就大学士李建泰之聘，赞画军前	丁宝铨：《傅青主先生年谱》
李芳泰		浙江鄞县			崇祯末，为四川道御史陈良谟幕客	全祖望：《明四川道御史再赠都察院右副都御史谥忠贞今谥恭洁陈公神道碑铭》，《鲒埼亭集》卷6 徐开任：《明名臣言行录》卷92

续表

姓名	字号	籍贯	生卒	功名	游幕事迹	资料来源
王屋					崇祯末，为湖广巡抚宋一鹤幕客	谈迁：《枣林杂俎》圣集《艺篑》
张汉儒		南直常熟			崇祯末，为工部侍郎陈必谦幕客，后被逐	谈迁：《枣林杂俎》和集《丛赘》

南明（1644—1662）

姓名	字号	籍贯	生卒	功名	游幕事迹	资料来源
李犹龙	字岂耳号紫函	陕西洵阳		举人	崇祯末，为兵部尚书李邦华客。弘光初，入宁南伯左良玉幕	吴伟业：《绥寇志略》卷11 徐鼒：《小腆纪年（附考）》卷6
胡以宁		江西九江			崇祯末，客左都御史李邦华幕。弘光初，居宁南伯左良玉幕，后又入其部将金声桓幕，曾启之反正	吴伟业：《绥寇志略》卷11 徐世溥：《江变纪略》卷1 徐鼒：《小腆纪年（附考）》卷52
谈迁	字孺木	浙江海宁	1594—1657	诸生	崇祯十四年，入右都御史张慎言幕。崇祯十七年春，经张慎言推荐，入南京户部尚书高弘图幕。弘光初，高弘图任礼部尚书兼大学士，谈继续留幕，为之出谋赞画	谈迁：《题冢宰张藐山先生手札》，《谈迁诗文集》卷5 高弘图：《枣林杂俎序》，《枣林杂俎》卷首
丁耀亢	字西生号野鹤	山东诸城	1599—1669	诸生	弘光初，入刘泽清府，授以赞画。为陈方略，不能行，终日赋诗饮酒	丁耀亢：《出劫纪略》，《丁耀亢全集》
许澄	号桑山人	河南开封		诸生	弘光初，至淮上，入刘泽清幕，语不合，拂衣去	徐鼒：《小腆纪年（附考）》卷59
王山癯					弘光初，为刘泽清幕客	彭士望：《同韩茂贻客广陵访中都王山癯次茂贻韵》，《耻躬堂诗钞》卷3

姓名	字号	籍贯	生卒	功名	游幕事迹	资料来源
贾开宗	号野鹿居士	河南商丘			弘光初，东平侯刘泽清开府淮阴，聘为书记	侯方域：《贾生传》，《壮悔堂文集》卷5
顾在观	字观生号东篱子	南直华亭		诸生	崇祯末，为杨文骢所引，入凤阳总督马士英幕。弘光时，曾谏阻其用阮大铖	钱谦益：《赠云间顾观生秀才》，《钱牧斋全集》；朱绪曾：《顾在观》，《国朝金陵诗征》卷41
费密	字此度	四川新繁			明亡，将军杨展遣使致聘，成为幕客	《清史稿》卷501《费密传》
余本		四川青神			明亡，契眷南下，出入诸幕府	乾隆《鄞县志》卷18《寓贤》
周岐	字农父号需庵	南直桐城		贡生	崇祯十六年，初入宣、大总督孙晋幕，后入河南开封府推官陈潜夫幕。次年，再入史可法幕。隆武元年，入兵部侍郎杨文骢幕，参赞军务	何龄修：《史可法扬州督师期间的幕府人物》，《燕京学报》新3期、新4期
李标	字子建号霞起	浙江嘉善		贡生	崇祯十七年，应史可法之召，辟为记室	同上
归昭	字尔德	南直昆山	1604—1645	诸生	崇祯十七年，应史可法之聘	同上
阎尔梅	字用卿号古古	南直沛县	1603—1679	举人	崇祯十七年，赴史可法之聘，参军事	同上
黄师正	字帅先	福建建阳	？—1682		崇祯十七年，赴史可法幕	同上
应廷吉	字棐臣	浙江慈溪		举人	原为徐州府砀山知县，后授淮安府推官。崇祯十七年，被史可法奏调入幕，任幕府监纪推官	同上
梁以樟	字公狄号鹪林	北直大兴	1609—？	进士	崇祯十七年，于淮浦谒见史可法，可法延至幕下	同上

续表

姓名	字号	籍贯	生卒	功名	游幕事迹	资料来源
王世桢	字础尘	南直无锡	1626—1693	诸生	崇祯十七年，谒史可法于淮阳，进以救时之策，被可法延入幕府	何龄修：《史可法扬州督师期间的幕府人物》，《燕京学报》新3期、新4期
蒋臣	字一个	南直桐城		监生	崇祯十七年，史可法留参军务	同上
郑与侨	字惠人 号确庵	山东济宁		举人	崇祯十七年，入史可法幕	同上
张鑻	字右文	河南太康		廪生	崇祯十七年，赴史可法幕，以赞画通判从征	同上
秦士奇	字公庸	山东金乡		进士	原为顺天府固安知县，得罪阉宦，罢官归里。崇祯十七年，到督师史可法军前效力	同上
王纲	字乾维	江西乐平		廪生	崇祯末，史可法聘至幕内，参预机务	同上
胡志学	字熙云	南直江阴	1609—1645		崇祯七年，入应天巡抚张国维幕。弘光初，居史可法门下，后入常镇兵备道张某幕	同上
姚康	字伯康 号休那	南直桐城	1578—1653	诸生	崇祯初，内阁大学士何如宠召之入京，助司笔札。弘光初，入史可法幕中，檄文多出其手，为世所称	同上
韩默	字文适	南直江都	？—1645	诸生	弘光元年，督师史可法以礼致幕中，属以笔札	同上
卢渭	字渭生	南直长洲	？—1645	廪生	弘光元年，赴扬州史可法幕，参赞军机	同上
张涵	字凝之	南直嘉定	？—1645	诸生	崇祯末，应聘入史可法幕，授都司	同上

姓名	字号	籍贯	生卒	功名	游幕事迹	资料来源
胡如珵	字即公号潜峰	南直桐城	？—1645	诸生	史可法辟为记室，露布封事，尽出其手	何龄修：《史可法扬州督师期间的幕府人物》，《燕京学报》新3期、新4期
胡如瑾		南直桐城	？—1645		弘光初，为史可法礼贤馆士	同上
何临		南直山阳	？—1645		同上	同上
胡维宝	字秉珍	南直桐城	？—1645	庠生	弘光元年，史可法辟为记室	同上
罗伏龙	字佐才	江西余干	？—1645	举人	原为四川梓潼知县，后梓潼被张献忠攻占，逃至江淮间，客史可法幕	同上
何攀龙	字云甲	南直江都	？—1645	诸生	弘光初，以策叩史可法军门，可法奇其言，留为赞画	同上
施凤仪	字孟翔号诚庵	南直嘉定	？—1645	进士	原为湖广武昌府推官，入京考选，李自成攻占京师，南逃至史可法幕，赞画军务	同上
吴尔埙	字介子号以白	浙江崇德	？—1645	进士	李自成攻占京师后，降于大顺，后南逃至史可法幕，参军事	同上
何刚	字悫人	南直上海	？—1645	举人	原为兵部职方司主事，弘光初赴史可法幕	同上
王缵爵	字佑申	浙江鄞县	？—1645	监生	曾任溧水知县，投劾归。弘光元年，为史可法幕府监司	同上
刘尔郊	字子野	浙江山阴	？—1645	举人	为史可法幕宾	同上
顾起龙			？—1645		为史可法书记	同上
龚之厚			？—1645		为史可法书记	同上
陆晓			？—1645		为史可法书记	同上
唐经世			？—1645		为史可法书记	同上

续表

姓名	字号	籍贯	生卒	功名	游幕事迹	资料来源
吴易	字日生号惕庵	南直吴江	1612—1646	进士	弘光初，谒史可法于扬州，可法异其才，题授职方主事，为已监军	何龄修：《史可法扬州督师期间的幕府人物》，《燕京学报》新3期、新4期
沈自炳	字君晦	南直吴江	1602—1645	贡生	弘光初，授中书舍人，渡江参史可法幕	同上
沈自駉	字君牧	南直吴江	1606—1645	诸生	弘光初，与其兄自炳可参史可法幕	同上
韩绛祖	字茂贻号耻庵	浙江归安		诸生	史可法建节淮扬，征入幕，多所赞画	同上
厉韶伯		浙江			曾入史可法幕	同上
支益		南直嘉定		诸生	曾入史可法幕	同上
汤芬	字方侯	浙江嘉善	1601—?	进士	弘光初，被史可法疏荐入幕，为监纪推官	同上
彭士望	字达生号晦农	江西南昌	1610—1683		史可法督师扬州，召之入幕	同上
刘湘客	字客生	陕西宜川	?—1652	诸生	弘光元年，督师大学士史可法荐为赞画	同上
李令皙	字端木号是山石懒	浙江归安		进士	弘光初，史可法设礼贤馆，召之入幕	同上
欧阳斌元	字宪万	江西南昌	1606—1649	诸生	弘光初，客吏部左侍郎吕大器幕，为其草疏劾马士英二十四大罪。士英憾之，惧祸就史可法幕，尝为画守白洋河策，可法叹服	同上
王之桢	字筠长号青岩	南直盐城	1613—1703	贡生	史可法开府扬州，辟置幕中，掌机宜文字，军书羽檄，多出其手	同上

姓名	字号	籍贯	生卒	功名	游幕事迹	资料来源
黄日芳	字蠡源	江西卢陵		进士	史可法督师扬州，日芳为其幕僚，曾助起草答多尔衮书	何龄修：《史可法扬州督师期间的幕府人物》，《燕京学报》新3期、新4期
孙元凯	字若士	南直昆山		诸生	史可法开府扬州，辟参其军	同上
张若	字伯玉	南直山阳			史可法开府扬州，参其军幕	同上
吕愿良	字季臣	浙江崇德			弘光初，入史可法幕，为军前赞画推官	同上
侯方岩	字叔岱	河南商丘			史可法召至幕府，署为都督	同上
周同谷	字翰西 号鹤瞫	南直常熟		诸生	弘光初，谒史可法于扬州，并入其幕中	同上
王廷宰	号鹿柴	南直上海		贡生	崇祯十七年秋，参史可法军幕	同上
周君调					曾参史可法军事	同上
马之训	字君习	北直雄县	1614—1683	诸生	弘光初，入扬州督师史可法幕	同上
王兆雄	号漫士	福建福宁		贡生	原为福建浦城教谕，弘光初，依史可法于扬州	同上
褚道潜	字休庵	南直常熟			曾谒史可法于军前，甚见宾礼	同上
李升	字东君	南直盱眙	？—1646		原袭官都督同知，弘光初，参史可法军事	同上
殷铭	字警斋	南直嘉定			随其师李标入史可法幕	同上
史奕楠	号新儒	浙江会稽		贡生	弘光元年，过史可法幕，曾奉命赴南京	同上
侯方域	字朝宗	河南商丘	1618—1654	诸生	弘光初，依史可法于维扬，后又入高杰幕	同上
何亮功	字次德 号辨斋	南直桐城			初依左良玉，后转入史可法督师幕府	同上
李本泽		陕西富平		举人	曾居史可法幕下	同上

姓名	字号	籍贯	生卒	功名	游幕事迹	资料来源
辛广恩		北直东明		进士	同上	同上
纪克明	字尧章 号杞庵	北直文安		诸生	与史可法同为左光斗门下士，可法开府扬州，南下入其幕中	何龄修：《史可法扬州督师期间的幕府人物》，《燕京学报》新3期、新4期
杨遇蕃		南直凤阳			曾依史可法幕下	同上
朱良谏	字方来	南直桐城			初应安庆知府聘，居幕下甚久。史可法闻其才，延致之，军事多与参决	同上
王佐					弘光元年，为史可法所留，居幕下，备咨谋	同上
唐时谟		南直			弘光元年，曾居史可法幕下	同上
韩诗				贡生	同上	同上
黄澂之	字帅先、静宜、波民	福建建阳			为史可法幕府上客	陈田：《明诗纪事》辛签卷16
咸大咸		南直淮安			弘光间，游于兵部侍郎左懋第、兵部司务陈用极幕下	归庄：《咸大咸诗序》，《归庄集》卷3 计六奇：《明季南略》卷4《使臣左懋第》
徐莲生					同上	同上
倪懋熹	字仲晦、煜生	浙江鄞县	？—1646	诸生	弘光灭，原明刑部员外郎钱肃乐起兵，欲贻书清定海总兵王之仁，说其反正。懋熹请行，事遂定。及画江分守，以职方主事参瓜里军	全祖望：《明故兵部尚书兼东阁大学士赠太保吏部尚书谥忠介钱公神道第二碑铭》，《鲒埼亭集》卷7 翁洲老民：《海东逸史》卷14 乾隆《鄞县志》卷18《寓贤》
纪五昌	字衷文 号九峰 静隐	浙江鄞县	1620—1681	举人	入督师钱肃乐幕府，截江之守，多所赞画	黄宗羲：《纪九峰墓志铭》，《黄宗羲全集》册10 翁洲老民：《海东逸史》卷17

续表

姓名	字号	籍贯	生卒	功名	游幕事迹	资料来源
宋龙	字子犹号菊斋	南直崇明		诸生	为钱肃乐所称，明亡，客东阁大学士张肯堂所。肯堂一门遇难后，为救其孙张茂滋而奔走	全祖望：《鲒埼亭集外编》卷31 乾隆《鄞县志》卷18《寓贤》
徐启睿	字圣思	浙江鄞县		诸生	鲁王监国元年，入督师钱肃乐幕	全祖望：《明锦衣徐公墓柱铭》，《鲒埼亭集》卷8
骆国挺	字天植	浙江鄞县			鲁王监国时，参督师钱肃乐军事，临江督战	乾隆《鄞县志》卷18《寓贤》
王家勤	字卤一	浙江鄞县		贡生	钱肃乐起兵，原明太常博士庄元辰任城守事，以四明驿为幕府，请之参军事	全祖望：《庄太常传》，《鲒埼亭集》卷27 康熙《鄞县志》卷11《选举考二》 乾隆《鄞县志》卷18《寓贤》
林祚隆		浙江鄞县		贡生	同上	全祖望：《庄太常传》，《鲒埼亭集》卷27 康熙《鄞县志》卷11《选举考二》
王玉书					同上	全祖望：《庄太常传》，《鲒埼亭集》卷27
林时跃		浙江鄞县		贡生	同上	全祖望：《庄太常传》，《鲒埼亭集》卷27 康熙《鄞县志》卷11《选举考二》
董光远		浙江鄞县			其婿钱肃乐起兵，破家输饷，参幕府事，兵败自缢死	全祖望：《明故兵部尚书兼东阁大学士赠太保吏部尚书谥忠介钱公神道第二碑铭》，《鲒埼亭集》卷7 李聿求：《鲁之春秋》卷5
邓思铭	字建侯	江西南城	？—1645	诸生	弘光灭，建昌知府王域举兵，入幕参赞	温睿临：《南疆绎史》卷29
邢昉	字孟贞	南直高淳			崇祯十年，时任华亭教谕的杨文骢即延之署中，为其幕客甚久，直至弘光元年方离幕而去	汤之孙：《邢孟贞先生年谱》，《北图年谱丛刊》

续表

姓名	字号	籍贯	生卒	功名	游幕事迹	资料来源
孙临	字武公	南直桐城	1610—1646	诸生	明亡后，避难台州，杨文聪招之入幕，后与文聪同难	李瑶：《绎史摭遗》卷2 西亭凌雪：《南天痕》卷26 张廷玉等：《明史》卷277《孙临传》
丁之贤	字德峰	福建建宁			崇祯末，客南京工部尚书某所。明亡后，将军王某建牙汀州，招致幕下	郑方坤：《全闽诗话》卷8《丁之贤》
傅作霖	字润生	湖广武陵			弘光元年，应堵胤锡辟召，题授监纪推官，奉檄联络常、澧乡团	王夫之：《永历实录》卷22
方端士		南直怀宁			弘光元年，为镇东侯方国安记室	钱之澄：《皖髦事实》，《藏山阁文存》卷6
李兴玮	字天玉	湖广巴陵			弘光元年，李自成渡江，兴玮走湖南，依章旷，留参幕府	王夫之：《永历实录》卷22
吴邦璇	字睿玉	浙江山阴			崇祯末，在庐、凤督师朱大典幕中，大典以万金托之营干，中途闻北京陷，即橐金而归，分毫无私。鲁监国元年，与大典共守金华，城破，与之同难	邵廷采：《朱大典》，《东南纪事》卷3 乾隆《绍兴府志》卷57《人物》
郑古爱	字子遗	湖广江夏	？—1650	贡生	永历初，入章旷幕，版授监纪推官	王夫之：《永历实录》卷7
杨锡亿	字文起	湖广德安		贡生	明亡，章旷留之幕府，牒补监纪推官，请命回乡召义军，未行	王夫之：《永历实录》卷7

续表

姓名	字号	籍贯	生卒	功名	游幕事迹	资料来源
钱澄之	字饮光	南直桐城		诸生	弘光灭，原明南京吏部文选司郎中钱揆起兵，召之入幕	钱澄之：《拟上行在书》，《藏山阁文存》卷1 钱澄之：《初至端州行在第一疏》，《藏山阁文存》卷1
朱之瑜	字楚屿 号舜水	浙江余姚	1600—1682	诸生	隆武间，为肃虏伯黄斌卿记室，曾奉命与其弟黄孝卿等乞师于日本	邵廷采：《明遗民所知录传》，《思复堂文集》卷3
赵振芳	字胥山	浙江上虞		诸生	隆武间，湖广巡抚堵胤锡留致幕下	计六奇：《明季南略》卷12《堵胤锡始末》
王丽正					隆武间，客兵部侍郎金声幕府	顾炎武：《送王文学丽正归新安》，《顾亭林诗文集》
江天一	字文石 号淳初	南直歙县	1602—1645	诸生	隆武间，金声起义抗清，天一身任赞画，兵败被擒，与之同难	张岱：《天一砚》，《琅嬛文集》卷3 汪琬：《江天一传》，《汪琬全集笺校》卷34
朱金芝	字汉生 号忍辱道人	浙江鄞县			曾客督师何腾蛟幕	翁洲老民：《海东逸史》卷17 全祖望：《忍辱道人些词》，《鲒埼亭集》卷14
余鲲起	字南溟	浙江鄞县		诸生	初以诸生从何腾蛟幕，累功荐授御史，监其军	李瑶：《绎史摭遗》卷6
钥舞		福建莆田			曾客平夷伯周鹤芝幕	翁洲老民：《海东逸史》卷11
赵牧		南直常熟			同上	翁洲老民：《海东逸史》卷11
赖雍	字继堂	福建平和	？—1646		隆武间，为大学士黄道周幕下中书，道周被执，同难	顾炎武：《思文纪略》，《明季三朝野史》卷3 邵廷采：《黄道周》，《东南纪事》卷3
蔡绍谨	字春溶	福建龙溪	？—1646		同上	顾炎武：《思文纪略》，《明季三朝野史》卷3 邵廷采：《黄道周》，《东南纪事》卷3

续表

姓名	字号	籍贯	生卒	功名	游幕事迹	资料来源
陈赍典	字天成	江西进贤	?—1646	诸生	隆武间，叩铅关，谒督抚黄道周，言兵事，道周奇之	温睿临：《南疆逸史》卷37①
王超逿	字畏斋	浙江黄岩		诸生	为兵部侍郎张煌言幕客	阙名：《兵部左侍郎张公传》，《张苍水诗文集》附录1
罗纶	字子木	南直溧阳②	?—1664		先为郑成功所招，后入张煌言幕，被俘，与煌言同难	沈冰壶：《张公苍水传》，《张苍水诗文集》附录1 阙名：《兵部左侍郎张公传》，《张苍水诗文集》附录1 邵廷采：《叶、罗二客传》，《东南纪事》卷9
叶振名	字介韬	浙江山阴	1618—1685		为张煌言幕客，煌言死，作文祭之	邵廷采：《叶、罗二客传》，《东南纪事》卷9
杨冠玉		浙江鄞县	?—1664		为张煌言幕客，被俘，与煌言同难	阙名：《兵部左侍郎张公传》，《张苍水诗文集》附录1
徐允岩					为张煌言幕客	张煌言：《徐允岩诗集序》，《张苍水诗文集》
朱兆殷	字夏夫				明末，与张煌言同受知于原明绍兴知府于颖。弘光亡后，于颖志图恢复，兆殷受命募舡于沿海。永历间，张煌言晋兵部侍郎，招之入幕	张煌言：《中秋与宾从小饮，步朱夏夫韵二首》，《张苍水诗文集》 邵廷采：《张煌言附》，《东南纪事》卷9
顾朋楣	字心服（复）	北直大兴	?—1651		为定西侯张名振幕客，清兵下浙江，殉难	汪光复：《航海遗闻》 张岱：《石匮书后集》卷5《鲁王世家》 郑达：《张名振传》，《野史无文》卷10
汉儒裔					清江西提督金声桓反正，姜曰广邀致之	温睿临：《南疆绎史》卷6

---

① 此据中华书局 1959 年版《南疆逸史》，《台湾文献丛刊》本《南疆绎史》无此条。

② 或作句容、丹徒。

续表

姓名	字号	籍贯	生卒	功名	游幕事迹	资料来源
胡澹		江西九江			为金声桓幕客，曾劝之反正，并献计取江南	徐世溥：《江变纪略》卷1 倪在田：《续明纪事本末》卷8《江西之乱》
吴尊周					为金声桓幕中书记，随之反正，被题授为江西巡按	鲁可藻：《岭表纪年》卷2 三余氏：《南明野史》卷下
黄人龙			？—1649		为金声桓幕客，随之反正	徐鼒：《小腆纪传（附考）》卷15 徐世溥：《江变纪略》卷1
雷德复					为金声桓幕客，金反正后，奉命赴粤入奏	王夫之：《永历实录》卷11
陈大生					为金声桓幕客，曾劝之反正	徐世溥：《江变纪略》卷1 倪在田：《续明纪事本末》卷8《江西之乱》
黎士广①					为金声桓幕客	徐世溥：《江变纪略》卷1 钱澄之：《所知录》卷中
林亮					为金声桓幕客，受命联络起事	徐世溥：《江变纪略》卷1
陈芳			？—1649		为清将王得仁幕中书记，王反正后，被题授为江西巡抚	三余氏：《南明野史》卷下 徐世溥：《江变纪略》卷1
曹子悦		江西信丰			居王得仁幕中，劝之反正	钱澄之：《所知录》卷中
汪涵	字叔度号晦溪	浙江奉化		诸生	从学于黄宗羲，遂参其军事	翁洲老民：《海东逸史》卷14
吕尔玙					永历间，为文安侯马吉翔幕客，与吉翔共操大政	王夫之：《永历实录》卷24
程士鹏					永历间，为马吉翔幕客	金堡：《岭海焚余》卷下
沈原渭					永历间，为思恩侯陈邦傅幕客	王夫之：《永历实录》卷26
黄宗炎	字晦木	浙江余姚			曾参兵部侍郎冯京第军事	翁洲老民：《海东逸史》卷18

---

① 钱澄之《所知录》作"黎士彦"。

姓名	字号	籍贯	生卒	功名	游幕事迹	资料来源
郭良史	字野臣	湖广益阳			隆武、永历间，为督师何腾蛟（或曰瞿式耜）幕客	李瑶：《绎史摭遗》卷6
史记言	字伯顾	南直长洲			同上	同上
施□	字伟长	江西吉州			同上	同上
潘问奇	字云客	浙江杭州			同上	同上
倪国锦	字玉成	浙江临山			同上	同上
杨莪	字硕文	南直吴江		诸生	永历间，为瞿式耜幕客，瞿死，为其殓葬	李瑶：《绎史摭遗》卷7
任斗墟	字一齐			诸生	永历间，入瞿式耜幕	李瑶：《绎史摭遗》卷9
刘觐公					永历间，为瞿式耜幕客，式耜临难前，与之诀别	瞿元锡：《庚寅十一月初五日始安事略》
金维新		贵州			永历间，居李定国幕，为记室	王夫之：《永历实录》卷14 郑达：《李定国传》，《野史无文》卷9

主要参考文献

《史记》，（西汉）司马迁撰，中华书局1982年版。

《元史》，（明）宋濂等撰，中华书局1976年版。

《新元史》柯绍忞撰，开明书店1935年版。

《明实录》台湾"中研院"历史语言研究所1962年版。

《明史》，（清）张廷玉等撰，中华书局1974年版。

《国榷》，（清）谈迁撰，中华书局1988年版。

《明会要》，（清）龙文彬撰，中华书局1956年版。

《明史纪事本末》，（清）谷应泰撰，中华书局1977年版。

《续明纪事本末》，（清）倪在田撰，《台湾文献丛刊》本。

《明季三朝野史》，（清）顾炎武撰，《台湾文献丛刊》本。

《明季南略》，（清）计六奇撰，中华书局1984年版。

《南疆逸史》，（清）温睿临撰，中华书局1959年版。

《南疆绎史》《摭遗》，（清）温睿临、李瑶撰，《台湾文献丛刊》本。

《南明史料八种》，（清）黄宗羲等撰，江苏古籍出版社1999年版。

《南明野史》，（清）三余氏撰，《台湾文献丛刊》本。

《南天痕》，（清）西亭凌雪撰，《台湾文献丛刊》本。

《国朝典故》，（明）邓士龙辑，许大龄、王天有点校，北京大学出版社1993年版。

《崇祯长编》，（清）汪楫撰，《台湾文献丛刊》本。

《东南纪事》，（清）邵廷采撰，《台湾文献丛刊》本。

《西南纪事》，（清）邵廷采撰，《台湾文献丛刊》本。

《海东逸史》，（清）翁洲老民撰，《台湾文献丛刊》本。

《航海遗闻》，（清）汪光复撰，附《明季三朝野史》书后，《台湾文献丛刊》本。

《启祯野乘》，（清）邹漪撰，四库禁毁书丛刊本。

《罪惟录》，（清）查继佐撰，续修四库全书本。

《小腆纪年（附考）》，（清）徐鼒撰，王崇武校点，中华书局 2006年版。

《岭表纪年》，（清）鲁可藻撰，浙江古籍出版社 1985 年版。

《明亡述略》，（清）锁绿山人撰，《台湾文献丛刊》本。

《清史稿》，（清）赵尔巽等撰，中华书局 1977 年版。

《清代碑传全集》，（清）钱仪吉、闵尔昌等辑，上海古籍出版社1987 年版。

《嘉靖以来首辅传》，（明）王世贞撰，文渊阁四库全书本。

《戒庵老人漫笔》，（明）李诩撰撰，魏连科点校，中华书局 1997年版。

《西山日记》，（明）丁元荐撰，清康熙二十八年先醒斋刻本。

《寓圃杂记》，（明）王锜撰，中华书局 1997 年版。

《玉堂丛语》，（明）焦竑撰，中华书局 1997 年版。

《殊域周咨录》，（明）严从简著，余思黎点校，中华书局 2000 年版。

《四友斋丛说》，（明）何良俊撰，中华书局 1997 年版。

《炎徼纪闻》，（明）田汝成撰，文渊阁四库全书本。

《姜氏秘史》，（明）姜清撰，续修四库全书本。

《尧山堂外纪》，（明）蒋一葵撰，续修四库全书本。

《江南经略》，（明）郑若曾撰，文渊阁四库全书本。

《倭变事略》，（明）采九德撰，丛书集成初编本，商务印书馆 1936年版，第 3975 册。

《吾学编》，（明）郑晓撰，续修四库全书本。

《五杂俎》，（明）谢肇淛撰，中华书局上海编辑所 1959 年版。

《广志绎》，（明）王士性撰，中华书局 1981 年版。

《帝京景物略》，（明）刘侗等撰，续修四库全书本。

《皇明词林人物考》，（明）王兆云撰，续修四库全书本。

《广东新语》，（清）屈大均撰，中华书局 1997 年版。

《广阳杂记》，（清）刘献廷撰，汪北平、夏志和标点，中华书局1957 年版。

《青磷屑》，（明）应廷吉撰，《台湾文献丛刊》本。

《野史无文》，（清）郑达撰，《台湾文献丛刊》本。

《江变纪略》，（清）徐世溥撰，《台湾文献丛刊》本。

《江南通志》，（清）赵宏恩等修，文渊阁四库全书本。

《国朝金陵诗征》，（清）朱绪曾辑，光绪十一年刊本。

《吴兴诗存四集》，（清）陆心源辑，光绪十六年刊本。

《黔诗纪略》，（清）莫友芝撰，关贤注点校，贵州人民出版社 1993 年版。

《谷山笔麈》，（明）于慎行撰，吕景琳点校，中华书局 1997 年版。

《明遗民录》，孙静庵撰，浙江古籍出版社 1985 年版。

《两浙輶轩续录》，（清）潘衍桐撰，清光绪刻本。

《瓜蒂庵藏明清掌故丛刊》，谢国桢辑，上海古籍出版社 1983 年版。

《方志著录元明曲家传略》，赵景深、张增元辑，中华书局 1987 年版。

《盛明百家诗》，（明）俞宪编，四库全书存目丛书本。

《盛明百家诗选》，（明）朱之蕃编，四库全书存目丛书本。

《明诗别裁集》，（清）沈德潜、周准编，中华书局 1975 年版。

《列朝诗集》，（明）钱谦益撰，许逸民、林淑敏点校，中华书局 2007 年版。

《明诗综》，（清）朱彝尊辑，中华书局 2007 年版。

《明诗纪事》，（清）陈田辑，上海古籍出版社 1993 年版。

《明词纪事会评》，尤振中、尤以丁编著，黄山书社 1995 年版。

《国朝献征录》，（明）焦竑编，续修四库全书本。

《明经世文编》，（明）陈子龙等辑，中华书局影印明崇祯刻本 1987 年版。

《明文海》，（清）黄宗羲辑，中华书局据涵芬楼钞本影印 1987 年版。

《清诗纪事初编》，邓之诚撰，上海古籍出版社 1965 年版。

《清诗纪事》，钱仲联主编，凤凰出版社 2004 年版。

《槜李诗系》，（清）沈季友辑，文渊阁四库全书本

《清诗话考》，蒋寅撰著，中华书局 2005 年版。

《明太祖御制文集》，（明）朱元璋撰，台湾学生书局 1965 年版。

《明太祖集》，（明）朱元璋撰，胡士尊点校，黄山书社 1991 年版。

《唐愚士诗》，（明）唐之淳撰，文渊阁四库全书本。

《逊志斋集》，（明）方孝孺撰，文渊阁四库全书本。

《陈白沙集》，（明）陈献章撰，文渊阁四库全书本。

《王阳明全集》，（明）王阳明撰，吴光、钱明等编校，上海古籍出版社 1997 年版。

《念庵文集》，（明）罗洪先撰，文渊阁四库全书本。

《石田先生诗钞》，（明）沈周撰，钱谦益辑，四库全书存目丛书本。

《唐寅集》，（明）唐寅撰，周道振、张月尊辑校，上海古籍出版社

2013 年版。

《袁文荣公诗略》，（明）袁炜撰，四库全书存目丛书本。

《宋布衣集》，（明）宋登春撰，文渊阁四库全书本。

《梁辰鱼集》，（明）梁辰鱼撰，吴书荫点校，上海古籍出版社 1998 年版。

《谢榛全集校笺》，（明）谢榛撰，李庆立校笺，江苏古籍出版社 2003 年版。

《李攀龙集》，（明）李攀龙撰，李伯齐点校，齐鲁书社 1993 年版。

《弇山堂别集》，（明）王世贞撰，魏连科点校，中华书局 1985 年版。

《北游漫稿》，（明）郑若庸撰，四库全书存目丛书本。

《唐荆川先生文集》，（明）唐顺之撰，丛书集成续编本。

《震川先生集》，（明）归有光撰，周本淳校点，上海古籍出版社 1981 年版。

《茅坤集》，（明）茅坤撰，张大芝、张梦新点校，浙江古籍出版社 1993 年版。

《翁万达集》，（明）翁万达撰，朱仲玉、吴奎信点校，上海古籍出版社 1992 年版。

《贻安堂集》，（明）李春芳撰，四库全书存目丛书本。

《谭襄敏公遗集》，（明）谭纶撰，四库未收书辑刊本。

《谭襄敏奏议》，（明）谭纶撰，文渊阁四库全书本。

《正气堂集》，（明）俞大猷撰，四库未收书辑刊本。

《止止堂集》，（明）戚继光撰，中华书局 2001 年版。

《由庚堂集》，（明）郑汝璧撰，续修四库全书本。

《郑开阳杂著》，（明）郑若曾撰，文渊阁四库全书本。

《何白集》，（明）何白撰，沈洪保点校，上海社会科学院出版社 2006 年版。

《丰对楼诗选》，（明）沈明臣撰，明万历刻本。

《白岳游稿》，（明）沈明臣撰，丛书集成续编本。

《十岳山人诗集》，（明）王寅撰，四库全书存目丛书本。

《徐渭集》，（明）徐渭撰，中华书局 1983 年版。

《太函集》，（明）汪道昆撰，续修四库全书本。

《颜钧集》，（明）颜钧撰，黄宣民点校，中国社会科学出版社 1996 年版。

《朱邦宪集》，（明）朱察卿撰，四库全书存目丛书本。

《王百谷集十九种》，（明）王稚登撰，四库禁毁书丛刊本。

《林初文诗文全集》，（明）林章撰，续修四库全书本。

《由拳集》，（明）屠隆撰，四库全书存目丛书本。

《鸿苞》，（明）屠隆撰，四库全书存目丛书本。

《鸿猷录》，（明）高岱撰，续修四库全书本。

《歇庵集》，（明）陶望龄撰，续修四库全书本。

《程仲权先生诗集》《文集》，（明）程可中撰，四库全书存目丛书本。

《王叔杲集》，（明）王叔杲撰，张宪文校注，上海社会科学院出版社2005年版。

《徐氏海隅集》，（明）徐学谟撰，四库全书存目丛书本。

《薜荔园诗集》，（明）畲翔撰，文渊阁四库全书本。

《汤显祖诗文集》，（明）汤显祖撰，徐朔方笺校，北京古籍出版社1999年版。

《鹿裘石室集》，（明）梅鼎祚撰，续修四库全书本。

《潘象安诗集》，（明）潘纬撰，四库全书存目丛书本。

《天爵堂文集》，（明）薛冈撰，四库未收书辑刊本。

《石秀斋集》，（明）莫是龙撰，四库全书存目丛书本。

《处实堂集》，（明）张凤翼撰，明万历刻本。

《东江诗集》，（明）吕希周撰，四库全书存目丛书本。

《少室山房集》，（明）胡应麟撰，文渊阁四库全书本。

《少室山房笔丛》，（明）胡应麟撰，中华书局1958年版。

《松圆浪淘集》，（明）程嘉燧撰，续修四库全书本。

《皇甫司勋集》，（明）皇甫汸撰，文渊阁四库全书本。

《趋庭集》，（明）胡安撰，四库未收书辑刊本。

《洞麓堂集》，（明）尹台撰，文渊阁四库全书本。

《丰阳先生集》，（明）冯皋谟撰，四库全书存目丛书本。

《蠛蠓集》，（明）卢楠撰，文渊阁四库全书本。

《梅花草堂集·皇明昆山人物传》，（明）张大复撰，四库全书存目丛书本。

《鸣玉堂稿》，（明）张天复撰，续修四库全书本。

《翏翏集》，（明）俞安期撰，四库全书存目丛书本。

《黄吾野先生诗集》，（明）黄克晦撰，四库全书存目丛书本。

《九钥集》，（明）宋懋澄撰，中国社会科学出版社1984年版。

《龙门集 神器谱》，（明）侯一麟、赵士桢撰，蔡克骄点校，上海社会科学院出版社 2006 年版。

《袁宏道集笺校》，（明）袁宏道撰，钱伯诚笺校，上海古籍出版社 1981 年版。

《白苏斋类集》，（明）袁宗道撰，上海古籍出版社 1989 年版。

《珂雪斋集》，（明）袁中道撰，钱伯城点校，上海古籍出版社 1989 年版。

《璩玉斋稿》，（明）欧必元撰，清刻本。

《陈眉公全集》，（明）陈继儒撰，中央书店 1936 年版。

《谭元春集》，（明）谭元春撰，上海古籍出版社 1998 年版。

《认真草》，（明）鹿善继撰，丛书集成新编本。

《高阳集》，（明）孙承宗撰，四库禁毁书丛刊本。

《督师纪略》，（明）茅元仪撰，四库禁毁书丛刊本。

《石民四十集》，（明）茅元仪撰，四库禁毁书丛刊本。

《袁督师遗集》，（明）袁崇焕撰，丛书集成续编本，上海书店。

《钱牧斋全集》，（明）钱谦益撰，钱曾笺注，钱仲联标校，上海古籍出版社 2003 年版。

《琅嬛文集》，（明）张岱撰，云告点校，岳麓书社 1985 年版。

《史可法集》，（明）史可法撰，张纯修编辑，罗振常校补，上海古籍出版社 1984 年版。

《杨文骢诗文三种校注》，杨文骢撰，关贤柱校注，贵州人民出版社 1990 年版。

《瞿式耜集》，（明）瞿式耜撰，上海古籍出版社 1981 年版。

《张苍水诗文集》，（明）张煌言撰，《台湾文献丛刊》本。

《归庄集》，（明）归庄撰，上海古籍出版社 1984 年版。

《朱舜水集》，（清）朱舜水撰，朱谦之整理，中华书局 1981 年版。

《魏叔子文集》，（清）魏禧撰，胡守仁、姚品文、王能宪点校，中华书局 2003 年版。

《白耷山人诗集》《文集》，（清）阎尔梅撰，续修四库全书本。

《北游录》，（清）谈迁撰，中华书局 1997 年版。

《耻躬堂文钞诗钞》，（清）彭士望撰，四库禁毁书丛刊本。

《船山全书》，（清）王夫之撰，《船山全书》编辑委员会编校，岳麓书社 1988 年版。

《顾亭林诗文集》，（清）顾炎武撰，中华书局 1959 年版。

《日知录集释》，（清）顾炎武撰，黄汝成集释，秦克诚点校，岳麓书社 1996 年版。

《黄宗羲全集》，（清）黄宗羲撰，沈善洪主编，浙江古籍出版社 2005 年版。

《太白剑》，（清）姚康撰，四库禁毁书丛刊本。

《藏山阁诗存》《文存》，（清）钱澄之撰，续修四库全书本。

《丁耀亢全集》，（清）丁耀亢撰，李增坡主编，张清吉校点，中州古籍出版社 1999 年版。

《陆菊隐先生文集》，（清）陆元辅撰，清刻本。

《壮悔堂文集》《四忆堂诗集》，（清）侯方域撰，四库禁毁书丛刊本。

《陈迦陵诗词文全集》，（清）陈维崧撰，四部丛刊初编本。

《吕晚村先生文集》，（清）吕留良撰，续修四库全书本。

《全祖望集汇校集注》，（清）全祖望撰，朱铸禹注，上海古籍出版社 2000 年版。

《思复堂文集》，（清）邵廷采撰，祝鸿杰校点，浙江古籍出版社 1987 年版。

《嵞山集》《续集》，（清）方文撰，续修四库全书本。

《邱邦士文集》，（清）邱维屏撰，四库禁毁书丛刊本。

《病榻梦痕录》，（清）汪辉祖撰，续修四库全书本。

《初月楼闻见录》，（清）吴德旋撰，四库未收书辑刊本。

《明画录》，（清）徐沁撰，上海书画出版社 1993 年版。

《官府、幕友与书生——“绍兴师爷”研究》，郭润涛著，中国社会科学出版社 1996 年版。

《制度 言论 心态——〈明清之际士大夫研究〉续编》，赵园著，北京大学出版社 2006 年版。

《朋友·客人·同事——晚清的幕府制度》，［美］K. E. 福尔索姆著，刘悦斌、刘兰芝译，中译本，中国社会科学出版社 2002 年版。

《明末清初绍兴の幕友》，［日］中岛乐章著，载《山根幸夫教授退休纪念明代史论丛》，东京汲古书院 1992 年版。

《学人游幕与清代学术》，尚小明著，中国社会科学出版社 1999 年版。

《明代政治史》，张显清、林金树等著，广西师范大学出版社 2003 年版。

《明代政治制度研究》，关文发、颜广文著，中国社会科学出版社1995年版。

《明代文官铨选制度研究》，潘星辉著，北京大学出版社2005年版。

《明代中晚期江南士人社会交往研究》，徐林著，上海古籍出版社2006年版。

《明代的塾师与基层社会》，刘晓东著，商务印书馆2010年版。

《唐代进士行卷与文学》，程千帆著，上海古籍出版社1980年版。

《照隅室古典文学论集》，郭绍虞著，上海古籍出版社1983年版。

《唐代科举与文学》，傅璇琮著，陕西人民出版社1986年版。

《晚明曲家年谱》，徐朔方著，浙江古籍出版社1993年版。

《徐朔方集》，徐朔方著，浙江古籍出版社1993年版。

《江湖诗派研究》，张宏生著，中华书局1995年版。

《晚明士人心态及文学个案》，周明初著，东方出版社1997年版。

《徐渭三辨》，王长安著，中国戏剧出版社1995年版。

《唐代幕府与文学》，戴伟华著，现代出版社1990年版。

《复古派与明代文学思潮》，廖可斌著，（台北）文津出版社1994年版。

《唐代使府与文学研究》，戴伟华著，广西师范大学出版社1998年版。

《晚明小品研究》，吴承学著，江苏古籍出版社1998年版。

《王学与中晚明心态》，左东岭著，人民文学出版社2000年版。

《晚明诗歌研究》，李圣华著，人民文学出版社2002年版。

《晚明文学思潮研究》，吴承学、李光摩编，湖北教育出版社2002年版。

《徐渭评传》，周群、谢建华著，南京大学出版社2006年版。

《唐代幕府制度研究》，石云涛著，中国社会科学出版社2003年版。

《地域文化与唐代诗歌》，戴伟华著，中华书局2006年版。

《元代至明初婺州作家群研究》，徐永明著，中国社会科学出版社2005年版。

《山魂水魄——明末清初节烈诗人山水诗论》，时志明著，凤凰出版社2006年版。

《中国诗学之现代观》，陈伯海著，上海古籍出版社2006年版。

《明永乐至嘉靖初诗文观研究》，黄卓越著，北京师范大学出版社2001年版。

《明中后期文学思想研究》，黄卓越著，北京大学出版社 2005 年版。

《明代城市研究》，韩大成著，中国人民大学出版社 1991 年版。

《明代城市与市民文学》，方志远著，中华书局 2004 年版。

《明代的巡抚制度》，方志远撰，《中国史研究》1988 年第 3 期。

《明代后期士人心态研究》，罗宗强著，南开大学出版社 2006 年版。

《明代徽州文学研究》，韩结根著，复旦大学出版社 2006 年版。

《明代名人年谱》，于浩辑，北京图书馆出版社 2006 年版。

《明代幕宾制度初探》，陈宝良撰，《中国史研究》2001 年第 2 期。

《明代南直隶方志研究》，张英聘著，社会科学文献出版社 2005 年版。

《明代内阁制度史》，王其榘著，中华书局 1989 年版。

《明代前后七子研究》，陈书录著，江西人民出版社 1994 年版。

《中国古代文人集团与文学风貌》，郭英德著，北京师范大学出版社 1998 年版。

《明代儒学生员与地方社会》，陈宝良著，中国社会科学出版社 2005 年版。

《明代山人文学研究》，张德建著，湖南人民文学出版社 2005 年版。

《明代商贾与世风》，陈大康著，上海文艺出版社 1996 年版。

《明代社会经济史料选编》，谢国桢著，福建人民出版社 1980 年版。

《明代社会心理论稿》，王忠阁，中州古籍出版社 1991 年版。

《明代诗文的演变》，陈书录著，江苏教育出版社 1996 年版。

《竟陵派研究》，陈广宏著，复旦大学出版社 2006 年版。

《明代诗学的逻辑进程与主要理论问题》，陈文新著，武汉大学出版社 2007 年版。

《明代文人与文学》，傅承洲著，中华书局 2007 年版。

《明代文学批评史》，袁震宇、刘明今著，上海古籍出版社 1991 年版。

《明代文学研究》，邓绍基、史铁良主编，北京出版社 2001 年版。

《明词史》，张仲谋著，人民文学出版社 2002 年版。

《明末清初文人结社研究》，何宗美著，南开大学出版社 2003 年版。

《明末清初文人结社研究续编》，何宗美著，中华书局 2003 年版。

《明代杂剧全目》，傅惜华著，作家出版社 1958 年版。

《四库全书总目》，（清）永瑢等撰，中华书局 1996 年版。